ЧАПАЕВ И ПУСТОТА

维克多·佩列文
作品系列

夏伯阳与虚空

[俄] 维克多·佩列文/著
郭小诗/译

重庆出版集团　重庆出版社

Chapayev and Void
Russian text copyright © 1996 by Victor Pelevin
Simplified Chinese publishing rights are acquired via FTM Agency, Ltd., Russia, 2022
Through BIG APPLE AGENCY, INC., LABUAN, MALAYSIA
Simplified Chinese edition copyright © 2025 Chongqing Publishing House Co., Ltd.
All rights reserved.

版贸核渝字(2022)第132号

图书在版编目（CIP）数据

夏伯阳与虚空 /（俄罗斯）维克多·佩列文著 ; 郭小诗译. -- 重庆 : 重庆出版社, 2025.3. -- ISBN 978-7-229-19216-7

Ⅰ. I512.45

中国国家版本馆CIP数据核字第2024QX4654号

夏伯阳与虚空
XIABOYANG YU XUKONG
[俄]维克多·佩列文 著 郭小诗 译

责任编辑：邹 禾 魏映雪 陈 垦
装帧设计：谢颖设计工作室
责任校对：朱彦谙
排版设计：池胜祥

重庆出版集团 出版
重庆出版社

重庆市南岸区南滨路162号1幢 邮政编码：400061 http://www.cqph.com
重庆市鹏程印务有限公司 印刷
重庆出版集团图书发行有限公司 发行
邮购电话：023-61520646
全国新华书店经销

开本：890mm×1230mm 1/32 印张：14.375 字数：295千
2025年3月第1版 2025年3月第1次印刷
ISBN 978-7-229-19216-7
定价：84.00元

如有印装质量问题，请向本集团图书发行有限公司调换：023-61520678

版权所有 侵权必究

凝望着成群结队的人马，凝望着无边人潮因我的意志而汹涌，在残阳如血的草原上奔向一片苍茫，我常思量：我在这人潮中的何处？

成吉思汗[1]

---

[1] 引自哈萨克斯坦诗人金穆哈梅德·塔贝尔德(1980—)的诗歌《我在这人潮中的何处？》。

该手稿完成于20年代初内蒙古的一座寺院中。由于种种原因，作者的真实姓名不便提及，故假托筹备此书的编辑之名出版。原稿中描写了许多神秘疗法，叙述者还对革命前彼得堡的生活（即所谓的"彼得堡时期"）进行了大量回忆，这些内容均遭删减。作者将体裁定义为"思绪遄飞"，此处也被略去。大概这只是一个玩笑罢了。

作者讲述的故事颇为有趣，但这只是一部具有一定艺术价值的心理日志，仅此而已。不过，作者有时也会谈论一些在我们看来毫无必要的事情。作者的叙述略显杂乱，因为他不是为了创作一部"文学作品"，而是要记录不由自主的意识循环，以便彻底疗愈所谓的内心世界。此外有两三处地方，作者不是为了再一次向读者展示词语编织成的幻象，而是试图直接指向读者的思维；遗憾的是，这项任务太过简单，甚至很难说它获得了成功。对文学领域的专家来说，这部作品也许只是近年来流行的批判唯我论[①]的又一成果，但该文献的真正价值在于，这是人们在世界文化领域首次尝试用艺术手段反映关于永恒解脱的古代蒙古神话。

现在我们简单谈谈书中的主要人物。本书的编辑曾为我读过

[①]唯我论是一种哲学思想,认为我是唯一真实的存在,其他事物都是由意识创造的。

一首普希金的短歌①：

> 在那悲惨的一年中，
> 多少勇敢、善良、美好的人成了牺牲者，
> 只有一首简单的牧歌，
> 凄凉而动听，
> 保留着些许当时的回忆。

在蒙古语中，"勇敢的牺牲者"听起来有些古怪。但此处不宜深究，我想说的是，这首诗的最后三句完全可以挪到瓦西里·夏伯阳的故事中。

关于此人，如今人们都了解多少呢？据我们所知，在人们的记忆中，他的形象具有纯粹的神话特征。在俄罗斯的民间故事里，夏伯阳是一位霍加·纳斯尔丁②式的人物。他是无数个笑话的主角，这些笑话都源自30年代的一部著名电影。在这部电影里，夏伯阳是个与白军作战的红军骑兵指挥官，他常常与自己的副官彼得卡③以及女机枪手安卡④倾心长谈，在白军的一次袭击中，他在横渡乌拉尔河时溺水身亡。但这一切与夏伯阳的真实生

---

①俄罗斯诗人普希金的诗歌《瘟疫流行时的宴会》。
②即阿凡提的原型，在西亚、中东地区被称作纳斯尔丁。
③小说主人公彼得的小名。
④小说主人公安娜的小名。

活毫无关系,即便有所关联,真正的事实也已经被无端猜测和含糊其词歪曲得面目全非了。

所有的混乱都与《夏伯阳》一书有关,1923年,该书由巴黎的一家出版社以法语首先出版,随后又不知为何在俄罗斯匆忙再版。我们不打算费心劳神地证明该书的不实之处。任何有心人都能轻易发现书中大量的出入与矛盾。该书的风格能够充分证明,作者(也许不止一位)与他竭力描写的事件之间毫无关联。我们还想指出,尽管富尔马诺夫[1]先生与历史上的夏伯阳至少见过两次面,但他绝不可能是该书的作者,个中原因会在本书的叙述中获得揭示。尽管难以置信,但时至今日,许多人仍将归在他名下的这本书看作是一部纪实作品。

不难看出,在这本已经存在了大半个世纪的伪作背后,有一些资金充裕、高度活跃的势力在活动,他们的目的是尽可能长久地向欧亚地区的各个民族隐瞒关于夏伯阳的真相。然而我们认为,这部手稿得以发现的事实足以证明,这片大陆上的力量已经实现了新的平衡。

最后,我们更改了原书的名字(原书标题是《瓦西里·夏伯阳》),以免与那部广为人知的伪作混淆。尽管编者曾提出过另外两个方案——《彼得卡分岔的花园》[2]和《黑色面包圈》,我们还是选择了《夏伯阳与虚空》这个最为简单直白的书名。

---

[1]传记小说《夏伯阳》的作者。
[2]该标题是在模仿博尔赫斯的小说《小径分岔的花园》。

愿此书所行之功德造福一切生灵。

阿巴米巴米拉[1]。

寺院住持乌尔干·江博恩

---

[1] 某种咒语。

目录 / Contents

001	1
041	2
085	3
119	4
151	5
205	6
265	7
319	8
361	9
415	10

1

我在这个冰封的世界里是如此孤独和无助,这个世界的居民要么一心想把我送到豌豆街,要么用隐晦而迷人的话语搅扰我的心。

特维尔林荫道几乎还是两年前的样子,那是我最后一次看到它。如今又是二月,到处都是积雪,就连日光也透着一股古怪的阴霾。那些老太婆还是一动不动地坐在长椅上;黑色的枝丫在她们头顶纵横交错,上面依旧是灰蒙蒙的天空,就像一块陈旧的床垫,被熟睡的上帝压得垂向人间。

不过也有些许变化。今年冬天,林荫小路上刮起了暴风雪,使人仿佛置身草原,就算迎面遇上两只狼,我也绝不会感到惊讶。普希金的铜像似乎比往常多了一丝忧郁,大概是因为它的胸前围着一根红色条幅,上面写着:"革命一周年万岁"。人们对一个纪念日说万岁,还把"革命"这个词写成了旧体①,不过我一点儿嘲笑的念头也没有。近来我时常得以窥见,那些写在红布上的荒唐话背后隐藏着魔鬼般的面孔。

天色开始暗了下来。受难修道院在雪雾中依稀可辨。修道院前的广场上停着两辆卡车,高大的车厢上裹着鲜红的罩布;卡车周围人群蠕动,能听见有人在演讲。我几乎一句也没听清,不过根据他的语调,还有"无产阶级"和"恐怖"这两个词里机关枪一样的颤音②,他的意思再明白不过了。两个醉醺醺的士兵从我身边经过,上了刺刀的步枪在他们背后晃来晃去。他们正急着到广场去,可其中一人用放肆的目光盯着我,他放慢脚步,张开嘴巴,好像要说些什么似的;幸运的是——不论对他还是对我来

---

① 十月革命以后的1918年,俄国推行俄语拼写改革,将字母ъ从字母表中删除,"革命"一词的写法从 рѣволюция 变成 революция。

② 俄语中"无产阶级"和"恐怖"这两个词里的颤音比较多。

说——另一个士兵拽了拽他的袖子，他们便走开了。

我转过身，沿着林荫道快步向下走去，一边在心里琢磨，为何我的样子总是引起这帮混蛋的怀疑。的确，我打扮得既难看又俗气，身穿一件脏兮兮的英式大衣，后腰的扣带都松了，头戴一顶军帽，就是亚历山大二世戴过的那种，上面当然没有帽徽，脚上则是一双军官靴。不过，问题大概不只出在衣服上。周围不少人看起来比我古怪多了。比如我在特维尔大街上遇见的那位先生，他戴着金丝边眼镜，手里捧着圣像，正疯疯癫癫地走向昏暗无人的克里姆林宫，但是压根儿没人注意他。可我却总感觉人们向我投来怀疑的目光，每到这时我都会想起自己身上既没有钱，也没有证件。昨天在车站的厕所里，我试着在胸前戴上一枚红色领结，可一看见那裂了缝的镜子里自己的模样，又立刻把它摘了下来；领结不仅使我看起来十分愚蠢，还显得越发可疑了。

不过，也许根本没有人格外关注我，都怪我神经过分紧张，总是以为有人要逮捕自己似的。我没有感觉到死亡的恐怖。我想，也许死亡已经发生过了，我脚下这条结了冰的林荫道正是通往冥府的大门。其实我早就觉得，俄罗斯人的灵魂注定要在冰封时节渡过冥河①，这里收钱的不是摆渡的船夫，而是一个身穿灰衣、出租冰鞋的人（显然，他也是个灵体）。

啊。我的眼前突然出现了一幅清晰的画面！托尔斯泰伯爵穿着贴身的黑色运动服，正挥舞着手臂，沿着冰面滑向遥远的天

---

① 希腊神话中的斯堤克斯河，即冥界之河。

际；他的动作缓慢而沉稳，但却滑得飞快，他身后的那只三头犬①哑着嗓子狂吠，却怎么也追不上他。缥缈而幽暗的红黄色霞光为这幅图画添上了最后一笔。我轻轻地笑了，就在这时，不知是谁用手拍了一下我的肩膀。

我一个闪身，握住口袋里的纳甘左轮枪，猛地转过身来，却惊讶地发现，面前竟然是格里戈里·冯·埃尔年——我自小便认识的老熟人。可是，我的上帝啊，看看他的样子！他从头到脚都裹着黑色皮衣，腰上挂着一把装在枪套里的毛瑟枪，手里还有一个不伦不类的产科医生手提包。

"很高兴你还能笑得出来。"他说。

"你好，格里沙②，"我答道，"见到你可真奇怪。"

"为什么？"

"没什么，就是奇怪。"

"你从哪儿来，要到哪儿去？"他警惕地问道。

"从彼得堡来，"我回答说，"至于到哪儿去——我自己也想知道呢。"

"那就去我那儿吧，"冯·埃尔年说，"我就住在附近，自己住一间公寓。"

我们沿着林荫道向下走去，微笑着打量彼此，互相寒暄着。在我们没见面的这段时间里，冯·埃尔年在下巴上留起了胡子，

---

①三头犬是古希腊神话中地狱的看门犬。
②格里戈里的小名。

他的脸变得像一个发芽的洋葱,而且被风吹得又皱又红,仿佛好几个冬天都在滑冰锻炼身体似的。

我们曾在同一所中学读书,但之后就很少见面。我在彼得堡的文学沙龙上见过他几次——他写的诗要么使人联想到沉迷男色的涅克拉索夫,要么使人想起笃信马克思的纳德松。他当众吸食药物,还总是暗示自己和社会民主团体的关系,这些习气使我略感不满。不过,看他如今的样子,他的暗示应该属实。他过去总是大谈圣三一的神秘意义,如今身上却有魔鬼军队的明显标记,这无疑颇有教益。不过,这种变化一点也不意外。许多像马雅可夫斯基这样的颓废派,一嗅出新政权明显的地狱气息,便跑去为其效力。不过我认为,这不是源于有意识的撒旦主义——就此而言,他们还太幼稚了——而是出于审美的本能:红色五角星符号为他们的黄色短上衣①增色不少。

"彼得堡那边最近怎么样?"冯·埃尔年问道。

"好像你不知道似的。"我说。

"是的,"冯·埃尔年沉着脸同意道,"我知道。"

我们拐出林荫道,穿过马路,来到一座七层高的公寓楼跟前,对面就是"皇宫"饭店。饭店门口架着两挺机枪,一群水兵在抽烟,红旗在高高的旗杆上随风飘扬,就像斗牛士手中的红布一样。冯·埃尔年拽了拽我的袖子。

---

①马雅可夫斯基常常穿一件黄色短上衣,这件衣服成了他从事未来主义创作的标志。

"快看。"他说。

我转过头。楼门外的马路上停着一辆黑色加长轿车,前排是敞篷的,后排乘客的座位又小又矮。前排座位上堆了很多雪。

"怎么了?"我问道。

"是我的,"冯·埃尔年说,"公务车。"

"啊,"我说,"恭喜。"

我们走进楼门。电梯停了,我们只好沿着昏暗的楼梯向上爬,台阶上的长地毯还没有收起来。

"你现在做什么工作?"我问道。

"噢,"冯·埃尔年说,"一两句话说不清楚。活儿特别多,多到干不完。一件又一件,马不停蹄的。一会儿到那儿,一会儿到这儿。这些活儿总得有人做嘛。"

"是在文化部门,对不对?"

他不置可否地歪了歪脑袋。我没有继续追问。

我们爬到五楼,来到一扇很高的房门前。门上有一块浅色的长方形印子,显然是撕掉门牌以后留下的。我们打开门,走进昏暗的前厅,这时墙上的电话响了起来。冯·埃尔年拿起了听筒。

"喂,巴巴亚辛同志,"他对着塑胶话筒喊道,"是,我记得……不,不用派人来……巴巴亚辛同志,我做不到,这太滑稽了……您想想,带着一群水兵,这太丢人了……什么?我服从命令,但我提出强烈抗议……什么?"

他瞥了我一眼,我不想使他难堪,就到客厅里去了。

客厅的地板上摆满了报纸，而且大都是早就遭禁的，看来，这间公寓里保存着一些合订本。房间里还留有一些往日生活的痕迹。墙上挂着漂亮的土耳其壁毯，壁毯下面摆着一张秘书桌，上面装饰着菱形的五彩珐琅。这张秘书桌使我意识到，这里曾经生活着一个富裕的贵族家庭。正对着我的墙上有一面很大的镜子。旁边挂着新艺术运动风格的耶稣受难十字架，我不禁思索了一会儿，究竟什么样的宗教情感才能与之相配。一张挂着黄色帷幔的大床占了一大半空间。房间正中有一张圆桌，也许是挨着十字架的缘故，我感到桌上的摆件就像一幅秘传基督教主题的静物画：一瓶伏特加，一个装酥糖的心形铁罐，三片叠在一起的黑面包组成了一道不知通往何处的小小阶梯，还有三个多棱玻璃杯和一把十字开罐器。

镜子旁边的地板上散落着一些包裹，那样子叫人忍不住联想到走私货；房间里有一股酸味，散发着包脚布的臭味和难闻的酒气，还堆着不少空酒瓶。我来到桌子边坐下。

没过一会儿，门吱呀一响，冯·埃尔年走了进来。他脱下皮夹克，只穿着一件显眼的套头军上衣。

"鬼知道要派什么差事，"他说着坐了下来，"是从契卡[①]打来的。"

"你也给他们干活？"

[①]契卡，全称为全俄肃清反革命及怠工非常委员会，简称全俄肃反委员会，是针对反革命分子的苏联情报组织。

"我是能躲则躲。"

"你到底是怎么跟这伙人混到一起去的?"

冯·埃尔年咧嘴一笑。

"这可太容易了。我和高尔基通了五分钟电话……"

"怎么,就立刻给你了毛瑟枪和小汽车?"

"听我说,"他说道,"生活是一座剧院。这是尽人皆知的事实。但人们却很少提到另一件事,那就是这家剧院每天都在上演新的剧本。就在此刻,彼佳①,我正在演一出戏,这出戏……"

他把双手举过头顶,在空中晃了晃,仿佛在把一个看不见的钱袋摇得叮当响。

"问题甚至不在于剧本,"他说道,"我们继续拿这个打比方。从前谁都可以从观众席往台上扔臭鸡蛋,现在却是台上的人每天拿着纳甘枪朝下面射击,说不定还会扔个炸弹呢。你想想,现在做什么人更好?演员还是观众?"

这是一个严肃的问题。

"该怎么回答你呢,"我思索着说道,"你这场戏早在存衣处就开始了。我认为它也会以此而终结②。而未来——"我用手指着上面,"终究是属于电影的。"

冯·埃尔年嘿嘿一笑,摇了摇头。

"你还是考虑一下我说的话吧。"他说。

---

①彼佳是彼得的小名。
②俄罗斯的剧院里都有存放外套的存衣处,而"存衣处"(вешалка)一词也有"绝境"的意思。

"我会的。"我答道。

他给自己倒了一点儿伏特加，然后一饮而尽。

"嘿，"他说，"说到剧院。你知道现在剧院的政委是谁吗？马林诺夫斯卡娅女士。你们不是认识吗？"

"不记得了。这位见鬼的马林诺夫斯卡娅女士是什么人？"

冯·埃尔年叹了口气。他站起身来，一言不发地在房间里踱步。

"彼佳，"他坐在我对面，盯着我的眼睛说道，"我们这是开玩笑，开玩笑，可我看得出来你不对劲。出什么事了？咱们可是老朋友了，就算不是，我也愿意帮你一把。"

我下定了决心。

"跟你说实话吧。三天前在彼得堡，有人找过我。"

"什么人？"

"你那个剧院里的人。"

"怎么回事？"他挑了挑眉毛，问道。

"很简单。从豌豆街来了三个人，一个自称是文学工作者，那两个就不必介绍了。他们和我聊了四十分钟，主要是这位文学工作者，后来他们说跟我谈话很有趣，不过要在另一个地方继续谈。我不想去另一个地方，因为你知道，很少有人能从那里回来……"

"可你却回来了。"冯·埃尔年打断了我。

"我不是回来了，"我说道，"我压根就没去。格里沙，我从他们那里逃跑了。你知道的,就像小时候从门卫那里逃跑一样。"

"可他们为什么要去找你?"冯·埃尔年问道,"你可是个远离政治的人。你是不是干了什么?"

"我什么也没干。说来好笑。我在他们怀疑的报纸上发表了一首诗,他们不喜欢里面的一个韵脚。'装甲车'和'只有一刻'。你能想象吗?"

"这首诗写的是什么?"

"噢,都是些抽象的东西。诗里写到,现实这堵墙被时间的河流所冲刷,不断呈现出新的纹理,其中一些纹理被我们称为过去。记忆使我们深信,昨日曾真实地存在,但我们又如何确定,所有记忆不是随着清晨的第一缕曙光出现的呢?"

"我不太明白。"冯·埃尔年说道。

"我也一样,"我说,"但问题不在这里。我想说的是,诗里没有一丁点儿关于政治的内容。起码我是这样认为的。可他们不这么想,还对我解释了一番。最可怕的是,和他们的顾问谈过以后,我确实理解了他的逻辑,而且理解得如此深刻,以至于……这太可怕了,所以趁着他们把我带到外面,我就逃跑了。与其说我要逃离的是他们,倒不如说是我的这份理解……"

冯·埃尔年皱起了眉。

"这整件事就是胡说八道,"他说,"当然,他们都是蠢货。但你也真行。你就是因为这个才来了莫斯科?"

"还能怎么办?我逃跑的时候可是开过枪的。你肯定明白,我是在朝自己的恐惧编织成的幽灵开枪，但在豌豆街可说不清楚。即便我能说清楚，他们一定也会追问——那您到底为什么要对幽灵开枪呢？难道您不喜欢那些在欧洲游荡的幽灵吗？"

冯·埃尔年看了我一眼便陷入沉思。我盯着他用桌布悄悄擦拭双手，仿佛要擦去沁出的汗水。接着他突然把手放到桌子底下，脸上浮现出绝望的神情。我感到，我们的会面和我这番话使他陷入了极为麻烦的境地。

"这当然更糟了，"他嘟囔着，"不过，还好你能信任我。我觉得咱们能解决这件事……能解决，能解决……我这就给阿列克谢·马克西莫维奇①挂电话……举起手来。"

直到看见桌布上的毛瑟枪枪口，我才听懂了最后那句话。可令人吃惊的是，他又从胸前的口袋里掏出夹鼻眼镜，把它架在鼻梁上。

"举起手来。"他重复了一遍。

"格里沙，"我边说边举起手来，"你这是干什么？"

"不对。"他说道。

"什么'不对'？"

"我说让你把枪和证件放在桌上。"

"我举着手呢，"我说，"该怎么放呢？"

他给手枪上了膛。

"上帝啊，"他说，"你不知道这句话我听过多少遍了。"

---

①阿列克谢·马克西莫维奇是俄罗斯作家高尔基的原名。

"好吧，"我说，"手枪在大衣里。你真是个彻头彻尾的卑鄙小人。不过我从小就知道了。你干吗这样做？他们会给你发勋章吗？"

冯·埃尔年微微一笑。

"到门厅里去。"他说。

我们来到门厅，他一边拿枪指着我，一边在我的大衣口袋里摸索，然后掏出手枪，塞进了自己兜里。他的动作似乎因羞愧而略显慌乱，就像头一回逛妓院的中学生似的，于是我猜想，也许以前他从未公然做过这种下流勾当。

"把门打开，"他命令我，"到楼梯上去。"

"让我穿上大衣，"我拼命地思索，该对这个卑劣至极的人说些什么，以改变事态的发展。

"不远，"冯·埃尔年说道，"就在林荫路对面。不过你还是穿上吧。"

我从衣架上取下大衣，稍稍转过身，好把胳膊伸进袖子里。可是下一个瞬间，就连我自己也没有料到，我竟把大衣朝冯·埃尔年扔了过去。不光扔了过去，还正好盖在了他头上。

直到现在我都不明白，自己怎么没被他打死。可事实就是如此：当他扣动扳机的时候，我已经用全身的重量把他压倒在地。子弹挨着我的身体飞了出去，打在了大门上。冯·埃尔年倒在地上，头被大衣遮住了。我立刻隔着衣服掐住他的脖子，衣服虽然很厚，但却不怎么碍事。我用膝盖压着他握紧手枪的那只手，他又往墙上开了几枪才松开手指。我几乎要被枪声震聋了。在打斗中,我似乎用头撞到了他被蒙住的脸。总之我清楚地记得,在两声枪响之间,传来了夹鼻眼镜轻微的碎裂声。

他安静了下来,我却久久不敢松开他的脖子。我的双手几乎不听使唤。为了恢复呼吸,我做了一套呼吸操。可它却产生了奇怪的效果,使我出现了轻微的癔症。突然间,我开始从旁观者的角度望着这一幕:有个人坐在刚被自己掐死的朋友身上,正按照《伊西斯》①里瑜伽士罗摩遮罗迦②的方法拼命呼吸。我起身时才猛然意识到,自己刚刚杀了人。

当然,就像任何不完全信任当局的人一样,我总是随身带把手枪,前两天还镇定自若地开过火。但这次却不同,有一种陀思妥耶夫斯基式的阴郁氛围——空荡荡的公寓,被英式大衣盖住的尸体,还有一扇通往敌对世界的门,也许一些无所事事的人正朝这里走来……我拼命赶跑了这些念头——毫无疑问,陀思妥耶夫斯基式的氛围跟这具尸体或这扇留下了弹坑的大门无关,而是源于我自己,源于我心中突然涌现的陌生的悔恨情绪。

我把通往楼梯的大门稍稍打开一些,凝神听了一会儿。什么动静也没有,我想,也许没人注意到这几声枪响。

我的手枪还在冯·埃尔年的裤兜里,可我一点儿也不想伸手

---

① 沙俄时期的神秘主义杂志(1909—1916),主要内容包括通灵术和占星术等等。
② 美国作家、神秘学家威廉·沃克·阿特金森的笔名,代表作为《呼吸的科学》《催眠控制术》《吸引力法则》。

去掏。我捡起他的毛瑟枪仔细查看，这是一把好枪，而且还很新。我逼着自己搜了一遍他的夹克，找到一包"伊拉"牌香烟、一个毛瑟枪的备用弹夹和一张契卡的工作证，上面的名字是格里戈里·法涅尔内。果然，我想道，果然。其实从小就看得出来。

我蹲下身来，打开他的产科医生手提包。里面放着一个文件袋，装着一些还没填好的逮捕令，还有两个弹夹、一个装满药物的铁皮罐、几把很难看的医用镊子（我立刻把它们扔到一边）和一叠厚厚的钞票，其中一半是花花绿绿的杜马百元大钞，另一半都是美元。这一切来得正是时候。为了从激动的情绪中恢复些神志，我往鼻孔里塞了不少药品。它像刀片一样划过我的大脑，我立刻平静下来。其实我不喜欢药品，它会使我过于情绪化，但现在我需要尽快清醒过来。

我抬起冯·埃尔年的两只胳膊，拖着他穿过走廊。我踢开了一扇房门，正打算把他拖进去，却愣在了门口。尽管房间里杂乱无比、破败不堪，却仍然可看出战前生活的痕迹。这里曾是儿童房，靠墙摆着两张小床，全都装饰着轻巧的竹围栏，墙上有人用炭笔画了一匹马和一张留着小胡子的脸（不知为何使我想起了十二月党人）。地板上放着一只红色皮球，一看到它，我立马关上房门，把冯·埃尔年拖走了。隔壁房间却冷清而又空旷，我感到惊讶极了：屋子中间摆着一台掀开了盖子的黑色钢琴，旁边是一张转椅，除此之外别无他物。

这时，我又沉浸在一种新的感觉之中。我让冯·埃尔年半倚在墙角（在搬动的过程中，我一直留心不让他的脸从灰色大衣底下露出来），然后便在钢琴旁坐下。多么令人惊讶，我想道，法涅尔内同志既是在场的，又是缺席的。谁知道他的灵魂此刻正在经历着什么？我想起三年前他在《新萨蒂利孔》①上发表的一首诗，这首诗仿佛是对报纸上关于杜马解散的一篇新闻的转述，每句诗的第一个字母连起来是"弥尼，提客勒，毗勒斯"②。他曾经生活过，思考过，评判过。多么奇怪啊。

我转身面向钢琴，开始轻声弹奏莫扎特的一首曲子，这是我最喜爱的F小调赋格曲。每当弹奏这首曲子，我总是分外遗憾，遗憾自己没有这位伟大狂人所梦想的四只手。将我攫住的那份忧郁和我对冯·埃尔年的过火行为毫不相干；我的眼前浮现出隔壁房间的小竹床，有那么一会儿，我想象到某个人的童年，想象到那望向满天晚霞的纯洁眼神，那无比动人却消逝于空无的世界。但我只弹了一会儿，因为钢琴已经失了音准，而且我也该赶紧离开了。可是去哪儿呢？

该想想今晚怎么过了。我回到走廊，迟疑地瞧了一眼冯·埃尔年的皮夹克，可除此之外也没有别的衣服了。尽管我在文学上的某些尝试十分大胆，但我毕竟还没颓废到可以穿上那件已经成

---

①《萨蒂利孔》是古罗马作家佩特罗尼乌斯的长篇讽刺小说。
②新巴比伦国王伯沙撒王宫的墙上显现出一行文字，犹太人但以理对其进行解读：弥尼就是神已经数算你国的年日到此完毕；提客勒就是你被称在天平里，显出你的亏欠；毗勒斯就是你的国分裂，归与玛代人和波斯人。当夜伯沙撒被杀，玛代人取而代之。（《圣经·但以理书》）

了裹尸布的大衣，况且大衣后背也被打穿了。我从衣架上取下夹克，提上手提包，走进一个有镜子的房间。

皮夹克正好合身——我和死者几乎一般高。我用挂着枪套的腰带把夹克扎紧，然后看了一眼镜子，眼前是一位再普通不过的布尔什维克。我觉得，如果去翻翻摆在墙边的那几个包袱，我立马就能变成一个有钱人，但厌恶感使我打消了这个念头。我仔细地给枪装上子弹，确保能够轻松地把它从枪套里拔出来。正当我满意地准备走出房间时，走廊里传来了说话声。我这才想起，这段时间里大门一直是开着的。

我冲向了阳台。它有二十米高，正对着特维尔林荫道，底下又冷又黑、雪花纷飞。路灯的微光照亮了冯·埃尔年的汽车，前排座位上坐着一个不知从哪儿冒出来的人，戴着一顶布尔什维克帽。①我猜冯·埃尔年应该是用电话叫来了契卡的人。爬到下面的阳台上是不可能的，于是我又冲回房间里。他们已经在用力敲门了。还能怎么办呢——这一切早晚都要解决。于是我把毛瑟枪对准门口，喊道：

"请进！"

门开了，两个水兵闯了进来，他们身上挂着酒瓶一样的手榴弹，穿着海军大衣和不成体统的喇叭裤。其中一个留着胡子，已经上了年纪，另一个还很年轻，却有一张松弛而苍白的脸。他们

---

①布尔什维克帽，也叫布琼尼帽，帽子有一个尖顶，耳罩放下来可以包裹耳朵和下巴。

压根没有留意我手里的枪。

"你就是法涅尔内?"那个年纪大一些、留着胡子的人问道。

"是我。"

"拿着。"水兵说道,递给我一张对折的纸条。

我把毛瑟枪塞进枪套,打开纸条:

"法涅尔内同志:

请速至音乐鼻烟壶贯彻我们的路线。我派热尔布诺夫和巴尔博林予以协助。他们都是经验丰富的同志。

巴巴亚辛"

字的下面盖了一个模糊的印章。我还在思考该说些什么,他们已经坐在了桌旁。

"楼下的司机是你们的人?"我问道。

"是我们的,"留胡子的说道,"但我们要开你的车。你叫什么名字?"

"彼得。"我说道,差点咬了舌头。

"我是热尔布诺夫。"留胡子的中年人说道。

"巴尔博林。"年轻的那个也自报家门。他的嗓音很柔和,像个女人似的。

我在他们对面坐下。热尔布诺夫倒了三杯伏特加,把其中一杯推过来,然后抬眼看着我。我知道他在等什么。

"好吧,"我拿起自己的杯子说道,"还是那句话,敬世界革命的胜利!"

我的祝酒词没有激起他们的热情。

"为胜利干杯是自然的,"巴尔博林说,"药呢?"

"什么药?"我问道。

"你可别装傻,"热尔布诺夫厉声说道,"巴巴亚辛跟我们说,今天给你发了一罐。"

"嗨,你们说的是这个啊。"搞明白以后,我就到手提箱里去找罐子,"同志们,'药'这个词可有很多意思。也许你们是想要点乙醚呢,就像威廉·詹姆斯①一样。"

"他是谁?"巴尔博林问道,一边把罐子放在自己粗大的手掌上。

"一个英国同志。"

热尔布诺夫怀疑地哼了一声,巴尔博林的脸上则闪过一丝表情,19世纪的俄国画家在塑造典型人物时热衷于刻画这种神情——仿佛某处有一个广阔而神秘的世界,里面满是稀奇古怪和令人着迷的东西,但你并不真正盼望有朝一日能进入这个世界,只是偶尔忍不住幻想一下不切实际的东西罢了。

紧张的气氛瞬间消失了。热尔布诺夫打开罐子,拿起桌布上的餐刀,用它挖出了多得吓人的药,在伏特加里迅速搅拌开来。巴尔博林如法炮制——先给自己弄了一杯,然后是我的。

"这样才好意思为世界革命干杯嘛。"他说。

---

①美国哲学家、心理学家,他认为乙醚等药品可以改变自己的意识,从而获得某种神秘体验。

我的脸上大概露出了疑惑的神色，热尔布诺夫冷笑一声说道：

"这是从'阿芙乐尔号'传下来的，老兄，追本溯源啊。这叫'波罗的海茶'"。

他们举起杯子，把酒一饮而尽，我也只好效仿他们的样子。我的嗓子几乎一下子就哑了。我点上一支烟，深吸了一口，却一点儿烟味都尝不出来。我们沉默地坐了大约一分钟。

"该走了，"热尔布诺夫突然从桌子旁站起来，说道，"伊万要冻僵了。"

我呆呆地把水果糖罐子放进手提包，站起来跟在他们身后。我在走廊停了下来，想找到自己的帽子，可它不见了，于是我戴上了冯·埃尔年的大檐帽。我们走出公寓，沿着昏暗的楼梯默默向下走去。

我突然发觉自己变得轻松而平静，而且走得越久，这种感觉就越明显。我没有去思索未来，眼下没有危险对我来说就足够了。经过黑暗的楼梯间时，我还会欣赏窗外翩翩飞舞、异常美丽的雪花。仔细想来，我自己就像一片雪花，被命运之风裹挟着，跟在两片穿着黑色海军大衣、在我前面的踩着台阶前进的雪花身后，不知要去往何处。不过，尽管感到十分欣快，我却没有丧失认清现实的能力，甚至观察到一个非常有趣的现象。我在彼得格勒的时候就很好奇，水兵是如何将沉重的子弹带挂在身上的。在亮着一盏孤灯的三楼楼梯间，我看见热尔布诺夫背后有几个小钩子,它们就像胸罩一样把子弹带连在一起。我立刻浮想联翩,热尔布诺夫和巴尔博林准备去杀人之前,要像更衣室里的姑娘一样,帮对方搞定衣服上最复杂的配件。我想,这是一切革命都具有女性特征的又一明证。我突然理解了亚历山大·勃洛克①的某些新情绪;我大概是忍不住叫出了声,因为巴尔博林转过身来。

"刚才你还不想喝呢,傻瓜。"他露出一颗金牙说道。

我们来到了大街上。巴尔博林对坐在汽车前排敞篷座椅上的士兵说了些什么,然后打开车门,我们便钻了进去。汽车立刻上了路。透过乘客室边缘已经磨钝的前窗,能看见司机落满雪的后背和尖顶毛毡帽;给我们开车的仿佛是易卜生笔下的山妖②。我认为汽车的设计很不妥当,而且对司机并不尊重,因为他总是暴露在坏天气里——不过,这也许是刻意而为之,以便乘客在乘坐时既能欣赏窗外的风景,又能享受阶级优越感。

我把头转向侧面的车窗。街上空无一人,雪落在路面上格外美丽。零落的路灯照亮了雪地;借着一盏灯光,我看见一面墙上的大胆涂鸦一闪而过。

车子停下的时候,我已经清醒了一些。我们下了车,来到一条陌生的街道。旁边有一座不起眼的门洞,门前停着两辆汽车和几辆颇为讲究的马车;我发现远处有一辆模样很吓人的装甲车,它的机枪塔好像戴着一顶雪帽子,但我没能看个仔细,因为水兵

---

①亚历山大·勃洛克,俄国象征主义诗人。
②易卜生的剧作《培尔·金特》中的人物。

们立马就钻进了门洞。我们穿过极其压抑的院子，来到一扇门前，门上挂着一块铸铁遮阳板，上面装饰着具有商业气息的涡纹图案和爱神雕像。遮阳板上钉着一块小牌子：

　　　　音乐鼻烟壶
　　　　文学酒吧

靠门的几扇窗户亮着灯，被粉色窗帘遮得严严实实；不知是什么乐器弹奏出的凄美声音透过窗户传了出来。

热尔布诺夫把门猛地一拽。门后出现了一条短短的走廊，墙上挂满厚实的皮毛大衣和军装外套；走廊尽头有一幅厚厚的天鹅绒帷幔。一个模样颇似罪犯的人穿着红色偏领衬衫，从凳子上站起来迎接我们。

"水兵先生们，"他开口道，"我们这里……"

巴尔博林像耍杂技一样把步枪在肩膀上转了个圈，用枪托砸向他的小腹。这个可怜人靠着墙慢慢瘫倒在地板上；他那并不和善的脸上显出疲倦和厌恶的神情。热尔布诺夫掀开帷幔，我们走进了昏暗的大厅。

我四下张望，感到精力格外充沛。这地方就像一间平庸至极却追求时髦的二流餐厅。被烟雾笼罩的小圆桌旁坐着形形色色的观众。好像有人在抽大烟。没有人注意我们，于是我们在离出口不远的空桌旁坐了下来。

大厅尽头是一个亮堂的舞台，一个身穿燕尾服、脸刮得干干净净的先生正跷着二郎腿坐在黑色绒凳上。他的一只脚没穿鞋，右手握着弓，在一根长锯的钝面上滑动。他用脚把锯子的一头踩在地上，另一头则紧紧用左手握住，锯子弯折起来，并且微微地颤动着。如果他想让这把闪闪发亮的锯条不再颤动，就用光着的那只脚在上面压一下；他身边的地板上放着一只漆皮鞋，里面露出一只耀眼的白袜子。这位先生用他的乐器演奏出的声音既迷人又忧伤，仿佛不属于这个世界；他演奏的旋律似乎很简单，但这并不重要——重要的是音色，是一个个抑扬婉转、不绝如缕、扣人心弦的音符。

入口处的门帘晃了一下，穿偏领衬衫的男人探出身来。他对着暗处打了个响指，又朝我们的桌子点点头，然后转过身向我们轻轻鞠了一躬，接着消失在门帘之后。不知从哪儿立马冒出来一个伙计，一只手举着托盘，另一只手提着铜壶（别的桌子上都摆着这种壶）。托盘上有一碟馅饼、三个酒杯和一只小哨子。伙计把酒杯摆在我们面前，把杯子倒满，然后站在一边候着。我从手提箱里随手摸出一张钞票递给他——好像是张十美元的票子。我还在纳闷托盘里为什么有个哨子，邻桌就响起了轻柔悦耳的哨声，伙计便急忙循着声音走去。

热尔布诺夫喝了一口，不满地哼了一声。我也啜了一口。原来是烧酒，是用高粱酿造的劣质白酒。我开始咀嚼馅饼，却完全尝不出味道——吞下的药还在发挥效力，我的嗓子仍然有些发麻。

"是什么馅的？"巴尔博林小心翼翼地问道，"据说这里总有人失踪。我可不想开了斋。"

"我吃过，"热尔布诺夫说道，"像是牛肉。"

我再也无法忍受这一切，于是取出罐子，巴尔博林开始往杯子里倒粉末。

就在这时，穿燕尾服的先生结束了演奏，优雅而利落地穿上鞋袜，站起来鞠了个躬，然后抬起凳子，伴着稀稀落落的掌声下了台。一个仪表堂堂的男人从靠近舞台的桌子旁站起身来，他留着灰白色的胡子，脖子上围着一条灰色围巾，仿佛想要遮住牙印似的。我惊讶地发现这人是瓦列里·布留索夫[①]，可他已经变得苍老而消瘦。他走上舞台，对着大厅说道：

"同志们！尽管我们生活在视觉时代，印在纸上的文字正被部分观众所排斥，或者说……呃……"他翻了个白眼，停顿片刻，显然正打算讲一个并不高明的双关语，"或者，甚至可以说，是被所有观众所排斥……呃……但传统不会缴械投降，它在为自己寻找新的形式。你们今天将要观看的演出，我愿称其为自我中心后现实主义艺术的典范之一。即将为你们上演的是由一位……呃……一位淘气鬼[②]创作的……呃……小悲剧[③]。它的作者，室内诗人[④]约安·帕夫卢欣，正是这样定义这部作品的体裁。接下

[①] 俄罗斯象征主义诗人。
[②] 在俄语中，后现代主义者一词也有"淘气鬼"意思。
[③] 普希金在《四小悲剧》中开创了俄国文学的现实主义悲剧传统，开始关注个体的命运与内心世界。
[④] 室内诗歌不关注宏大主题，而是抒发内心感受，表达隐秘的情感。

来请欣赏小悲剧《拉斯柯尔尼科夫与马尔梅拉多夫》①。请。"

"请。"热尔布诺夫呼应似的重复道,我们干了一杯。

布留索夫下了台,回到自己的座位。两个身穿军装的人将一台高大笨重的金色竖琴连同琴架和一个小凳子从后台搬了上来。接着又搬来一张小桌子,摆上大肚甜酒瓶和两个高脚酒杯,然后在两边的侧幕分别粘上一块硬纸板,一边写着"拉斯柯尔尼科夫",另一边则是"马尔梅拉多夫"(我立刻看出,软音符号不是写错了,而是某种象征②),中间的幕布上则挂上了一块小牌子,牌子上的蓝色五角星里写着一个莫名其妙的词"YHVY"③。将这些道具摆好以后,他们就离开了。一个身披希腊长袍的女人从后台走出来,坐在竖琴边上,开始不紧不慢地拨弄琴弦。就这样过了几分钟。

接着,舞台上出现了四个身穿黑色长斗篷的人。每个人都单膝跪地,掀起斗篷的黑色下摆遮住脸。有人鼓起掌来。又有两个演员分别从舞台两端走了出来,他们脚踩希腊式的高筒厚底鞋④,身披希腊式的白色长袍,头戴希腊面具。他们缓缓地向彼此走去,在快要靠近之前却停了下来。其中一个人用缀以玫瑰的绳结将一把斧子挂在腋下,我猜他就是拉斯柯尔尼科夫。其实没

---

①拉斯柯尔尼科夫和马尔梅拉多夫是陀思妥耶夫斯基的小说《罪与罚》中的人物。
②根据俄文旧体的拼写规律,第二个词应该以硬音符号结尾,此处却以软音符号结尾。
③犹太教、基督教所信奉的唯一神的名字。
④希腊悲剧演员穿着这种高跟靴子,使演员看起来更加高大。

有斧子也是显而易见的，因为他身后的幕布上挂着写有姓名的牌子。另一位演员停在写着"马尔梅拉多夫"的名牌边上，缓缓举起一只手，拖长音调说道：

"鄙人马尔梅拉多夫。坦白说，
我已无路可走。
我在世间漂泊良久，
前方却连一丝光亮都没有。
从您的眼神我可以断定，
您对受压迫的人并不无情。
也许我们应该干杯？让我为您斟酒？"
"不必。"

带斧子的演员也用低沉的嗓音慢吞吞地答道；他边说边抬起一只手，伸向马尔梅拉多夫，后者迅速倒了一杯酒，透过面具的窟窿一饮而尽，然后继续说道：

"您随意。这杯敬您。看哪，
您的面庞盈满神秘的荣耀，
您美丽的双唇笑而不语，
您额头苍白，手掌沾满鲜血。
而我再也不能说，

在您僵硬的面皮之下
虚空迸发出高傲的力量,
使您看起来仿佛上帝的模样。
您是否明白?"
"我想,是的……"

热尔布诺夫用胳膊肘推了推我。
"你怎么说?"他小声问道。
"还太早,"我悄声回答,"再看一会儿。"
热尔布诺夫顺从地点点头。舞台上的马尔梅拉多夫说道:

"瞧。如果不是这样——您自己明白。
每个早晨都有血溅在雪地上。
斧子都会劈向后脑勺。我的孩子,
您能否想象这一切?"
"我能。"
"我不愿探查人的灵魂。
那里暗无天日,就像一个靴筒。
又像寒冷逼仄的小屋——
里面摆满女人的尸首。可怕吧?"
"哎呀。您到底想干什么?为何说起这个?"
"不如我直奔主题?"

"快一些吧。"

"要不我们先喝杯甜酒？"

"您就像理发师一样惹人讨厌。

我要走了。"

"好孩子，别生气。"

"我讨厌打哑谜一样的聊天。

也许您终于要说明白了？

您究竟想要什么？"

"把斧子卖给我吧……"

这时我环顾了一下大厅。每张桌子旁都坐着三四个人；其中有各色人等，但正如人类历史上的一贯情形，大多都是肥头大耳的投机商人和衣饰华美的风尘女子。和布留索夫坐在一起的是阿列克谢·托尔斯泰①，他用一个大大的领结代替了领带，和我最后一次见到他的时候相比，他明显发福了。他长出来的脂肪好像是从骨瘦如柴的布留索夫身上抽出来的一样。他俩坐在一起，看起来十分骇人。

我移开目光，发现有张桌子旁边坐着个怪人，他用皮带把黑色军便服扎得很紧，两撇小胡子向上翘起。他独自坐着，面前不是茶壶，而是一瓶香槟。我想他应该是布尔什维克的重要领导；他刚毅而平静的脸上似乎有什么令我感到不寻常的东西，我好一会儿都无法将目光从他身上移开。他察觉了我的眼神，我赶紧把

---

①俄罗斯著名作家。

头转向舞台，毫无意义的对话仍在继续：

"……什么？为什么要卖给您？"
"我是为了工作。
它是存在的某种象征。
如果您需要，可以再偷一把。
我想，偷来的应该更称手吧？"
"是这样没错……不过我猜，您是在暗示什么？
难道您也在那里？就躲在屏风后面？对吗？"
"知道吗，罗季翁①，虽然您带着斧子，
其实却幼稚得很。不过，青春
总是在有限中发现本质和原因，
它渴望的是简单——是笑与爱，
它总是温柔地摆弄肩膀下的绳结。
您想要多少钱？"
"请问，您要它何用？"
"我从头再说一遍——
力量、希望、圣杯②、神明、
永恒、光辉、月盈月亏、
锋刃、青春……把斧子卖给我吧。"

---

①罗季翁是拉斯柯尔尼科夫的名字。
②据说是耶稣在最后的晚餐时使用的酒杯。

"我不懂。不过就给您好了。"

"瞧……它就像石缝中的火焰一般熠熠生辉……

您要多少钱?"

"随便给吧。"

"这些够吗?"

"十块……十五……总算偷到了。

不过我感觉这跟钱没关系。

有些东西正在变化……似乎

正趋于崩溃……糟了……寒风

灌进了我支离破碎的灵魂。

您是谁?我的天啊,您竟然戴着面具!

您的双眼就像两颗黄色的星星!

太卑鄙了!摘下来!"

马尔梅拉多夫维持着长久而可怕的沉默。

"摘下来!"

马尔梅拉多夫一下子摘掉面具,和面具连在一起的长袍也从他身上滑落,出现了一个穿着胸罩和蕾丝短裤的女人,她的银色假发连着一根辫子,就像老鼠尾巴似的。

"上帝啊……是老太婆……可我手无寸铁……"

拉斯柯尔尼科夫几不可闻地迸出几个词,从高高的厚底鞋上栽倒在地。

接下来的事情让我脸色煞白。两个小提琴手跳上舞台,疯狂地演奏一首茨冈歌曲（又是勃洛克，我心想），假扮马尔梅拉多夫的女人把自己的长袍扔向瘫倒的拉斯柯尔尼科夫，然后扑到他胸前，一边掐着他的脖子，一边激动地摇晃裹着蕾丝短裤的屁股。

有那么一会儿，我感觉眼前发生的一切是一个可怕的阴谋，在场的所有人都在看着我。我像困兽一般四下张望，再一次与那个留着胡子、身穿黑色军便服的人目光交会，不知为何我突然觉得，他清楚冯·埃尔年之死——不仅如此，更严重的事情他也知道。

这一刻，我几乎就要从椅子上跳起来逃跑，不过强大的毅力使我坐在原地。观众们敷衍地鼓着掌；有的人在笑，对着舞台指指点点，但多数都忙着聊天、喝酒。

戴假发的女人掐死了拉斯柯尔尼科夫，然后又跑又跳地来到舞台边上，伴着两把小提琴那疯狂的乐声起舞，不时把光溜溜的腿踢向天花板，还不断挥舞着斧子。四个黑衣人整出戏都一动不动地站着，这时却抬起被长袍盖住的拉斯柯尔尼科夫，将他搬回了后台。我脑中闪过一个猜想，这一段应该是引自《哈姆雷特》，在这出戏的结尾也有四位军官负责搬运王子的遗体。奇怪的是，这个念头使我瞬间清醒过来。我明白眼前发生的事并不是针对我的阴谋——没有人来得及安排这一切——而是一个寻常而又神秘的挑战。我立刻决定接受挑战，接着转向两个正看得入迷的水兵。

"小伙子们,打住!这是背叛。"

巴尔博林向我投来疑惑的目光。

"这个英国女人在搞破坏。"我胡诌道。

这话显然对他起了作用,他立刻从肩膀上取下步枪。我拦住了他。

"别这样,同志。等等。"

这时拉锯子的先生又出现在舞台上,他在凳子上坐下,开始彬彬有礼地脱鞋。我打开手提箱,拿出一支笔和一张契卡的逮捕令;凄凉的锯声感染着我,催促着我,几分钟之后我就写好了。

"你在写什么?"热尔布诺夫问,"要逮捕谁吗?"

"不,"我说道,"要抓就得全抓了。我们换一种方式。热尔布诺夫,你还记得命令吗?我们不光要制止他们,还得贯彻咱们的路线,对吧?"

"没错。"热尔布诺夫说道。

"那好,"我说,"你和巴尔博林到后台去。我要去台上贯彻路线。等到行动开始的时候,我会发出信号,到时候你们再出来。咱们就让他们听听革命的音乐吧。"

热尔布诺夫用手指敲了敲杯子。

"不行,热尔布诺夫。"我坚决地说道,"你会干不了活的。"

热尔布诺夫眼中似乎闪过一丝委屈。

"你这是干什么?"他小声说,"不信任我?可我……我愿意为革命献出生命!"

"我知道,同志,"我说道,"但吃药还得等会儿。行动。"

两个水兵起身走向舞台。他们叉着双腿,重重地迈着步子,仿佛脚下不是地板,而是陷入风暴的装甲舰那歪斜的甲板似的。这一刻我几乎对他们产生了好感。他们爬上舞台侧面的台阶,消失在幕布之后。我把最后一点儿掺了药的烧酒倒进嘴里,起身朝托尔斯泰和布留索夫的桌子走去。有些人在看着我。先生们、同志们,我一边想着,一边缓缓穿过大厅里不断闪开的人群,今天我也有幸从我自己的老太婆身上跨过去,但你们却无法用她臆想出来的双手掐死我。啊,让总是纠缠着俄罗斯人的陀思妥耶夫斯基情结见鬼去吧!让只能看见陀思妥耶夫斯基情结的俄罗斯人也见鬼去吧!

"晚上好,瓦列里·雅科夫列维奇[①]。您在休息?"

布留索夫打了个哆嗦,盯着我看了一会儿,显然没有认出我来。接着他那憔悴的脸上才浮现出狐疑的微笑。

"彼佳?"他问道,"是您吗?见到您真是太高兴了。跟我们坐一会儿吧。"

我在桌旁坐下,和托尔斯泰客气地打了个招呼。虽然我们常在《阿波罗》的编辑部碰面,但并不熟识。托尔斯泰醉得很厉害。

"您怎么样?"布留索夫问道,"写了什么新东西?"

"现在顾不上了,瓦列里·雅科夫列维奇。"我说。

[①] 布留索夫的名字和父称。

"嗯,"布留索夫扫了一眼我的皮衣和毛瑟枪,若有所思地说,"是这样。说得没错。我也是……可我竟然不知道,彼佳,您是我们的人。我一直很推崇您的诗,尤其是您的第一本诗集《列比亚德金上尉之诗》。当然,还有《"我"王国之歌》。虽然不太好理解……您写的都是马呀,皇帝呀……"

"Conspiration①,瓦列里·雅科夫列维奇,"我说道,"虽然这个词很奇怪……"

"明白了,"布留索夫说,"现在我明白了。不过,请您相信,过去我也一直有这种感觉。可您变了。彼佳。变得气派极了……目光炯炯……话说回来,勃洛克的《十二个》您读了吗?"

"读了。"我说。

"您觉得如何?"

"我不太理解结尾的象征意味。"我说道,"为什么走在赤卫队员前面的是耶稣?难不成勃洛克想把革命钉死在十字架上?"

"对对,"布留索夫赶紧说道,"刚才我和阿廖沙②就是这么说的。"

听见自己的名字,托尔斯泰睁开眼睛,拿起杯子,但里面已经空了。他从桌上摸起哨子,放到嘴边,但哨声还没响起,他的头又耷拉了下去。

"我听说,"我开口道,"他改了结尾。如今走在赤卫队员前

---

①阴谋,密谋。
②阿列克谢·托尔斯泰的小名。

面的是个水兵。"

布留索夫思索片刻,然后两眼放光。

"没错,"他说,"这样更恰当。更准确。而基督走在后面!人们看不见他,他走在后面,背着歪斜的十字架,在暴风雪中穿行!"

"对,"我说,"而且是朝着另一个方向。"

"您是这么想的?"

"我深信不疑。"我说道,心想热尔布诺夫和巴尔博林可能已经在后台睡着了。"瓦列里·雅科夫列维奇,我想拜托您一件事。能否请您宣布一下,诗人法涅尔内即将朗诵一首革命诗?"

"法涅尔内?"布留索夫确认道。

"这是我在党内的笔名。"我解释说。

"噢,噢,"布留索夫点点头,"多么深刻的名字!①我本人也将洗耳恭听。"

"我可劝您别听。您最好赶紧走。这里马上就要发生枪战了。"

布留索夫脸色惨白,点了点头。然后我们再也没说话;等锯条安静下来,燕尾服先生穿好鞋子,布留索夫便起身走上舞台。

"今天,"他说,"我们已经谈论过最新派的艺术。现在,诗人法涅尔内将继续就该主题进行表演(他忍不住翻了个白眼)——呃……请别跟纸老虎和小锡兵混为一谈……呃……诗人

---

①在俚语中,"法涅尔内"一词也可以指"苏联产的、苏联的"。

法涅尔内将朗诵革命诗。请!"

他匆忙回到大厅,不好意思地对我笑笑,然后摊了摊手,抬着烂醉如泥的托尔斯泰,把他拖向门口;这时的他颇似一位退休教师,将一只既顽皮又蠢笨的狼狗牵在身后。

我上了台。舞台边上正好放着一把被遗忘的天鹅绒凳子。我把一只脚踩在上面,端详着安静下来的大厅。目之所及的所有面孔仿佛融汇成了同一张脸,一张既谄媚又无耻的脸,脸上凝滞着一副沾沾自喜、奴颜婢膝的怪相——毫无疑问,这张脸属于放高利贷的老太婆,是她的化身,却依然栩栩如生。舞台不远处坐着那个古怪的约安·帕夫卢欣,他留着长发,戴着单片镜;在他身边,一个满脸粉刺的胖女人正在吃馅饼,五颜六色的头发上系着几个红色大蝴蝶结——她大概就是剧院政委马林诺夫斯卡娅女士。在这漫长的一瞬间里,我恨透了他们所有人!

我从枪套里拔出毛瑟枪,把它举过头顶,清了清嗓子,然后按照自己从前的习惯,朗诵写在契卡公文纸上的那首诗。我面无表情地望着前方,不带任何语调,只是每隔四行稍稍停顿一下:

革命军事十四行诗

战士同志们!我们悲痛至极。
法涅尔内同志被残忍杀害。
一位布尔什维克的元老

离开了我们的契卡。

事情是这样的。审讯之后
他在路上驻足点烟,
这时,一个反革命军官
掏出手枪,将他瞄准。

同志们!响起了低沉的枪声,
子弹射进法涅尔内同志的额头。
他刚想把手伸进怀里,
就晃了晃身子,闭上双眼,摔倒在地。

战士同志们!让我们团结携手、同声歌唱,
用革命的恐怖回应白匪畜生!

接着我朝枝形吊灯开了一枪,但却没打中。

从我右边突然传来一声枪响,吊灯炸裂开来,我看见热尔布诺夫正在我身边拉枪栓。他单膝跪地,又往大厅里开了几枪,人们大喊大叫,匍匐在地,躲在柱子后面。巴尔博林随即从幕布后走了出来。他摇摇晃晃地走到舞台边上,尖叫着往大厅里扔了一枚手榴弹。大厅里升起白色的火光,爆发出可怕的轰鸣声,一张桌子被炸翻在地，在接下来的宁静中，不知是谁"啊呀"惊叫了一声。出现了令人尴尬的停顿，为了打破这个停顿，我往天花板开了好几枪，突然我又看见那个穿黑色军便服的怪人，他镇定地坐在桌旁，不时喝一口杯子里的酒，似乎还在微笑。我感觉自己很蠢。

热尔布诺夫又朝大厅开了一枪。

"停火！"我喊道。

热尔布诺夫似乎嘟囔着"你凭什么指挥我"，但还是把步枪背在了肩上。

"咱们撤。"我边说边向后台走去。

躲在后台的人一见到我们就四散而逃。我和热尔布诺夫穿过黑暗的走廊，拐了几个弯，打开后门，来到了大街上，外面的人也对我们避之不及。我们向汽车走去。离开满是烟味的闷热大厅，寒冷清新的空气就像乙醚蒸汽一样使我头昏脑涨、昏昏欲睡。司机身上落了厚厚的一层雪，却仍一动不动地坐在前排。我打开车门，然后转过身来。

"巴尔博林呢？"我问道。

"就来，"热尔布诺夫得意地笑着说，"他去办件事。"

我钻进车里，倚在靠背上，一下子就睡着了。

我是被女人的尖叫声吵醒的，接着就看见巴尔博林抱着一个拼命挣扎的姑娘从巷子里出来。她穿着蕾丝短裤，带辫子的假发歪在一边。

"挪一下，同志。"热尔布诺夫一边往车里钻，一边对我说，"有补充人员。"

我挪到边上去。热尔布诺夫向我俯过身来，用令人意外的亲切语气说道："一开始我还不理解你，彼得卡。从前我不了解你的性格。你是好样的。讲得真好。"

我嘟囔了几句就又睡着了。

我在梦里听见女人的笑声和刹车声，热尔布诺夫难听的骂娘声和巴尔博林像蛇一样嘶嘶的说话声——他们似乎在为这个可怜的女人争吵。过了一会儿，汽车停了下来。我抬起头，看见热尔布诺夫那张模糊而失真的脸。

"睡吧，彼得卡。"这张脸大声说，"我们在这里下车。我们和大哥有话要说。伊万会送你回去。"

我看了眼窗外。我们正停在特维尔林荫道上，旁边就是市政大厅。大雪缓缓落下。巴尔博林和浑身颤抖的半裸女人已经站在了街上。热尔布诺夫跟我握了握手，爬了出去。车子发动起来。

我突然强烈地感觉到，我在这个冰封的世界里是如此孤独和无助，这个世界的居民要么一心想把我送到豌豆街，要么用隐晦而迷人的话语搅扰我的心。明天早上，我想，我该对自己的脑门开上一枪。在彻底陷入无知无觉的黑暗深渊之前，我看见的最后一样东西是林荫道旁落满白雪的栏杆——汽车转弯的时候，它与窗户近在咫尺。

2

这就是俄罗斯,你为它赞叹,为它哭泣,可当你看清楚自己赞美的是什么,说不定要吐出来呢。

实际上，栏杆不是紧挨着窗户，而是就在窗户上，更准确的说，是在一扇小气窗上。一缕阳光照进来，直接落在我的脸上。我想躲开它，但却办不到。当我把一只手撑在地板上，想要翻身躺着的时候，才发现我的双手被捆住了。我穿着一件类似裹尸布的衣服，长长的袖子反绑在身后，这似乎就是所谓的拘束衣。

至于发生了什么，我并不十分疑惑。显然是两个水兵从我的行为中发现了可疑之处，趁我在车上睡着的时候把我带到了契卡。我全身弓起，设法变成跪姿，然后靠墙坐下。我的牢房奇怪极了，靠近房顶的地方有一个围着栏杆的气窗，把我唤醒的阳光就是从那儿照进来的。墙壁、大门、地板和房顶都裹着一层厚厚的软包，这样一来，大仲马式的浪漫自裁（"您再上前一步，老爷，我就用头撞墙"）就不可能实现了。看来，这种牢房是契卡的人为贵宾准备的，不得不承认，有一瞬间我甚至感到十分受用。

我盯着墙壁，回忆昨天那些惊险的细节，几分钟以后门开了。

站在门口的是热尔布诺夫和巴尔博林。可是，我的上帝啊，瞧他们这副模样！他们身穿白大褂，巴尔博林口袋里还露出一截货真价实的听诊器。这实在令我难以接受，我的胸口涌出一阵神经质的大笑，被药灼伤的喉咙却把它变成了沙哑的咳嗽。站在前面的巴尔博林转身对热尔布诺夫悄声说了些什么。我突然笑不出来了，不知为何，我觉得他们要打我一顿。

必须要说的是，我压根不怕死。对我来说，死就像离开一座上演乏味剧目时着了火的剧院一样，是自然和明智的选择。但我怎么也不想让不熟悉的人用拳打脚踢的方式送我最后一程。可见在内心深处，我并非一位十足的基督徒。

"先生们，"我说道，"我想你们明白，你们很快也会被打死。那么，出于对死亡的尊重——就算不尊重我的死亡，起码也要尊重你们自己的——求你们做得干净利落，给我留些尊严。反正我也没什么能告诉你们的。你们没看出来吗，我只是个普通人，而且……"

"这是干什么，"热尔布诺夫冷笑着打断了我，"你昨晚说得多棒啊。那诗读得多好！你自己总还记得吧？"

他的语气透着一股别扭和难以言喻的古怪，我猜他一大早就喝了波罗的海茶。

"我的记性很好。"我直视着他的眼睛答道。

他的目光始终毫无波澜。

"你还跟这个蠢货说些什么，"巴尔博林哑着嗓子尖声道，"让铁木雷奇对付他，他就是靠这个赚钱的。"

"走吧。"热尔布诺夫走过来抓住我的胳膊。

"就不能把我的手松开吗？"我问，"你们可是两个人。"

"哦？"热尔布诺夫问道，"万一你又开始掐人呢？"

听到这话我仿佛被人揍了一拳，身子晃了晃。他们都知道了。我几乎产生了一种生理上的感觉，热尔布诺夫的话仿佛沉甸甸地压在我身上。

巴尔博林抓住我的另一只胳膊；他们毫不费力地把我拉起来，拖到空荡昏暗的走廊里，这里确实有股医院的味道，也有可能是血腥味。我没有反抗，过了一会儿，他们把我推进一间宽敞的屋子里，让我在屋中间的凳子上坐下，接着便消失在门外。

我的正对面摆着一张大书桌，上面堆满了办公室用的那种文件夹。桌子后面坐着一位文质彬彬的先生，跟热尔布诺夫和巴尔博林一样穿着白大褂，他用肩膀把黑色的塑胶话筒夹在耳边，正凝神倾听。他的双手下意识地翻着一堆纸；他不时点点头，但什么也没说。他丝毫没有注意我。还有一个人穿着白大褂和带有红色镶条的绿裤子①，坐在靠墙的椅子上，他两边有两扇高高的窗户，挂着落满灰尘的窗帘。

不知为何，这个房间的陈设使我想起总参谋部，一九一六年期间我常去那里，当时我正在爱国主义新闻的舞台上初试身手。只不过，穿白大褂的先生头顶上挂着的不是沙皇的画像（甚至不是那位已经偷走半个欧洲的珊瑚石的卡尔②），而是一幅吓得我咬到嘴唇的东西。

那是一张贴在硬纸板上的巨幅宣传画，用俄罗斯国旗的三种颜色绘制而成。上面画着一个蓝皮肤的男人，一副俄罗斯人的普

---

①通常将官的军裤上才有红色镶条。
②这里的卡尔是指列宁。因为个子矮，列宁被叫做"卡尔"（在俄语中，卡尔和矮子的读音很相似）。俄语中有一句顺口溜"卡尔偷了克拉拉的珊瑚石"，作者借此影射列宁曾没收欧洲商人的在俄资产。

通长相。他被开膛破肚,头盖骨被锯开,露出里面红色的脑髓。他的内脏被从肚子里掏了出来,用罗马数字分别编号。即便如此,他的眼中仍然透着冷漠,脸上凝结着一丝平静的微笑,这或许是因为,他的脸颊上有一道长长的口子,里面露出一部分颌骨和牙齿,那些牙齿就像德国牙粉广告里一样完美。

"就这样吧。"穿大褂的先生嘟囔着,把话筒搁了回去。

"请原谅!"我看着他说道。

"我原谅您,我原谅您。"他说,"鉴于和您打交道的经验,我要提醒您一下,我的名字是铁木尔①·铁木罗维奇。"

"我叫彼得。我没法跟您握手,由于某些明显的原因。"

"没有这个必要。唉,彼得啊,彼得。您怎么把日子过成了这样?"

他友善地望着我,甚至怀着些许同情。山羊胡使他看上去就像一个普普通通的理想主义者,但我十分了解契卡的作风,因此内心并未生出丝毫信任。

"我把日子过成什么样了。"我说,"如果您非要这样问,那我也是跟别人一起过成这样的。"

"那是跟什么人呢?"

看吧,我想,开始了。

"想必您正期待着我说出什么地址和接头暗号,我猜得对吗?可是请您相信,我没有什么能够取悦您的东西。从童年开始,我

---

①铁木雷奇是铁木尔的小名。

的全部经历就是从别人身边逃离,在这个语境下,'别人'应该是一个整体范畴,您明白吗?"

"那是自然。"他边说边在纸上写着什么,"毫无疑问。可是您的话里有矛盾。您先是说自己和别人一起混成了现在这样,然后又说您在逃离别人。"

"得了吧,"我一边说着,一边冒着失去平衡的危险跷起一条腿,"这只是表面的矛盾。我越是努力逃离人群,就越是逃不掉。对了,我也是不久前才想明白原因。有一回我经过以撒大教堂,望了一眼教堂的圆顶。您也知道,黑夜、严寒、繁星……是的……于是我明白了。"

"原因是什么?"

"原因就是,如果你想逃离别人,那你这一生都会身不由己,沿着别人那摇摆不定的道路走下去。即使你继续逃也没有用。重要的不是逃往何方,而是逃离何处。所以眼前必须始终有一座属于自己的牢笼。"

"是的,"铁木尔·铁木罗维奇说,"是的。一想到要为您操多少心,我就感到害怕。"

我耸了耸肩,抬眼望向他头顶上的宣传画。也许这不是什么绝妙的隐喻,只是一件医学教具罢了。兴许是解剖图册的一部分。

"您知道,"铁木尔·铁木罗维奇继续说道,"我可是个有经验的人。不少人都经过我的手。"

"哦，我不怀疑。"我说。

"跟您说吧。我感兴趣的不是表面的诊断，而是使人脱离自己正常的社会心理位置的内在原因。在我看来，您的情况简直一清二楚。您只是不接受新事物而已。您还记得自己多大了吗？"

"当然了。二十六岁。"

"您看吧。您恰好属于这样的一代人，你们本应生活在某种社会文化模式中，结果却落入另一种截然不同的模式里。您明白我在说什么吗？"

"当然。"我答道。

"这样一来，就产生了非常严重的内在冲突。不过值得安慰的是，这并非您个人的遭遇。就连我本人也有类似的问题。"

"是吗？"我用略带讥讽的语调问道，"那您是如何解决问题的呢？"

"一会儿再说我的事，"他说，"我们先处理您的问题。正如我所说，如今几乎每个人都有这种潜意识的冲突。我希望您能了解它的本质。要知道，我们周围的世界会反映在我们的意识中，并且成为思维的对象。当现实世界中的某些既定联系趋于崩溃时，同样的事情也会发生在人的意识中。与此同时，数量惊人的心理能量从您封闭的'自我'中释放出来。就像一颗微型原子弹爆炸似的。可重要的是，这股能量在爆炸后会冲向哪里。"

谈话有点意思了。

"那么，请问，都有哪些渠道呢？"

"嗯，粗略地说有两种。心理能量也许会，这么说吧，向外、向外部世界运动，冲向某些东西……嗯，比如说，皮夹克和豪车之类的。许多您这个年纪的人……"

我想起了冯·埃尔年，忍不住打了个哆嗦。

"我明白。不用继续说了。"

"很好。在第二种情况下，能量由于各种原因留在了体内。这是最糟糕的情况。您想象一下，一头公牛被关在博物馆的一间展厅里……"

"非常生动的场景。"

"谢谢。那么，这间大厅以及那些易碎而又优美的展览品就是您的个性，您的内心世界。而里面那头横冲直撞的公牛就是释放出来的、您无法控制的心理能量。也就是您坐在这里的原因。"

他的确很聪明，我想。但却是个混蛋。

"我可以再跟您多说两句。"铁木尔·铁木罗维奇继续说道，"我想了很久，为什么有的人能够开始新生活。我们暂且叫他们'新俄罗斯人'，尽管我不大喜欢这个说法……"

"的确很让人讨厌。而且也不准确。如果用车尔尼雪夫斯基的话来说，似乎应该叫他们新人。①"

"也许吧。可是问题还在这里——为什么有的人，这么说吧，奔向新事物，而另一些人仍然试图解释自己同消亡世界的余迹之间那并不存在的联系……"

---

①车尔尼雪夫斯基的小说《怎么办》的副标题为《新人的故事》。

"说得好极了。您就像巴尔蒙特①一样。"

"多谢夸奖。在我看来,答案很简单。我甚至担心您会觉得它过于粗浅。所以我不想直截了当地说。在某个人、某个国家和某种文化中总是不断发生着变化。有时这些变化被时间拉长到难以觉察的程度,有时却表现得十分明显,就像现在一样。正是对待变化的态度决定了不同文化之间的深刻差异。比如,令您神魂颠倒的中国……"

"您是从哪儿知道的?"我问道,被袖子绑在背后的两只手不禁攥成了拳头。

"这是您的卷宗。"铁木尔·铁木罗维奇从桌上拿起那本最厚的文件夹,说道,"我刚好翻了一下。"

他把文件夹扔了回去。

"对,中国。您应该还记得,中国人的全部世界观都建立在一个基础上,那就是世界正在退化,正从某个黄金时代步入黑暗与萧条。对他们来说,理想世界的绝对标准存在于过去,任何新事物都是罪恶,因为它会使人更加偏离这个标准。"

"请原谅,"我说,"可这是所有人类文化的普遍特征。从语言就能看得出来。比如在英语中,我们就是所谓的 descendants of the past。这个词意味着向下的运动,而不是上升。我们不是 ascendants。②"

---

① 俄国象征主义诗人。

② 在英语里,后裔(descendant)的词根 descend 意思是下降,而祖先(ascendant)的词根 ascend 意思是上升。

"也许吧,"铁木尔·铁木罗维奇说道,"外语里面我只懂拉丁文。但这不是重点。当这种意识体现在某个人的身上,他就会将自己的童年看作失落的天堂。就拿纳博科夫[1]来说吧。他不停地回想早年的生活,对我所表达的观点来说,这就是一个典型范例。他还是另一个现象的典型范例,那就是恢复健康并使意识重新转向现实世界——我愿称之为反升华,对难以企及的、也许从未存在的天堂的冀望被他转化为简单的、世俗的、略显罪恶的对女童的情欲,从而巧妙地实现了反升华。尽管一开始……"

"抱歉,您说的是哪一个纳博科夫?"我打断了他,"是那位立宪民主党领袖吗?[2]"

铁木尔·铁木罗维奇极为忍耐地微笑着。

"不是,"他说,"我说的是他儿子。"

"那就是捷尼舍夫中学的沃夫卡[3]?难道您把他也抓来了?可他在克里米亚啊!这跟小姑娘有什么关系?您在胡说些什么呀?"

"好好好。在克里米亚。"铁木尔·铁木罗维奇说,"在克里米亚。我们刚才说的不是克里米亚,而是中国。我们谈到,对于中国传统的民族精神来说,任何前进其实都是退步。可还有另一

---

[1] 弗拉基米尔·弗拉基米罗维奇·纳博科夫,俄罗斯作家、翻译家,代表作为《洛丽塔》。
[2] 弗拉基米尔·德米特利耶维奇·纳博科夫,俄国著名政治家,作家纳博科夫的父亲。
[3] 沃夫卡是弗拉基米尔的小名。

条路，不管您在语言上有何见地，欧洲有史以来走的就是这条路。许多年来，俄罗斯一次又一次与西方缔结不幸的、炼金术式的婚姻，正是为了走上这条道路。"

"精彩。"

"谢谢。在这条道路中，人们认为理想不在过去，而是潜存于未来。存在立刻因此而充满了意义。明白吗？这是一种关于发展、进步、从不完善趋于完善的观念。同样的事情也会发生在个体层面，尽管个体的进步是以极其微小的形式表现出来的。比如装修房子或是换辆汽车。这使人们能够继续生活下去。可您却不想为这个'继续'付账。我们提到的那头隐喻的公牛在您心中狂奔，摧毁拦在路上的一切，这正是由于您不愿向现实妥协。您不想放了那头公牛。您蔑视时代要求我们采取的姿态。而这正是您悲剧的缘由。"

"您所说的一切当然都很有趣，可是太复杂了。"我瞥了一眼那个靠墙站着的军人，说道，"而且我的手都麻了。不过说到进步，我可以给您简单解释一下，这究竟是怎么一回事。"

"欢迎之至。"

"很简单。您刚才其实只说了一件事，那就是有些人能够比其他人更快地适应变化，仅此而已。您可曾想过，究竟为什么会发生这些变化？"

铁木尔·铁木罗维奇耸了耸肩。

"我来告诉您吧。一个人越是无耻狡诈，他就活得越轻松，我想您不会反驳吧?"

"不会。"

"而他能够活得轻松,正是因为他能更快地适应变化。"

"姑且这么说吧。"

"那么,当某人无耻狡诈到了一定的程度,先生,他就可以在变化发生前做出预判,从而能比其他人更快地适应。而且,那些最敏锐的卑鄙小人早在变化发生前就已经适应了一切。"

"那又怎么样呢?"

"而世上的所有变化之所以发生,全靠这群敏锐的卑鄙小人。因为他们压根不是在预测未来,而是在创造未来。他们认为哪里要起风,就往哪里爬。于是,风便只能从那个地方刮起来了。"

"这是为什么?"

"怎么回事。我不是说了嘛,我说的是那些最可恶、最狡诈、最无耻的卑鄙小人。难道您不觉得,他们能让所有人相信,风正是从他们爬过去的那个地方吹来的吗?况且,我所说的风只是一种表达方式罢了……我说了太长时间。其实我原本打算一直保持沉默,直到被枪决。"

坐在墙边的军人清了清嗓子,意味深长地看了一眼铁木尔·铁木罗维奇。

"我还没向您介绍呢。"铁木尔·铁木罗维奇说,"这位是斯米尔诺夫上校,部队的精神病专家。他是为了别的事来的,不过他对您的情况也很感兴趣。"

"非常荣幸，上校。"我点了点头说道。

铁木尔·铁木罗维奇朝电话俯下身去，按了一下按钮。

"索涅奇卡，和平时一样，四毫升。"他对着话筒说道，"直接来我这儿，趁他还穿着拘束衣。对，然后立刻回病房。"

铁木尔·铁木罗维奇向我转过身来，他哀叹一声，然后捋了捋胡子。

"眼下我们只能继续使用药物疗法。"他说道，"实话跟您说吧，我认为这是我的失败。虽然这没什么，可毕竟还是失败。我认为，一位优秀的精神病医生应该避免使用药物。它们……怎么跟您说呢……就像化妆品。它们不能解决问题，只是在别人眼前掩盖问题罢了。可是对于您的情况，我想不出别的办法。您也应该帮帮我。要知道，要救一个溺水的人，只伸出一只手是不够的，需要对方也伸出自己的手。"

身后的门开了，我听见背后传来轻微的脚步声。一个女人用柔软的指头抓住我的肩膀，我感到冰凉纤细的针头穿过拘束衣，刺进了我的皮肤。

"对了。"铁木尔·铁木罗维奇怕冷似的搓着手说道，"提醒您一下，精神病院里所谓的枪决可不是现在给您注射的东西，这只是常见的冬眠灵和一杯倒的混合液。枪决是磺胺嘧啶十字，就是注射四针在[1]……不过，希望我们不会走到这一步。"

---

[1] 据说为了让狂躁的患者安静下来，会在肩胛骨和臀部两侧各注射一针磺胺嘧啶，对药物的戒断反应十分痛苦，一般要持续一天，对患者来说无异于一场酷刑。

我没有回头去看给我打针的女人，而是盯着宣传画上被开膛破肚的、用蓝红白三种颜色描绘而成的男人。他也开始望着我，还对我微笑和眨眼。铁木尔·铁木罗维奇的声音似乎从一个遥远的地方传了过来："对，直接去病房。不用，他不会闹事的。毕竟还是有些效果……他很快就会自己坐到这把椅子上。"

不知是谁从我身上扯下拘束衣（大概又是热尔布诺夫和巴尔博林），然后抓着我的胳膊，把我像沙袋一样搬到一个类似担架的东西上。接着，门框在我眼前一闪而过，我们便来到了走廊。

我僵硬的身体掠过一排标着号码的、高高的白色大门，那两个改头换面的水兵说笑着，声音有些失真，似乎正不害臊地谈论女人。接着我看见铁木尔·铁木罗维奇向我低下头来，原来他就跟在旁边。

"彼得，虽然您不是普希金，可我们还是决定把您送回第三厅[①]，"他满意地笑着说，"那里现在有四个人，加上您就是五个了。您知道卡纳什尼科夫教授——也就是鄙人——的集体疗法是怎么一回事吗？"

"不知道。"我艰难地嘟囔了一声。

眼前掠过的一扇又一扇门让我难受极了，于是我闭上了眼睛。

"简单来说，就是患者们为了恢复健康共同努力。您可以想

[①]第三厅是沙皇尼古拉一世设立的秘密警察机构，用来监视普希金等重要人物。

象一下,您的问题暂时成了所有人的问题,也就是说,每个参与治疗的人都会在这段时间里和您处于相同的状态。这么说吧,他们就等于是您。您觉得这会导致什么样的结果呢?"

我没有做声。

"太简单了。"铁木尔·铁木罗维奇继续说道,"等到治疗结束的时候,就会出现反弹效应。参与者会一齐走出他们刚刚真实体验到的状态。可以说,这是利用人与生俱来的群体本能来实现医疗目的。和您共同参与治疗的人会在一段时间里沉浸在您的念头和情绪之中,可治疗一结束,他们就会恢复原本的躁狂状态,留下您独自一人。这时,假如病态的心理因素能够顺利宣泄到外部,您自己就会感觉到,那些病态的念头都是暂时的,于是便不再将自己和他们等同起来。这时距离康复已经近在咫尺了。"

我不太理解他的意思——假如他的话里还有意思的话。但还是有些东西留在了我的脑子里。药剂的效果越发强烈,我已经看不见周围的任何东西了。我的身体几乎失去了知觉,内心则变成了迟钝而又麻木的漠然状态。最难受的是,陷入这种状态的似乎不是我,而是注射进我体内的药剂把我变成的另一个人。而我惊恐地感觉到,这另一个人的确是可以被治愈的。

"当然可以。"铁木尔·铁木罗维奇肯定地说,"我们会治愈的,您不必怀疑。总之,您要将'疯人院'这个概念抛开,只要把这当做一场有趣的冒险就行了。况且您还是个作家呢。我听说某些事情会使人产生写作的冲动。就比如现在吧。您的病房里将要发生一件格外有趣的事儿,那就是和玛利亚的集体治疗。您应该还记得我说的人是谁吧?"

我摇头否认。

"当然,当然。"他说,"这个病例真是有趣极了。要我说,简直是一出莎士比亚式的心理剧。一些乍看之下差异巨大的意识对象相互碰撞,比如墨西哥肥皂剧啦,好莱坞大片啦,脆弱的俄罗斯民主啦。您知道那部墨西哥连续剧《就叫玛利亚》吗?也不记得了?好吧。简而言之,病人以为自己就是这个女主角玛利亚。要不是患者在潜意识里认为自己就是俄罗斯,而且还有阿伽门农情结和肛门期①,这也不过是个普通的病例罢了。总之,这种伪人格分裂正是我的专长。"

上帝啊,我心想,他们的走廊可真长。

"当然,您现在的状态无法充分参与治疗,"铁木尔·铁木罗维奇继续说道,"所以您可以睡觉。但是别忘了,很快您就必须充当自己的讲述者了。"

门嘎吱一响,我们好像进了一个房间。我只听见了只言片语,谈话声便中断了。铁木尔·铁木罗维奇朝暗处打了声招呼,得到了几个人的回应。这时,我被放在一张看不见的床上,他们往我脑袋底下塞了枕头,给我盖上了被子。我仔细听了一会儿飘过来的说话声(铁木尔·铁木罗维奇在跟别人解释,我为何离开了这么久),然后就彻底脱离了周围的一切,因为我突然产生了

---

①弗洛伊德划分的人格发展的第二阶段。

一种极为重要的、私密的幻觉。

我不知道，我和我的良心独处了多长时间。突然，铁木尔·铁木罗维奇那单调的声音吸引了我的注意。

"仔细看着这个小球，玛利亚。您现在非常平静。如果您感觉嘴里有些干，那是因为给您注射的药剂起效了，很快就会过去的。您听得见我说话吗？"

"听得见。"答话的人听起来更像是个嗓音高亢的男人，而不是声音低沉的女人。

"您是谁？"

"玛利亚。"这人回答说。

"您姓什么？"

"就叫玛利亚。"

"您多大了？"

"他们说我十八岁。"

"您知道自己在哪儿吗？"

"知道。在医院。"

"那您为什么在这儿呢？"

"是撞的，还能为什么。我不明白自己究竟是怎么活下来的。真想不到他是那种人。"

"您撞上什么了？"

"奥斯坦金诺电视塔。①"

---

① 莫斯科的著名地标。

"原来如此。可怎么会这样呢？"

"一言难尽啊。"

"没关系。"铁木尔·铁木罗维奇温柔地说道，"我们一点儿也不着急。您说吧，我们洗耳恭听。一切是从哪里开始的？"

"一开始，我去岸边散步。"

"在这之前您去过哪里？"

"在这之前我哪里也没去。"

"好的，请继续。"

"好吧。我走啊，走啊，周围飘着雾。而且我越往前走，雾就越浓……"

我突然发现，我越是继续听下去，就越不理解飘到耳边的这些话是什么意思。我有一种感觉，这些话的意思仿佛是用绳子系上去的，而绳子变得越来越长。我已经跟不上谈话了，但这不重要，因为就在这时，我的眼前浮现出一幅不断颤动的画面：河岸笼罩着一团团烟雾，上面走着一个女人，她有一对强壮而又宽阔的肩膀，简直就像一个穿着女装的男人。我知道她叫玛利亚，我既能看见她，又能透过她的眼睛看着世界。我立刻就明白了，我正以某种方式体会她的思想与感受：她在想，不管怎么样，这步是散不成了。她出现在这个悲惨世界的时候还是阳光灿烂的清晨，可如今已经变成了这副鬼样子。而且改变得如此平缓，她甚至没有察觉到这是如何发生的。

起初，空气中散发着一股焦味，玛利亚猜想，一定是有人在什么地方烧落叶。过了一会儿，这股味道里又掺杂了烧橡胶的臭味，接着，一团团越来越浓的、雾一般的烟向她飘来，几乎遮住了周遭的一切，只能看见河岸边的铁栏杆和几米开外的地方。

很快玛利亚就感觉到，自己仿佛走在美术馆的长廊里。周围世界的零星画面不时从笼罩万物的烟雾中显现出来，它们有种平淡的日常感，像极了一幅幅当代艺术作品。迎面浮现出一些写着"换汇"字样的小牌子、布满刻痕的长椅以及数不清的空易拉罐，啤酒显然还是下一代人的主流选择。

一些惊慌失措的人手握冲锋枪，在烟雾中时隐时现。他们假装没看见玛利亚，她也不理睬他们。就算没有他们，照样有不少人记得她、想着她。能有多少——几百万？几千万？玛利亚并不知道确切的人数，但她相信，假如所有关注着她的命运的心脏一齐跳动，那它们融汇成的喧嚣一定比对岸那震耳欲聋的爆炸声更加响亮。

玛利亚环顾四周，眯起自己那双明亮的眼睛，想搞清楚是怎么回事。

在不远处的某个地方——因为烟雾的遮挡，看不清究竟在哪里——不时响起爆炸声，而且每一声轰鸣之后都会传来狗吠和众人的喧哗，就像体育馆里有人进球似的。玛利亚不知道他们在干什么。也许河对岸正在拍电影，也许新俄罗斯人正在争论究竟谁才是最新的那个。赶快把一切都分了吧，她叹着气想道，否则不知还有多少漂亮的年轻人要血溅街头呢。

玛利亚思索起来，天晓得那些人为何要在遮天蔽日的黑色浓烟里痛苦地抽搐，怎样才能为他们减轻难以承受的生活重担。她的脑海中浮现出一些鲜明而简单的形象——她穿着朴素的连衣裙，走进一间普普通通的屋子，主人为她把家里收拾得整整齐齐；而主人们坐在摆着茶炊的桌子旁，殷勤地看着她。她知道自己什么也不用说，只要坐在对面亲切地看着他们，尽量忽略噼啪作响的炉膛就行了。又或许是这样：在医院的病房里，缠着绷带的病人们躺在不舒服的小床上，而她的画像挂在所有人都能看见的地方。人们从床上看着她，就能暂时忘记自己的不幸与痛苦……

这一切都很美好，可她隐约意识到这还不够。不，这个世界需要力量，需要坚强刚毅的、必要时能抵抗邪恶的力量。可是这种力量从何而来呢？它应该是什么模样？玛利亚不知道这些问题的答案，但她感觉到，如今自己正是为此行走在河岸边，行走在这个盈满苦痛的城市里。

狂风暂时吹散了周围的烟雾，一束阳光落在玛利亚身上。她伸手挡住阳光，突然明白了该去哪里寻找答案。毫无疑问，答案就在无数的心灵和头脑中，正是它们将她呼唤至此，使她现身于烟雾笼罩的岸边。它们仿佛汇成了一片意识的海洋，正透过千万双眼睛凝视着电视屏幕，而且整片海洋都被她尽收眼底。她打量着这片海洋，起初没有发现任何有用的东西。不，毫无疑问，这片意识的海洋里显现出一股战无不胜的力量，而且它在大多数情况下都呈现出一个共同的形象：这是一个年轻人，脑袋不大，肩膀却很宽，穿着深红色的双排扣西装，正叉开双腿，站在一辆低矮的加长轿车前。这辆车的轮廓很模糊，就像在空气中涂抹出来的一样。这是因为，玛利亚看见的那些灵魂想象出了各式各样的车型。年轻人的面孔也是模糊的，只有微卷的栗色平头稍微清楚些。他的西装倒是清晰得很，仔细一看还能分辨出金色纽扣上的字。可玛利亚没有这么做。毕竟重要的不是纽扣上写着什么，而是如何将这股战无不胜的力量和她温柔的爱融为一体。

玛利亚停了下来，倚在铁栏杆中间的一根花岗岩石柱上。得在那些信赖她的头脑和心灵中重新寻找答案，但玛利亚很清楚，这一次不能再依靠那些平庸的念头。需要的是……

"这里怎么也该有个聪明的娘们吧。"她想道。

这个聪明的娘们立刻就出现了。玛利亚不知道她叫什么，是什么人，甚至不知道她的长相。眼前闪过一排高大的书架，一张堆满了纸的桌子，桌上有一台打字机，桌子后面挂着一张照片，照片里的人目光阴沉，留着卷曲而古怪的小胡子。一幅幅抖动而扭曲的黑白画面一闪而过，玛利亚似乎正透过一台破旧的电视机向外看。电视的屏幕还没有火柴盒大，而且不是摆在房子中间，而是在某个角落里。但这些景象消失得太快了，玛利亚还没来得及思考，它们就被另一些思绪所取代了。

玛利亚对眼前这个思绪的漩涡几乎毫无头绪。而且这个阴沉的漩涡散发着霉味,就像储物间里的旧屏风倒在地上时扬起的灰尘一样。玛利亚断定,自己遇到的是一个极其混乱且不太正常的意识。当这一切结束的时候,她感到轻松极了。她捕捉到了一些莫名其妙的词儿,让它们留在自己内心的玫瑰色虚空之中。这些词儿包括"美妇人"(很明显这里说的是谁①),"陌生女郎"(一样②),接着是"未婚夫"(不知为何都是大写),下一个是"客人"(也是大写),然后出现了一个难以理解的词组"炼金术式的婚姻",最后是一句莫名其妙的话:"休息亦徒劳,我将大门敲。"思绪停在了这里,接着又闪过一张照片,照片里的人眼含怒火,垂着长长的胡子,倒像是直接从鼻子里长出来似的。

她茫然四顾。周围仍旧满是浓雾。玛利亚心想,也许附近有扇大门,该去敲一敲,于是便小心翼翼地朝烟雾里走了几步。黑暗立刻从四面八方将她围住,她害怕了,于是赶紧回到岸边,这里起码还有些光亮。

"即使我去敲门,"她想,"难道会有人开门吗?"

身后响起汽车马达的轰鸣声。玛利亚紧贴着岸边的栏杆,提心吊胆地等待着什么东西从烟雾中出现。过了一会儿,一辆黑色的加长轿车从她身边缓缓驶过,这是一辆贴着彩带的"海鸥"牌汽车——她明白这是一辆婚车。车里坐满了人,全都凝神思索、一言不发;几支冲锋枪的枪管从窗户里伸出来,车顶有一大一小

---

① 指勃洛克的《美妇人诗集》。
② 指勃洛克的《陌生女郎》。

两枚闪闪发亮的黄色戒指。

玛利亚目送"海鸥"离开，突然一拍脑门。当然啦，她突然明白了。没错。就是这样。两个连在一起的戒指、未婚夫、客人、赞助商。炼金术式的婚姻——虽然她不理解什么是"炼金术式的"，不过万一有什么事，她可有个好律师。玛利亚摇了摇头，露出微笑。这么长时间，她怎么连最简单、最重要的东西都没发现？她刚才究竟在想些什么？

她环顾四周，根据阳光判断方向，然后把手伸向西边（不知为何她知道，未婚夫会从那里出现）。

"来吧！"玛利亚低声祈祷。她立刻感觉到，一个新人出现在了世界上。

现在她要做的就是等待会面。她向前跑去，愉快地感觉到自己和未婚夫之间的距离正在缩短。而他也正沿着河岸向她走来，但不像她这样急切，因为这不是他的性格。

一个敞开的窨井突然从雾中冒了出来，玛利亚奇迹般地跳了过去，然后便放慢脚步，着急地在口袋里摸索起来。她发现自己既没带镜子，也没带化妆包。她突然绝望极了，甚至开始回想路上有没有遇见水洼，好在里面看看自己的样子。然而绝望来得快，去得也快。玛利亚突然想起，她能够变成任何自己喜欢的模样去见未婚夫。

她思索片刻，决定让他看见一个青春少女，两条红色的小辫子，一张长满雀斑的脸，还有……还有……还需要一个幼稚可爱的小玩意——比如一对耳环？一顶棒球帽？时间所剩无几，在最后一刻，玛利亚给自己戴上了一副玫粉色的耳机，仿佛它可以继续点亮自己脸颊上的红晕。然后她抬起眼睛，望向前方。

在前方丝丝缕缕的烟雾中，有个金属的东西一闪而过。不一会儿又出现在稍近的地方，随即消失在烟雾中。一阵风猛地将烟雾吹到一旁，玛利亚看到一个高大而耀眼的身影缓缓地朝她走来。她还发现——或许只是她的错觉——这个身影每走一步，地面就微微颤动。这个金属人比她高出许多，木然的俊脸上没有丝毫表情。玛利亚感到害怕，于是向后退去。她想起背后还有一个敞开的窨井，可她却忍不住盯着这个金属的身躯，它逐渐向她靠近，就像一艘巨型破冰船的船头正驶向浮冰。

在她就要叫出声的时候，金属人发生了奇特的变化。他亮闪闪的大腿上先是冒出来一件条纹居家短裤，接着是一件白色背心。他的身体变成了正常人的黝黑肤色，紧接着穿上一条亮黄色长裤，一件系着条纹领带的衬衫，还有一件十分美观的深红色西装，上面有两排金黄色的纽扣。玛利亚这才放下心来。可她还没来得及好好欣赏那件深红色西装，它就被一件套在外面的灰色长风衣盖住了。客人的脚上出现了一双黑色皮鞋，脸上则是一副偏光墨镜。红红的头发向上竖成板寸。玛利亚认出这位未婚夫竟是阿诺德·施瓦辛格，激动地心下一室。不可能是别的什么人，这一点她立刻就明白了。

他站在她面前，透过方形的黑色镜片默默地看着她，唇边浮现出不易觉察的微笑。玛利亚在他的墨镜里看见了自己的影子，于是正了正耳机。

"噢，圣母玛利亚。"施瓦辛格轻声说。

他说话时面无表情，声音洪亮而悦耳。

"不对，亲爱的，"玛利亚神秘地微笑着，双手抱在胸前说道，"就叫玛利亚。"

"就叫玛利亚。"施瓦辛格重复了一遍。

"对，"玛利亚说，"你就是阿诺德？"

"Sure[①]。"施瓦辛格说道。

玛利亚张开嘴，想要说些什么，却突然发现自己无话可说。施瓦辛格还是面带微笑，默默地看着她。玛利亚垂下眼睛，脸色绯红，这时，施瓦辛格温柔而又霸道地把她转了个身，领着她往前走。玛利亚抬眼看着他，露出自己那憨厚而又神秘的招牌笑容。施瓦辛格把一只手搭在她的肩膀上。玛利亚被压得微微弯下了腰。一幅意想不到的画面立刻从她记忆中浮现出来——在星期六义务劳动[②]中扛木头的列宁。在这幅画里，列宁肩上只能看见木头的一端，玛利亚猜想，也许这不是木头，而是一个很健壮的人的手，列宁也只能无助地斜眼看着他，就像她现在斜视着施瓦辛格一样。玛利亚立刻发现自己的想法不合时宜，便将它们从头脑中赶了出去。

[①]英文：当然。
[②]苏联时期的共产主义星期六义务劳动。

施瓦辛格向她转过脸来。

"你的双眸,"他用单调的声音说,"就像艾瓦佐夫斯基①的油画。"

玛利亚惊讶地打了个哆嗦。她没想到他会这么说,施瓦辛格显然也立刻明白了这一点。接下来发生了一件怪事——也许什么都没发生,只是玛利亚的幻觉而已——施瓦辛格的墨镜里隐约闪过一些红色字母,就像不断滚动的字幕似的,他的脑袋里不知什么东西发出微弱的吱吱声,仿佛里面装着一张电脑硬盘。玛利亚惊恐地闪到一旁,却又立刻想起,施瓦辛格和她一样都是虚拟的存在,是由此刻正想着他的无数俄罗斯人的意识编织而成的,而人们关于他的想法可能千差万别。

施瓦辛格把空着的那只手举到自己面前,在半空中晃了晃手指,似乎在寻找合适的措辞。

"不,"他终于说道,"你的眼睛不是眼睛,而是两颗珍珠!"

玛利亚依偎在他身上,信赖地仰望着他。施瓦辛格缩起了下巴,似乎不想让玛利亚看见墨镜下面的眼睛。

"这里有很多烟。"他说,"我们为什么要沿着河边走?"

"不知道。"玛利亚答道。

施瓦辛格转过身来,领着她离开栏杆,径直穿过烟雾。没走几步玛利亚就害怕起来,因为烟雾变得浓密极了,包括施瓦辛格在内的一切都看不见了,只能看见他搭在她肩头的那只手。

---

①俄罗斯著名画家,擅长描绘大海。

"哪来这么多烟啊？"玛利亚问，"好像也没有什么东西在烧呀。"

"CNN[①]。"施瓦辛格答道。

"什么？他们在烧什么东西吗？"

"不是，"施瓦辛格说，"他们在播放。"

噢，玛利亚明白了，那些想着她和施瓦辛格的人大概正在收看CNN，而CNN正在播放浓烟的画面。可是也播得太久了吧。

"没关系，"被烟雾笼罩的施瓦辛格说道，"一会儿就散了。"

烟雾始终没有消散，他们却离岸边越来越远。玛利亚突然想到，在这段时间里，走在她身边的也许不是施瓦辛格，而是另一个人。说不定就是在义务星期六搂着列宁的那个人，这个念头令她害怕极了。她下意识地正了正耳机，打开了音乐。这音乐很奇怪，而且时断时续。一会儿是吉他和小号在演奏甜蜜的情歌，一会儿又突然响起电音的啸叫，仿佛狼嚎一般。不过，这总比只听得见远处的轰鸣和人们的喧闹更好些。

有个人影突然从烟雾中径直冲向玛利亚，把她狠狠撞了一下。玛利亚大叫一声，看见面前站着一个身穿迷彩服、手握冲锋枪的人。这人抬眼看着玛利亚，正想张嘴说些什么，这时施瓦辛格把手从玛利亚肩上拿开，抓住他的脑袋轻轻一拧，接着把他软绵绵的身体扔到看不见的地方去了。他把手放回玛利亚的肩头，玛利亚便又依偎在他强壮的身躯上。

①美国有线电视新闻网。

"唉，男人啊，男人。"她低声嘟囔道。

烟开始渐渐散去。玛利亚又看见了施瓦辛格的脸，接着是藏在浅灰色风衣里的伟岸身躯，仿佛一座正在等待揭幕的雕像。

"阿诺德，"她问，"咱们去哪儿呀？"

"难道你不知道吗？"施瓦辛格说道。

玛利亚红着脸低下头去。

"炼金术式的婚姻到底是什么呢？"她思考着，"我会疼吗？我是说——以后？毕竟我已经疼过太多次了。"

她抬起头来，看见了他脸颊上那两个标志性的酒窝——施瓦辛格正在微笑。玛利亚闭上眼睛，怀着难以置信的幸福感，被自己肩上的那只手引领着走向前方。

施瓦辛格停了下来，于是她睁开眼睛，发现周围的烟雾已经所剩无几。他们站在一条陌生的街道上，路两旁全是镶嵌着花岗岩的老房子。街道十分僻静，只有远处仍然被烟雾笼罩的岸边，一群手握冲锋枪的人弯着身子，漫无目的地左冲右突。奇怪的是，施瓦辛格不知为何踟蹰不前。玛利亚觉得，他似乎正为一些难言的疑惑而苦恼。一想到这些疑惑也许和自己有关，她便害怕极了。

"我得赶紧说点儿浪漫的话。"她想，"可是该说什么呢？无所谓了。"

"知道吗，阿诺德，"她依偎在他身边说道，"我突然……我不知道，也许你会觉得很傻……不过我可以跟你坦诚相待，对吗?"

"当然。"施瓦辛格转过那张戴着墨镜的脸说道。

"跟你在一起的时候,我真想飞起来!我感觉天空仿佛近在咫尺!"

施瓦辛格抬头看去。

透过烟雾之间的缝隙的确可以看见蔚蓝的天空,虽说不是特别近,但也算不上多远。

"唉,"玛利亚想道,"我在胡说什么呀。"

可是现在住口已经晚了。

"你呢,阿诺德,你想飞吗?"

施瓦辛格思索片刻。

"想。"他说。

"那你会带上我吗?可我……"玛利亚腼腆地笑了,"可我只是个普通人。"

施瓦辛格又稍加思索。

"O.K.,"他说,"我带你飞。"

他环顾四周,仿佛在找什么只有他能看见的地标。他显然是找到了,于是果断地牵起玛利亚的手,拉着她向前走去。诗意的想象如此迅速地变成了行动,玛利亚为此震惊不已,但她立刻就明白了,一个真正的男人就该这么做。

施瓦辛格拽着她走过一座高大的斯大林式住宅。走了几步以后,玛利亚就适应了他飞快的步伐。她抓着他的衣袖,跟着他一路小跑。她感觉，只要自己一放慢脚步，施瓦辛格那只殷勤地将她托住的手就会变成一只铁臂，无情地拽着她向前走。不知为何，这个念头使她感到无限的幸福，这幸福先是出现在她的下腹，继而化为股股暖流涌向全身。

施瓦辛格走到房屋尽头，然后拐进一扇凯旋门一样的门洞。进到院子里以后，玛利亚感觉他们仿佛来到了另一个城市。这里弥漫着未被搅扰的清晨的宁静；四下没有一丝烟雾，很难相信那些焦躁不安的人正拿着冲锋枪在附近东奔西跑。

施瓦辛格很清楚他们要去往何处。他们绕过一座摆着秋千的小型游乐场，钻进锈迹斑斑的车库之间那些迂回而狭长的小径。玛利亚甜蜜而又害怕地想道，他们将在这里匆忙而又羞涩地举行一场炼金术式的婚礼。小径突然通向了一块空地，四周围着五颜六色、高低错落的铁皮墙。

其实这不完全是一块空地。地上随意散落着一些酒瓶，还有两个旧轮胎、一扇压坏的"拉达"牌轿车的车门，以及车库旁那一大堆乱七八糟的准机械废料。

除此之外，还有一架飞机。

它几乎把剩下的地方都占满了，玛利亚却最后才注意到它。或许是因为在最初的几秒钟里，她的大脑把眼睛接收到的信号当做明显的幻觉过滤掉了。玛利亚感到有些害怕。

"这飞机是从哪儿来的?"她想，"不过再想想，施瓦辛格又是从哪儿来的呢？不管怎么说，真是太奇怪了。"

"这是什么？"她问。

"'鹞式'垂直起落战斗机，"施瓦辛格说，"'A-4'型号。"

玛利亚看见施瓦辛格的脸颊上露出了标志性的酒窝，他又在微笑。她的两道浓眉微微皱起，心中的恐惧也被妒意所取代。在施瓦辛格的心中，这只由玻璃和金属制成的大昆虫显然占据着不低于她的位置。

施瓦辛格朝飞机走去。沉浸在思绪之中的玛利亚没有立刻迈出脚步，可随即却被一股力量拖向前方，仿佛施瓦辛格是一台拖拉机，而她则是被匆忙挂在拖拉机上的农用器械。

"可这里拢共只有一个座位呀。"她看着驾驶室窗户里的座椅靠背，说道。

"没关系。"施瓦辛格把她举起来，轻轻地放在了机翼上。

玛利亚蜷起腿，从倾斜的铝合金机翼上站起来。风轻轻吹动着她的衣角，她想，她总是能够扮演好这种浪漫的角色。

"那你呢？"她问道。

施瓦辛格已经坐进了驾驶室。他的动作敏捷得令人惊讶，玛利亚觉得就像是蒙太奇或者剪辑镜头。他从驾驶室探出头来，微微一笑，用拇指和食指连成一个圆圈，向她招了招手；玛利亚决定把它当做订婚戒指。

"坐到机身上去，"施瓦辛格说，"就是机翼根部那里。别害怕。就当这是旋转木马。想象你正坐在木马上。"

"难道你就要……"

施瓦辛格点了点头。

他透过黑色墨镜直望进玛利亚的心里。她明白,眼下就是决定她命运的时刻。这无疑是一场考验。如果她是个怯懦庸俗、只爱看又臭又长的色情伦理连续剧的女人,那她就不配和施瓦辛格在一起。她要敢于直面致命的危险,并且始终保持微笑,绝不流露出内心的真实感受。玛利亚试着笑了笑,却感觉这个微笑有些没精打采。

"好主意,"她说,"不会把我冻坏吧?"

"飞不了多长时间。"施瓦辛格说,"坐好。"

玛利亚耸耸肩,小心翼翼地向机身走去。机身从机翼中间隆起,就像鱼的脊骨似的。她老老实实地侧身坐下来。

"No,"施瓦辛格说,"等咱们飞到我在加利福尼亚的大牧场,你再做女骑手吧。现在要正着坐。否则风会把你吹下去的。"

玛利亚犹豫了一下。

"你转过去。"她说。

施瓦辛格歪嘴一笑,把头转了过去。玛利亚将一条腿抬过铝合金的脊背,跨坐在机身上。她身下的金属冷冰冰的,还蒙着一层湿漉漉的水雾。她欠了欠身,把上衣压在身下。她突然感觉身下仿佛仰面躺着一个金属人,而自己身体最柔软的部位正贴在他那两条坚硬的大腿上。这金属人不知是被变革之风吹倒的捷尔任斯基①的铜像，还是一个可怕的机器人。她打了个哆嗦，这个短暂的幻觉便消失了。可她又觉得，自己仿佛正坐在一个刚从冰箱里拿出来的平底锅上。她越来越不喜欢眼前发生的一切了。

"阿诺德，"她喊道，"你确定我们要这么做吗？"

她本想把这句话留到别的情况下再说，可现在却忍不住脱口而出。施瓦辛格沉思片刻。

"是你自己要飞的呀。"他说，"不过要是你害怕……"

"不，"玛利亚压抑着内心的感受说道，"我一点儿也不怕。只是不想给你添麻烦罢了。"

"一点儿也不麻烦，"施瓦辛格说，"一会儿噪声会很大，你把耳机戴上吧。对了，你在听什么？"

"吉哈德·克里姆森②。"玛利亚调整了一下耳边小巧的玫粉色耳罩，说道。

施瓦辛格的脸突然僵住了。如果不是他那用双氧水漂过的头发随风摆动，玛利亚还以为摄制组的人把真的施瓦辛格换成了假人呢。

"你怎么了？"她害怕地说道。

有好一会儿，施瓦辛格一动也不动。他眼镜的镜片上闪着奇怪的红色光斑，玛利亚以为这是车库后面的枫树上红色枯叶的反光。

---

①在苏联的八月政变中，民众将曾担任契卡领袖的捷尔任斯基的铜像拆毁。
②作者虚构出的乐队。

"阿尔尼①。"她喊道。

施瓦辛格的嘴角抽搐了几下,随后显然恢复了活动能力。他艰难地把头转了过来,仿佛他的头是在围着一个进了沙子的轴承转动。

"克里姆森·吉哈德②?"他又问了一遍。

"是吉哈德·克里姆森。"玛利亚答道,"就是乌斯塔德·努斯拉·法帖·阿里·汗和罗伯特·弗里普③。怎么了?"

"没什么,"施瓦辛格说,"不重要。"

他把头缩回了驾驶室。飞机的金属机舱底下传来机器的嗡鸣声,没过一会儿就变成了震耳欲聋的轰鸣。玛利亚感到海绵耳罩使劲压着她的耳朵。她缓缓地晃了一下,将车库甩在了身后。

"鹞"就像一只左摇右摆的小船,垂直向上飞去。玛利亚竟然不知道飞机还可以这样飞。她觉得闭上眼睛就不会这么害怕了,然而好奇胜过了恐惧,不一会儿她又把眼睛睁开了。

首先映入眼帘的是一扇径直朝她而来的窗户。窗户近在咫尺,玛利亚能清楚地看见屋里的电视荧幕上有一辆坦克,坦克调转炮口对准她,接着便开了火,就在这时,飞机剧烈地倾斜起

---

①阿诺德的小名。
②作者描写的这幕场景来自施瓦辛格的电影《真实的谎言》。在电影中,施瓦辛格扮演的角色有驾驶飞机的战斗场面,而且作为反派的恐怖组织就叫"克里姆森·吉哈德"。
③乌斯塔德·努斯拉·法帖·阿里·汗是巴基斯坦歌手,擅长演唱伊斯兰教苏菲派的宗教音乐。罗伯特·弗里普是英国著名摇滚乐队"克里姆森国王"(King Crimson)的创始人。

来，从墙边飞走了。玛利亚差点掉到机翼上，她吓得尖叫起来，但飞机很快就拉平了。

"抓住天线！"施瓦辛格从驾驶室里探出头，挥着手喊道。

玛利亚低头看去。在她正前方的机身上竖着一根又圆又粗的椭圆形金属棒。不知为何，先前她竟然没有注意到它。金属棒就像一根又短又窄的垂直尾翼，玛利亚不禁浮想联翩，尽管它的尺寸比现实生活中见到的那玩意可大多了。只消看一眼这根粗壮而凸起的棒子，她心里的恐惧就变成了愉悦的激情。这可是她在疲软无力的米格尔们、蓬头垢面的廖尼亚们和烂醉如泥的伊万们身上尝不到的滋味。

这里的一切完全不同：天线粗大的圆头上有很多小孔，容易使人联想到淋浴喷头，或是使人想起超凡脱俗的生活与爱情。玛利亚一边指着它，一边向施瓦辛格投去疑问的目光。而他点了点头，咧嘴一笑，牙齿在阳光下闪闪发亮。

玛利亚心想，这一切都是在实现她儿时的梦想。在一部电影里，她久久地坐在童话书前，仔细端详每一幅图画，想象自己骑在一条龙或是一只巨鸟的背上，在天空中翱翔。如今这一切真的实现了。"虽然不是一模一样，可是，"她将一只手覆在天线的金属头上想道，"梦想常常不是以我们所期待的方式实现的。"

飞机稍稍向一侧倾斜起来，玛利亚发现这是因为她触摸了天线。而且她感到飞机的动作似乎格外兴奋，天线仿佛是它最敏感的部位。玛利亚用一只手摸了摸金属棒，把它的顶端握在手心里。"鹞"敏感地振动双翼，又飞高了好几米。玛利亚觉得，飞机的反应就像一个被绑在床上的男人。他无法将她拥入怀中，只能全身剧烈地抖动。在她身下的机翼就像两条张开的腿，健壮结实却又动弹不得。

这的确很有趣，但是有些过于奇异了。和这只钢铁巨鸟相比，玛利亚宁愿自己在车库旁空地上发现的是一张普普通通的折叠床。不过和施瓦辛格在一起，她想，就只能是这种方式。她看了一眼驾驶室，里面看不太清楚，因为玻璃在反光。他似乎坐在椅子上，正随着她手上的动作轻轻地晃着脑袋。

"那部电影里的机器人是金属做的，"玛利亚将另一只手也覆在天线上，"还能随意改变自己的外形，真好奇他那玩意儿长什么样？应该也能变成任何形状吧？"

飞机越来越高。屋顶被远远地抛在了下面，莫斯科的全景展现在玛利亚的眼前。

四处散落着闪闪发光的教堂圆顶，使这座城市看起来像一件宽大的皮夹克，上面不知为何缀满了铆钉。莫斯科上空的烟雾比河岸边少得多。有的房顶正冒着浓烟，但看不清究竟是因为着火，还是工厂烟囱排放的废气，抑或只是低处的云朵。

尽管城市的局部全都丑陋至极，可它的全貌却美不胜收，只是不知这种美从何而来。"这就是俄罗斯，"玛利亚一边用双手摩挲着冰冷的金属棒，一边想道，"你为它赞叹，为它哭泣，可当你看清楚自己赞美的是什么，说不定要吐出来呢。"

突然,飞机在她身下一抖,她感到金属棒的顶端在她手心里奇怪地晃动。她急忙缩回手,布满小孔的金属头立刻从天线上掉了下来,摔在机身上,然后向下坠落。刚才还无比粗大的金属棒变成了一根短管,它的顶端刻有螺纹,露出两截缠在一起的电线,一根蓝色,一根红色。

玛利亚看向驾驶室。透过玻璃能看见施瓦辛格那一动不动的浅黄色后脑勺。起初玛利亚还以为他什么也没有察觉到。后来她才意识到,他已经昏迷不醒了。她慌张地环顾四周,发现机头正缓缓地、犹豫不决地调转方向,她的猜测立刻获得了证实。她几乎不假思索地从机身翻到机翼之间的平台上(那半截天线划破了她的外衣),向着驾驶室爬去。

驾驶室的罩子打开了。玛利亚趴在机翼上,稍稍支起上身,大声喊道:

"阿尔尼!阿尔尼!"

没人应答。她提心吊胆地撑起整个身子,看见他脑袋后面的一绺头发正随风飘动。

"阿尔尼!"她又叫了一声。

施瓦辛格朝她转过头来。

"感谢上帝!"玛利亚忍不住喊道。

施瓦辛格摘下了眼镜。

他的左眼眯缝着,流露出一连串清楚而又复杂的神情,其中均匀地混合着乐观、力量、对孩子健全的爱、对与日本艰苦搏斗的美国汽车制造业的精神支持、对性少数人群权利的肯定、对女性主义的轻微嘲弄，以及民主与犹太基督教价值观终将战胜世间万恶的冷静认识。

他的右眼却全然不同。甚至很难说这是一只眼睛。他的眼窝被砸破了，里面布满干硬的血痕。眼窝里有个复杂的金属底座，上面放着一颗玻璃球。底座连着从皮肤里面伸出来的细电线，而那颗玻璃球则盯着玛利亚，就像一只长满白翳的眼珠。玻璃球正中闪着一道刺眼的红光，当它照进玛利亚的眼睛时，立刻被她察觉到了。

施瓦辛格微微一笑。他的左脸上显出阿诺德·施瓦辛格在微笑时流露出的那种难以捉摸的孩子般的调皮。一看见这种表情你就立刻明白：这人永远不会干坏事。即便他要打死几个蠢货，摄影机也会先从各个角度、反反复复、令人信服地证明这些人有多么卑鄙无耻。可微笑只出现在他的左脸上，右脸还是那副冷酷、专注、可怕的模样。

"阿诺德，"玛利亚站起身来，惊慌地说，"阿诺德，你这是干什么？停下！"

施瓦辛格没有答话。飞机立刻剧烈地倾斜起来，玛利亚沿着机翼向下滚落。在翻滚的过程中，她的脸好几次撞在一些凸起的地方，接着便失去了所有的支撑。她感觉自己正在下坠，便眯起眼睛，以免看见迎面而来的树木和房顶。几秒钟过去了，可什么也没发生。玛利亚发现，发动机仍然在她身边轰鸣，于是便微微睁开眼睛。

原来她被挂在了机翼下面,外衣的帽子钩住了尾翼上一个凸起的东西,她勉强辨认出这是一枚导弹。粗大的弹头有点像她刚刚见过的天线。一看见它,她就知道,施瓦辛格还在继续这场爱情的游戏。可这有些过火了,她脸上应该已经青了好几块,摔破的嘴唇正往嘴里滴血。

"阿诺德,"她用力挥舞着胳膊,想要把脸转向驾驶室,"停下!我不想这样!听见没有?我不想这样!"

她终于看见了驾驶室和施瓦辛格那张微笑的脸。

"我不想这样,听见了吗?这样会让我很疼!"

"No?"他反问道。

"不要!不要!"

"O.K.,"施瓦辛格说,"You are fired.①"

他的脸猛地向后一仰,一股不可思议的力量将玛利亚从飞机上推开。飞机瞬间变成一只银色小鸟,只有一条长长的烟带和她连在一起。玛利亚把脸转向前方,看见奥斯坦金诺电视塔的尖顶向她迎面扑来。塔中间的圆球迅速变大,就在快要撞上去的瞬间,玛利亚清楚地看见,几个身穿白衬衣、系着领带的人正坐在桌旁,透过厚厚的玻璃惊讶地看着她。

响起了玻璃杯的碎裂声,有个重物落在地板上,然后有人痛

---

① 你被开除了。

哭起来。

"小心点,小心点,"铁木尔·铁木罗维奇说,"对,就这样。"我知道已经结束了,便睁开眼睛。我已经恢复了一些视力,能看清楚身边的东西,远处却模模糊糊的。从眼前的景象看来,我仿佛置身于一个巨大的圣诞彩球里,周围的世界就像被随意地涂抹在墙上一样。在我正上方,铁木尔·铁木罗维奇和斯米尔诺夫上校像两座峭壁一般耸立着。

"对,"角落里有人说道,"就这样,阿诺德·施瓦辛格和就叫玛利亚的人相识了。"

"可我在意的是,"斯米尔诺夫清了清嗓子,对铁木尔·铁木罗维奇说道,"病人幻想中频繁出现的阴茎明显表现出男性生殖崇拜的特征。您发现了吗?一会儿是天线,一会儿是导弹,一会儿又是奥斯坦金诺电视塔。"

"你们这些军人太浅薄了。"铁木尔·铁木罗维奇回应道,"不是所有的事情都那么简单。俗话说,用理智无法理解俄罗斯[①]。所以不能归结为性神经官能症。我们不要着急。重要的是出现了宣泄效应,尽管还不明显。"

"对,"上校附和道,"连椅子都摔坏了。"

"没错,"铁木尔·铁木罗维奇说,"被束缚的病态因素要进入意识表层,需要克服强大的阻力,所以幻想里总是出现各种各样的灾难或冲撞现象,就像刚才这样。这是最可靠的征兆,说明

[①]引自俄罗斯诗人丘特切夫的诗歌。

我们努力的方向是正确的。"

"也许是因为弹震症?"上校说。

"什么弹震症?"

"我难道没跟您说过吗?是这么回事,炮打白宫①的时候,几发炮弹打穿了窗户。刚好有一枚直接落在一幢公寓里,当时那里……"

上校向铁木尔·铁木罗维奇俯过身,对他耳语着什么。

"自然,"我耳边断断续续传来几句话,"炸得粉碎……起初我们一起掩埋尸体,结果却看到有人在动弹……当然吓得够呛。"

"可您怎么一直不说出来呢,老兄?这下情况完全不同了。"铁木尔·铁木罗维奇责备道,"我还在这儿绞尽脑汁……"

他向我弯下腰,用两只圆滚滚的手指拉开我的眼皮看了看。

"您感觉怎么样?"

"我也不知道。"我答道,"其实这不是我见过的幻觉里最有趣的。不过我……怎么说呢……我发现那种梦幻般的轻快感非常引人入胜,有那么一会儿,这个乱七八糟的梦境甚至有了些真实感。"

"看见了吧?"铁木尔·铁木罗维奇转身对斯米尔诺夫上校说。

后者默默地点了点头。

---

①指炮打白宫事件。1993年叶利钦下令军队包围俄罗斯联邦最高苏维埃所在的议会大楼,随后进行炮轰,以武力强行解散俄联邦最高苏维埃。

"亲爱的，我感兴趣的不是您的看法，而是您的感受。"铁木尔·铁木罗维奇说。

"我感觉很好，谢谢您，"我答道，"现在只想睡觉。"

这可是实话。

"那就睡一会儿吧。"

他转过身背对着我。

"明天早上，"他朝着一个在我视线之外的护士说道，"请在水疗开始前给彼得注射四毫升安定。"

"可以把收音机打开吗？"角落里有人小声问道。

"咔嚓"一声，铁木尔·铁木罗维奇按了一下墙上的按钮，随后便挽着上校的胳膊向门口走去。我闭上眼睛，明白自己再也没有力气把它们睁开了。

"有时我总觉得，在血腥战场上一去不回的军人，"一个男人用忧郁的嗓音唱道，"没有埋葬在我们的土地上，而是变成了白鹤……"①

最后一个字刚从扬声器里飘出来，病房里就响起一阵混乱的喧闹声。

"快按住谢尔久克！"一个声音在我耳边喊道，"谁把这白鹤弄出来的？都不长记性吗？"

"是你要开的嘛。"另一个声音答道，"这就换台。"

又是"咔嚓"一声。

---

①苏联歌曲《鹤群》。

"俄罗斯的流行音乐曾被看作庸俗的代名词，"一个谄媚的声音从天花板上传来，"这个时代是否已经过去？你们自己判断吧。'附件炎'是全部由女性组成的乐队，这在俄罗斯相当罕见。她们全套舞台设备的重量相当于一台'T-90'坦克。而且所有成员都是女同性恋，其中两位还感染了英国链球菌。尽管有这些超现代的特点，'附件炎'主要演奏的却是古典音乐，不过她们进行了自己的诠释。您即将听到一首由姑娘们改编的莫扎特的乐曲。对于这位奥地利作曲家，许多听众的了解来自福尔曼①的一部电影和一款同名的奥地利甜酒。而这款甜酒批发商正是我们的赞助商，'第三只眼'公司。"

接着，响起了狂野的音乐声，仿佛监狱烟囱里暴风雪的怒吼。感谢上帝，我已经进入半睡半醒的状态。起初我还心情沉重地思考发生的事情，不一会儿就做了一个短暂的噩梦，梦里有个戴墨镜的美国人，他似乎继续着那个可怜女人讲述的故事。

美国人把飞机停在院子里，浇上不知从哪弄来的煤油，然后点了一把火。他把深红色的西装、墨镜和亮黄色裤子扔进火里，自己只穿着一条薄薄的泳裤。他一边卖弄着发达的肌肉，一边在灌木丛中搜寻了很久，可什么也没找到。后来我的梦里出现了一段空白，当我再次见到他的时候，说起来真可怕，他已经怀孕了。看来他和玛利亚的相遇并非徒劳无功。他已经变成了可怕的金属人，长着一张程式化的脸，隆起的肚子上反射着耀眼的阳光。

---

①米洛斯·福尔曼，因执导电影《莫扎特传》获得奥斯卡最佳导演奖。

3

人就像这列火车。他的身后也注定要拖着一长串来自过去的、不知从何处而来的阴森可怖的车厢。那些偶然聚在一起的希望、思绪和恐惧发出毫无意义的隆隆声,人却把这一切当做自己的生活。而且没有任何办法可以摆脱这种命运。

耳边的旋律仿佛先是拾级而上，接着，在短暂的原地踏步之后，绝望地冲向楼梯的拐角——这时音符之间便出现了短暂的停顿。但钢琴师用手指捉住了旋律，又把它搁在台阶上。于是一切周而复始，继续通往下一层的拐角。这个地方很像特维尔林荫道八号楼的楼梯。不过在梦里，这座楼梯上下都望不到头，显然是无穷无尽的。我突然明白了，每一段旋律都有其确切的含义。而这首旋律证明，自杀在形而上层面是不可能的，它要证明的并非自杀的罪性，而是它的不可能性。我还感觉到，我们所有人不过是一些音符，从一位神秘钢琴师的指缝中飞出。我们不过是一些短促的三度音、平缓的六度音和突兀的七度音，共同谱成了一首恢弘的交响乐，可我们当中谁也听不到整首曲子。这个念头使我深感悲哀，我便怀着这份悲哀从梦的阴云中泅出。

有那么一会儿，我想弄清楚自己究竟置身何处。二十六年来，每天早晨都有一股无形的力量把我抛进一个奇怪的世界，不知道这个世界里正在发生什么。我身上是一件沉重的黑色皮夹克、一条马裤和一双靴子。不知什么东西顶得我大腿生疼。我侧过身来，在腿底下摸到一个装着毛瑟枪的木枪套。我四下打量了一番。头顶上挂着一张丝绸床幔，上面缀有精美的黄色流苏。窗外的天空碧蓝无云，远处的屋顶被冬日冰冷的阳光染上了一抹微红。在林荫道对面正对着窗户的地方，能看见一个包着铁皮的圆顶。不知为何，它使我想起那个高大的金属人怀了孕的肚皮。

我突然发现，这音乐声不是梦，而是从墙的另一面传过来的。我试着回忆自己怎么来到了这里,突然仿佛被电击了一下似的。我猛然想起昨天的一切,明白自己就在冯·埃尔年的公寓里。我从床上跳下来,冲到门边,然后却呆住了。

有人正在冯·埃尔年所在的隔壁房间里弹钢琴,弹的正是那首莫扎特F小调赋格曲。昨天夜里,药物和抑郁情绪使我想起了这首曲子的某个主题。我两眼一黑,仿佛看见一具僵尸从我扔在他身上的那件大衣底下伸出手指,木然地敲击琴键。我明白昨天的噩梦还没有结束。我的惊慌实在难以言表。我环视了一下房间,看见墙上挂着一个巨大的木制十字架,上面镶嵌着一尊精美的银质基督像。一看到它,我心里就闪过一种类似dejavu[①]的奇特感受,仿佛我在刚才的梦境中见过这个金属身躯似的。我取下十字架,从枪套里拔出毛瑟枪,蹑手蹑脚地来到走廊。驱使我往前走的大概是这样一种想法——假如死人真能弹钢琴,那他应该也会害怕十字架。

传出钢琴声的房间开着一条门缝。我悄悄走近房门,向里面望去。从门外只能看见钢琴的边缘。我一只手拿着沉重的十字架,另一只手握紧上了膛的手枪,深吸了几口气,然后一脚踢开房门,冲了进去。首先映入眼帘的是从墙角伸出来的冯·埃尔年两只穿靴子的脚,他正静静地躺在那件灰色英式大衣底下。

我立刻转向钢琴。

坐在钢琴旁的是我昨晚在餐厅见到的那个身穿黑色军便服的

[①]法语:既视感,似曾相识的感觉。

人。他看起来约摸五十岁，浓密的小胡子向上翘起，两鬓微微发白。他好像压根没有察觉我的到来，正闭着眼睛，仿佛整个人都沉浸在音乐之中。他的确弹得棒极了。我看见琴盖上放着一顶轻便的卡拉库尔羊皮高帽，上面系着一根水波纹的红绸带，还有一把形状奇特、刀鞘华贵的军刀。

"早上好。"我放下毛瑟枪说道。

钢琴旁的男人抬起头，认真地瞥了我一眼。他黑色的双眼十分锐利，我好不容易才顶住它们那近乎生理性的压迫力。看见我手里的十字架，他露出了一丝难以察觉的微笑。

"早上好。"他继续弹奏着说道，"很高兴看到您一大早就思考关于灵魂的问题。"

"您在这里做什么？"我一边问，一边小心翼翼地把十字架放在琴盖上的军刀旁。

"我正在试着，"他说，"弹奏一首很有难度的曲目。不过可惜这是一首四手联弹曲。现在快到经过句了，我一个人弹不了。能否劳驾您帮我一下？您好像知道这首曲子。"

我有些恍惚地把毛瑟枪塞进枪套，站在他身旁，抓住时机把手指按在琴键上。我的对位旋律勉强跟得上主题，还弹错了好几次。我的目光又落在冯·埃尔年伸开的双腿上，于是立刻意识到眼前的一切是多么荒谬。我急忙闪到一旁，盯着这位不速之客。他停止了演奏，一动不动地坐了一会儿，仿佛陷入了沉思。然后他笑了笑，伸手拿起琴盖上的十字架。

"太美妙了。"他说,"我始终不明白,为何上帝要以丑陋的人形向人们显现。我觉得另一种形态更合适,那就是一首可以任人聆听并且一直听下去的完美旋律。"

"您是谁?"我问。

"我姓夏伯阳。"陌生人答道。

"您的姓对我来说没有意义。"我说。

"所以我才要用它,"他说,"我叫瓦西里·伊万诺维奇。我想这对您来说也没有任何意义吧。"

他从椅子上站起来,伸了个懒腰,身上的关节咔咔作响。我闻到了一股淡淡的香气,应该是昂贵的英国香水。

"昨天,"他盯着我说道,"您把手提包落在了'音乐鼻烟壶'。您看。"

我看了看地上,发现琴腿旁放着冯·埃尔年的黑色手提包。

"谢谢您,"我说,"可您是怎么进来的?"

"我按了门铃,"他说,"可门铃显然是坏了。钥匙就插在门上。我看到您在睡觉,于是决定等一等。"

"明白了。"我说。

其实我什么也没明白。他怎么知道我在哪儿?他究竟来找谁,是我还是冯·埃尔年?他是什么人?想干什么?还有,最令我苦恼的是,他为什么要弹这首该死的赋格曲?他在怀疑什么?(其实,角落里被大衣盖住的尸体反而没有令我不安,在契卡成员的家里这再正常不过了。)

夏伯阳仿佛能读懂我的想法。

"正如您所料,"他说,"我来找您不只是因为手提包。今天我就要开赴东部战线,去那里指挥一个师。我需要一个政委。以前那个……嗯,这么说吧,他辜负了我对他的期望。昨天我见识了您的宣传能力,您给我留下的印象还不错。而且巴巴亚辛也很满意。我希望您来负责我部队里的政治工作。"

他边说边解开军便服的口袋,掏出一张折了四折的纸递给我。我把纸打开,读道:

法涅尔内同志:

根据捷尔任斯基①同志的命令,您即刻调任至亚洲骑兵师师长夏伯阳同志麾下,以加强政治工作。

巴巴亚辛

底下是我见过的那个模糊的紫色印章。这个巴巴亚辛到底是什么人,我不安地想着,然后抬起眼睛。

"您到底叫什么名字?"夏伯阳眯着眼睛问道,"格里戈里还是彼得?"

"彼得,"我舔了舔干燥的嘴唇,说道,"格里戈里是我从前的笔名。您不知道,一直乱得很。有人按照老习惯叫我格里戈里,有人叫我彼得……"

---

①契卡的创始人。

他点了点头，从钢琴上拿起军刀和羊皮高帽。

"那好吧，彼得，"他说，"也许这会给您带来不便，不过我们的火车今天就要出发。我也没法子。战争就是这样。您在莫斯科还有什么没做完的事吗？"

"没有。"我说。

"那我建议您马上和我一同出发。现在我要去伊万诺沃纺织工人团的登车现场，我希望您也在场。您可能也要发言。您的行李多吗？"

"只有这个。"我对着手提包点点头，说道。

"很好。今天我就下令把您列入司令部车厢的供给名单。"

他朝门口走去。

我拿上手提包，跟着他来到走廊。我脑子里一片混乱。这个沿着走廊走在我前面的人使我感到害怕。我不知道他是谁。他的言谈举止一点儿也不像红军师长，可他又显然是其中的一员，况且今天这份命令上的签名和印章跟昨天的一模一样。可见他相当有影响力，只要一个早晨就能使暴戾的捷尔任斯基和这位神秘的巴巴亚辛做出他想要的决定。

夏伯阳在门厅里停了下来，从衣架上取下一件长长的蓝色军大衣。大衣胸前有三道波纹状的红色横条，这种款式的军大衣近来在红军当中十分流行，不过胸前这些带锁扣的横条一般是用普通的红色呢绒做成的。夏伯阳穿上军大衣，戴上羊皮帽，系上拴着毛瑟枪套的腰带，把军刀别在上面，然后朝我转过身来。我发现他胸前挂着一枚样式奇特的勋章,这颗银质五角星的每个角上都有一个小球。勋章上没有任何图像和字样。夏伯阳察觉到了我的目光。

"这是新年的装饰品吗?"我问。

夏伯阳露出了温和的笑容。

"不,"他说,"这是十月之星勋章①。"

"从来没听说过。"

"如果你运气好,说不定也能得一个。"他说,"准备好了吗?"

"夏伯阳同志,"趁着谈话的气氛较为随意,我说道,"我有个问题想问您,也许您会觉得有些奇怪。"

"洗耳恭听。"他礼貌地笑着,用黄色的长筒手套拍打着身上的刀鞘。

"请您坦白说,"我直视着他的眼睛说道,"您为什么要弹钢琴?而且为什么偏偏是这一首?"

夏伯阳咧嘴一笑。

"您瞧,"他说,"我往您的房间里看了一眼,您还睡着呢。当时您正在梦里吹口哨,吹的就是——其实我也不能完全确定——这首赋格曲。至于我呢,我很喜欢莫扎特。我曾经上过音乐学院,打算成为音乐家。可从那时起,我的生活发生了很大的

---

①作者将苏联著名的十月革命勋章和红星勋章结合在一起,虚构出了十月之星勋章。

变化。您为什么会在意这件事呢？"

"没什么，"我说，"不值一提。只是一个奇怪的巧合。"

我们从屋里来到楼梯间。钥匙果然插在门上。我恍惚地锁上门，把钥匙扔进口袋，跟着夏伯阳向下走去。我心想，这辈子我从来没有吹口哨的习惯，更何况是在梦里。

当我来到寒冷而又阳光明媚的大街上，首先看见的就是一辆长长的灰绿色装甲车，正是昨天我在"音乐鼻烟壶"街边看见的那辆。我以前从没见过这种汽车，这显然是歼敌技术的最新成果。车身上布满半圆形的大铆钉，发动机粗笨的鼻子向前支棱着，上面装着两盏大功率头灯。装甲车高大的钢铁脑门微微后仰，两侧的瞭望孔威严地注视着尼基茨基广场，就像佛祖似睁非睁的双眼一样。车顶上有一座圆柱形的机枪塔，正对着特维尔林荫道，枪管两侧围着两块前窄后宽的钢板。车身一侧有扇小门。

旁边有一群孩子，他们有的拉着雪橇，有的背着冰鞋。我不禁想到，当愚蠢的成年人忙着改造他们臆想出来的世界时，孩子们却仍然生活在现实中——在阳光下的雪堆之间，在黑镜般的池塘冰面上，在神秘而寂静的雪夜庭院里。从他们向夏伯阳闪闪发光的军刀和我的毛瑟枪投来的目光看得出来，这些孩子也被席卷俄罗斯的那股疯狂所感染。可即便如此，某些早已被我遗忘的回忆仍然在他们纯洁的眼睛里散发着光芒。也许，这是对伟大的万物之源的模糊记忆，毕竟他们从那里离开不久，还未深陷于生活的无耻荒漠之中。

夏伯阳走到装甲车的一侧，断断续续地敲了几下。发动机运转起来，装甲车的尾部升起一股蓝灰色的浓烟。夏伯阳打开车门，这时我听见背后传来了刹车声。一辆带篷子的汽车停在了我们旁边。四个身穿黑色皮衣的人爬了出来，钻进我们刚刚走出的楼门口。我心里一紧，以为他们是来找我的。我之所以这样想，大概是因为这四个人使我想起昨天那四个披着黑斗篷、把死去的拉斯柯尔尼科夫从舞台上搬走的演员。他们中的一个在门口停下脚步，朝我们的方向看了一眼。

"快点，"夏伯阳在装甲车里对我喊道，"您把寒气放进来了。"

我把手提包扔到里面，紧跟着钻了进去，然后砰的一声把门关上。

一见到这辆可怕的装甲车的 intérieur①，我就被迷住了。里面地方不大，和驾驶室被一块隔板隔开，就像北方快车的包厢一样：两张窄窄的皮沙发，中间摆着一张小桌子，地上铺着地毯，尽管略显拥挤，却营造出一种舒适的感觉。顶上有一个圆洞，透过它可以看见机枪护套底下露出的笨重枪托。一架镂空的小旋梯通往机枪塔，尽头似乎有一把转椅和一个脚踏板。一盏小电灯照亮了四周，借着灯光，我看到墙上有一幅画，画框的四个角都用螺栓钉在墙上。这是一幅约翰·康斯特勃②风格的小型风景画。

---

① 法语：内部。
② 英国风景画画家。

河上有座桥，远处阴云密布，还有一片充满浪漫气息的废墟。

夏伯阳抓起通话器的话筒，说道："去火车站。"

装甲车平稳地移动起来，从里面几乎感觉不到它在行驶。夏伯阳在沙发上坐下，招手示意我坐在他对面。

"这车真不错。"我真诚地说道。

"是的，"夏伯阳说，"是辆不错的装甲车。不过我不喜欢机械的东西。等您瞧见我的马……"

他把手伸到桌子底下，拿出一个折叠的棋盘。

"来一盘双陆棋？"他问。

我耸了耸肩。他把棋盘展开，开始摆放黑白两色的棋子。

"夏伯阳同志，"我说道，"我的工作是什么？要负责哪些问题？"

夏伯阳仔细地理了理胡子。

"您看，彼得，我们师是一个复杂的组织。我认为，您会渐渐习惯这里的生活，您会自己找到，这么说吧，属于您自己的位置。要说究竟是什么样的位置，现在还为时尚早，但是根据您昨天的表现，我相信您是一个坚毅的人，而且您能敏锐地察觉事情的本质。我们需要这样的人。该您走了。"

我把骰子掷到棋盘上，思考自己应该如何表现。我很难相信他真的是一名红军指挥官。不知为何，我觉得他也和我一样在玩一个疯狂的游戏，不过他玩得更久、更纯熟，而且他也许是自愿的。可是从另一方面来说，我的全部怀疑仅仅来自他文绉绉的谈吐和具有催眠作用的目光。但这并不意味着什么，比方说，已故的冯·埃尔年也是文绉绉的，而契卡头目捷尔任斯基则是神秘学圈子里著名的催眠师。后来我又想，这个问题本身就很蠢，毕竟没有哪个红军指挥官是名副其实的，他们中的每一个都在竭尽全力效仿魔鬼的榜样，都像我昨天那样装腔作势，只是更加卖力罢了。至于夏伯阳，我不觉得他与这身军装所代表的身份相符，可其他人显然不这么想，巴巴亚辛的命令和我们乘坐的装甲车都证实了这一点。我不知道他想从我这里得到什么，但我决定暂时接受他的游戏规则。况且我对他还有一种出于本能的信任。不知为何我觉得，在我今早梦见的那座无穷无尽的存在的阶梯上，这个人站在比我高出好几层的地方。

"您在担心什么？"夏伯阳掷着骰子问道，"也许某个念头在折磨您？"

"已经没有了，"我答道，"请问，巴巴亚辛很痛快地答应将我派到您的麾下吗？"

"恰恰相反，巴巴亚辛不同意。"夏伯阳说，"他很器重您。我找到捷尔任斯基才解决了这个问题。"

"什么？"我问，"你们认识？"

"对。"

"夏伯阳同志，您大概也认识伊里奇[①]吧？"我略带嘲讽地问。

[①]列宁的原名是弗拉基米尔·伊里奇·乌里扬诺夫。

"我们很熟。"他答道。

"给我证明一下,"我说。

"当然。只要您愿意,现在就可以。"

这也太夸张了。我疑惑地看了他一眼,可他没有任何异样。他把棋盘挪开,缓缓地从刀鞘里拔出军刀,放在桌上。

不得不说,这把军刀相当奇特。修长的银质刀柄上雕着两只小鸟,小鸟中间有个圆圈,里面蹲着一只兔子,余下的地方都刻满了细腻的花纹。刀柄末端有一块软玉镶头,上面系着一根丝线编成的又短又粗的绳子,绳子一头挂着浅紫色穗子。刀柄前端有个圆形的黑铁护手盘。修长的刀刃微微弯曲,闪烁着锋芒。其实这压根不是军刀,而是一把东方的宝剑,多半是中国的。我还没来得及细细端详,夏伯阳就已经关上了灯。

我们彻底陷入了黑暗之中。我什么也看不见,只能听见发动机均匀的噪声(顺带一提,这辆装甲车的隔音很好,外面的声音一点也传不进来),感觉到轻微的颠簸。夏伯阳划亮了一根火柴,把它举到桌子上。

"看着刀刃。"他说。

我看了看钢刀上微微发红的模糊影像。影像里有一种奇怪的纵深感——我仿佛正透过略带水汽的玻璃,望着一条昏暗幽长的走廊。影像上微微泛过一丝涟漪,接着便看见一个披着弗伦奇式军上衣的人,正软弱无力地穿过走廊。他的脸没有刮,还是个秃顶,脸颊上赤褐色的胡茬与上唇和下巴上的邋遢胡须连在一起。

他弯下腰,向前伸出颤抖的双手。我这才发现有只小猫瞪着一对忧伤的大眼睛,正蜷缩在角落里。影像非常清晰,但有些失真,仿佛我看见的是圣诞彩球表面的倒影。我突然忍不住咳嗽了一声。这是列宁——毫无疑问,这就是他——打了个哆嗦,转过身来,凝视着我的方向。我知道他看见了我,因为他眼中闪过一丝恐惧。他的目光随即变得狡猾起来,仿佛还有些许愧疚。他强笑着,威吓般地对我伸出一根手指,说道:"蜜修斯!你在哪儿?"①

夏伯阳吹灭火柴,影像便消失了;最后我只看见小猫正沿着走廊溜走。我突然明白了,我根本不是在军刀上看见了这一切,刚才我真的以某种难以理解的方式去过那里,也许还用手摸过那只小猫。

灯亮了。我惊讶地看了一眼夏伯阳,他已经把刀收回了刀鞘。

"弗拉基米尔·伊里奇正在重读契诃夫。"他说。

"刚才那是什么?"我问。

夏伯阳耸了耸肩。

"列宁。"他说。

"他看见我了吗?"

"我不认为他看见了您,"夏伯阳说,"应该说,他感觉到了某种存在。但他大概不会非常惊讶。这种事他已经习惯了。很多

---

① 契诃夫的小说《带阁楼的房子》里的一句话。

人都在看他。"

"可是您怎么能……用什么办法……这是催眠吗?"

"其实也没什么特别的。"他说道,然后对着墙点点头,显然在暗示墙外的东西。

"您到底是谁?"我问。

"这已经是您今天第二次问我这个问题了,"他说,"我已经回答过,我姓夏伯阳。眼下我只能告诉您这些。不要操之过急。不过,我们私下聊天的时候,您可以叫我瓦西里·伊万诺维奇,'夏伯阳同志'听起来太正式了。"

我正想开口让他解释一下,突然有个念头阻止了我。我明白,继续固执下去也不会有什么结果,甚至会适得其反。然而最令人震惊的是,这不是我自己的念头,我感觉是夏伯阳通过某种隐晦的方式把它传给了我。

装甲车慢了下来。通话器里传来司机失真的声音:

"瓦西里·伊万诺维奇,火车站到了!"

"很好。"夏伯阳回应道。

装甲车缓慢地绕了好几分钟,终于停了下来。夏伯阳戴上羊皮帽,从沙发上站起来,打开了小门。冰冷的空气和冬日微红的阳光,以及无数声音汇聚而成的沉闷喧哗涌进了驾驶室。

"拿上手提包。"夏伯阳轻巧地跳到地上。由于习惯了装甲车里昏暗的舒适环境,外面的亮光使我微微眯起眼睛。我跟着他爬了出去。

我们正置身于亚罗斯拉夫尔火车站广场的正中央。四面八方都是激动的人群，他们穿着各异，全副武装，排列成大小不一的方阵。一些级别不高的红军指挥官握着出鞘的军刀，沿着队列来回踱步。夏伯阳出现的时候有人喊了几声，人群汇成的喧哗越来越响亮，转瞬间就化作了浑厚的"乌拉"，一遍遍地响彻广场。

装甲车停在一个由木板搭成的看台旁，上面的旗帜交叉成十字形，就像一座断头台。几个军人在台上交头接耳，一看见我们就鼓起掌来。夏伯阳快步走上嘎吱作响的台阶；我也紧跟着爬了上去，以免被他抛下。他向其中两个军人草草打了声招呼（其中一个穿着一件用腰带扎紧的海狸皮大衣），然后走到断头台的围栏边上，举起一只戴着黄色长筒手套的胳膊，示意人们安静下来。

"小伙子们！"他扯着嗓子喊道，"你们自己知道为啥要聚在这里。这事没啥好拖拉的。你们会饱览一切，饱尝一切。不这样怎么行？啊？等你们到了前线——就会尝到他妈的打仗的滋味了。想啥呢——在前线可不是躺在摇篮里晃荡……"①

我仔细观察着夏伯阳的动作。他一面讲话，一面从容地从一边转向另一边，用戴着黄色手套的手掌在胸前用力挥来挥去。他的语速越来越快，我一个字也听不明白，不过，工人们都伸长脖子仔细听，一边连连点头，有时还满意地咧嘴大笑，看来他们能理解他所说的话。

---

①夏伯阳的演讲内容大都摘自富尔马诺夫的小说《夏伯阳》。

有人拽了一下我的袖子。我打了个哆嗦，转头看见一个矮个子的年轻人。他留着稀疏的胡髭，脸冻得微微发红，敏锐的双眼有着淡茶水一般的颜色。

"富……富。"他说。

"什么？"我问道。

"富……富尔马诺夫。"他向我伸出一只粗短的手。

"您好。"我回握住他的手。

"我是纺织工人团的政……政委，"他说，"我们要……要在一起工作。您马……马上就要讲话，尽……尽量简短些。很快就要登车了。"

"好。"我说。

他疑惑地看了看我的手和手腕。

"您入……入党了吗？"

我点点头。

"很……很长时间了吗？"

"大概两年了。"我答道。

富尔马诺夫看向夏伯阳。

"他是个英雄，"他说，"不过得盯着点。据……据说他总是突然消失。但是战……战士们爱戴他。理……理解他。"

他朝安静下来的广场点点头，那里正响彻着夏伯阳的声音："只是别给自己的事情抹黑——我是说，事业！……前方和后方无论少了哪一个都是挺不住的……要是你们这里搞得一团糟，那么战争会怎样？……也就是说，我们应该上前线去——这就是我要向你们说的话，我这个指挥官就是大家的靠山……现在请政委讲话。"

夏伯阳从围栏边走开。

"现在轮到你了，彼得卡。"他大声命令道。

我走到围栏边。

我望着人群，想象着他们黯淡的前途，内心无比沉重。他们从小就遭到欺骗，这种情况其实并未改变，如今不过是换了一种方式被欺骗罢了。但这些简陋得有些可笑的粗糙谎言——无论是旧的还是新的——的确是毫无人性。这些站在广场上的人的情感和思想就像他们身上的破衣烂衫一样丑陋不堪。他们要去送死，为他们饯行的却是这些得势小人无聊的滑稽表演。可是，我想，难道我的情形有什么不同吗？如果我也不明白——更糟糕的是，我以为自己明白——支配我生活的那种力量的本质，那么，跟一个醉醺醺的、被派去为"英特纳雄奈尔"送死的无产者相比，我又强在哪里呢？强在我读过果戈理、黑格尔，还有什么赫尔岑吗？想起来就可笑。

不过，我必须说点什么。

"工人同志们！"我喊道，"你们的政委富尔马诺夫同志让我长话短说，因为马上就要开始登车了。我想以后我们有的是时间谈话，而现在我只想告诉你们一件事，这件事使我的心变得火热。同志们，今天我见到了列宁！乌拉！"

广场上响起了连绵不绝的欢呼声。等一切安静下来,我说道:"现在,同志们,有请富尔马诺夫同志做最后的临别赠言!"

富尔马诺夫向我点头致谢,阔步迈向围栏。夏伯阳正和身穿海狸皮大衣的军人说些什么,他不时地露出微笑,捻一捻胡子。见我走了过来,他拍了一下那个军人的肩膀,对其他人点点头,走下了看台。富尔马诺夫开始了演讲:"同志们!我们的时间所剩无几。最后的铃声一响,我们就要驶向大理石砌成的坚固堤岸——在那座悬崖上筑起自己的堡垒……"

他演讲时不再口吃,反而说得既流利又悦耳。

我们从不断闪出道路的工人队列中穿过(这样近距离地看着他们,我几乎快要丧失对他们的同情),向火车站走去。夏伯阳走得很快,我吃力地跟在后面。为了回应别人的致意,他不时将一只戴着黄色手套的手举到羊皮帽前。稳妥起见,我也开始模仿他的手势,而且很快就学会了。我甚至觉得,自己已经成了火车站里熙熙攘攘的、还没成为超人的人群中的一员。

我们走到站台边上,跃向结冰的地面。远处的调车线上停着一列列覆盖着白雪的车厢,就像迷宫一样。周围疲惫不堪的人们望着我们,他们脸上流露出千篇一律的绝望神情,这神情似乎使他们结成了一个新的种族。我想起索洛维约夫的一首诗,于是笑了起来。

"怎么了?"夏伯阳问。

"我想起了一种学说,"我说,"在成吉思汗时代的波兰十分流行。"

"原来如此,"夏伯阳说,"您知道不少有意思的事。"

"噢,在这方面我可远远比不上您。话说,您能不能解释一下,'靠山'是什么意思?"

"什么?"夏伯阳皱起眉头。

"靠山。"我重复了一遍。

"您是从哪儿听来的?"

"如果我没记错的话,刚刚您在看台上亲口说过,您这个指挥官是他们的靠山。"

"啊,"夏伯阳笑了起来,"原来您说的是这个。要知道,彼得,如果一个人要对大众讲话,他是否明白自己的话并不重要。重要的是得让别人明白。他只需要反映人们的期待。有些人去研究大众的语言,可我更喜欢直接行动。所以,如果您想知道'靠山'是什么意思,您应该问的不是我,而是现在站在广场上的那些人。"

我觉得自己明白他的意思。很久以前我就得出过十分相似的结论,只不过它们所涉及的是关于艺术的对话。这些对话千篇一律、毫无意义,总是使我感到压抑。由于我的工作性质,我不得不和文学界许多难以相处的白痴打交道。我给自己培养出了一种能力,在和他们谈话的时候,能够不去深究他们所说的内容,只是随意玩弄着荒唐的词汇,比如"现实主义""神通术",甚至还有"神智学"之类的。按照夏伯阳的说法,这就是研究大众的语言。而他自己，按照我的理解，根本不在乎自己所说的词语是何含义。我的确不清楚他是怎么做到这一点的。也许，他能进入恍惚①的状态，从而捕捉到别人所释放的期待，再以某种方式把这些期待编织成大众能够理解的模样。

接下来一路我们都没说话。夏伯阳领着我越走越远。我们从两三节寂静的空车厢底下钻了过去。四下无声，只有远处偶尔传来火车头的怒号。最终我们在一辆火车旁停了下来，其中有一节是装甲车厢。这节车厢车顶的烟囱正悠闲地冒着热气，一个身材魁梧的布尔什维克在门口站岗，他那张亚洲长相的脸被风吹得十分粗糙。不知为什么，我立刻暗自给他起了个绰号，就叫巴什基尔人。

我们走过敬礼的巴什基尔人，爬进车厢，来到一条短短的走廊里。夏伯阳对着其中一扇门点点头。

"这是您的包厢。"他说道，从口袋里掏出怀表，"请允许我失陪一会儿，我要下几个命令。得把火车头和载着纺织工人的车厢跟我们的车厢挂在一起。"

"我不喜欢他们的政委，"我说，"那个富尔马诺夫。我们以后可能合不来。"

"不要纠结与现在无关的事。"夏伯阳说，"您也得能进得去您说的那个以后才行。说不定您去的那个以后根本没有什么富尔马诺夫。也说不定，您去的那个以后也没有您自己呢。"

------

① 一种心理状态，人处于半意识的状态中。

我不知道该如何回答他这些奇怪的话，于是便一言不发。

"去收拾收拾，休息一会儿吧。"他说，"晚饭时见。"

包厢里安宁的氛围使我感到惊讶。装甲墙上的小窗户被窗帘遮得严严实实，桌上的花瓶里插着石竹花。我感到筋疲力尽，躺在沙发床上半天无法动弹。过了一会儿，我想起自己已经好几天没洗过澡，于是走出了包厢。奇怪的是，我推开的第一扇门恰好就是卫生间。

我舒舒服服地洗了个热水澡（水应该是用煤炉烧的）。回到包厢却发现床已经铺好了，桌上还有杯浓茶。我把茶水喝了个精光，然后瘫倒在沙发床上，浆洗得很硬的被单散发着熟悉的香气，令我昏昏沉沉，瞬间就进入了梦乡。

当我醒来的时候，周围几乎一片漆黑。车厢有节奏地晃动着，铁轨的接缝被车轮压得嘎吱作响。原本放着空茶杯的桌子上不知从哪儿冒出来一个包袱。里面有一件精致的黑色西装，一双发亮的漆皮鞋，还有一件衬衫、一套换洗内衣和几条供我挑选的领带。对此我已经见怪不怪了。衣服和皮鞋正合适。我犹豫片刻，选了一条带有黑色波点的领带，然后照了照壁橱门上的镜子，对自己的模样感到非常满意。不过，好几天没刮的胡子稍稍有些影响我的形象。我从花瓶里抽出一枝淡紫色的石竹花，掐断花茎，把花插入襟眼。这一刻我感到，彼得堡的旧日生活真是美妙至极！

我走出包厢，来到走廊尽头的门前敲了几下。没有人应声。

我打开门，看见一间宽敞的餐厅。餐厅中间有一张桌子，上面摆着三份简单的晚餐和两瓶香槟；桌子上的点点烛火伴着火车颠簸的节奏摇曳着。空气中飘着淡淡的雪茄味。墙上贴着明亮的金色墙纸。桌子对面有一扇很大的玻璃窗，窗外夜色中的亮光正缓缓划破黑暗。

背后传来响动。我打了个哆嗦，转过头来。我在车厢门口见过的那个巴什基尔人就站在身后。他面无表情地瞥了我一眼，打开角落里那个喇叭闪着银光的留声机，把唱针放在旋转的唱盘上。夏里亚宾①洪亮的男低音响了起来，似乎是瓦格纳的曲子。我一边思索桌上的第三份餐具是为谁而准备的，一边掏出香烟。

不一会儿门就开了，我看见了夏伯阳。他穿着黑色的丝绒西装，白色衬衣上系着鲜红的领结，领结是用流光溢彩的波纹绸做的，和他那件军大衣上的横条一样。一个姑娘跟在夏伯阳身后走进了餐厅。

她的头发剪得很短，甚至很难把这叫做发型。一条颗粒饱满的珍珠项链落在她尚未发育的、紧紧裹着深色丝绒布料的胸脯上。她的肩膀宽阔而结实，臀部却有些纤瘦。她的眼梢微微上扬，但这反而为她增添了魅力。

毫无疑问，她是一个标准的美人，但很难说这是一种女性化的美。不论如何放肆地去幻想，我都无法将这双眼睛、这张脸蛋和这副肩膀与幽暗中的隐秘激情联系起来。噢不，她不适合那些

---

① 俄罗斯著名的男低音歌剧演唱家。

布宁①式的、容易得淋病的干草棚！我更愿意幻想她置身于在冰面上翩翩起舞。她的美丽之中有一种使人清醒的东西，一种单纯而略带忧伤的东西。我所说的并非那种矫揉造作、表里不一的贞节，早在战前它就使所有彼得堡人感到厌恶。不，这是一种真正的、自然的、具有自我意识的完美，在它面前，淫欲就像沙俄警察的爱国主义一样庸俗而无聊。

她看了我一眼，然后向夏伯阳转过身去，珍珠在她光洁的脖颈上闪了一下。

"这就是我们新来的政委？"她问。

她的嗓音略显低沉，但很悦耳。夏伯阳点了点头。

"认识一下，"他说，"这是彼得。这是安娜。"

我从桌旁站起来，握住她微凉的手，想要举到唇边，可她没有让我这样做，而是按照彼得堡emancipe②的习惯同我正式地握手。我握着她的手，好一会儿才松开。

"她是个出色的机枪手。"夏伯阳说，"所以您要小心，别惹她生气。"

"难道这样柔弱的手指能给人带来死亡吗？"我放开她的手，问道。

"这取决于，"夏伯阳说，"您把什么叫做死亡。"

"这件事难道还有不同的观点吗？"

---

① 俄罗斯作家，他在小说《米佳的爱情》中描写过在干草棚中幽会的场景。
② 女性解放。

"当然了。"夏伯阳说道。我们在桌旁坐下。巴什基尔人灵巧地打开香槟，为我们倒在高脚杯里。

"我想提一杯酒，"夏伯阳用那双会催眠的眼睛望着我说道，"敬我们出生和生活的这个可怕的时代，还要敬所有那些在这个时代仍然追求自由的人。"

我觉得他的逻辑很怪，因为我们的时代之所以可怕，恰恰是因为他所说的"所有那些人"对所谓自由的追求——是谁的自由？为了什么目的？可我没有反驳，而是喝了一口香槟（每当餐桌上有香槟，而谈话又涉及政治的时候，我总是这么做）。几口酒下肚，我突然感觉饥肠辘辘，于是便吃了起来。

我很难表达自己的感受。眼前的事情是如此不真实，以至于它的不真实已经难以察觉；这种情形常常出现在梦里，陷入幻想漩涡的理智就像磁铁一样，吸引着白日世界中某个熟悉的细节，并且向它投以全部的关注，从而使错综复杂的噩梦化作日常生活中的场景。有一回我梦见，因为某个可恶的巧合，我成了彼得保罗教堂尖顶上的天使雕像。为了抵御刺骨的寒风，我想把西装穿好，可却怎么也扣不上扣子。令我惊讶的并非我突然高居于彼得堡的夜空里，而是我怎么也完不成这个熟练的动作。现在我就有类似的感觉——我仿佛意识不到眼前事物的不真实。这只是一个普普通通的夜晚，如果不是感觉到车厢轻微的颠簸，我会觉得我们正坐在彼得堡的一间小餐馆里，窗外掠过的则是马车上的灯光。

我默默地吃着东西,只是偶尔瞥一眼安娜。夏伯阳提到了机枪和运机枪的马车,她正简短地做出回答。我完全被她迷住了,甚至听不见他们在说什么。她那高不可攀的美丽使我备感忧伤。我明白,即便向她伸出渴求的双手,也不过是水中捞月般一场空罢了。

晚餐结束后,巴什基尔人收走了桌上的餐具,端来了咖啡。夏伯阳靠在椅背上抽起了雪茄。他的神情变得柔和起来,还有些懒洋洋的。他看了我一眼,微微一笑。

"彼得,"他说,"您看起来忧心忡忡,甚至,请原谅,有些心不在焉。可是作为一个政委……你应该富有魅力,明白吗?应该,怎么说呢……一往无前、冷酷无情……应该对自己怀有绝对的信心。并且始终如此。"

"我对自己有充分的信心,"我说,"对您却并非如此。"

"怎么?您在担心什么?"

"我可以开诚布公吗?"

"当然。我和安娜都希望您这样做。"

"我很难相信您真的是一位红军指挥官。"

夏伯阳挑起一边的眉毛。

"真的吗?"他以一种不似作伪的惊讶问道,"可是为什么呢?"

"不知道。"我说,"这一切很像一场假面舞会。"

"您不相信我同情无产者吗?"

"怎么会呢，我相信。今天在那座看台上，就连我自己也体验过类似的感情。不过还是……"

我突然想不起自己要说什么了。餐桌上一片寂静，只能听见安娜用小勺轻轻搅拌咖啡的声音。

"那究竟谁像红军指挥官呢？"夏伯阳抖落西装前襟上的烟灰，问道。

"富尔马诺夫。"我说。

"请原谅，彼得，可您今天已经是第二次提到这个名字了。富尔马诺夫是谁？"

"就是那位目光敏锐的先生，"我说，"在我之后对纺织工人演讲的那个人。"

安娜突然拍了下手。

"对了，"她说，"瓦西里·伊万诺维奇，我们把纺织工人都给忘了。早就该去看望他们了。"

夏伯阳点点头。

"对对，"他说，"安娜，您说得太对了。我也正想说呢，可彼得给我出了个难题，我就忘得一干二净了。"

他向我转过身。

"这个话题我们以后再谈。现在您是否愿意同我们一道？"

"愿意。"

"那就走吧。"夏伯阳从桌旁站起来说道。

我们离开了司令部车厢，向车尾走去。我感觉眼前发生的一切更奇怪了。我们穿过几节漆黑的车厢,里面似乎空无一人。没有灯光,车门外也没有一丝声响。夏伯阳烟头的火光映在光滑的胡桃木墙板上,很难相信墙板的那一边正睡着一群红军大兵,我尽量让自己不去想。

有一节车厢的尽头不是常见的过道,而是一扇镶板门。在门窗外面,黑沉沉的冬夜正向后飞驰而去。巴什基尔人稍稍摆弄一番便打开了门锁,隆隆的车轮声伴着一团刺骨的雪粒冲进了走廊。门后是一块面积不大的地方,带有围栏和顶棚,就像电车尾部的平台那样,另一节笨重的车厢在前方的黑暗中若隐若现,却没有任何通道可以到达那里,不知道夏伯阳究竟打算如何去看望自己的新兵。我跟着他们来到平台上。夏伯阳把胳膊撑在栏杆上,深吸了一口雪茄,一阵风把几颗暗红色的火星从烟头上吹落。

"他们在唱歌,"安娜说,"听见了吗?"

她举起一只手,似乎是怕头发被风吹乱,可她又立刻把手放了下来,因为发型使这个动作变得毫无意义。我想,也许不久前她还留着长发呢。

"听见了吗?"她向我转过身,又问了一遍。

果然,透过隆隆的车轮声传来了美妙而和谐的合唱。我留心听了一会儿歌词:

我们大家是铁匠——把莫洛赫①神来信仰。

把幸福的钥匙来锻造。

把沉重的铁锤举得高,

把钢铁胸膛用力敲呀,敲呀敲!②

"奇怪,"我说,"他们都是纺织工人,为什么要说自己是铁匠呢?为什么他们的神是莫洛赫?"

"不是莫洛赫,是锤头。"安娜说。

"锤头?"我问道,"啊,难怪嘛。因为是铁匠,所以是锤头。也就是说,因为他们在歌里说自己是铁匠,尽管他们实际上是纺织工人。鬼知道这是什么意思。③"

尽管歌词十分荒唐,可是在这穿透冬夜而来的歌声里却有一种迷人的魅力和古老的韵味。也许不是因为歌曲本身,而是这个奇怪的组合:男人们的歌声,刺骨的寒风,白皑皑的原野,还有天空中寥落的孤星。火车转弯时可以看见连成一串的昏暗车厢。车上的人们显然正在黑暗中歌唱,这为眼前的画面平添了一抹神秘而奇异的色彩。我们默默地听了一会儿。

"这可能是斯堪的纳维亚人的神话,"我说,"知道吗,他们

---

①闪米特人神话中的神祇,为莫洛赫祭祀时需要将活人作为祭品。
②苏联歌曲《我们都是铁匠》。
③原版歌词中的第一句是"我们大家是铁匠,把年轻的精神来信仰"。在俄语中,"精神"和"神灵"是同一个词,而"年轻"(молод)和"莫洛赫"(молох)"锤头"(молот)的读音十分接近。彼得和安娜都听错了。

有一个神,这个神用一把魔锤做武器。好像是《老埃达》①里说的。对对,别的也能对上号!我们眼前这节挂着霜的昏暗车厢不就像是一把锤子,正被托尔②抡向某个无形的敌人嘛!它在我们身后穷追不舍,没有力量可以使它停止飞行!"

"您的想象还挺生动,"安娜说,"难道一节脏兮兮的车厢就能让您想到这么多?"

"哪里的话,当然不是了。"我说,"我只是想让跟我聊天的人感到愉快罢了。其实我在想别的事情。"

"什么事?"夏伯阳问。

"我在想,人就像这列火车。他的身后也注定要拖着一长串来自过去的、不知从何处而来的阴森可怖的车厢。那些偶然聚在一起的希望、思绪和恐惧发出毫无意义的隆隆声。人却把这一切当做自己的生活。而且没有任何办法可以摆脱这种命运。"

"怎么会呢?"夏伯阳说,"办法是有的。"

"您有办法?"我问。

"当然。"夏伯阳说。

"或许您乐意分享一下?"

"乐意之至。"夏伯阳说,然后打了个响指。

巴什基尔人仿佛一直在等待指令似的。他把灯放在地上,灵活地钻到栏杆底下,朝车厢连接处弯下腰,用手迅速拖拽着模糊

---

①一本记载着北欧神话的诗集。
②北欧神话中的雷神,武器是雷神之锤。

不清的铰链。不知什么东西叮当一响，巴什基尔人又敏捷地回到了平台上。

对面那节昏暗的车厢缓缓地离我们而去。

我望向夏伯阳。他泰然自若地承受着我的目光。

"开始变冷了，"他仿佛什么都没发生似的说道，"我们回餐厅去吧。"

"我一会儿就来。"我回答。

我独自留在平台上，沉默地望着远方。纺织工人的歌声仍然依稀可辨，可车厢却与我渐行渐远。我突然觉得，这串车厢就像壁虎逃跑时扔掉的尾巴一样。这是一幅美好的景象。啊，多么希望我能像夏伯阳摆脱这些人一样，轻松甩掉那些可恶的伪"自我"，这些混蛋已经把我的灵魂折磨了太久！

很快我也有些发冷，于是走进车厢，关上门，摸索着往回走去。一回到司令部车厢，疲倦就向我袭来。我来不及抖掉西装上的雪，走进包厢就一头栽倒在床上。

餐厅里传来夏伯阳和安娜的说笑声。还有开香槟的声音。

"彼得！"夏伯阳喊道，"别睡了！快来我们这儿！"

在平台上吹过冷风以后，包厢里温暖的空气竟使我感到如此舒适。我甚至觉得空气就像是水，我终于泡上了期盼已久的热水澡。当这种感觉变得愈发真实的时候，我明白自己快要睡着了。另一个明显的征兆是，留声机里不再是夏里亚宾的歌声，而是突然响起那首莫扎特的赋格曲，我的一天正是从这首曲子开始的。

我明白自己决不能睡着，但却毫无办法。我放弃了挣扎，伴着今天早晨曾使我无比震惊的旋律，在忧郁琴声的间隙俯身向着那个楼梯拐角坠去。

4

  仅凭我们自以为是的浅薄知识,又如何去谈论其余的一切?既然如此,为我们的命运和行为寻求解释又有什么意义呢?

"喂！别睡了！"

有人轻轻摇晃我的肩膀。我稍微抬起头，睁开眼睛，看见一张完全陌生的面孔。这张脸圆润而饱满，下巴上还有一圈精心打理过的胡子。脸上带着亲切的笑容，可即便如此，我对着它却笑不出来。我立刻就明白了原因。因为那精心打理的胡子上面却是一颗剃得光溜溜的脑袋。这人向我俯过身来，那副样子就像什么都卖的投机商人。战争一开始这种人就在彼得堡大量涌现出来。他们一般都是从乌克兰来的移民，一般都有两个最明显的特点——拥有极其旺盛的生命力，并且对首都近来流行的神通术颇感兴趣。

"弗拉基米尔·沃洛金，"留胡子的人做了自我介绍，"叫我沃洛金就行。由于您已经决定再次失去记忆，我们只能重新认识一下。"

"我叫彼得。"我说。

"彼得，您最好别做任何剧烈运动。"沃洛金说，"我们在您睡着的时候给您注射了四毫升安定，所以今天早上您会感到情绪低落。如果周围的人或事使您感到抑郁和厌恶，请您不必惊讶。"

"噢，"我说，"老兄，这种事我早就见怪不怪了。"

"不，"他说，"我的意思是说，您可能会觉得，您所身处的环境极为可憎，并且骇人听闻、荒谬绝伦，与生活格格不入。"

"所以呢？"

"请您不要在意。都是药剂的作用。"

"我试试吧。"

"好极了。"

我突然发现，这个沃洛金光着身子。他全身湿答答地蹲着，身上的水不断滴落在铺着白色瓷砖的地面上。不过，这幅画面里最令人难以忍受的是，他把一只长长的、青筋突起的胳膊撑在瓷砖上。他的姿势非常松弛和自在，有种难以察觉的、猴子般的无拘无束。这份无拘无束似乎是在暗示，周围的世界就是这样的。对于身材高大、毛发浓密的男人来说，以这种姿势蹲在地上再自然和正常不过了。谁要是不这么想，那谁的日子可就不太好过了。

关于注射的说法显然都是实话。我的知觉的确发生了奇怪的变化。有那么一会儿，沃洛金孤零零地存在于我的意识中，他周围没有任何背景，犹如一张白底的证件照。我端详了一下他的脸和身材，突然想起一个问题，这一切究竟发生在什么地方。我刚一想到这个问题，这个地方就显现出来——起码我的感觉是这样。

我们置身于一个宽敞的房间里，到处都铺着白色瓷砖，地上摆着五个铸铁的浴缸。我躺在靠边的一个浴缸里。我突然发现水凉得让人难受。沃洛金向我投来鼓励的微笑，然后原地转过身去，以敏捷而又难堪的动作，直接半蹲着跳进我旁边的浴缸里，几乎没有溅起一点儿水花。

除了沃洛金之外，别的浴缸里还躺着两个人。一个是长着蓝眼睛和浅黄色长发的男人,胡子稀稀拉拉的,像古代的斯拉夫勇士。还有一个深色头发的年轻人,他苍白的脸有些女性化,身上的肌肉却十分发达。他们都满怀期待地看着我。

"您好像确实不记得我们了。"在短暂的沉默之后,蓄着胡须的金发男子说道,"我叫谢苗·谢尔久克。"

"彼得。"我答道。

"玛利亚。"远处浴缸里的年轻人说道。

"什么?"

"玛利亚,玛利亚。"他显然十分不满地说道。"我就叫这个名字。您知道有个作家叫埃里希·玛利亚·雷马克①吗?我的名字就是为了纪念他。"

"没听说过。"我答道,"他应该是个新作家吧?"

"还有个莱纳·玛利亚·里尔克②。您也没听说过?"

"哪能呀,这个我听说过。我还认识他呢。"

"您看,他叫莱纳·玛利亚,而我就叫玛利亚。"

"等一下,"我说,"我好像听出了您的声音。难道就是您在那个奇怪的故事里提到了飞机,提到了俄罗斯和西方的炼金术式的婚姻?"

"是我。"玛利亚答道,"这个故事哪里奇怪了?"

"倒也没什么奇怪的。"我说,"可不知为何,我以为您是个

---

①德裔美籍作家,代表作《西线无战事》等。
②奥地利著名诗人,代表作《杜伊诺哀歌》等。

女人。"

"某种程度上是这样。"玛利亚答道,"正如咱们老板所说,我的伪人格一定是个女人。顺便问一下,您不会是异性恋至上主义者吧?"

"您说什么呢!"我说,"我只是很惊讶,您竟然如此轻易地承认这是一个伪人格。您真的相信这一点吗?"

"其实我什么也不信。"玛利亚说,"这都是因为脑震荡。而我留在这里是因为老板要写一篇论文。"

"这个老板是什么人?"又一次听见这个词,我疑惑地问道。

"铁木尔·铁木罗维奇,"玛利亚答道,"科室主任。他研究的刚好是伪人格。"

"不完全准确,"沃洛金插嘴道,"他研究的课题叫'伪人格分裂'。如果说,玛利亚这种简单的情况只能勉强认为存在伪人格分裂,那么您,彼得,可是他最看重的研究对象。因为您的伪人格发展得如此完善,几乎完全取代和压倒了真人格。而且它分裂的过程简直令人着迷。"

"没这回事。"一直沉默不语的谢尔久克反驳道,"彼得的情况并不多么复杂。从结构上来说,他和玛利亚几乎没什么两样。他们都存在混淆的现象,只不过玛利亚混淆的是名字,而彼得混淆的是姓。但是彼得的替代效果更强烈。他甚至不记得自己姓什么了。一会儿自称是法涅尔内,一会儿又是别的什么人。"

"那我到底姓什么呢?"我不安地问道。

"您姓虚空。"沃洛金答道,"您之所以精神错乱,正是由于您否定自我人格的存在,并且用另一个完全臆想出来的人格取代了它。"

"然而从结构上来说,我再说一遍,情况并不复杂。"谢尔久克补充道。

我气极了,一个莫名其妙的精神病竟然说我的情况并不复杂,这让我觉得非常难堪。

"各位,你们像医生一样在这儿讨论。"我说,"这有点荒唐,你们不觉得吗?"

"哪里荒唐了?"

"如果你们穿着白大褂站在这里,"我说,"那一切都很正常。可要是你们什么都清楚得很,又怎么会躺在这儿呢?"

沃洛金沉默地看了我一阵。

"我是一出不幸事故的受害者。"他说。

谢尔久克和玛利亚大笑起来。

"至于我嘛,"谢尔久克说道,"我根本没有什么伪人格。不过是由酗酒导致的常见的自杀而已。而我之所以留在这里,是因为只靠你们三个写不了论文。只是为了凑数据罢了。"

"没事没事,"玛利亚说,"下回就该你上绞刑椅了。到时我们可要听听,你的酗酒自杀是怎么回事。"

我感觉自己冻坏了,而且搞不清究竟是像沃洛金所说的那样,药剂使我对一切都难以忍受,还是水的确太凉。

感谢上帝,门突然开了,两个穿白大褂的人走了进来。我想起其中一个叫热尔布诺夫,另一个叫巴尔博林。热尔布诺夫拿着一个巨大的沙漏计时器,巴尔博林则抱着一大堆内衣。

"出来吧。"热尔布诺夫晃了晃沙漏,开心地说道。

他们用大毛巾把我们挨个擦干,给我们穿上一模一样的条纹病号服,眼前的场景立刻增添了些许海军的色彩。他们领着我们走出门去,穿过长长的走廊。这条走廊也很熟悉,确切地说,令我感到熟悉的不是走廊本身,而是这里隐约散发出来的医院的味道。

"请问,"我一边走,一边悄声询问身后的热尔布诺夫,"我为什么会在这里?"

他惊讶地睁大了双眼。

"你自己不知道吗?"他说。

"不知道,"我说,"我已经决定承认自己有病了,可病因是什么?我在这里很久了吗?我究竟做错了什么?"

"这些问题去问铁木尔·铁木罗维奇。"热尔布诺夫说,"我没工夫跟你闲扯。"

我感到沮丧极了。我们在一扇写着数字"7"的白色大门前停了下来。巴尔博林用钥匙打开门让我们进去。门后是个相当宽敞的房间,靠墙摆着四张铺好的床。装着围栏的窗户边上有张桌子,墙边放着一个介于长沙发和扶手椅之间的东西,上面有几个用来固定手脚的弹力绳套。尽管带着绳套,这件器械看起来却并不吓人。它显然是一件医疗用具，我甚至想到了一个莫名其妙的词：泌尿科扶手椅。

"请问，"我问沃洛金，"您刚才提到的绞刑椅是什么？"

沃洛金瞥了我一眼，朝门口点了点头。我转过头去，门口站着铁木尔·铁木罗维奇。

"绞刑椅？"他扬起眉毛问道，"如果我没弄错的话，绞刑椅是在中世纪的西班牙用来执行绞刑的一种座椅，对吧？您对事物的理解太阴暗、太压抑了！不过，彼得，您今天早上注射过药剂，所以没什么可奇怪的。但是您呢，弗拉基米尔？我很吃惊，很吃惊啊。"

铁木尔·铁木罗维奇一边喋喋不休，一边挥手让热尔布诺夫和巴尔博林离开，自己则走到屋子中间。

"这可不是绞刑椅，"他说，"这是一张普通的沙发，用于我们的集体治疗。彼得，您刚从隔离室回来就参加过一次治疗，不过您当时的情况很糟糕，恐怕什么都不记得了。"

"哪里，"我说，"记得一点儿。"

"那更好。我先帮您简单回忆一下这里的情况。这种由我设计并投入使用的方法可以暂且叫做涡轮式荣格疗法[①]。荣格的观点您应该是知道的……"

"等一下，谁的观点？"

[①] 涡轮是在暗指俄罗斯科幻小说的涡轮现实主义流派，佩列文就是该流派的代表作家之一。

"卡尔·古斯塔夫·荣格①。好吧，看来您的心理活动正遭到伪人格的严格审查。由于您的伪人格生活在一九一八或一九一九年，那您不记得荣格也不足为怪了。又或者，您的确没有听说过荣格？"

我郑重地耸了耸肩膀。

"总之，有个叫荣格的精神病专家。他的治疗方法建立在一个非常简单的原理上。他设法使各种符号自由地上升到患者的表层意识，然后就可以根据这些符号进行诊断。我是说，通过破译的方式。"

铁木尔·铁木罗维奇狡黠一笑。

"可我的方法略有不同，"他说，"尽管原理是相同的。要知道，如果按照荣格的做法，就得把您送到瑞士山区的疗养院，放在一张躺椅上，和您没完没了地谈话，天晓得这些符号要等多久才会出现。我们不能这么做。我们不会让您坐在躺椅上，而是让您坐在这里。"铁木尔·铁木罗维奇指了指沙发，"只要打上一针，不一会儿就能看见大量的符号涌现出来。接下来就是我们的工作——破译和治疗。明白吗？"

"差不多吧。"我说，"那您要怎样破译它们呢？"

"您会看见的，彼得，而且会亲眼看见。我们会在每周五进行治疗，所以再过三个……不对，再过四个星期就轮到您了。顺便说一句，我非常期待这一天，和您一起工作非常、非常有趣。

---

①瑞士著名的心理学家、精神科医生。

当然，我的朋友们，你们也是一样。"

铁木尔·铁木罗维奇将热浪般的爱意洒满房间，然后微微一笑，鞠了一躬，两手交握起来。

"现在该上课了。"他说。

"上什么课？"我问。

"没错，"他看了看表，"已经一点半了。上审美治疗实践课。"

除了刚才的心理水疗之外，我还没体验过比审美治疗实践课更烦人的事情，尽管这也可能是药剂的效果。实践课在病房隔壁的屋子里进行。这间屋子宽敞而昏暗；角落里有张长桌，上面堆着五颜六色的橡皮泥，还有一些难看的小陶马，仿佛是一些有艺术天分的孩子捏的，还有一堆纸船模型，以及破破烂烂的玩偶和皮球。桌子中间摆着一座高高的亚里士多德半身石膏像，我们就坐在雕像对面四把裹着棕色油布的椅子上，腿上放着画板。审美治疗的内容是，我们要用拴在画板上的、嵌着黑色橡皮的铅笔临摹这座雕像。

沃洛金和谢尔久克还穿着条纹病号服，玛利亚却脱掉上衣，换了一件背心，背心的领口很低，几乎开到肚脐。他们显然已经习惯了这种治疗，正耐心地用铅笔在纸上画来画去。谨慎起见，我迅速完成了一幅潦草的素描，然后便放下画板，四下打量起来。

毫无疑问，药剂还没有失效，我的感觉还跟躺在浴缸里的时候一样。我无法完整地感知现实。我的目光投向周围世界的哪个部分,这个部分才会显现出来,于是我产生了一种恍惚的感觉,仿佛是我的目光在创造这个世界。

我突然发现,房间的墙壁上挂满了画在小纸片上的图画。其中几幅颇为有趣。

一部分图画显然出自玛利亚之手。这是一些笨拙而充满稚气的涂鸦,以不同的形式反复描绘同一个主题——一架飞机的机身上有一个生殖器般的巨大凸起。有时候,这架飞机会尾部朝下直立起来,图画便有了一种基督教的意味,尽管这同时也是一种亵渎。总的来说,玛利亚的画乏善可陈。

另一组图画却极为引人入胜,而且不仅仅是因为创作者具有显而易见的艺术天分。这些图画一律是日本题材,而且主题全都离奇古怪而又截然不同。大部分图画,大概有七八幅,似乎是在复制别处见过的某件作品。一个日本武士佩带着两把宝剑,放荡地裸露着下身,脖子上挂着一块石头,正站在悬崖边上。另外两三幅则描绘了一群正在休憩的骑手,背景是远处的山峦。群山被勾勒成传统的日式风格,画技十分精妙。画里的马儿被拴在树上,骑手们下了马,穿着色彩缤纷的宽松衣裳,坐在不远处的草地上把盏对饮。最令我印象深刻的是一幅情色题材的图画,画里有个神情冷漠、头戴蓝色小帽的男人,委身于他的女人长着一张高颧骨的斯拉夫人的脸。这张脸上似乎有些骇人的东西。

"各位,打扰一下,"我忍不住问道,"这些日本题材的作品是谁的?"

"谢苗,"沃洛金问道,"你那些画是谁的?应该是医院的吧?"

"谢尔久克先生,是您的吗?"

"是的。"谢尔久克答道,他皱起眉头,用那双明亮的蓝眼睛看了看我。

"画得太棒了!"我说,"只是略微有些阴沉。"

他没有应声。

据我猜测,第三组是沃洛金的画。他的画风十分抽象,属于印象派。这些画也有一个贯穿始终的主题,三个模糊的黑影围着一团烈火,一根光柱自上而下落在他们身上。从构图来看,它很像那幅画着三个猎人围在篝火旁的名作,只是这幅画的篝火里刚刚爆炸了一枚爆破弹。

我往另一面墙上看了一眼,立马打了个哆嗦。

这大概是我这辈子最强烈的一次déjàvu。墙上是一张两米长的硬纸板,上面画满了五颜六色的小人。一看到这件古怪的东西,我便感到自己和它有着深刻的联系。我从椅子上站起来,走到它跟前。我的目光落在硬纸板靠上的部分,这似乎是一张历史课本里的那种作战地图。地图中间有一个画满斜线的蓝色椭圆,里面写着几个大字:"精神分裂症"。椭圆上方有三个指向它的红色粗箭头,其中一个直抵椭圆,另外两个箭头拐了个弯,从两侧将椭圆紧紧咬住。箭头上分别写着"胰岛素""冬眠灵"和"磺胺嘧啶"，一个蓝色的虚线箭头从椭圆下方伸出来，底下写着"疾病败退"。研究完这张地图以后，我把目光转向了下面的图画。

这幅画人物众多、细节丰富、结构庞杂，使人想起托尔斯泰的小说《战争与和平》里的插图——我是说能够容纳小说所有人物与情节的那种插图。同时它还有一种天然的稚气，因为这幅画就像孩子的画作一样，随意地打破了所有透视规律和理性准则。纸板右边画着一座大城市。一看见以撒大教堂的金色圆顶，我就知道这里是彼得堡。有些街道描绘得十分细致，有些却只用线条稍作表示。和刚才的地图一样，这些街道上也画满了箭头和虚线，显然是在描绘某人的生活轨迹。虚线的痕迹从彼得堡延伸至不远处和它相差无几的莫斯科。莫斯科只有两个地方格外显眼，那就是特维尔林荫道和亚罗斯拉夫尔火车站。一条蛛丝般的双线铁路从火车站延伸出去，在靠近纸板中心的地方变得越来越宽，变成了一幅多少还算符合透视规律的立体图像。铁轨通往满是金黄色小麦的地平线，一辆被烟雾和蒸汽笼罩的火车就停在铁轨上。

火车描绘得十分精细。车头被几颗直接命中的炮弹击穿了，浓重的蒸汽透过窟窿从圆筒形的车身里滚滚升起，已经咽了气的司机半个身子挂在车厢外头。车头后面的平车上停着一辆装甲车（不用说，我的心脏剧烈地跳动起来），车上的机枪塔对着金色的麦浪。机枪塔的舱盖敞开着，能看见安娜留着短发的脑袋伸了出来。机枪的肋状枪管正将炮火对准麦地,夏伯阳站在装甲车旁,用军刀指示开火的方向。他头戴羊皮高帽,脖子上系着一件直到脚后跟的毛茸茸的黑色斗篷。他的姿势看起来做作极了。

火车距离车站只有不到几米远,画面上只能看见车站的一小部分,包括站台的围栏和一块写着"洛佐瓦亚站[①]"的牌子。

我在画面中寻找安娜从炮塔里扫射的敌人,却只看见许多随意勾勒出的人影潜伏在几乎齐肩高的麦地里。我有一种感觉,这幅画的作者并不十分了解他们是在和谁战斗,为什么而战斗。至于这位作者是谁,不好意思,我倒是一清二楚。

画的下面用印刷体写着一行大字:

洛佐瓦亚站之战

有人用另一种笔迹在旁边添了一行字:

夏伯阳战斗忙,彼得卡精神失常

我猛地朝其他人转过身去。

"听我说,各位,你们不觉得对于正派人来说这有些出格吗,啊?要是我也这么干呢?啊?会怎么样?"

沃洛金和谢尔久克移开目光。玛利亚则装作没听见。我看了他们一会儿,想搞明白这是谁干的坏事,可是没有人露出马脚。不过说实话,我并不十分在乎这件事,很大程度上是在佯装气愤罢了。更令我在意的是这幅画,第一眼看见它,我就感到它似乎尚未完成。我转身看向硬纸板,想搞清楚令我坐立不安的究竟是

[①] 位于乌克兰东部的城市。

什么。似乎是作战示意图和火车之间的地方，按说这里应该是天空，然而一大块硬纸板上却空白一片，仿佛吞噬一切的虚空。我走到桌旁，从上面的一堆杂物里摸出一截红铅笔和一根几乎完整的碳棒。

在接下来的半个小时里，我往麦田上空涂满黑色墨迹，当做榴霰弹爆炸的烟雾。我把它们都画成一个样子——用碳棒涂抹出一团又浓又黑的云朵，碎片如箭矢一般飞散到四面八方，在身后留下长长的红色轨迹。

最后的图画很像梵高的一幅名作，我不记得画的名字，不过画里有一片麦田，麦田上空盘旋着一群黑压压的乌鸦，就像一堆潦草的粗体字母"V"。我想起了画家在这个世界上无可奈何的命运。这个念头先是给我带来一种苦涩的快感，但很快就使我感到无比虚伪。因为这不仅仅是陈词滥调，还是一种可耻的抱团行为：搞艺术的人通过各种各样的方式重申这个想法，将自己划归到某个特殊的、存在意义上的帮派之中，可这是为什么？难道一名女机枪手，再比如说，一名卫生员的命运就会有不同的结局吗？或者说，那种令人痛苦的荒诞在他们身上就会少一些吗？难道生存的巨大悲剧与人们在生活中所从事的职业有关吗？

我朝旁边这些人转过身来。谢尔久克和玛利亚正专注地描绘亚里士多德的半身像（玛利亚甚至紧张得伸着舌头），沃洛金则认真观察着硬纸板上的变化。他察觉到我在看着他，便疑惑地笑了一下。

"沃洛金,"我说,"能不能向您提一个问题?"

"请吧。"

"您是做什么的?"

"我是个企业家,"沃洛金说,"就是如今所谓的新俄罗斯人。起码曾经是。您为什么问这个?"

"您知道吗,我刚才在想……人们总说,艺术家的悲剧,艺术家的悲剧。为什么偏偏是艺术家呢?这有点不公平。您看,原因在于,艺术家都是公众人物,所以他们遭遇的不幸尽人皆知,被人们议论。人们难道会记得一个……不,人们会记得企业家……比如说,人们会记得一个火车司机吗?即便他的人生也十分悲惨?"

"彼得,您看问题的角度压根不对。"沃洛金说。

"什么意思?"

"您在混淆概念。悲剧不是发生在艺术家和火车司机的身上,而是发生在艺术家或火车司机的头脑中。"

"请原谅,您说什么?"

"我原谅您,原谅您。"沃洛金柔声说着,朝画板低下头去。

沃洛金的话过了一会儿才传到我耳边。我明白他想说什么,可药剂使我无精打采,因此这些话没能引起我的丝毫反应。

我回到硬纸板跟前,在田野上空画了几条浓黑的烟柱,这用光了整根碳棒。这些烟柱和天空中榴霰弹爆炸的点点浓烟给画面增添了一丝残酷的绝望感。我感觉不太自在,便尽力在地平线上画满骑手们遥远的身影,他们正穿越麦田去阻击敌人。

"您应该去做战地画家。"沃洛金不时从自己的画板上抬起头来,看一眼我的画稿。

"还说我呢,"我答道,"您还不是总画篝火爆炸的场景吗?"

"篝火爆炸的场景?"

我指了指挂满图画的那面墙。

"如果您觉得它像篝火爆炸,那我没什么可说的。"沃洛金答道,"一句也没有。"

我觉得他好像在生气。

"那这到底是什么?"

"这是天光降临。"他说,"难道看不出它是从天而降吗?那可是我特意添上去的。"

我脑子里闪过一连串的推理。

"是否可以理解为,您就是因为这束天光才住院的?"

"理解得不错。"沃洛金说。

"难怪,"我礼貌地说,"我早就觉得您不是一般人。可他们究竟指控您什么呢?因为您看见了这束光,还是因为您想把它告诉别人?"

"他们指控我就是天光。"沃洛金说,"这太常见了。"

"是吗?我想您是在开玩笑,"我说,"您还是好好说吧。"

沃洛金耸了耸肩膀。

"以前我有两个助手,"他说,"和您年龄相仿。就是那种,您知道吧，能解决麻烦的人。现在做生意少不了他们。对了，他们也在画上，看见那两个影子没有？对。闲话少说，我总是跟他们高谈阔论。有一回我们开车进了一片森林，我指给他们看……我真不知道该怎么说……总之就是这样。其实根本不是我指给他们看的，他们自己全都看见了。我画的就是这一刻。这件事对他们刺激很大，一个星期以后他们就跑去告密了。可真是些白痴，每个人身上都背着十条人命，竟然觉得这跟他们报告的事儿相比不值一提。我跟您说，现在的人都坏透了。"

"您说得对。"我突然想起自己的事，于是答道。

巴尔博林带我们来到一间小餐厅吃午饭，这里跟摆着浴缸的房间有点像，不过没有浴缸，只有几张一模一样的塑料餐桌，还有一个小小的传菜口。只有一张餐桌上摆着饭菜。用餐时我们几乎没有讲话。我喝完了汤，正要开始吃饭的时候，突然发现沃洛金把盘子推到一边，正死死地盯着我。一开始我尽量不去理会，后来却忍不住抬起眼睛，挑衅般地注视着他。他友善地笑了笑，表示他的目光并无恶意，然后说道："知道吗，彼得，我有一种感觉，我们曾经见过面，在某个对我非常重要的场合。"

我耸了耸肩。

"您认不认识一个红脸膛、三只眼、戴着一串头骨项链的人？"他问，"这人在一堆堆篝火中间跳舞，而且身材高大，挥舞着两把微弯的佩剑。"

"也许吧,"我礼貌地说,"可我不知道您说的究竟是谁。要知道,这些特征很普通。有可能是任何人。"

"明白了。"沃洛金说,然后低头吃起饭来。

我伸手去拿茶壶,想往杯子里倒点茶,可玛利亚摇了摇头。

"最好别喝,"他小声说,"有溴。会消除性欲。"

沃洛金和谢尔久克却满不在乎地喝着茶。

午饭后巴尔博林把我们送回病房就不见了。我的三个室友显然已经习惯了这里的制度,几乎一沾枕头就睡着了。我四仰八叉地躺着,久久凝视着天花板,享受少有的彻底放空的状态,这也许是早上那针药剂最后的效果。

其实,说这是放空也不尽然。原因很简单,尽管我的意识从思维中彻底解放了出来,可那些并未作为思维反射在我脑海中的外界刺激仍然会使我产生反应。假如我意识到自己脑海中没有任何思维,这本身就是一个关于思维不存在的思维。所以说,真正摆脱思维是不可能的,因为无论如何这都是无法判断的。或者可以说,要彻底摆脱思维,除非你是不存在的。

这是一种奇妙的状态,全然不像寻常意识中那日复一日的滴答声。顺带一提,那些意识不到自己心理活动的人都有一个普遍特征,我总是为此感到吃惊。这种人能长期同外界刺激隔绝,体会不到任何现实需求。没有任何明显的原因,他就会突然产生不由自主的心理活动,并且在周围世界中采取难以预料的行为。在旁人看来也许莫名其妙:这人仰面躺着,躺了一个小时,两个小时，三个小时，然后猛地坐起来，胡乱套上拖鞋，像没头苍蝇一样跑来跑去。而这仅仅是因为，他的思维不知出于什么原因（或许根本就没有原因）正在漫无目的地活动。然而这种人是大多数，而且正是这些仿佛得了梦游症的人决定了我们这个世界的命运。

宇宙从我的小床向四面八方延伸开去，里面充满了各式各样的声响。有些我能分辨出来，比如楼上锤子的敲击声，远处的狂风吹动百叶窗的动静，还有乌鸦的啼鸣。不过，大部分声音都不知来自何处。要是谁能将意识里塞满的僵硬废料倒空，哪怕只是一会儿，立刻就会有无数新鲜的事物展现在他的眼前，真令人吃惊！我们甚至不知道自己听见的大部分声音从何而来。仅凭我们自以为是的浅薄知识，又如何去谈论其余的一切？既然如此，为我们的命运和行为寻求解释又有什么意义呢？有人凭着这点知识，就试图用社会统计的荒谬结果去解释别人的内心生活，就像铁木尔·铁木罗维奇那样。想到这里，我突然记起自己那册厚厚的卷宗还放在他的桌子上。我又想起巴尔博林走的时候忘了锁门。电光石火间，我脑子里立刻浮现出一个疯狂的计划。

我四下张望了一番。休息时间已经过去了二十多分钟，我的三个室友还在睡觉。整座大楼似乎都睡着了，这段时间里没有任何人从我们的病房门口经过。我小心地掀开被子，穿上拖鞋，悄悄起身走到门口。

"上哪儿去？"有人在我背后悄声问道。

我转过头去。角落里的玛利亚用被子蒙着头,一只眼睛透过被子上的小窟窿紧紧盯着我。

"上厕所。"我也小声回答。

"别耍滑头,"玛利亚小声说,"这里有便盆。被抓住可得关一天禁闭。"

"宁死也不蹲着尿。"我小声回了一句,接着溜进了走廊。

走廊里空荡荡的。

我隐约记得,铁木尔·铁木罗维奇的办公室旁边有一扇高高的半圆形窗户,透过窗户可以看见一棵大树的树冠。走廊在前面较远处向右转了个弯,拐角处的油毡地毯上闪耀着斑驳的日光。我猫着腰走到拐角,看见了那扇窗户。办公室的门我也立刻认了出来,因为上面有个精致的镀金把手。

我把耳朵贴在把手底下的锁眼上听了一会儿。办公室里悄然无声。我终于鼓起勇气,把门推开一条缝。里面空无一人,桌上放着几个文件夹,可我的文件夹,也就是最厚的那个(我清楚地记得它的样子),并不在原来的地方。

我绝望地四下张望。宣传画上那位支离破碎的先生用一种惨无人道的乐观表情看着我,让我既难受又害怕。不知为何我总觉得,马上就会有几个护士进到办公室来。就在我打算转身跑回走廊时,却突然发现桌上散落的纸张底下有一个打开的文件夹。

"安排疗程:水疗前注射安定。目的:减弱言语运动功能,同时刺激综合精神运动……"

还有几个拉丁语单词。我把纸推到一边,把文件夹的封面翻过来,上面写着:

"卷宗:彼得·虚空"

我在铁木尔·铁木罗维奇的椅子上坐下。

最早的记录是一本单独装在文件夹里的小册子,已经颇有些年头。上面的紫色墨迹褪了色,呈现出饱经沧桑的色彩,仿佛文件里记录的人早已不在世上。我埋头读了起来。

自诉幼年无心理异常。是乐观、温和、外向的孩子。成绩优异,热爱创作审美价值不高的诗歌。最早的病理性异常出现在14岁左右。表现出与外部原因无关的孤僻与易怒。据其父母所说,"与家人疏远",情感上较为疏离。不再与同学交往。据他解释,是因为他们取笑他姓"虚空"。据其所述,地理老师也有此种行为,多次称他为空虚人。学习成绩明显下降。同时开始大量阅读休谟、贝克莱、海德格尔等人的哲学著作,以及以各种方式从哲学层面探讨虚空与空无的书籍。结果他开始"形而上地"评价琐碎小事,声称自己比同龄人更具有"无畏牺牲"的精神。开始频繁旷课,此后家人不得不带其就医。

愿意同医生交流。有信任感。关于自己的内心世界声明如下。患者有一种"特殊的处世态度"。他能"长久而又形象"地思考周围的一切事物。在描述自己的心理活动时,他声称自己的思维能够"如蚕食一般,逐渐深入到各种现象的本质之中"。由于思维的这种特点,他能够"抽丝剥茧地分析每一个遇到的问题、每一个词和每一个字",而且他的头脑中有一场"由许多个争论不休的'我'所组成的宏大合唱"。患者变得极为优柔寡断,这首先是出于"中国古人"的经验,其次则是因为"想要弄清充满矛盾的内心世界里那个声音与色彩的漩涡,实在太难了"。另一方面,据患者本人所说,他具有"灵思遄飞"的能力,这使他"超凡脱俗"。因此他抱怨孤独,抱怨身边的人不理解他。据患者所述,没人能够与他在思想上"产生共鸣"。

他认为自己能够看见和感觉到"凡人"无法理解的东西。比如,在窗帘和桌布的褶皱里和壁纸的图案中,他能够分辨出那些体现"生活之美"的线条、花纹和图样。据他所说,这是他的"辉煌成就",他正是为此才每日重复着"身不由己的生存壮举"。

患者认为自己是从前的伟大哲人们唯一的继承者。花费大量时间练习"当众演讲"。对于自己身处精神病院并不感到苦恼,因为他确信不论身在何处,他的"自我发展"都会走上"正确的道路"。

有人用较粗的蓝色铅笔在几处紫色字迹下面画了横线。我翻到下一页。下一篇文字的标题是"感官指征"。里面夹杂着大量的拉丁语单词。我开始快速地往后翻。用紫色墨水写就的小册子没被装订到文件夹里,多半是来自另一本卷宗。下面一份文件是里面最厚的,最前面夹着一张纸,上面写着:

彼得堡时期

(此标题取自妄想的最稳定特征。重复入院。)

可第二部分我一个字也没来得及看。门外传来了铁木尔·铁木罗维奇的声音,他正怒气冲冲地对另一个人解释什么。我赶紧把桌上的纸张恢复成原来的样子,然后跑到窗边。不知为什么,我想藏到窗帘后面去。可它几乎紧紧地贴在窗户上,让我无处可躲。

铁木尔·铁木罗维奇那絮絮叨叨的声音离门不远,似乎是在责骂某个护士。我悄悄走到门口,透过锁眼往外看。一个人也没有,这间办公室的主人和他的交谈者似乎站在拐角之外几米远的地方。

我接下来的行动几乎是凭着本能。我迅速溜出办公室,踮着脚跑到对面,钻进门后黑漆漆的、落满灰尘的储藏间里。我的行动正是时候。角落里的声音安静了下来,很快我就透过狭窄的门缝看见了铁木尔·铁木罗维奇的身影。他低声咒骂一句,走进了办公室。我一直数到三十五(不明白为什么是三十五,我跟这个数字从来没有过任何联系),然后冲进走廊,悄无声息地跑回了病房。

我回来的时候没有引起注意,走廊里空无一人,而室友们都在睡觉。我在床上躺了下来,又过了几分钟,走廊里便响起悦耳的起床铃声。几乎与此同时,巴尔博林进来宣布要给病房除蟑螂,所以今天我们要再上一节审美治疗实践课。

看来疯人院的氛围会使人变得温顺。没有人想到要表达愤慨，或是对这么长时间一直画亚里士多德抱怨一番。只有玛利亚闷闷不乐地嘟囔着什么。我发现他醒来后情绪不佳，也许是梦见了什么。他刚一睡醒就开始对着墙上的镜子端详自己。他似乎不太喜欢自己的模样，一直用手指在眼睛周围打转，对着眼睛底下的皮肤按摩了好一会儿。

他很晚才出现在审美实践课的教室里，而且压根没打算临摹亚里士多德。而其他人，包括我在内，都顺从地作画。他坐在角落里，把一根黄带子围在头上，显然是为了避免他的发型被精神世界里的狂风吹乱。然后他便一直打量我们，仿佛是第一次见到我们一样。

到底有没有风我不知道，不过房间里明显阴云密布起来。沃洛金和谢尔久克压根没有搭理玛利亚，我也觉得自己不该小题大做。然而沉默仍旧令我感到压抑，于是我决定将它打破。

"请原谅，谢尔久克先生，您不介意我跟您说说话吧？"我问。

"哪里，"谢尔久克礼貌地说，"您请便。"

"看在上帝的分上，请恕我冒昧，您是因为什么来到这里的？"

"因为孤僻。"谢尔久克说。

"真的吗？难道他们会因为孤僻把您送进医院？"

谢尔久克久久地打量着我。

"办手续时说我是震颤性谵妄引起的自杀漫游综合征。虽然没人知道这是什么意思。"

"拜托您详细说说。"我请求道。

"没什么可说的。我独个儿躺在纳戈尔诺公路边的一间地下室里。之所以躺在那里完全是出于非常重要的个人原因,我整个人既清醒又痛苦。这时来了个条子,他拿着手电筒和冲锋枪,问我要证件。我给他看了。他果然接着问我要钱。我把钱都给了他,总共两万卢布。他拿了钱却还是磨磨蹭蹭,死活都不走。我真想转过身去不管他,可是我办不到,于是又跟他说起话来。'你瞪着我干什么?'我说,'是嫌上面强盗太少吗?'这个条子倒是健谈得很,后来我才知道他是哲学系毕业的。'怎么会呢?'他说,'上面强盗多得很。不过他们没破坏秩序。'我问他:'这怎么可能?''就是这样,'他说,'一个普普通通的强盗什么样?看一眼就知道,他脑子里只想着怎么杀人和抢劫。而被抢劫的人,'他接着说道,'也没有破坏秩序。他头破血流地躺在地上,心里想着——我被抢了,就是这么回事。可你躺在这儿,'他这是在跟我说话呢,'显然在想些什么……你似乎并不相信周围的一切。或者说是在怀疑一切。'"

"那您怎么说?"我问。

"我还能说什么,"谢尔久克说,"我立马跟他说:'也许我的确在怀疑。东方的智者们说过,世界就是幻象。'在提到东方智者的时候,我为了照顾他的水平特意谈得很粗浅。他立马涨红了脸说道：'这叫什么事儿？我的毕业论文写的是黑格尔，现在却拿着冲锋枪走来走去，而你只不过读了几本《科学与宗教》①，就以为自己可以钻到地下室里怀疑世界的真实性？'总之，说着说着，先去了警察局，然后又来到这儿。我肚子上有道伤口，是酒瓶的碎片割的，他们非说伤口是自杀导致的，让我住院治疗。"

"如果换了我，"玛利亚突然插嘴说，"一定要对那些怀疑世界不真实的人统统进行审判。他们不该来疯人院，合该进监狱。或者去更差劲的地方。"

"这是为什么？"谢尔久克问。

"需要解释吗？"玛利亚不友好地问，"那你过来，我告诉你。"

他从门口旁边站起来，走到窗边，用健壮的胳膊指指外面。

"看见那边停着的奔驰600了吗？"

"看见了。"谢尔久克说。

"你说这也是幻象吗？"

"很有可能。"

"你知道这个幻象是谁在开吗？是咱们疯人院的业务经理。他叫沃夫奇克·马洛伊，人称'尼采信徒'。你见过他吗？"

"见过。"

"你觉得他怎么样？"

"明显就是个强盗。"

---

① 苏俄时期的月刊，主要刊登关于历史和科学无神论的文章。

"那你想想，为了买这辆车，这个强盗也许杀了十个人呢。如果这只是幻象，难道这十个人就白白送了性命？你怎么不说话了？觉出这件事的味道了吗？"

"觉出来了。"谢尔久克闷闷不乐地说，回到了自己的座位上。

玛利亚显然也对画画来了兴致。他从墙角拿起画板，和其他人坐在一起。

"不，"他眯起一只眼睛观察亚里士多德的半身像，"如果你想有朝一日从这里出去，就应该读读报纸，体验一下真情实感，而不是怀疑世界是假的。我们在苏联时期曾经生活在幻象中。可如今世界已经变得真实而可知了。明白吗？"

谢尔久克一声不响地作画。

"怎么，不同意吗？"

"不好说，"谢尔久克阴沉地答道，"说它真实，我不同意。可要说它可知，我自己早就想到了。就凭着味道。"

"各位，"我感觉他们要吵起来了，便试图提起一个中立的话题，"你们知道吗，为什么我们偏偏要画亚里士多德？"

"原来这是亚里士多德？"玛利亚说，"难怪看着那么严肃。鬼知道为什么。也许他们在仓库里最先找到了它。"

"别犯傻了，玛利亚。"沃洛金说，"这里可没有什么巧合。刚才你自己不是挺明白吗？我们为什么待在精神病院里？他们想让我们回归现实。我们之所以要画这位亚里士多德，正是因为包括奔驰600在内的现实，也就是你出院后想去的那个现实，就是他想出来的。"

"怎么,在他之前没有现实吗?"玛利亚问。

"在他之前没有。"沃洛金坚定地说。

"怎么会这样?"

"你不会明白的。"沃洛金说。

"那你试着解释一下,"玛利亚说。"兴许我能明白呢?"

"你说,为什么这辆奔驰是真实的?"沃洛金问道。

玛利亚苦苦思索了一会儿。

"因为它是铁做的,"他说,"就是这个原因。而铁是可以靠近和触摸的。"

"你是想说,它是由某种实体构成的,所以它是真实的?"

玛利亚陷入沉思。

"大体上是这样。"他说。

"所以我们才要画亚里士多德呀。因为在他之前没有任何实体。"沃洛金说。

"那以前有什么?"

"天上有一辆最棒的汽车,"沃洛金说,"和它相比,你的奔驰600就是一坨狗屎。这辆天上的汽车完美无缺。它身上囊括了所有与汽车有关的概念和样式。飞奔在古希腊街道上的那些所谓真实的汽车只是它不完美的影子罢了。就像投影一样。明白吗?"

"明白了。那后来呢?"

"后来,亚里士多德说,天上那辆最棒的汽车是真实存在的。

而世上的所有汽车只是它在模糊而扭曲的存在之镜上投下的变了形的影像。这在当时是无可辩驳的。可是亚里士多德说，除了原型和影像之外还有一样东西。那就是以这辆车的外形出现的物质。也就是能够独立存在的实体。比如你刚才所说的铁。正是这个实体使世界成为现实。这个该死的市场经济也源自这个实体。因为在实体之前，世上的所有事物都只是影像罢了，我问你，影像怎么能是真实的呢？只有创造影像的东西才是真实的。"

"知道吗？"我小声说道，"这可是个大问题。"

沃洛金没有理我。

"明白吗？"他向玛利亚问道。

"明白。"玛利亚回答。

"明白什么了？"

"明白你的确是个疯子。古希腊怎么可能有汽车？"

"嘿，"沃洛金说，"你可真会咬文嚼字。他们应该很快就能让你出院了。"

"那可要谢天谢地了。"玛利亚说。

谢尔久克抬起头，仔细看了看玛利亚。

"玛利亚，"他说，"你最近可真是痛改前非了呀。我是说精神上。"

"我得从这儿出去，明白吗？我不想在这里过一辈子。十年以后谁还会要我？"

"你真是个笨蛋，玛利亚。"谢尔久克鄙夷地说，"难道你不明白,只有在这里你和阿诺德的爱情才能实现吗?"

"你说话注意点!否则我用这个雕像砸烂你的头,你这个鹤脸男①。"

"你试试啊,混蛋,"谢尔久克从椅子上站起来,脸色煞白地说,"你试试!"

"我才不会试试,"玛利亚也站了起来,"我就直接这么干。说这种话的人活该被打死。"

他走到桌旁,拿起了雕像。

接下来的事情顶多持续了几秒钟。我和沃洛金从椅子上跳起来。沃洛金用双臂抱住正冲向玛利亚的谢尔久克。玛利亚的脸气得变了形,他把雕像举过头顶,抡着它直奔谢尔久克而去。我把玛利亚推到一边,却看见沃洛金将谢尔久克的胳膊紧紧箍住,如果玛利亚用雕像去砸他,他甚至没法伸手抵挡。谢尔久克双眼紧闭,露出傻笑。我正想拉开沃洛金抱在谢尔久克胸前的双手,却发现他惊恐地望向我的身后。我转过头就看见一张僵死的、瞪着落满灰尘的白眼珠的石膏脸庞,正从满是苍蝇屎的、抹过灰的天空朝我缓缓落下。

---

①谢尔久克与日本文化中的仙鹤有着很深的联系,具体见下文。

5

　　这个倒映在平静水面上的宇宙遭遇了一场真正的劫难,霎时间所有星宿都颤抖起来,水面泛起了模糊而闪烁的微波。

　　"有些东西始终能在我心中唤起惊奇,"他说,"那就是脚下的星空和心中的康德。"

当我苏醒过来的时候,唯一记得的就是亚里士多德的雕像。而且我不能确定,"苏醒过来"这个说法是否完全贴切①。从小我就觉得这种说法有些欲语还休:来的究竟是谁?来的是哪儿?最使人好奇的是,从哪儿来?总之是纯粹的偷换概念,就像在伏尔加河游船的牌桌上作弊一样。长大以后我才明白,"苏醒过来"的意思其实是"到别人那里",因为从你出生起,正是别人不断告诉你,你应该在自己身上做出哪些努力,才能变成他们满意的样子。

<u>但这并不重要</u>。我认为"苏醒过来"的说法与我并不完全相符,尽管我已经恢复了知觉,却还没彻底清醒过来。我感觉自己仿佛处于脆弱的浅睡眠状态,在一个界于梦与醒之间的非物质世界中。在这个人人都去过的世界里,唯一存在的是意识中倏忽即逝的幻影与思绪,被它们包围其中的那个人本身却并不在场。通常人们会在一瞬间跨越这种状态,可我却不知为何在这里稍作停留。我的思绪大都与亚里士多德有关。可这些思绪之间毫无关联,也没有任何意义。这位布尔什维主义意识形态的老祖宗并未引起我的多少好感,但我也没有因为昨天的事情对他产生私怨。显然,他所创造的实体概念还不够实在,因而无法对我造成严重的伤害。有趣的是,在半梦半醒之间,我找到了一个最为有力的证据来证明这一点——直到雕像砸得粉碎,我才发现它原来是空心的。

---

① 在俄语中,"苏醒过来"的字面意思是"来到自己中"。

假如砸在我脑袋上的是柏拉图的雕像，我想，结果可能会严重得多。当我想起自己的脑袋来，最后一点儿梦的碎片也消失了。我开始按照正常的过程清醒过来。我意识到，刚才这些念头都在我的脑袋里，而我的脑袋正疼得要命。

我小心翼翼地睁开眼睛。

首先映入眼帘的是安娜，她坐在离我床铺不远的地方，手上捧着一卷汉姆生①的书。她没有发现我醒了过来，大概正读得入迷吧。我眯起眼睛对着她端详了一会儿。对于她给我的第一印象，我无法做出任何实质性的补充，况且也没什么可补充的。或许是由于那份冷漠的完美，我感觉她的美丽愈发折磨人。我忧伤地想到，像她这样的女人若是爱上谁，这人要么是个留着小胡子的推销员，要么是个红脸膛的炮兵少校——这跟那些漂亮的女中学生给自己挑选丑陋的女伴是同样的心理。当然，并不是为了衬托出自己的美貌（就像伊万·布宁所说的那样②），而是出于善心。

不过，她还是有了一些变化。也许是光线的原因，我感觉她的头发更短了，颜色也更浅了些。她身上穿的不是昨天那条深色连衣裙，而是一套样式古怪的半军装——黑色短裙和宽大的沙色军上衣。长颈玻璃瓶将一束阳光反射成彩色的光斑，在她的袖子上微微颤动。玻璃瓶摆在一张桌子上，而桌子在一间我从未见过

---

① 挪威作家，代表作有《大地的成长》等。
② 在布宁的小说《轻轻的呼吸》中，美丽的女主人公在学校最好的朋友是个又胖又高的女孩。

的屋子里。然而最令人吃惊的是,这间屋子的窗外正值夏日,透过玻璃可以望见银白杨那仿佛落满尘土的灰绿色树冠,在正午的暑气中被太阳炙烤着。

这间屋子就像乡下廉价旅馆里的客房。有一张小桌子,两把软坐垫硬靠背的扶手椅。墙上有个洗脸池,还有一盏带有灯罩的电灯。昨晚我明明在一列奔驰在冬夜里的火车上睡着了,可这间屋子和火车上的那个包厢没有丝毫相似之处。

我用胳膊肘稍稍撑起身子。安娜显然被我吓了一跳,手里的书都掉在了地上。她正不知所措地看着我。

"这是在哪儿?"我从床上坐起来,问道。

"看在上帝的分上,快躺下,"她朝我俯下身子说道,"没事了。您很安全。"

她温柔地用手按着我,让我躺了回去。

"可我起码该知道自己正躺在哪儿吧?还有,现在怎么是夏天?"

"对,"她坐回桌子边,说道,"是夏天。您什么都不记得了?"

"我什么都记得清清楚楚,"我说,"我只是不明白,我明明在火车上,怎么突然就到了这间屋子里。"

"您常常突然说些胡话,"她说,"可从来没有恢复意识。大部分时间您都是不省人事。"

"什么不省人事?我记得我们喝了香槟,还有夏里亚宾的歌声……又或许是纺织工人在唱歌……然后这位奇怪的先生……同志……总之,就是夏伯阳。夏伯阳突然摘掉了车厢的挂钩。"

大约有一分钟的时间,安娜一直疑惑地盯着我的眼睛。

"太奇怪了。"她终于说道。

"奇怪什么?"

"您竟然记得这些。那之后呢?"

"之后?"

"对呀,之后。比如,洛佐瓦亚站的战斗您还记得吗?"

"不记得。"我说。

"那在这之前的事呢?"

"之前?"

"没错,之前。您在洛佐瓦亚站可是已经指挥一个骑兵连了。"

"什么骑兵连?"

"彼佳,您在洛佐瓦亚站的表现十分出色。当时如果不是您率领骑兵连从左翼包抄过来,我们就全军覆没了。"

"今天几号了?"

"六月三号,"她说,"我知道头部受伤可能会出现这种情况,但是……如果您彻底失去了记忆倒还可以理解,可这种有选择的失忆真是太奇怪了。不过我也不是医生。或许这是正常的。"

我用手摸了摸头,忍不住打了个哆嗦。我感觉自己的手掌仿佛落在一个长满小刺的台球上。我就像伤寒病人一样被剃光了头发。还有一件怪事，我头皮上有一块光秃秃的地方鼓了起来。我用手摸了摸，发现这是一条长长的伤疤，斜穿过整个头顶。就像是在头皮上用胶粘了一截皮带似的。

"是榴霰弹，"安娜说，"这伤疤看起来吓人，其实没什么。您只是被弹片擦了一下。都没伤到骨头。但脑震荡似乎很严重。"

"这是什么时候的事儿？"我问。

"四月二号。"

"难道从那时起我就再没醒过？"

"醒过几次。但也只是一瞬间，仅此而已。"

我闭上眼睛，试着在记忆里搜寻安娜所说的事情。可是在我眼前的黑暗中，除了一些闪烁的条纹和斑点，就什么都没有了。

"我什么都不记得，"我又摸了摸脑袋说道，"全都想不起来了。我只记得自己做了个梦，在彼得堡的某个地方，一间昏暗的大厅里，有人用亚里士多德的雕像砸了我的头，每一次它都被砸得粉碎，可接着一切又从头开始……很有哥特风格……不过现在我明白是怎么回事了。"

"您的梦话神神秘秘的，"安娜说，"比如昨天，您好半天都在念叨中了炮弹的玛利亚。不过说得颠三倒四，我到底也没搞明白这姑娘是您的什么人。你们大概是在征战途中相遇的吧？"

"我从来不认识什么玛利亚。当然，如果不算我最近做的噩梦的话……"

"别担心，"安娜说，"我可不会吃她的醋。"

"那太可惜了,"我坐起来,把脚放在地板上,"请您别介意我穿着内衣跟您说话。"

"您不能起床。"

"可我感觉好极了,"我答道,"我想洗个澡,换身衣服。"

"想都别想。"

"安娜,"我说,"我都指挥一个骑兵连了,总该有个勤务兵吧。"

"当然有。"

"我们在这儿说话的时候,他大概又醉得像头猪一样。能否麻烦您打发他过来?还有,夏伯阳在哪儿?"

有趣的是,我的勤务兵果然醉醺醺的(他是个话不多、黄头发的健壮小伙,上身很长,却长着两条短短的、骑兵特有的罗圈腿。这种不匀称的体型使他看上去就像一把倒过来的老虎钳)。他给我拿来了衣服:一件没有肩章的灰绿色制服(但袖子上有一枚授予受伤军人的荣誉章),一条饰有两道红色镶条的蓝色马裤,还有一双漂亮的软皮短靴。此外,床上还放着一顶毛茸茸的黑色高帽,一把刻有"嘉奖彼得·虚空的英勇精神"字样的军刀,一支包着枪套的勃朗宁手枪,还有冯·埃尔年的手提包,一看到它我差点晕了过去。

里面的东西都还在,只是罐子里的药粉少了一些。我还在手提包里找到一个小巧的望远镜和一本记事本,里面三分之一的纸页都写满了字，毫无疑问都是我的笔迹。大部分内容都很莫名其妙，谈到了马和干草，还有一些我连听都没听过的人。不过还是有几行字映入了我的眼帘，它们和我的行文习惯极为相似：

可以把基督教和其他宗教看作一个整体，它们各自在不同的历史阶段释放出了一定的能量。钉在十字架上的上帝是一个多么耀眼的形象啊！说基督教是一种蒙昧的体系又是何其愚蠢！仔细一想就会发现，将俄罗斯卷入革命之中的并非拉斯普京①本人，而是他的遇害。

两页以后写着：

应该把生活中的所有"成就"跟它们所耗费的时间长短进行对照。如果时间过长，那大多数成就都会或多或少地失去意义。任何一个成就（起码是实际的成就）若是需要耗费某人的一生，那它便等同于零，因为在人死后它也不再具有意义。别忘了天花板上的字。

天花板上的字我已经忘得一干二净。从前有段时间，这样的札记我每个月都要写上整整一本，每一本似乎都饱含深意，在未来必定意义重大。然而，当未来悄然而至的时候，那些记事本却不知去向。窗外开始了一种完全不同的生活，于是我最终来到了潮湿的特维尔林荫道，大衣口袋里揣着一把左轮手枪。幸好，我想，遇见了那位老朋友。

穿戴整齐以后（勤务兵没把包脚布拿来，我只好撕了一条床

---

① 沙俄时代末期著名的"神僧"，对沙皇有很大的影响力，最终被暗杀而死。

单），我犹豫片刻，还是戴上了羊皮高帽。虽然它闻起来有点儿糟糕，可我觉得剃光了的脑袋似乎十分脆弱。我没拿床上的军刀，只从枪套里拔出手枪，藏在口袋里。我不想用武器惊扰旁人，况且这样掏枪也能快一些。我照了照挂在洗脸池上的镜子，感到颇为满意——羊皮高帽给我胡子拉碴的脸上增添了几分粗犷的豪气。

我从房间出来，沿着宽敞的半圆形楼梯向下走去。安娜站在楼梯底下等着我。

"这是什么地方？"我问，"像是一座废弃庄园。"

"的确如此。"她说，"这里是我们的司令部。不光是司令部，我们还住在这里。彼得，从你指挥骑兵连开始，很多事情都变了。"

"夏伯阳到底在哪儿呢？"

"他现在不在城里，"安娜说，"但他很快就该回来了。"

"这是个什么城市？"我问。

"这里叫阿尔泰-维德尼扬斯克。四面都是山。我真不明白，这种地方怎么也能有城市。我们的圈子里只有几名军官、两个从彼得堡来的怪人和当地的一些知识分子。居民们顶多只是听说过战争和革命罢了。布尔什维克正在郊区煽动群众。总之是个穷乡僻壤。"

"那我们在这儿干什么？"

"等夏伯阳回来吧。"安娜说，"他会把一切都解释清楚。"

"那么，请您允许我在城里散会儿步。"

"绝对不行，"安娜坚决地说，"您自己想一想，您才刚刚苏醒。您也许会突然发病，或是发生别的意外。万一您在大街上晕过去可怎么办？"

"您的关心令我深受感动，"我说，"可如果您是真心的，就该陪我一道才是。"

"您让我别无选择，"她叹了口气，"您到底想去哪里？"

"要是这里有间小餐馆就好了，"我说，"您见过乡下的餐馆吗？通常会有一棵种在桶里的枯萎的棕榈树，还有用长颈玻璃瓶装着的温热的雪利酒。再来杯咖啡就更好了。"

"这里倒是有个地方，"安娜说，"不过那里没有棕榈树。恐怕也没有雪利酒。"

阿尔泰-维德尼扬斯克市主要是由一些小木屋组成的，它们只有一两层楼高，彼此之间相距很远。屋子周围立着高高的木栅栏，大都刷成棕色，废弃已久的旧花园从栅栏后面露出一抹绿意，茂密的枝叶几乎把屋子都给遮住了。我和安娜沿着一条陡峭的石板路向下走去，靠近市中心的地方出现了一些石头房子，最高也不过两层而已。我注意到两排漂亮的铁栅栏和一座有着些许德式风格的消防瞭望塔。总体来说，这是一座典型的偏远小城，尚未失去天然质朴的魅力。整座城市宁静而美好，淹没在盛开的丁香花海之中。四周耸立的群山合围成一只巨大的酒杯，而城市就坐落在酒杯的底部。市中心的广场上矗立着一座简陋的亚历山大二世雕像,这便是酒杯的最深处。安娜要带我去的餐馆叫"亚洲之心",那里的窗户正好对着这座雕像。这一切真叫人忍不住想写一首长诗。

餐馆里凉爽安静,的确没有栽在木桶里的棕榈树。不过餐厅的角落里立着一只熊标本,正用两只爪子握着一把长柄斧头。大厅里几乎没什么人,只有两个懒洋洋的军官在一张桌子旁喝酒。我和安娜经过时,他们抬眼看了看我,随即冷漠地移开了目光。老实说,我不太清楚,凭我现在的级别是否有必要用勃朗宁给他们一人一枪。不过从安娜平静的反应来看,应该没有这个必要,况且他们制服上的肩章都拆了下来。我和安娜在他们旁边的桌子上坐下,我点了香槟。

"您原本只想喝点咖啡的。"安娜说。

"没错,"我说,"我白天一般不喝酒。"

"那这是为什么?"

"都是为了您。"

安娜哼了一声。

"您倒是体贴得很,彼得。不过我想先请您帮个忙。看在上帝的分上,别再对我献殷勤了。在一个水和煤油时常短缺的城市里,跟一个负伤的骑兵发生一段罗曼史,这种事对我毫无吸引力。"

反正我也没抱什么期望。

"好吧。"我说道,这时服务员把酒放在了桌上,"如果您只把我看成一个受伤的骑兵,那就请便吧。可是这样一来,我该把您看成什么人呢?"

"机枪手,"安娜说,"如果更准确些,应该是刘易斯机枪手。因为我更喜欢圆盘式的'刘易斯'机枪。"

"您知道吗,作为一名骑兵,我憎恨您的职业。没有比跟着骑兵部队向一挺机枪冲锋更绝望的事了。不过既然我们谈论的是您,这一杯就敬机枪事业吧。"

我们碰了杯。

"请问,安娜,"我问道,"隔壁桌上的军官是什么人?这座城市里掌权的是谁?"

"大体来说,"安娜说,"占领这座城市的是红军,但这里也有白军。或许也可以说,占领城市的是白军,但这里也有红军。所以最好穿得中立些。就像我们现在这样。"

"那我们的部队在哪儿?"我问。

"您是想说我们的师吧。我们在战斗中失散了。现在我们人数很少,整个骑兵连只剩下不到三分之一。不过这里也没有强大的敌军势力,因此可以说是安全的。这里荒无人烟,十分僻静。当你在街上看见从前的敌人时,就会忍不住想到,不久前促使我们自相残杀的那个原因难道是真实的吗?"

"我明白您的意思。"我说,"战争会把人的心变硬,可只要看一眼盛开的丁香就会知道,炮弹的呼啸和骑手的呐喊,还有混在一起的火药的焦煳味和鲜血的甜腥味——这一切都不是真实的,这一切都是梦幻泡影。"

"的确如此。"安娜说,"问题在于,盛开的丁香又能有多真实呢?或许也是一场梦吧。"

并非如此,我想,但我没有继续说下去。

"安娜,请问如今前线战况如何?我是说整体局势。"

"说实话,我也不知道。用现在流行的说法是,不熟悉。这里没有报纸,传闻也是众说纷纭。而且后来我对这一切都厌烦了。有人占领了一些莫名其妙的城市,有人在撤离。城市的名字都很古怪,什么布古鲁斯兰,布古利马,还有……叫什么来着……别列别伊。可是这一切发生在哪里?是谁在占领?谁在撤离?这些却都不太清楚,主要是也没什么意思。战争当然还在继续,可谈论它却成了一件 mauvais genre①。总之,我觉得空气里透着一股疲惫。人们的热情似乎减退了。"

我思索着她的话,陷入了沉默。远处的街道上响起了马匹的嘶鸣,接着便传来马车夫拖长的呼喝声。隔壁桌上的一名军官终于把针头扎进了静脉。他刚才徒劳无功地尝试了五分钟,还把身体使劲朝后仰着,好看清自己藏在桌子底下的胳膊。在这期间,他的椅子只靠两条后腿撑着,有时我甚至觉得他就要摔倒了。他把注射器藏在一个镀镍的小盒子里,又把小盒子放进枪套。他的双眼立刻变得油亮起来,这说明注射器里装的是吗啡。他在椅子

---

①法语,坏事。

上晃了一两分钟,然后扑通一声趴在桌子上,抓住同伴的一只手,用真挚得难以言表的声音说:"尼古拉,我在想……你知道为什么布尔什维克总能获胜吗?"

"为什么?"

"因为他们的学说里有一种鲜活而又炽热的,"他闭上眼睛,一边活动手指,一边苦苦寻找合适的词语,"充满兴奋与愉悦的对人的爱。只要彻底接受布尔什维主义,它就能唤起沉睡在心中的崇高希望,难道不是吗?"

另一名军官朝地上啐了一口。

"知道吗,若尔日,"他沉着脸说,"如果他们在萨马拉绞死的是你的姨妈,那时你再说什么崇高的希望吧。"

叫若尔日的军官闭上眼睛,沉默片刻。然后突然说道:

"据说最近有人在城里见过荣格恩男爵。他骑在马上,身穿红袍,胸前戴着一个金色十字架,而且他谁都不怕……"

安娜此刻正要点烟,听到这话不禁打了个哆嗦,差点把手里的火柴掉在地上。我想,应该说点什么来分散她的注意力。

"安娜,请问这段时间究竟发生了什么?我是说,在我们驶离莫斯科那天以后。"

"我们一直在打仗,"安娜说,"您在战斗中表现得很出色,和夏伯阳变得十分亲密,你们甚至彻夜倾谈。可后来您就受伤了。"

"有意思,我们都谈了些什么?"

安娜朝天花板吐出一缕轻烟。

"您为什么不等到他本人回来？我能大概猜到你们谈话的内容，但我不想详细地讲出来。这只是你们两个人的事。"

"哪怕大概说说也好啊，安娜。"我说。

"夏伯阳，"她说，"是我知道的最高深的神秘主义者之一。我想，他把您看作一个称心的听众，也许还是一个合意的门徒。我还怀疑，发生在您身上的不幸可能多少与你们的谈话有关。"

"我一点也听不懂。"

"意料之中，"安娜说，"他有几次试着跟我谈话，可我也听不明白。我唯一能够确信的是，只要聊上几个小时，他就能使一个信任他的人彻底疯狂。我叔叔是个非同一般的人物。"

"原来他是您的叔叔。"我说，"原来如此。我差点以为你们之间有那种关系呢。"

"您怎么敢……不过随您怎么想吧。"

"看在上帝的分上，请您原谅。"我说，"不过，既然您提到过受伤的骑兵，我还以为您感兴趣的是健康的骑兵呢。"

"您再说一句下流话，我就对您彻底失去兴趣了，彼得。"

"也就是说您现在对我还有兴趣。真叫人欣慰。"

"别抠字眼儿。"

"既然是我喜欢的字眼儿，为什么不能抠呢？"

"只是出于安全考虑，"安娜说，"您在卧床昏迷期间胖了不少，这些字眼儿恐怕承受不住您的体重。"

她显然很会保护自己。可毕竟有些过火了。

"我亲爱的安娜,"我说,"我不明白您为何这样竭力地羞辱我。我很清楚您在伪装自己。其实您对我有好感,当我醒来时看见您在床边,我立刻就明白了。您想象不到我有多么感动。"

"如果我告诉您我坐在那里的原因,恐怕您就要失望了。"

"怎么会呢?什么样的动机才能让您坐在一名伤员的床边,除了真诚的……嗯,怎么说呢——关怀?"

"老实说,我很为难。可这是您自找的。这里的生活很枯燥,您的胡言乱语却绘声绘色。我承认有时我会去听一听,但只是因为无聊才去的。您现在说话可远没有那么有趣。"

这令我始料未及。为了让自己冷静下来,我慢慢地在心里数到十。接着又数了一遍。然而毫无用处,我对她生出一股强烈的恨意来。

"您能不能给我一支烟?"

安娜把打开的烟盒递给我。

"谢谢,"我说,"和您聊天很有意思。"

"您这么想?"

"是的。"我感到香烟在指间微微颤抖,这使我更加恼怒。"您的话引人深思。"

"怎么引人深思?"

"比方说,就在几分钟以前,您怀疑这座城市里随处可见的丁香花是不真实的。这很出人意料,同时也颇具俄罗斯特色。"

"您在这里发现了什么俄罗斯特色?"

"俄罗斯人早就明白了,生活就是一场梦。您知道'魅魔'这个词的意思吗?"

"知道,"她笑着说,"好像是指化作女人模样去引诱熟睡男人的魔鬼。可是有什么联系呢?"

我又一次在心里数到十。我的感觉还是没变。

"大有联系。古罗斯人说所有的娘们都是母狗,'母狗'这个词就是'魅魔'的小称①。这个说法源自天主教。您应该记得吧?伪德米特里二世②,马林娜·姆尼舍克③,到处都是波兰人,总之就是混乱时期。这个说法就是从那时流传起来的……嗯……我扯远了。我想说的是,'所有娘们都是母狗'。"我十分享受地重复着这句话,"这句话意味着生活就是一场梦,而丁香,正如您刚才所说,只是我们梦里的东西。所有的母狗——也就是我所说的娘们——也是一样。"

安娜深吸了一口烟。她的颧骨微微发红,我不禁注意到,这和她白净的脸庞十分相称。

"而我在想,"她说,"该不该把香槟泼到您那副嘴脸上?"

"我可说不好,"我答道,"换了我就不会那么做。我们还没亲密到那种程度呢。"

转眼之间,一片晶莹剔透的扇形水珠就浇在了我的脸上。她

---

① 在俄语中,"魅魔"(суккуб)和"母狗"(сука)非常相似。
② 在俄罗斯混乱时期,伊凡四世之子的第二个冒充者。
③ 在俄罗斯混乱时期,曾经成为皇后的波兰贵族。

的酒杯几乎是满的,而且泼得那么用力,有那么一会儿,我的眼睛什么也看不见了。

"对不起,"安娜慌张地说,"这可是您自己……"

"没关系。"我说。

香槟有个颇为方便的特点:只要用手拿着酒瓶,用大拇指堵住瓶口,再用力摇晃几下,整瓶酒都会随着一股泡沫从指头底下喷涌而出。我觉得莱蒙托夫应该也知道这个法子,他的一句诗显然出自类似的个人经验:"宛如覆满青苔的古老酒瓶,却盛装着泡沫四溅的酒流。"当然,诗人的内心世界叫人难以揣度。他决心关注恶的问题,结果却为一个策马奔驰的骑兵团长写了一首长诗[1]。我无法确定莱蒙托夫曾向女人泼过香槟,不过考虑到他对两性问题的关注,我认为这种可能性极大。况且假如被泼的是个漂亮姑娘,这种行为难免会引发一些尽管不大体面但却难以抑制的联想。应当承认,我就是这些联想的受害者。

大部分香槟落在了安娜的上衣和裙子上。我原本瞄准了她的脸,可是在最后一刻,一种莫名其妙的贞洁感使我把酒泼到了下面。

她看了一眼胸前被浇湿的上衣,耸了耸肩膀。

"您是个白痴,"她平静地说,"您就应该待在精神病院里。"

"这么想的可不止您一个。"我把空酒瓶放在桌上,说道。

---

[1] 此处指莱蒙托夫的诗歌《致尼·伊·布哈罗夫》,布哈罗夫是近卫军骑兵团团长,莱蒙托夫的同事兼好友。

接下来是一阵令人压抑的沉默。继续掰扯我们之间的关系未免太不像样，可面对面一言不发地坐着更加尴尬。我想安娜的感觉应该也是一样。一只又大又黑的苍蝇不停地往落满灰尘的玻璃窗上撞。在这家餐馆里，似乎只有它知道自己接下来该做什么。坐在隔壁桌上的一名军官扭转了此刻的局面（我已经完全忘记了他们的存在，但我确信，就广义而言，他们也不知道接下来该做什么），就是给自己打针的那位。

"先生，"他的声音十分恳切，"先生，能否允许我向您提一个问题？"

"请吧。"我向他转过身说道。

他双手捧着一个敞开的黑色钱包，边说边朝它瞥上一眼，好像里面有发言稿似的。

"请允许我介绍一下自己。"他说，"我是奥韦奇金上尉。我凑巧听到一点儿你们的谈话。当然，我可没偷听。是你们说话声音太大。"

"所以呢？"

"您真的认为所有的女人都是幻影吗？"

"您要知道，"我尽可能礼貌地答道，"这个话题很复杂。简单来说，如果您认为整个世界都是幻影——您瞧，'世界'和'幻影'这两个词多么相似[①]——那就没有任何理由把女人列入某个特殊的范畴。"

[①] 在俄语中，"幻影"（мираж）一词的词根就是"世界"（мир）。

"那就还是幻影。"他忧伤地说道,"我也这样想过。我这儿有张照片。您看看吧。"

他递给我一张照片。上面是一个相貌平平的姑娘,坐在一盆天竺葵旁边。我发现安娜也用眼角瞟了一眼照片。

"这是我的未婚妻纽拉,"上尉说道,"应该说是曾经的未婚妻。我不知道她如今身在何处。想起从前的时光,一切仿佛历历在目。牧首池塘的溜冰场,还有夏日的庄园……然而一切都过去了,一去不返了,如果这一切从未存在过,那世界上还有什么东西会变化呢?您明白可怕的是什么吗?是没有任何区别。"

"明白,"我说,"我明白,请您相信。"

"这么说,她也是幻影?"

"是这样。"我回应道。

"好哇。"他满意地说道,看了一眼正笑着抽烟的同伴,"那我是否应该这样理解您的意思,先生,我的未婚妻纽拉是一条母狗?"

"什么?"

"您瞧,"奥韦奇金上尉又看了一眼自己的伙伴,"如果生活就是一场梦,那所有的女人都是我们梦见的东西。我的未婚妻纽拉是个女人,所以她也是我梦见的。"

"就算是吧。然后呢?"

"不是您刚才说,母狗是'魅魔'这个词的小称吗?假如令我苦恼的纽拉既是女人又是幻影,难道不能由此得出一个必然的结论——她是一条母狗吗？当然可以。可是先生，您知道当众说出这种话会有什么后果吗？"

我仔细看了看他。他三十岁上下，留着浅黄的小胡子，微秃的额角显得额头很高，还有一双蓝眼睛。这一切使人感到一种野蛮的狠劲儿，我不禁生出一股怒火。

"听我说，"我把手伸进口袋，握住手枪的枪柄，"您有些言过其实了。我无缘结识您的未婚妻，所以我对她也不可能有任何看法。"

"没人敢做出那样的假设，"上尉说道，"竟敢说我的未婚妻纽拉是母狗。我很难过，但我看眼下的情况只有一条出路了。"

他一边死死地盯着我，一边把手放在枪套上，缓缓地把它解开。我正打算开枪，却想起他枪套里放的是装注射器的小盒子。结果一切都变得滑稽起来。

"您是想给我来一针吗？"我问道，"谢了，不过我受不了吗啡。它会让人变得迟钝。"

上尉把手从枪套上缩了回来，看了一眼自己的同伴。这是个胖乎乎的年轻人，热得满脸通红，正聚精会神地关注我们的谈话。

"让开，若尔日。"他笨重地从桌子后面走上前来，从刀鞘里抽出一把军刀，"我来给这位先生打一针。"

天晓得接下来会发生什么——也许我会毫不留情地打死他，反正他的脸色明显有中风的征兆，估计也活不了多久了。可这时一件意外的事情发生了。

门口传来一声响亮的呵斥:

"全都站着别动!动一动我就开枪!"

我回过头去。门口站着一个高大魁梧的人,穿着灰色套装和深红色偏领衬衫。他的脸庞刚强坚毅,如果不是他短小的下巴微微后缩,简直像极了古代的浮雕。他剃着光头,两只手各握着一把左轮手枪。两个军官都愣在了原地。光头先生快步走到我们桌旁站住,用手枪顶着他们的脑袋。上尉的眼睛不停地眨了起来。

"站好,"这位先生说道,"站好……别动……"

他的脸突然愤怒得变了形,接连扣了两下扳机。手枪发出了两声空响。

"先生们,你们听说过俄罗斯轮盘吗?"他问,"说话!"

"听说过。"红脸膛的军官答道。

"权当你们在玩这个,而我是庄家。我明白告诉你们,每个转轮的第三个弹槽里都有子弹。听懂了就快让我知道。"

"怎么才能让您知道呢?"上尉问道。

"举起手来。"光头先生说。

两个军官举起了手,军刀"哐当"一声掉在地上,我不禁皱起了眉头。

"滚出去,"陌生人说道,"劝你们路上别回头。我可没什么耐心。"

没等他说第二遍,两个军官就一溜烟跑了,只剩下没喝完的红酒和烟灰缸里冒着烟的香烟。他们离开后,这位先生把手枪放在桌上,向安娜俯过身去,而安娜似乎颇有好感地看着他。

"安娜,"他吻了吻她的手,说道,"真高兴在这里见到您。"

"您好,格里戈里。"安娜说,"您回来很久了吗?"

"我刚到。"光头先生说。

"外面的走马是您的吗?"

"是我的。"

"那您带我出去转转好吗?"

他笑了笑。

"格里戈里,"安娜说,"我爱您。"

光头先生朝我转过身,伸出一只手。

"格里戈里·科托夫斯基。"

"彼得·虚空。"我握着他的手说道。

"啊,您就是夏伯阳的政委?在洛佐瓦亚站负伤的那位?久仰大名。看到您恢复了健康,我感到由衷高兴。"

"他还没完全康复呢。"安娜瞥了我一眼,说道。

科托夫斯基在桌旁坐下。

"您和那两位先生之间究竟发生了什么?"

"我们争论了一下梦的形而上学问题。"我说。

科托夫斯基哈哈大笑起来。

"您喜欢在乡下餐馆里谈论这种话题。我听说,洛佐瓦亚站的事儿也是从车站小吃部的一次谈话开始的?"

我耸了耸肩。

"他什么都不记得了。"安娜说,"他丧失了一部分记忆。可能是严重脑震荡的后果。"

"希望您的伤病尽快痊愈。"科托夫斯基说,然后从桌上拿起一把手枪。他把转轮推到一边,反复扣了几下扳机,低声骂了一句,然后难以置信地摇了摇头。我惊讶地发现,转轮的所有弹槽里都装着子弹。

"这些图拉手枪真见鬼。"他抬眼看着我,说道,"永远别指望它们。我已经因为它们遇到过一回麻烦了……"

他把手枪扔回桌上,接着晃了晃脑袋,仿佛要赶走那些不快的想法。

"夏伯阳怎么样了?"

安娜摆了摆手。

"他喝得很凶。"她说,"鬼知道怎么回事,简直太吓人了。昨天他只穿着一件衬衫,拿着毛瑟枪跑了出去,朝天放了三枪,想了一会儿又往地上开了三枪,然后才去睡觉。"

"高,实在是高。"科托夫斯基嘟囔道,"您就不怕他在那种状态下会用上黏土机枪吗?"

安娜瞥了我一眼,我立刻感到自己有些多余。他们显然也有同感,拉长的停顿让人难以忍受。

"对了,彼得,那两位先生怎么看待梦的形而上学?"科托夫斯基终于问道。

"没什么,"我答道,"净是些蠢话。他们不怎么聪明。请原谅,不过我想呼吸一下新鲜空气。我的头疼得厉害。"

"对了,格里戈里,"安娜说,"咱们把彼得送回去,然后再决定晚上做什么。"

"谢谢,"我说,"不过我自己能回去。这里不远,我也认得路。"

"那咱们一会儿见。"科托夫斯基说。

安娜看都没看我一眼。还没等我从桌旁起身,他们就已经热烈地交谈起来。我在门口回头看了一眼:安娜正响亮地哈哈大笑,用手拍着科托夫斯基的胳膊,仿佛是在央求他不要再讲那些令人忍俊不禁的笑话了。

我走出餐馆便看见一辆轻便的弹簧马车,车上套着两匹灰色走马。这车子显然属于科托夫斯基。我拐过街角,沿着我和安娜刚刚走过的那条路向上走去。

大概是下午三点钟,天热得难受。我思考着醒来以后的种种变化,那种放松而平和的心情早已荡然无存。最讨厌的是,我脑中总是浮现出科托夫斯基的走马。我感到有些可笑,这样一件琐事竟然会使我心情沉重。确切地说,我想回到正常的状态,到那时,这些事情只会使我觉得滑稽。可我却做不到。事实上,我受到了深深的伤害。

当然,原因不在于科托夫斯基和他的走马。原因在于安娜,在于她难以捉摸而又无以言表的美。从见到她第一眼开始,她的美丽就使我想当然地认为,她有一颗深邃而又细腻的心。我甚至无法想象,两匹走马就能使它们的主人在她眼中格外富有魅力。然而事实就是如此。总之,我心想,最奇怪的是,我竟然认为女人需要的应该是别的东西。究竟是什么呢?某些精神财富吗?

我大笑起来,两只在路边溜达的母鸡被我吓得窜到一旁。

这可就有意思了,我想。因为坦白说,我就是这么想的。我认为自己身上的某些东西能够吸引这个女人,使我在她眼中远远高于任何一个拥有两匹走马的家伙。然而,这种对比本身就包含着令人难以接受的庸俗。在进行这种比较的时候,我认为理应被她看得无比崇高的东西却被我亲自贬低到了两匹走马的水平上。如果连我自己都认为它们是同一类事物,那她又有什么理由区别对待呢?还有,对她来说更加崇高的东西究竟是什么?我的内心世界?我的所思所感?对自己的厌恶使我忍不住呻吟起来。不能再自欺欺人了,我想。许多年以来,我最关心的问题就是:如何使自己摆脱一切思想和感受,把自己所谓的内心世界扔到垃圾堆里。就算假设我的内心世界具有某种价值,哪怕是审美的价值,这也改变不了什么。人所拥有的一切美好的东西都无法被他人所理解,因为就连他本人也无法真正理解。难道你能用内心的目光凝视着它说,这就是它,昔在,今在,以后永在吗?难道你能通过某种方式拥有它,说它的确属于什么人吗?既然这些东西与我毫无关系,我仅仅在生命中最美好的瞬间才见过它们,那我又怎能将它们与科托夫斯基的走马相提并论呢?就连我自己也早就看不见这些东西了，难道我能指责安娜没有在我身上发现它们吗？不，这没有道理。即便我曾在一些罕见的时刻见过这个重要的东西，可我清楚，我无论如何也无法将它表达出来，无论如何也办不到。当一个人望着窗外的落日，他或许能准确地表达些什么，但仅此而已。可我望着日出日落时所说的话却早就使我恼怒不已。我的心灵并没有什么特殊的美，我想。恰恰相反，我想在安娜身上寻找我自己从来不曾拥有的东西。当我看着她的时候，我身上只剩下吞噬一切的空虚，只有她的存在、她的嗓音、她的面容才能将我填满。我究竟要怎么做，才能取代她与科托夫斯基的驾车旅行？用我这个人吗？换句话说，是试着与她亲近，并且为那个含混不清的、折磨我心灵的问题寻找答案吗？荒谬至极。换做是我也宁愿去坐科托夫斯基的马车。

我停下脚步，在路边一块磨光了的石板上坐下。天热得不可思议。我感到精疲力竭，灰心丧气。在我的记忆里，我从未如此厌恶自己。我的羊皮高帽被香槟浸透了，在这一刻，它所散发出的酸臭味仿佛就是我的精神的真实名片。周围是冷漠而麻木的夏天，几只狗不知在什么地方懒洋洋地吠叫，炽热的太阳就像一挺机枪，从天上不断向下扫射着灼人的子弹。一想到这个比喻，我就记起安娜曾把自己叫做机枪手。我感到泪水从眼中涌出，赶忙把脸埋在手心里。

过了一会儿，我起身继续往山上走去。我感觉好些了。而且，刚才那些刺痛我的心灵、似乎将我完全压垮的念头突然带来了一种微妙的快感。那将我笼罩的忧伤有一种难以言表的甜蜜，我知道，再过一个小时，我就会试图在心里重新将它唤起，可它却不会再来了。

很快我就走到了庄园。我发现院子里新拴上了几匹马，一间厢房的烟囱里还冒着烟。我在大门口停下脚步。街道继续向上延伸，消失在拐角处的浓密绿荫中。上面看不见任何房子，所以完全不清楚它通向何处。我不想见到任何人，便走进院子，慢慢地向房子侧面走去。

"快出，"一个男人用低沉的声音在二楼喊道，"认输吧，蠢货！"

他们应该是在打牌。我走到房子尽头，拐过墙角，来到了后院。这里出人意料地美丽。离墙几米远的地面凹陷下去，形成一个天然的浅坑，掩映在四周的树荫底下。一条小溪从这里潺潺流过，还能看见两三间农舍的屋顶，远处是一块不大的空地，上面耸立着一个巨大的干草垛，跟《田地》①杂志里的田园风景画一模一样。我突然强烈地渴望在干草里躺一会儿，便向干草垛走去。在我离它仅有十步之遥的时候，突然从树后面蹦出个人，他手握步枪，一言不发地挡住了我的去路。

站在我面前的正是在司令部车厢的餐厅里为我们服务、后来又把载着纺织工人的车厢从火车上卸下的巴什基尔人，只是现在他的脸上长出了稀稀拉拉的黑色胡须。

---

①沙俄时期在彼得堡发行的周刊，是十月革命前俄国发行量最大的杂志。

"听我说,"我开口道,"我们毕竟认识,对吧?我只想在干草里躺一会儿,仅此而已。我跟您保证不抽烟。"

巴什基尔人对我的话毫无反应,只是面无表情地盯着我。我想绕过他,可他却后退一步,举起步枪,用刺刀对准了我的喉咙。

我转过身,慢慢往回走去。必须承认,这个巴什基尔人的脾气着实令我感到害怕。他用刺刀对准我的时候,仿佛手里握的不是步枪,而是一根长矛,他好像根本不知道可以用它来射击似的。他的动作散发着一股草原上的野蛮力量,我不禁感到自己口袋里的勃朗宁只不过是小孩玩的鞭炮罢了。不过这都是由于神经紧张。我在小溪边转身回望。巴什基尔人已经不见踪影。我蹲在溪边,洗了洗羊皮高帽。

我突然发现,伴着仿佛是某种古怪乐器发出的潺潺水声,响起了一阵轻微但却十分悦耳的歌声。在最近的一间板棚里(从棚顶竖着的烟囱可以看出这是一间浴室)有人在低声哼唱:

"我穿着白衬衫,静静走在田野上……一只只白鹤,就像教堂钟楼上的十字架一样……"①

歌词里有什么东西打动了我,于是我决定去看看是谁在唱歌。我把羊皮帽拧干,塞到腰间,来到板棚跟前,没有敲门就闯了进去。

里面摆着一张大桌子,桌板才刚刨过,另外还有两条长凳。

---

①俄罗斯歌曲《我做了一个梦》。

桌上的大酒瓶里装着有些浑浊的液体,还有一个玻璃杯和几颗葱头。靠近我的长凳上坐着一个人,他背对着我,穿着一件干净的白衬衫,衬衫的下摆没有塞进裤子里。

"请原谅,"我说,"您的酒瓶里装的是伏特加吗?"

"不是,"这人转过身来说道,"这是家酿酒。"

竟然是夏伯阳。

我惊讶地打了个哆嗦。

"瓦西里·伊万诺维奇!"

"你好,彼得卡,"他咧嘴一笑,"看来你已经能下床了。"

我完全记不清我们是何时开始以"你"相称的。不过好多别的事我也记不得了。夏伯阳有些调皮地看着我,一绺湿漉漉的头发垂在他的额头上,他的衬衫一直敞到肚脐的位置。他完全是一副家常打扮,和我记忆中的样子相去甚远,我甚至犹豫了一会儿,以为自己认错了人。

"请坐,彼得卡,坐吧。"夏伯阳朝另一条长凳点点头,说道。

"瓦西里·伊万诺维奇,您不是出门了吗?"我坐了下来。

"一个小时前刚回来,"他说,"立马就来洗个澡。这是大热天里的头等大事。你怎么总是问我,说说你自己吧。你感觉怎么样?"

"还行。"我说。

"不然也不会爬起来,戴着羊皮帽进城了。你可别充英雄。

我怎么听说你失忆了?"

"确实如此。"我说道,尽量忽略他的插科打诨和那些别扭的方言。"是谁这么快就告诉您了?"

"当然是谢苗,还能是谁呀。你的勤务兵。你真的什么都不记得了?"

"我只记得我们在莫斯科上了车,"我说,"剩下的记忆好像被切断了似的。我甚至不记得,您是在什么情况下开始用'你'称呼我的。"

夏伯阳眯起眼睛,盯着我的脸看了一会儿,仿佛要把我看透一样。

"没错,"他终于说道,"看得出来。情况很糟糕。我觉得,彼得卡,你是故意把水搅浑。"

"什么水?"

"想搅就搅吧,"夏伯阳神秘地说,"你还年轻呢。我们是在洛佐瓦亚站改成以'你'相称的,就在战斗开始之前不久。"

"那场战斗是怎么回事?"我皱着眉头问道,"我听过无数次了,可还是什么也想不起来。一想就开始头疼。"

"既然头疼就别想了。你不是想喝酒吗?那就喝吧!"

夏伯阳用酒瓶往玻璃杯里倒了满满一杯酒,然后推到我面前。

"谢了!"我嘲讽地说道,然后一饮而尽。尽管家酿酒的色泽浑浊得吓人,味道却很不错,好像是用药草泡制的。

"来点洋葱吗?"

"先不要了。不过也说不好,过一会儿我兴许来了状态,不光能就着洋葱下酒,说不定还非吃不可呢。"

"你为什么如此难过?"夏伯阳问道。

"没什么,"我答道,"在想事情。"

"在想什么?"

"瓦西里·伊万诺维奇,难道您真的好奇我在想什么吗?"

"哪里的话,"夏伯阳说,"当然了。"

"瓦西里·伊万诺维奇,我在想,漂亮女人的爱情实际上总是低就。因为根本没人配得上那种爱情。"

"啥?"夏伯阳皱着眉头问道。

"别打趣了,"我说,"我是认真的。"

"认真的?"夏伯阳问,"好吧。你看,低就总是一个东西对另一个东西而言。比如溪水向下流到小沟里。你所说的低就是从哪里到哪里?"

我陷入了沉思。我明白他的用意。假如我告诉他,我所说的是美对丑陋与痛苦的低就,他就会立刻问我,美能否意识到自身,如果它能意识到自己的这种品质,那美还是美吗?在彼得堡漫长的黑夜里,这个问题几乎使我发疯,可我并不知道它的答案。如果我所说的是一种没有自我意识的美,那又何谈低就呢?夏伯阳的确不简单。

"瓦西里·伊万诺维奇,假如不是一方对另一方的低就,而是一种发生在自己身上的自发的低就行为。我甚至想说这是一种本体论层面的低就。"

"这个本什么论的低就是从哪儿来的呢?"夏伯阳问道,弯腰从桌子底下又掏出一个酒杯。

"我可不想用这种语气说话。"

"那我们就再干一杯。"夏伯阳说。

我们一饮而尽。我犹豫地盯着洋葱看了一会儿。

"不行,"夏伯阳一边擦着胡子,一边说道,"你得告诉我,它是从哪儿来的?"

"瓦西里·伊万诺维奇,我可以说,但您得好好聊天。"

"你说吧,说吧。"

"更准确地说,其实根本没有什么低就。只不过这种爱情被理解成低就罢了。"

"它是在哪里被理解的?"

"在意识里,瓦西里·伊万诺维奇,在意识里。"我嘲讽地说道。

"那么,简单来说,就是在头脑中,对吧?"

"大概可以这么说。"

"那爱情是从哪里来的?"

"也是那里,瓦西里·伊万诺维奇。总体来说的话。"

"瞧,"夏伯阳满意地说,"你问的就是什么来着……爱情是否永远是低就,对吧?"

"没错。"

"那么,爱情是在你头脑里产生的,对吗?"

"是的。"

"这个低就也是?"

"应该是吧,瓦西里·伊万诺维奇。所以呢?"

"你怎么到了这种地步,彼得卡,竟然来问你的军事指挥官,也就是我,在你头脑中产生的东西是否永远都是在你头脑中产生的东西?"

"这是诡辩,"我喝了一口酒,说道,"纯粹的诡辩。我不明白,我为什么要折磨自己?毕竟这一切在彼得堡就已经发生过了,一个穿着暗红色丝绒连衣裙的漂亮姑娘也是这样把空酒杯放在桌上,而我也是这样伸手去口袋里掏手帕……"

夏伯阳剧烈的咳嗽盖住了我的声音。我低声继续说着,甚至不知是在说给谁听:"我到底想从这个姑娘身上得到什么?难道我不明白人不可能回到过去吗?人可以巧妙地仿造出从前的外部环境,但无论如何也不能挽回过去的自己,无论如何也不能……"

"哎呦,彼得卡,你可真能瞎掰,"夏伯阳讥笑着说,"什么酒杯呀,裙子呀。"

"怎么,瓦西里·伊万诺维奇,"我强忍怒气问道,"您又开始读托尔斯泰了?决心要做个平民?"

"用不着读托尔斯泰,"夏伯阳说,"如果你是为安卡而难过,那我告诉你，对每个娘们就得用不同的套路。你对安卡犯了相思病，嗯？我猜对了吧？"

他的眼睛变成了两条狡黠的缝隙。然后他突然一拳砸在桌子上。

"师长问你话的时候要赶紧回答！"

我显然拗不过他今天的情绪。

"无所谓了，"我说，"来，瓦西里·伊万诺维奇，再喝一杯。"

夏伯阳轻声笑了起来，倒了两杯酒。

后来几个小时我记不清了。我醉得很厉害。我们似乎谈到了战争，夏伯阳回忆起了一战。他讲得绘声绘色：德国骑兵，河边的阵地，毒气战，还有埋伏着机枪手的磨坊。有一回他甚至眉飞色舞，两眼放光，看着我大叫起来："嘿，彼得卡！你知道我是怎么打仗的吗？你绝对想不到！我夏伯阳一共有三种攻击手段，明白吗？"

我敷衍地点点头，心不在焉地听着。

"第一种是地利！"

他用拳头重重捶了下桌子，差点把酒瓶打翻。

"第二种是天时！"

他又一拳砸在桌板上。

"还有第三种——人和！"

若是换一种情况，我也许会欣赏他的表演，但暑热和酒劲使我疲乏无力。尽管他不停地叫喊和捶打桌子,我还是很快在长凳上睡着了。当我醒来的时候,窗外的天色已经暗了下去,能听见远处的羊群在咩咩叫。

我从桌子上抬起头来,环顾了一下房间。我感觉自己仿佛置身于彼得堡的骡马店中。桌上添了一盏煤油灯。夏伯阳仍旧坐在对面,手里握着酒杯,正看着墙壁,低声哼唱着什么。他的眼睛就像瓶子里只剩下一半的家酿酒一样浑浊。我想,也许我也该用他那种语气跟他讲话,于是用拳头狂放地敲了一下桌子。

"那您来告诉我,瓦西里·伊万诺维奇,不能有丝毫隐瞒。您是红的还是白的?"

"我?"夏伯阳将目光转向我,问道,"必须说吗?"

他从桌上拿起两个洋葱,默默地开始剥皮。他把其中一个剥到只剩白色的葱芯,而另一个只剥掉最外面一层,露出紫红色的表皮。

"瞧,彼得卡,"他把洋葱摆在我面前,"在你眼前有两个洋葱。一个是白的,另一个是红的。"

"嗯。"我说。

"看一眼白的。"

"看过了。"

"现在再看红的。"

"所以呢?"

"现在两个一起看。"

"看着呢。"我说。

"那你自己是什么,红的还是白的?"

"我?什么意思?"

"当你看着红的洋葱,你会变成红的吗?"

"不会。"

"那当你看着白的,会变成白的吗?"

"不,"我说,"不会。"

"我们继续,"夏伯阳说,"有种东西叫地形图。假设这张桌子就是意识的简易地图。这是红色。而这是白色。难道我们能够意识到红色或白色,就意味着我们是某种颜色的吗?我们身上有什么东西能够变成这种颜色呢?"

"您扯得太远了,瓦西里·伊万诺维奇。这么说吧,既不是红色,也不是白色。那我们究竟是谁?"

"你呀,彼得卡,在谈论复杂的事情之前,要先把简单的事情搞清楚。'我们'可比'我'更加复杂,对吧?"

"的确。"我说。

"你所谓的'我'是什么?"

"当然是我自己。"

"你能否告诉我,你是谁?"

"彼得·虚空。"

"这是你的名字。拥有这个名字的那个人是谁?"

"嗯,"我说,"可以说,我是一个心理的个体。是各种习惯、经验……还有知识和趣味的总和。"

"彼得卡,这些习惯属于谁?"夏伯阳热切地问道。

"属于我。"我耸了耸肩。

"可你刚刚才说过,彼得卡,你是各种习惯的总和。既然这些习惯属于你,是否可以说,这些习惯属于各种习惯的总和?"

"听起来挺有意思,"我说,"不过事实的确如此。"

"那么,各种习惯的总和会有什么样的习惯呢?"

我感觉有些生气。

"我们聊得太肤浅了。要知道,我们一开始说的是,从本质上来说我究竟是谁。如果可以的话,我认为自己……比如说吧,是单子①。如果用莱布尼茨的术语来说。"

"认为自己是单子的这个人又是谁呢?"

"就是单子。"我拼命压抑着怒火说道。

"很好,"夏伯阳狡黠地眯起眼睛,"我们稍后再谈论'谁'的问题。现在,亲爱的朋友,我们先搞清楚'哪里'的问题。请你告诉我,这个单子在哪里?"

"在我的意识里。"

"那你的意识在哪里?"

"就在这儿。"我拍拍自己的脑袋,说道。

"那你的脑袋在哪里?"

"在肩膀上。"

---

①单子是莱布尼茨提出的哲学概念,指不可分割的精神实体。

"那肩膀在哪里?"

"在房间里。"

"那房间在哪里?"

"在房子里。"

"那房子呢?"

"在俄罗斯。"

"那俄罗斯在哪里?"

"在苦难里,瓦西里·伊万诺维奇。"

"得了吧。"他严厉地呵斥道,"没有长官的命令别给我开玩笑。说。"

"还能在哪。在地球上。"

我们碰了碰杯,然后一饮而尽。

"那地球在哪里?"

"在宇宙里。"

"那宇宙在哪里?"

我思索片刻。

"在它自身里。"

"那这个'在自身里'在哪里?"

"在我的意识里。"

"那么,彼得卡,结论是,你的意识在你的意识里?"

"结论是这样。"

"好吧,"夏伯阳捋了捋胡子,说道,"现在仔细听我说。意识在什么地方?"

"我不明白,瓦西里·伊万诺维奇。地方这个概念也是意识的范畴之一,所以……"

"这个地方在哪里?地方这个概念在什么地方?"

"嗯,假如说,这根本不是一个地方。可以说,这是现……"

我突然住了口。是的,我想,他正是要把谈话引到这里。如果我使用"现实"这个词,他会再次将一切归结为我的思维,然后又来问我它们在哪里。我就会说,在我的脑袋里,再如此周而复始……真是高招。当然,我也可以引经据典。可我惊讶地意识到,我能够援引的任何一种体系,要么绕开了这个思想的缺口,要么用几个模棱两可的拉丁语词语将它堵住。没错,夏伯阳一点也不简单。当然,的确有种办法可以在任何争论中立于不败之地,那就是将对方划归到某个体系之中。只需要毫不费力地宣称,对方所暗示的一切理论早已广为人知,就叫某某和某某理论,而人类的思维早就超越了它们。可我不愿表现得像一个心高气傲的、在淫乱之余随便翻翻哲学课本的高级讲习班女学生。何况就在不久前,醉醺醺的别尔嘉耶夫[①]说俄罗斯的共产主义源自古希腊,那时我还跟他说,哲学与其说是"爱智慧",倒不如说是"爱谎言"呢。

夏伯阳哼了一声。

"人类的思维又能超越到哪里去呢?"他问道。

[①] 俄罗斯宗教哲学家。

"啊?"我惊慌失措地说。

"它超越了什么?'超越'在哪里?"

看来是我不小心说了出来。

"瓦西里·伊万诺维奇,咱们清醒一点再谈吧。我可不是哲学家。还不如干一杯呢。"

"如果你是个哲学家,"夏伯阳说,"那我顶多派你去马厩里清理马粪。可你在我麾下指挥一个骑兵连。在洛佐瓦亚站的时候你不是啥都明白吗?你到底怎么了?是因为害怕,还是因为高兴?"

"我什么都不记得,"我所有的神经奇怪地紧张起来,"不记得了。"

"唉,彼得卡,"夏伯阳叹了口气,给两个杯子都倒上酒,"真不知道该拿你怎么办。你先把自己搞明白吧。"

我们干了一杯。我下意识地从桌上拿起一个洋葱,咬了一大口。

"我们要不要在睡前出去走走?"夏伯阳点上一支烟,问道。

"可以。"我把洋葱放在桌子上,答道。

在我睡着的时候,外面下过一场雨,那条连着庄园的斜坡变得又湿又滑。我果然醉得很厉害,快走到坡顶的时候,我脚下一滑,仰面摔倒在湿漉漉的草地上,却因此看见了繁星点点的夜空。天空太美了,我不禁望着它,静静地躺了一会儿。夏伯阳伸手把我拉起来。等我们好不容易爬上去的时候,我又一次望向天空。我突然想到,虽然星空一直就在头顶,只要抬起头就能看见,可鬼知道我最后一次看见星空是什么时候了。我笑了起来。

"怎么了?"夏伯阳问道。

"没什么,"我指了指天空说道,"很美。"

夏伯阳往天上看了一眼,摇了摇头。

"美?"他若有所思地问道,"可美是什么?"

"怎么?"我说,"还能是什么。美就是意志在其可知性的最高层次上的最完美体现。"

夏伯阳又看了一会儿天空,然后将目光转向我们脚下的水洼,往里面吐了一根烟头。这个倒映在平静水面上的宇宙遭遇了一场真正的劫难,霎时间所有星宿都颤抖起来,水面泛起了模糊而闪烁的微波。

"有些东西始终能在我心中唤起惊奇,"他说,"那就是脚下的星空和心中的康德。"

"瓦西里·伊万诺维奇,我真不明白,他们怎么会把一个师交给分不清康德和叔本华的人去指挥。"

夏伯阳阴沉地看了我一眼,刚想张嘴说些什么,这时却传来了车轮轧过路面的声音和马匹的嘶鸣。一辆马车正向房子这边驶来。

"大概是科托夫斯基和安娜,"我说,"瓦西里·伊万诺维奇,您这位女机枪手似乎喜欢那些穿偏领衬衫的强者。"

"什么，科托夫斯基在城里？你怎么没告诉我！"

他转身快步向前走去，把我彻底抛诸脑后。我拖着沉重的脚步跟在后面，然后在墙角停了下来。科托夫斯基的马车停在门口，而他正在扶安娜下车。看见夏伯阳朝自己走来，科托夫斯基行了个军礼，然后迈步迎向他，和他拥抱在一起。接着他们大声感叹着，相互拍打着对方的肩膀，两个重逢的人似乎都想表明，自己在穿越生活这座沙漠的时候并未丧失充沛的勇气。他们就怀着这股充沛的勇气，缓缓向房子走去，安娜则在马车旁停留了一会儿。我被一股突然袭来的冲动支配着走向她，路上还被一只空弹药箱绊了一下，差点又一次摔倒。我脑中闪过一丝预感，我将为自己的冲动而后悔。

"安娜，求求您！请等一下！"

她停下脚步，转头望着我。上帝啊，此刻的她是如此美丽！

"安娜，"我不知为何把两只手紧紧贴在胸口，磕磕巴巴地说道，"请您相信，一想到自己在餐馆里的所作所为，我……我就难受极了。可是您也要承认，是您给了我那样做的理由。我明白，固执己见的女权主义绝不是您真正的品质，您不过是在追随某种美学范式罢了，还有时常发生的……"

她突然用手把我推开。

"走开，彼得，看在上帝的分上，"她皱着眉头说道，"您身上一股洋葱味。我什么都能原谅，唯独这个不能。"

我转身向房子冲去。我的脸颊大概烫得可以点烟了，回去的路上我一直用最难听的字眼咒骂夏伯阳，咒骂他的家酿酒和洋葱。不知我是如何在黑暗中找到了自己房间，一倒在床上，我就陷入了类似昏迷的状态，就像我早上醒来之前那样。

过了一会儿，有人敲响了房门。

"彼得卡！"门外传来夏伯阳的喊声，"你在哪里？"

"哪里也不在！"我嘟囔着答道。

"嗬！"夏伯阳出人意料地大叫起来，"好样的！明天我要在队列前对你传令嘉奖。你明明什么都清楚！干吗整晚都在装傻充愣？"

"您是什么意思？"

"你自己想想。现在你在自己面前看见了什么？"

"枕头，"我说，"不过不太清楚。您用不着跟我说它在我的意识里这样的话。"

"我们看见的一切都在我们的意识里，彼得卡。所以没法说我们的意识在哪里。我们之所以哪里也不在，只是因为没有一个那样的地方，可以说我们在那里。所以我们哪里也不在。想起来了吗？"

"夏伯阳，"我说，"我想自己待会儿。"

"随你的便。不过明天要给我精神饱满地出现。我们要在中午发言。"

他把地板踩得嘎吱作响，沿着走廊渐渐远去。我考虑了一会儿他的话，先是这个"哪里也不在"，然后是他定在明天中午的那场莫名其妙的发言。当然,我本可以走出房间跟他说,我没法去任何地方发言,因为我"哪里也不在"。可我不想这么做,因为强烈的睡意向我袭来,一切似乎都变得无足轻重、枯燥乏味。我睡着了,我梦见安娜用她那纤细的手指久久抚摸着机枪的肋状枪管。

直到敲门声再次把我惊醒。

"夏伯阳,我说了别来烦我!让我在战斗前休息一下!"

"我不是夏伯阳,"有人在门外说道,"是科托夫斯基。"

我用胳膊肘撑起身子。

"您有什么事?"

"我必须和您谈谈。"

我从口袋里掏出手枪,放在床上,用被子盖住。鬼知道他想干吗。我有一种预感,也许和安娜有关。

"请进来吧。"

门开了,科托夫斯基走了进来。他和白天判若两人,此时正穿着一件带流苏的长袍,条纹睡裤从袍子下面露了出来。他的一只手里是一座点着三根蜡烛的烛台,另一只手握着一瓶香槟和两只高脚杯。一看到香槟,我就更加确信自己的猜测,安娜肯定跟他抱怨过我。

"请坐。"

我指了指扶手椅。

他把香槟和烛台放在桌上,坐了下来。

"可以抽烟吗?"

"请便。"

科托夫斯基点上烟,然后做了一个奇怪的动作。他张开五指,在光秃秃的头顶上捋了一下,仿佛要把一绺看不见的头发从额头上撩开似的。我感觉这个动作似曾相识,随即便想起,我曾在夏伯阳的装甲列车上见到过。安娜差不多也是这样整理自己的短发。我脑中闪过一个念头,他俩都属于一个以夏伯阳为首的古怪教派,剃头则与他们的仪式有关。但我立刻想到,其实我们都属于这个教派,我们为了又一次落在俄罗斯头上的自由,以及必然伴随自由而来的虱子而饱受折磨。我笑了起来。

"您这是怎么了?"科托夫斯基扬起眉毛问道。

"刚才我想到了我们现在的生活。我们剃头竟是因为怕长虱子。五年前谁能想到这些呢?真是难以置信。"

"太巧了,"科托夫斯基说,"我也刚好在想这件事。在想俄罗斯发生的一切。所以就来找您了。我有种冲动,想要跟您聊一聊。"

"聊俄罗斯?"

"正是。"他说。

"这有什么好聊的,"我说,"一切再清楚不过了。"

"不,我想说的是——这是谁的罪过?"

"不知道,"我说,"您觉得呢?"

"知识分子呗。不然还能有谁。"

他递给我满满一杯酒。

"知识分子,"他沉着脸说道,"尤其是只能靠别人养活的俄国知识分子,有种令人讨厌的、略带孩子气的特点。他们从不害怕抨击自己潜意识里认为公平合理的东西。就像小孩不怕对父母做坏事一样,因为他知道,最多就是罚站墙角罢了。更令他害怕的是外人。这个可恶的阶层就是这样。"

"我不太理解您的意思。"

"无论知识分子如何挖苦这个养育他的帝国的基础,他始终清楚地知道,这个帝国里仍然存在着一个强大的道德律。"

"怎么会呢?为什么?"

"因为,假如帝国的道德律已经消亡,知识分子绝不敢用自己的双脚去践踏帝国的基础。我最近在重读陀思妥耶夫斯基,您猜我想到了什么?"

我的半边脸颊不由得抽搐了一下。

"什么?"

"善的本质就是宽恕一切。想想吧,要是搁在以前,现在这些刽子手可是要被流放到西伯利亚村庄里去的,他们只能成天在那儿打兔子和松鸡。不,知识分子不怕践踏圣物。知识分子只害怕一件事,那就是触及恶与它的根源,因为一旦这样做,他立马就会被人用电线杆子捅个半死,他对此心知肚明。"

"很形象的画面。"

"玩弄恶是一件很愉快的事情,"科托夫斯基继续热烈地说道,"没有丝毫风险,好处却显而易见。所以才有那么多故意本末倒置、颠倒是非的卑鄙小人,您明白吗?这些精于算计的精神皮条客,瘦骨嶙峋的车尔尼雪夫斯基,遍体鳞伤的拉赫梅托夫,道德败坏的佩罗夫斯基,吸毒成瘾的基巴利契奇,所有这些……"

"我明白。"

科托夫斯基喝了一口香槟。

"对了,彼得,"他漫不经心地说,"既然话说到这儿了。听说您有药。"

"没错,"我说,"是这样。既然它自己出现在谈话里了。"

我把手伸进提包,掏出罐子放在桌上。

"请您享用。"

科托夫斯基一点也不客气。他在桌上洒下两道白色粉末,就像两条尚未完工的公路似的。等一切准备就绪,他就靠在了椅背上。我礼貌地等了一会儿,然后问道:"您常常思考俄罗斯吗?"

"我在敖德萨的时候,每天起码要想三回。"他低声说,"想得鼻血都流出来了。后来就放弃了。我不想被任何东西拘束。"

"那现在呢?被陀思妥耶夫斯基给带坏了?"

"不,"他说,"是内心的悲剧。"

我脑子里突然冒出一个出人意料的念头。

"请问,格里戈里,您是不是很爱惜自己的走马?"

"怎么?"他问。

"我们可以做一笔交易。用半罐药换您的马车。"

科托夫斯基用锐利的目光瞥了我一眼,然后从桌上拿起罐子,看了看里面,说道:"您可真会引诱人。您要我的马车干什么?"

"坐呗。还能干什么。"

"好吧,"科托夫斯基说,"我同意。我的行李里面正好有个药房秤……"

"您估摸着拿吧。"我说,"我很容易搞到这个。"

他从长袍的口袋里掏出一个银烟盒,倒出里面的香烟,然后拿出一把折叠刀,用刀片把药铲到烟盒里。

"不会撒了吧?"

"别担心,这个烟盒是我从敖德萨带过来的。是特制的。马车是您的了。"

"谢谢您。"

"为我们的交易干一杯?"

"乐意之至。"我举起酒杯说道。

科托夫斯基喝光了香槟,站起身来,把烟盒藏到口袋里,然后举起烛台。

"那么,谢谢您跟我谈话。还有,看在上帝的分上,请原谅我深夜搅扰。"

"晚安。能否允许我问您一个问题?就是您自己提到的,要用药物才能缓解的那个内心悲剧是指什么?"

"在俄罗斯的悲剧面前，它只会黯然失色。"科托夫斯基说道。他像军人那样迅速点了点头，走出了房间。

有一阵子我试图入睡，可是没有睡着。我先是想到了科托夫斯基，应该承认，他给我留下了良好的印象。他的身上有一种派头。后来，我的思绪回到我和夏伯阳的谈话上来。我开始思考他那个"哪里也不在"以及我们的谈话。乍看之下这一切并不复杂。他让我回答一个问题，究竟是我依凭这个世界而存在，还是这个世界依凭我而存在。当然，这一切都可以归结为庸俗的辩证法，可这里也有令人恐惧的一面，他用自己看似愚蠢的、关于这一切发生在哪里的问题巧妙地指出了可怕之处。如果整个世界在我之中，那么我又在哪里？如果我存在于这个世界之中，那么我的意识在哪里，在这个世界的何处？我想，当然可以说，一方面，世界在我之中，而另一方面，我也在世界之中。如果将思想看作磁铁，那这不过是同一种思想的两极而已。可问题在于，这块磁铁、这个辩证的二分体也没有立足之处。

它无处可在！

因为这个二分体存在的前提是，它能够在某人的意识中产生。可意识同样无处可在，因为任何"哪里"都只能出现在意识中，而意识只能存在于它自己所创造的地方……然而，在意识为自己创造出这样一个地方以前，它又存在于何处呢？在自身之中？可这又是哪里呢？

我突然害怕一个人待着，于是披上制服，来到走廊里。淡蓝色的月光从窗外照进来,我瞥见通往楼下的楼梯扶手,便朝着门口走去。

卸了套的马车就停在大门附近。我围着它转了两圈,欣赏它流畅的线条,月光似乎为这些线条增添了一分额外的魅力。不远处有匹马打了个响鼻。我转过头去,却看见了夏伯阳。他正拿着刷子给马梳理鬃毛。我走过去站在他的身边。他看了我一眼。真让人好奇,我想,要是我问他,他所谓的"哪里也不在"到底在什么地方,他会如何作答呢?他肯定会用这句话本身去说明这句话,那么,他在谈话中的处境也不会比我好到哪里。

"睡不着?"夏伯阳问。

"嗯,"我说,"不自在。"

"怎么,以前没见过虚空?"

我明白,他所说"虚空"指的正是我在几分钟以前才生平第一次意识到的那个"哪里也不在"。

"没有,"我答道,"从没见过。"

"那你究竟见过什么,彼得卡?"夏伯阳诚恳地问道。

"我们换个话题吧,"我说,"我的走马呢?"

"在马厩里,"夏伯阳说,"什么时候成了你的,不是科托夫斯基的吗?"

"大概就在一刻钟以前吧。"

夏伯阳哼了一声。

"你要小心格里沙,"他说,"他没有看上去那么简单。"

"我已经发现了,"我答道,"知道吗,瓦西里·伊万诺维奇,您的话始终萦绕在我的脑海中。您很擅长把人赶进死胡同。"

"没错,"夏伯阳用刷子使劲梳理着蓬乱的鬃毛,"我确实有这个能力。然后我还会像用机枪扫射一样……"

"不过我觉得,"我说,"我也办得到。"

"那你试试。"

"好,"我说,"我也提一连串关于地点的问题。"

"提吧,提吧。"夏伯阳嘟囔道。

"我们一个一个来。既然您在给马梳毛。那这匹马在哪里?"

夏伯阳惊讶地看了我一眼。

"彼得卡,你是疯了吗?"

"您说什么?"

"它就在这里呀。"

我一时语塞。这种转折完全出乎我的意料。夏伯阳难以置信地摇了摇头。

"我说,彼得卡,"他说,"你还是回去睡觉吧。"

我傻笑了一下,转身往回走去。好不容易来到床边,我一头栽了上去,开始缓缓地沉入另一场噩梦。早在上楼的时候我就已经预感到,这噩梦是不可避免的了。

它没有让我等待很久。我开始梦见一个蓝眼睛、黄头发的人,他被人用绳套绑在一把造型古怪的椅子上,就像牙科诊所里用的那种。在梦里,我很清楚他姓谢尔久克,而且他现在经历的事情很快就会发生在我身上。谢尔久克的双手被一些五颜六色的导线连在地上一台可怕的发电机上。仅剩的一丝清醒告诉我，这台机器是我的脑子想出来的。两个穿白大褂的人正弯腰旋转着发电机的摇把。一开始他们转得很慢，椅子上的人只是微微颤抖，不时轻轻咬着嘴唇。可随着他们的动作逐渐加快，被捆在椅子上的人全身一下又一下地剧烈抖动起来。最后他再也忍不住，叫出声来。

"停下！"他哀求道。

可是折磨他的人手上的动作更快了。

"关掉发电机！"他用尽全力嚎叫着，"关掉发电机！发电机！发——电——机！！发！电！机！！！"

6

我不写诗,也不喜欢诗。
当星星挂在天上,
何必还要语言?

"下一站——'迪纳莫'①。"广播里的声音说道。

坐在对面的乘客是个模样古怪的男人,长着一张圆圆的麻脸,身上穿着脏兮兮的棉布长袍,缠头巾②上还有绿色颜料留下的痕迹。他发现谢尔久克已经茫然地盯了他一会儿,于是挠了挠耳朵,把两根手指按在缠头巾上,大声说:"嗨,希特勒!"

"希特勒,嗨。③"谢尔久克礼貌地答道,接着移开了目光。

真不明白这人到底是谁,他这副长相起码要开宝马才对,干吗还来坐地铁。

穿长袍的男人头顶挂着一张宣传画,上面写着:"粮食是您的财富"。不过前两个字母已经磨掉了④,句尾还被人加了一枚感叹号。谢尔久克同情地叹了口气,把目光转向右边,开始读起邻座乘客放在腿上的书来。这是一本破旧的小册子,用报纸包了书皮,上面用圆珠笔写着:"日本军国主义"。这显然是具有一定保密性质的苏联参考资料。陈旧的纸张微微泛黄,字体也很奇怪,还有不少印刷成斜体的日语词汇。

"在他们那里,"谢尔久克读道,"社会责任与人类天然的责任感交织在一起,产生了一种具有悲剧性的强烈感染力。对日本

---

①在俄语中,"发电机"和"迪纳莫"是同一个词。
②穆斯林男性缠在头上的头巾。
③这是作者的文字游戏。阿拉伯语中的问候语是"As-salamu alaykum",通常的回应为"Wa alaykumu s-salam"。谢尔久克将阿拉伯语的语法套用在了俄语中。
④在俄语中,"粮食"一词去掉前两个字母就是粗话"操"。

人来说，这种责任体现在'恩'和'义理'这两个完全没有过时的概念里。'恩'是指孩子对父母、附属国对宗主国、公民对国家有'感激的责任'。'义理'则是指'义务和责任'，它要求每个人的行为都要符合他在社会中的处境和地位。这同样也是对自己的义务：要维护个人的名誉与尊严。要为了'恩'和'义理'，为了某种社会、职业或普遍的行为准则去牺牲自我。"

显然，邻座的乘客发现谢尔久克在看他的书，于是把书举到自己眼前，还稍稍合上一些，这样别人就一点也看不见了。谢尔久克只好闭上了眼睛。

"人家能过正常的生活，"他想，"是因为始终牢记责任。不像我们，没完没了地喝酒。"

接下来的几分钟里不知他又想了些什么，不过，列车停在"普希金"站时，谢尔久克走出了车厢。这时他一心只想喝酒，可不是随便喝喝，而是要喝到烂醉。不过，这种愿望起初是不成形的、无意识的，仿佛是对一种无法企及或若有所失的东西的朦胧向往。直到谢尔久克站在一长排售货亭前，这种愿望才真正浮现出来。这些小亭子像装甲车一样严实，清一色的高加索面孔透过瞭望孔面无表情地望向外面的敌营。

决定买哪一种可不简单。虽然选择不少，可都是二流货色，就跟选举的时候一样。谢尔久克犹豫良久，直到在其中一个售货亭里看见一瓶"利瓦季亚"①牌的波特酒。

---

① 乌克兰的市级镇，位于乌克兰左岸，即第聂伯河东部地区。

一看到这瓶酒,谢尔久克就清晰地回忆起青春时代那个早已忘却的早晨:在大学校园某个堆满箱子的角落里,阳光照耀着金黄的树叶和开怀大笑的同学们,他们正把这种波特酒传来传去(当然,上面的商标略有不同,当时上面写的还不是乌克兰语)。谢尔久克还记得,这个角落四面都很隐蔽,得从生锈的铁栏杆中间钻过去,他还把夹克给弄脏了。然而,重要的既不是波特酒,也不是铁栏杆,而是以这个围着栅栏的角落为中心的世界里无限的机会与道路,它们在记忆中一闪而过,唤起了内心的忧伤。在这段回忆之后,一个令人难受的念头浮现出来。其实从那时起,世界本身没有任何变化,只不过无法再从过去的那个角度,毫不费力地看清这个世界了。如今他无论如何也钻不过铁栏杆了,何况也无处可钻,因为栅栏里面的空地早就被那些饱含生活经验的锌皮棺材①填满了。

从过去的角度看世界是不可能了,不过,幸好还能像从前那样醉醺醺地去看这个世界。谢尔久克把钱塞进售货亭那炮眼一样的窗口,一把抓住从里面扔出来的绿色"手榴弹",向街道另一边走去。地上的水洼倒映着春日傍晚的天空,他从水洼中间小心翼翼地穿过去,在绿色的普希金像对面的长椅上坐下,然后用牙拔掉酒瓶上的塑料瓶塞。波特酒的味道和从前一模一样,这又一次证明,改革并未触及俄罗斯人生活的根基,它只是声势浩大地做做样子罢了。

---

①苏联时期,通常用锌皮棺材保存烈士的遗体,苏联解体后改为木制。

谢尔久克几口把酒喝光，然后小心地把瓶子扔进花岗石路牙后边的灌木丛里。一个知识分子模样的老太太朝那里走了过去，之前她一直假装在看报纸。谢尔久克靠在了椅背上。

醉酒从本质上来说没有任何个性，具有世界主义的特征。快感不一会儿便出现了，可那个印着柏树、古典风格的拱门以及繁星点点的暗蓝色天空的标签所承诺和暗示的东西却一样也没有。压根尝不出这是产自乌克兰左岸的酒。他甚至想，假如这瓶波特酒来自右岸，或者是摩尔多瓦的什么地方，周围的世界兴许会有些变化。

世界的确发生了变化，而且变化相当明显。它看起来不再充满敌意，路过的行人也渐渐从世界之恶的信徒变成了它的牺牲品，他们本人却毫不知情。又过了一会儿，世界之恶本身也发生了变化，它要么销声匿迹，要么荡然无存。醉意带来的愉悦达到了巅峰，在顶点停留片刻，接着，沉重而含混的思绪将谢尔久克拖回了现实之中。

三个中学生从谢尔久克身边经过，他们用正在变声的嗓音热烈地重复着"集市"这个词。他们逐渐远去的背影正走向停在人行道旁的水陆两用吉普车，这辆日本车的车头上装着一个绞盘。就在吉普车的上方，特维尔大街的对面，立着一个"麦当劳"的标志，就像一座看不见的城墙上黄色的雉堞。谢尔久克感到，所有这一切——中学生远去的背影，吉普车，还有红色牌子上黄色的字母"M"——有点像杰伊涅卡那幅《未来的飞行员》①。它们的相似之处也一目了然,在这两幅画中,人物未来的命运显然都已注定。那几个未来的匪徒已经钻进了地下通道,谢尔久克却还在思考同一个问题。他想起了一部叫《杀死荷兰人》②的美国片,为了拍出30年代的纽约,它跑到如今的莫斯科来取景。在电影中,一个匪徒家里就挂着一幅《未来的飞行员》的复制品,为电影增添了一丝阴森可怕的复杂意味。

不过,关于政治谢尔久克并未思考很久,他很快又想起了地铁上读到的那段话。

"日本人,"谢尔久克心想,"是一个伟大的民族!你想想,两颗原子弹落在他们头上,岛也被占了,他们竟然熬了过来……我们为什么总盯着美国呢?美国对我们有个屁用?应该向日本人学习,我们可是邻居。这是上帝的旨意。他们也应该和我们交好,我们一起把美国干掉……要铭记扔到他们身上的原子弹,还有别洛韦日森林③……"这些思绪隐秘而又和谐地汇成了一个决定,那就是再来一瓶。谢尔久克考虑了一会儿该买什么。他不想再喝波特酒了。在一段欢快的左岸柔板之后,舒缓而悠长的行板似乎更合适些。谢尔久克想喝点普普通通、广阔无垠的东西,就

---

①画面中三个男孩正坐在岸边眺望空中的飞机。
②原名 *Hit the Dutchman*,中译名是《四海教父》。
③1991年,俄罗斯、乌克兰、白俄罗斯在此处签署了《别洛韦日协议》,宣布退出苏联,成立独联体。

像《旅行俱乐部》①里的海洋，或是他用债券换来的股票票根上画着的麦田。他想了一会儿，决定买瓶荷兰酒，在去售货亭的路上他才意识到，这个选择是因为他刚才想起的那部电影。

不过这不重要。他又回到长椅上坐下，打开瓶子，倒了半塑料杯，然后一饮而尽。这酒辣得他张大嘴巴使劲呼着气。他撕开买来下酒的汉堡外面包着的报纸，一个奇怪的图标映入眼帘。椭圆里画着一朵花瓣不对称的红花，底下有一则广告：

"日本'平氏公司'莫斯科分部选拔招聘职员。需具备英语能力和电脑操作技能。"

谢尔久克晃了晃脑袋。他恍惚看见广告旁边还印着另一条带有类似图标的广告。他仔细看了看报纸才搞明白。确实有两个圆圈，在画着花朵的椭圆旁有个洋葱圈，一截面包皮里露出来的、带着切痕的死灰色肉片，还有一抹红色的番茄酱。谢尔久克满意地发现，一层又一层的现实已经混在了一起。他小心地从报纸上撕下广告，舔掉上面的一滴番茄酱，把它对折起来，放进口袋。

接下来一切如常。

谢尔久克被一阵恶心的感觉和灰暗的晨光所唤醒。当然，最主要的刺激还是来自光线，它和往常一样，仿佛为了消毒而掺了漂白粉似的。谢尔久克环顾四周，发现这是在自己家里，昨晚显然来过客人（可他记不清是谁了）。他勉强从地板上爬起来，脱下弄脏的夹克和帽子，把它们挂在走廊的衣钩上。这时他突然想

---

① 从1960年开始在苏联播放的旅游类电视节目。

到冰箱里可能还有啤酒,这种事的确发生过几次。然而,在离冰箱只差几米远的时候,墙上的电话响了起来。谢尔久克拿起话筒,刚想开口说"喂",可就连试着说话都让他感到十分痛苦,最后只发出了类似"哦哈——哟——哟——哟"的呻吟声。

"哦哈哟够杂伊玛斯①,"电话那边的声音精神抖擞地重复道,"是谢尔久克先生吗?"

"是我。"谢尔久克说。

"您好。我叫织田信长,昨晚我们通过话。准确地说,是今天凌晨。感谢您的盛情来电。"

"嗯。"谢尔久克用空闲的那只手抓了抓头发。

"我和川端义经先生讨论过您的请求,他愿意在今天下午三点钟对您进行面试。"

电话那头的声音并不耳熟。他很快就发现这是个外国人。虽然他一点儿口音都没有,但有时会停顿一下,似乎正在词汇库中寻找合适的词语。

"非常感谢。"谢尔久克说,"不过是什么请求呢?"

"就是您昨晚提出的请求。更准确地说,应该是今天。"

"啊——啊!"谢尔久克说,"啊——啊——啊!"

"请记一下地址。"织田信长说道。

"马上,"谢尔久克说,"稍等。我拿支笔。"

"您怎么不在电话旁边放上纸笔呢?"织田带着明显的怒气问

---

①日语的"早上好"。

道,"这可是生意人必备的。"

"我准备好了。"

"'纳戈尔诺'地铁站,右边出口,一出来就能看见一道铁栅栏。那里有座房子。入口在院子里。准确地址是五谷巷五号。那里有个,呃……门牌。"

"谢谢。"

"就这样。那么,撒由那拉①。"织田说完便挂断了电话。

冰箱里没有啤酒。

走出"纳戈尔诺"地铁站时离约定时间还早,谢尔久克立马看见一道铁皮斑驳的破旧栅栏,但他不相信这就是织田先生所说的那个栅栏,因为它又破又脏。他在附近转了一会儿,拦住偶尔经过的路人,打听五谷巷在哪儿。似乎没人知道,又或许没人愿意告诉他,谢尔久克遇到的都是些一身黑衣、步履蹒跚的老太婆。

周围一片荒凉,杂草丛生,就像许久以前被炸毁的工业区一样。草丛中散落着一些生锈的铁块,这里天高野阔,地平线上是一片黑压压的树林。尽管这些景致平平无奇,这个地方却不同寻常。若是往西边,也就是往生锈的栅栏那边看去,展现在眼前的是一幅平平无奇的城市全景。可若是往东边看去,目之所及却是裸露而辽阔的田野,上面立着几根像绞刑架似的路灯。谢尔久克

---

① 日语的"再见"。

仿佛置身于某个神秘的中间地带，一边是后工业时代的俄罗斯，另一边则是古老的罗斯。

这里不是那些正经的外国公司开办事处的地方，谢尔久克觉得这应该是一家规模很小的公司，里面大概只有几个无法适应生活的日本员工（不知为何，他想起了《七武士》①里的那些农民）。难怪他们对他那通醉醺醺的电话这样感兴趣，谢尔久克甚至感到，自己对这些就在附近的日本人涌起了一股亲切与同情。和他一样，他们也无法妥善安排自己的生活。原本他一路上都在懊恼自己没刮胡子，如今这些念头都烟消云散了。

在织田先生描述的"那里有座房子"的地方，实际上有几十幢建筑。不知为何，谢尔久克觉得他要去的就是那座灰色的八层小楼，一楼是装着落地窗的食品店。他在院子里转了三分钟，果真在墙上找到一个写着"平氏商行"字样的黄铜门牌，还有一个很小的门铃，在凹凸不平的墙面上很不起眼。在距离门牌大约一米远的地方，几个巨大的合页固定着一扇刷成绿色的粗糙铁门。谢尔久克茫然地四下打量。除了这扇门之外，门牌附近唯一的入口恐怕就是柏油路上那个铸铁井盖了。等到差两分钟就到三点的时候，谢尔久克按下了门铃。

门立刻开了。门后站着一个身穿迷彩服、手握黑警棍的傻大个。谢尔久克对他点点头，刚想说明来意，就张着嘴巴呆住了。

门后是一间不大的前厅，里面有一张摆着电话的桌子和一把

---

①黑泽明执导的日本电影。

椅子，前厅的墙上挂着一幅巨大的装饰画，画上是一条没有尽头的走廊。谢尔久克把画仔细端详了一番，才明白这根本不是什么画，而是玻璃门后一条真正的走廊。走廊的样子很奇怪，墙上挂着一排灯笼，薄薄的米纸里闪动着亮光。地板上撒着厚厚一层黄沙，沙子上面铺着一块块狭窄的竹席，它们拼在一起，像地毯一样铺成一条小路。每个灯笼都印着报纸广告里的那个图标：一朵画在椭圆里的、有着四片菱形花瓣（两侧的要长一些）的红色花朵。走廊不像他最初以为的那样无穷无尽，它不过是缓缓地（谢尔久克头一回在莫斯科的房子里看见这种设计）向右边拐了个弯，所以看不见它的尽头。

"您有什么事？"保安打破了沉寂。

"我跟川端先生有约，"谢尔久克回过神来，答道，"就是三点钟。"

"啊。那您快请进。他们不喜欢门开得太久。"

谢尔久克迈步走了进去，保安把门关上，拧紧一把像阀门一样的大锁。

"请您把鞋脱掉，"他说，"那儿有木屐。"

"什么？"谢尔久克没听明白。

"木屐。就是他们的拖鞋。里面只能穿这个。这是规矩。"

谢尔久克看见地板上摆着几双木鞋，模样十分笨重和不便，就像在高高的鞋楦上绑了一根分叉的绳子。而且这个"鞋楦"只能光脚穿，因为绳子要夹在拇指和二趾之间。起初他以为保安在开玩笑,却发现角落有几双黑色的漆皮鞋,里面还塞着袜子。他坐在矮凳上开始脱鞋。换好以后,他站起身来,发现木屐使他高了十公分。

"现在可以了吧?"他问。

"好了。拿上灯笼,沿着走廊往前走。三号房间。"

"拿灯笼干吗?"谢尔久克惊讶地说。

"这是规矩,"保安从墙上取下一个灯笼,递给谢尔久克,"您系领带也不是因为冷呀。"

直到今天早晨以前,谢尔久克已经许多年没有系过领带了,所以这个理由对他很有说服力。而且他也想仔细瞧瞧,灯笼里是不是真正的火光。

"三号房间,"保安又说了一遍,"不过上面的数字是日文。就是三条上下排列的横线。明白吗,就像'乾卦'那样。"

"啊,"谢尔久克说,"明白了。"

"千万不要敲门。只要在门口咳嗽一下,或者说句话,让他知道您在门口就行。然后就等他跟您讲话。"

谢尔久克向前走去,他把灯笼举在前头,像仙鹤一样把脚抬得老高。他走得难受极了,竹席在脚下嘎吱作响。一想到保安正在背后盯着他暗自发笑,谢尔久克就忍不住羞红了脸。转过那个平缓的拐角以后,谢尔久克面前出现了一间昏暗的小厅,天花板上有几条黑黢黢的横梁。起初谢尔久克一扇门也没看见,后来他才明白,那些高大的护墙板是可以推向一侧的房门。有块护墙板上贴着一张纸。谢尔久克把灯笼举得近一些,便看见三根用墨汁写成的横线,他明白了,这就是三号房间。

门后传出隐隐的乐声。这是一种叫不出名字的弦乐器,音色很特别,旋律则由一些奇特的、不知为何颇有古意的和音所组成,因而显得凄婉而又绵长。谢尔久克咳嗽了一声。房间里没人回话。他又更用力地咳嗽了一声,心想,如果再咳一次,他恐怕就要吐了。

"请进。"门后的声音说道。

谢尔久克将隔板推到左边,眼前出现了一个房间,地上铺着普普通通的深色竹席。在房间一角,一个光着脚的男人穿着一套深色礼服,正盘腿坐在一堆五颜六色的小垫子上。他正在演奏的奇特乐器就像一把长长的琉特琴,上面还装着一个小巧的共鸣器。谢尔久克的到来没有引起他的丝毫反应。很难说他是蒙古人的长相,准确地说,他的脸上有一些南方人的特征(谢尔久克的脑海中甚至浮现出一条具体的路线,他想起了自己去年在顿河畔罗斯托夫的旅行)。地板上摆着一台单头电炉,炉子上坐着一口大锅,还有一台流线型的黑色传真机,它的电话线一直伸进墙上的一个小洞里。谢尔久克走进房间,把灯笼放在地上,然后关上了房门。

穿礼服的人最后拨了一下琴弦,接着抬起发红的双眼,送别了这个与世界永诀的音符,然后小心翼翼地把琴放在地上。他的动作不疾不徐,而且十分谨慎,仿佛是在担心自己的动作过于笨拙或粗暴，以致冒犯到房间里某个隐形人似的。他从胸前的西服口袋里掏出一块手帕，揩掉眼中的泪水，朝谢尔久克转过身来。他们互相打量了一会儿。

"您好。我是谢尔久克。"

"川端。"这人说道。

他站起身来，快步走到谢尔久克身边，握住了他的手。他的手掌冰冷而干燥。

"请，"他几乎将谢尔久克拽到了那堆垫子中间，"请坐。您请坐。"

谢尔久克坐了下来。

"我……"

他刚想说话就被川端打断了："我什么都不想听。我们日本有一个传统，一个延续至今的非常古老的传统——如果有人手提灯笼、脚穿木屐来到您的家里，这说明外面已经入夜，而且天气不好，那么要做的第一件事就是，给他倒上一杯温热的清酒。"

川端一边说着，一边从锅里拎出一个短颈的粗酒瓶。瓶子用塞子封着，瓶颈上系着一根长线，川端就是用这根线把酒瓶拎出来的。不知从哪里冒出两只小巧的瓷酒杯，上面的图案不太雅观：一个眉毛很高的美人儿，正以一种奇妙的姿势委身于一个戴着蓝色小帽、神情严肃的男人。川端把酒杯斟满。

"请。"他递给谢尔久克一杯。

谢尔久克把杯子里的东西倒入口中。这种液体很像掺了米汤的伏特加，而且热乎乎的。也许正因如此，谢尔久克刚把酒吞下去，就立刻吐到了竹席上。一股强烈的羞耻感和对自己的厌恶感攫住了他，使他忍不住闭上了眼睛。

"噢，"川端礼貌地说，"外面想必正是狂风暴雨。"

他拍了拍手。

谢尔久克微微睁开眼睛。房间里出现了两个姑娘，她们的穿着打扮很像酒杯上的女人，眉毛也很高。谢尔久克端详一阵才发现，这些眉毛是用墨水画在额头上的。总而言之，她们太像了，以至谢尔久克的思绪还无法从刚刚的耻辱中缓过来。姑娘们手脚麻利地把脏污的竹席卷起来，在原地铺上新的，接着消失在门外。只不过，不是谢尔久克走过的那扇门，而是另一扇。原来还有一块可以活动的护墙板。

"请。"川端说道。

谢尔久克抬起眼睛。这个日本人又递给他一杯清酒。谢尔久克遗憾地笑了笑，然后松松肩膀。

"这一回，"川端说，"一切都会好的。"

谢尔久克喝了一口。的确，这回一切都不一样了，清酒缓缓流到嗓子里，一股令人舒适的暖意传遍了全身。

"要知道，是这么回事，"他说，"我……"

"再来一杯。"川端说道。

地上的传真机响了起来，接着吐出一张写满象形文字的纸。等它彻底传完，川端便从传真机上扯下那张纸，认真读了起来，完全忘记了谢尔久克的存在。

谢尔久克四下打量着。房间的墙壁上都包着一模一样的木墙板，清酒此时已经消除了昨天那强烈的怀旧情绪所带来的影响，于是每一块护墙板似乎都变成了通向未知世界的大门。不过，那块挂着版画的护墙板显然不是一扇门。

和川端先生办公室里的其他东西一样，这幅版画也很奇特。在一张很大的画纸中间有一幅仿佛微缩而成的小画，画里的线条像是随意勾勒出来的，但却十分精准。画上是一个光着身子的男人（他的形象具有强烈的风格化特点，但从十分写实的性器官来看，这是一个男人），正站在悬崖边上。男人的脖子上挂着几个大小不一的沉甸甸的壶铃，双手各握着一把宝剑。他的眼睛上蒙着一块白色的破布，脚下则是陡峭的悬崖。另外还有几处微小的细节——隐没在雾中的太阳，空中的飞鸟，以及远处佛塔的尖顶。然而，尽管这些笔触充满浪漫主义的色彩，这幅版画给人留下的主要印象却是一种身陷绝境的感觉。

"这是我们日本画家明智光秀的作品。"川端说道，"就是前不久吃河豚中毒的那个。您觉得这幅版画的主题是什么？"

谢尔久克的目光掠过画上的男人，从裸露的生殖器一直看到挂在他胸前的壶铃。

"不错，显而易见，"他出乎自己意料地说，"他和壶铃。也就是'恩'和'义理'①。"

---

①在俄语中，"他"与"恩"、"义理"与"壶铃"都是同一个词。

川端拍手大笑起来。

"再来点清酒。"他说。

"您知道,"谢尔久克说,"我很乐意喝酒。不过,我们能不能先面试?我很快就会喝醉的。"

"面试已经结束了,"川端一边说着,一边往杯子里倒酒,"您看,是这么回事。我们公司已经成立很久了,久到我说出来恐怕您也不会相信。我们最看重的就是传统。要加入我们,请允许我打个比方,必须通过一扇很窄的门才行,而您刚刚迈着自信的步伐穿过了它。祝贺您。"

"什么门?"谢尔久克问。

川端指了指那幅版画。

"就是这扇,"他说,"唯一一扇通往'平氏公司'的大门。"

"我不太明白,"谢尔久克说,"据我所知您是经商的,对您来说……"

川端举起一只手。

"我常常感到十分恐怖,"他说,"半个俄罗斯都染上了西方那种讨厌的实用主义。当然,我不是在说您,但我刚才说的话都是有根据的。"

"实用主义有什么不好?"谢尔久克问道。

"古时候,"川端说,"若想成为我们国家的重要官员,就必须在考试中以美为题作一篇文章。这个办法很聪明,要知道,如果一个人能够领会那些远高于官场争斗的事物,那他一定能够应付各种尔虞我诈。既然您的智慧能够闪电般迅速地识破隐藏在画中的古老秘密,那些价目表和发货单对您来说难道会是什么问题吗?不会的。而且在您作答以后,我认为与您共饮是一种荣幸。请您不要拒绝。"

谢尔久克又喝了一杯,突然回忆起昨天的事情来。原来他从普希金广场坐车去了清塘。不过他也不清楚为什么要去那里,他只记得格里博耶多夫的雕像,而且角度很奇怪,好像他是从长椅底下看见的一样。

"是的,"川端若有所思地说,"要知道,其实这幅画非常可怕。人们约定俗成的那些规则和礼节就是我们与动物之间的唯一区别。如果破坏了它们,那还不如死了好,因为只有它们才能将我们与脚下那个混乱的深渊隔开,当然,前提是我们揭掉了眼前的布条。"

他指了指版画。

"不过在我们日本还有一个传统,有时我们会在内心深处暂时背弃一切成规,摆脱所谓的佛祖和天魔①,只为了体会一下现实那难以言喻的滋味。在这短暂的时间里,有时会诞生出惊人的艺术作品……"

川端又看了一眼那个手握宝剑站在悬崖边上的人,然后叹了口气。

"没错,"谢尔久克答道,"我们如今过的就是这种背弃一切

---

①佛教神话中的恶魔。

的生活。至于传统……怎么说呢，有些人会去教堂，不过，大多数人还是看两眼电视，再想想钞票。"

他感到自己把谈话的标准放得太低了，得赶紧说点有深度的话。

"大概，"他把空酒杯递给川端，继续说道，"这一切的原因在于，俄罗斯人天生不喜欢形而上的探索，而是满足于伴随着酗酒的无神论。说实话，这就是我们最重要的精神传统。"

川端给谢尔久克和自己都倒满了酒。

"恕我无法苟同，"他说，"因为前阵子我得到了一件俄罗斯宗教艺术的藏品……"

"您还搞收藏？"谢尔久克问。

"是的，"川端从地上爬起来，走到一个置物架跟前，"这也是我们公司的原则之一。对于那些与我们打交道的民族，我们总是尽可能深刻地理解他们的心灵。并不是因为我们想获得什么额外的好处，才要去理解他们的……用俄语怎么说来着？民族精神，对吧？"

谢尔久克点点头。

"不，"川端打开一个很大的文件夹，继续说道，"准确地说，我们希望，哪怕是最远离艺术的活动也能被提升到艺术的高度。您瞧，如果您把一批机枪，比方说，卖给了虚空，然后您的账户上凭空多了一笔来路不明的钱，那您和一台收款机也没什么两样。可是，如果您把这批机枪卖给了一些人，而您知道他们每次杀人的时候,都会向造物主的三个位格忏悔,那么普通的贸易行为就会上升到艺术的高度,具有了完全不同的性质。当然,这不是对他们来说,而是对您。您处于和谐之中,您与自己所在的宇宙是统一的,您在合同上的签名也会获得同样的存在主义的地位……我的俄语说得对吗?"

谢尔久克点点头。

"就是日出、潮汐以及随风摆动的小草所拥有的那种存在主义的地位……我一开始说的是什么来着?"

"是您的收藏。"

"啊,没错。您能否赏脸一观?"

他递给谢尔久克一张很大的纸,上面包着一层薄薄的保护膜。

"不过请您小心点儿。"

谢尔久克双手接过这张纸。这是一块陈旧的灰白色硬纸板,想必很有些年头。上面用黑色颜料镂印着两个斜体字——"上帝"。

"这是什么?"

"这是20世纪初的俄罗斯观念主义圣像画,"川端说道,"大卫·布尔柳克①的作品。您听说过他吗?"

"听过一点儿。"

"奇怪的是,他在俄罗斯不太出名。"川端说,"不过没关系,

---

① 乌克兰诗人、插画家。

您只管仔细看!"

谢尔久克又看了看这张纸。每个字的上面都有一些白色的线条,大概是固定镂印板的纸条留下的。字印得很粗糙,周围凝固着一些斑斑点点的颜料,就像一个古怪的鞋印。

谢尔久克察觉到川端的目光,于是长长地"嗯"了一声。

"它的涵义多么丰富啊!"川端接着说道,"等等,您别说话,我先试着讲讲自己的看法,如果我遗漏了什么,您再补充。好吗?"

谢尔久克点点头。

"首先,"川端说道,"'上帝'是镂印上去的。这个词就像同时存在于无数人头脑中的镂印痕迹,渗透到人们童年的意识里。另外,用来镂印的纸张也很重要。如果纸张粗糙不平,印记就会模糊不清,如果纸上已经有了别的字迹,那就根本不晓得最后会印成什么样子。所以俗话说,一千个人就有一千个上帝。您再看看这些笔画多么粗糙,转折处简直生硬得刺眼。很难相信有人会想到,这两个字就是永恒之爱与恩慈的源泉,而正是这爱与恩慈的光辉使人能苟活在这个世界上。不过反过来说,尽管这个印记更像是牲畜身上的戳子,可它也是人在生活中唯一能够指望的东西。您同意吗?"

"同意。"谢尔久克说。

"不过,如果只是这样,那您手里的这幅作品就没有什么特别之处了,这些想法在任何一间乡村俱乐部①的无神论讲座里都能听到。可是一个小小的细节使这幅圣像变成了一件完美的作品。我甚至敢说,它超越了鲁布廖夫②的《三圣像》。您当然知道我在说什么,不过请您让我自己说出来。"

川端郑重地停顿了一下。

"我所说的当然是镂印板留下的那些空白线条。要给它们涂上颜色并不难,可那样一来,这部作品就不是现在的样子了。就是这样。当你开始打量这个词,你的注意力从显而易见的内涵转向了表面的形式,于是你突然注意到这些没有颜色的空白,而只有在这里,在这片'虚空'之中,你才能发现这两个丑陋的大字竭力指示的对象,因为'上帝'这个词所指代的恰恰是难以指明的东西。这简直就是艾克哈特③的思想,或者是……不过这不重要。很多人曾试图用语言表达这件事。就拿老子来说吧。还记得他如何谈论车轮和辐条吗?还有他说容器的价值在于它是中空的?④如果我说,任何一个词都像容器一样,而它的价值取决于中空的大小,您应该不会反对吧?"

"不会。"谢尔久克说。

川端擦去额头上的一滴汗水。

---

① 苏联时期农庄文化的代表性机构,定期举办各类文娱活动。
② 沙俄时期著名的圣像画家。
③ 德国神学家、哲学家、神秘主义者。
④ "三十辐共一毂,当其无,有车之用。埏埴以为器,当其无,有器之用。"(《道德经》)

"现在请您再看看墙上的版画。"他说。

"好。"谢尔久克说。

"看到它的构图了吗？'恩'和'义理'代表现实，它们位于画面正中，周围则是虚空。现实从虚空中来，又回到虚空中去。在日本，我们不会毫无意义地向宇宙追问它的成因。我们不会用'神'的概念为神增添负担。不过，版画上的空白刚好也是您在布尔柳克的圣像画中看到的空白。这难道不是一个耐人寻味的巧合吗？"

"当然。"谢尔久克把空酒杯递给川端。

"然而，您在西方的宗教绘画中找不到这种空白，"川端倒着酒说道，"那里充斥着实在的东西。什么窗帘啦，褶皱啦，沾着血的脸盆啦，还有一些上帝才知道是什么的东西。这两幅艺术作品对现实有着独到而一致的认识，它们将唯一具有这种认识的我们和你们联结在一起。所以我认为，俄罗斯真正需要的就是与东方结成炼金术式的婚姻。"

"不错，"谢尔久克说，"昨晚说的就是这个……"

"恰恰是与东方，"川端打断了他，"而不是与西方。明白吗？俄罗斯人与日本人灵魂深处出现的是同样的虚空。世界正是从这片虚空中产生的，而且每一秒都在产生。祝您健康。[①]"

川端跟着谢尔久克一饮而尽，然后晃了晃手里的空酒瓶。

"是的，"他说，"容器的价值在于它的空。这个酒瓶的价值

[①] 俄罗斯人祝酒时的用语。

在刚才几分钟里大大增加了。价值与无价值之间的平衡被打破,而这是不可忍受的。失去平衡是最可怕的事情。"

"没错,"谢尔久克说,"是这样。怎么,没有酒了吗?"

"我们可以出去买,"川端看了看表,"虽然会错过足球比赛……"

"您喜欢足球?"

"我是'迪纳莫'球队①的球迷。"川端说道,然后很亲切地眨了眨眼睛。

川端套上破旧的夹克,戴上兜帽,再穿上一双胶靴,看起来一点儿也没有日本人的影子。现在他就像是从顿河畔罗斯托夫来的,而且叫人忍不住猜测他是否不怀好意。

不过,谢尔久克早就知道,莫斯科街头的大部分外国人其实压根不是什么外国人,而是一些小流氓,他们偷点小钱就跑到"卡林卡-斯托克曼"服装店②里挥霍。莫斯科的外国人数量多得惊人,可他们出于安全考虑,多年以来都穿得跟路人没什么两样。对于莫斯科路人的模样,他们自然是从CNN里了解到的。为了极力展示在一片焦土的改革荒漠中步履蹒跚地追逐民主幽灵的莫斯科人,CNN十有八九将特写镜头都给了那些扮做莫斯科人的美国大使馆人员。跟打扮成外国人模样的莫斯科人相比,他

---

①莫斯科历史最悠久的职业足球队。
②苏联时期芬兰人在莫斯科开设的服装连锁店。

们看起来自然多了。因为川端像个罗斯托夫人似的，准确地说，尤其是因为他看起来不像日本人，反而立刻就能看出他是个纯正的日本人。他离开了自己的办事处，走进了暮色中的莫斯科。

川端还领着谢尔久克走了一条只有外国人才走的路线，他们神出鬼没地走过一个个黑暗的穿堂院和门洞，钻过一道道铁丝网上的窟窿。不一会儿谢尔久克就彻底迷失了方向，只能跟随着这位大步流星的同伴。他们很快就走到一条歪歪斜斜的黑暗小路上，路边有几个售货亭，谢尔久克明白他们已经到了。

"要买什么？"他问。

"我想，来一升清酒吧，"川端说道，"刚好够喝。再买点吃的。"

"清酒？"谢尔久克惊讶地问，"这里难道有清酒？"

"这里刚好有，"川端说，"莫斯科总共只有三个售货亭能买到正经的清酒。您以为我们为什么把办事处开在这里？"

"他一定是在开玩笑。"谢尔久克心想，然后看了看橱窗。都是些常见的酒，不过其中有几瓶一升装的酒没有见过，上面贴着写满象形文字的商标。

"黑瓶子的清酒，"川端对着售货亭的窗口说道，"两瓶。对。"

谢尔久克接过一瓶放进口袋。另一瓶留给了川端。

"现在还剩一件事，"川端说，"很快。"

他们沿着一排售货亭往前走，很快就来到一个包着铁皮的小亭子跟前，它的门上全是小窟窿，也许是弹孔，也许是钉子孔，也许既有弹孔又有钉子孔，这种情况也很常见。小亭子的两扇窗户都装着美观的老式栅栏，栏杆已经生锈了，栅栏底部一个象征太阳的半圆向上辐射出一道道光束。门上挂着一个招牌，上面写着"顿河商店"，也可能是"建材商店"①，前两个字看不太清楚。

小亭子里面看起来跟其他售货亭没什么两样，货架上的罐子里装着瓷漆和干性油，墙上挂着瓷砖样品，还有一个柜子堆满了闪闪发光的门锁。不过角落里一个倒扣着的塑料浴盆上摆着一个谢尔久克从没见过的东西。

这是一件黑色胸甲，上面的清漆和金色嵌饰熠熠生辉。旁边放着一个有角的头盔，也涂着黑色清漆，头盔后面连着一圈扇形护颈。头盔的前额处有一颗闪着银光的五角星。

胸甲旁边的墙上挂着几把长短不一的宝剑和一张不对称的大弓。

谢尔久克打量这座"军械库"的时候，川端正聚精会神地和售货员低声交谈。他们好像在说什么箭的事儿。然后川端请他从墙上取下一把剑鞘上绘有白色菱形图案的长剑。他把剑从剑鞘里拔出一半，用指甲试了试剑刃（谢尔久克发现，川端拿剑的时候非常小心，就连检查剑刃的时候也极力避免手指碰到它）。谢尔

---

①在俄语中，"顿河商店"（ТОВАРЫ ДЛЯ ДОНА）和"建材商店"（ТОВАРЫ ДЛЯ ДОМА）只相差一个字母。

久克觉得川端好像完全忘记了他的存在，于是便决定提醒他一下。

"请问，"他对川端说道，"头盔上的这颗星星是什么意思？我猜这是某种标志吧？"

"对啦，"川端说道，"而且是个非常古老的标志。这是十月之星勋章的标志之一。"

谢尔久克哼了一声。

"这是哪门子勋章？"他问，"颁给古代挤奶工的吗？"

川端深深地看了他一眼，嘴角露出一丝嘲讽的微笑。

"不，"他说。"这种勋章从未颁给任何人。只是有些人突然认为自己可以佩戴它。或者说，他们觉得自己一直都有这个资格。"

"可它表彰的是什么呢？"

"什么也不表彰。"

"世上总有些白痴。"谢尔久克感慨地说。

川端猛地把剑收回剑鞘。气氛瞬间变得尴尬起来。

"您真会开玩笑，"谢尔久克本能地想要减少尴尬，于是说道，"您还不如说是劳动红旗勋章呢。"

"我没听说过这种勋章，"川端说，"倒是有个黄旗僧团①，不过那完全是另一回事了。您怎么会觉得我在说笑呢？我很少开

---

①在俄语中，"勋章"和"僧团"是同一个词，"黄旗僧团"是佩列文另一部小说中的宗教组织。

玩笑。如果我在开玩笑，肯定会用笑声来提醒对方。"

"要是我说错了什么话，还请您原谅，"谢尔久克说，"我只是喝多了。"

川端耸耸肩，把剑还给售货员。

"您要吗？"售货员问。

"不要这个，"川端说，"把那把小的包起来。"

川端付钱的时候，谢尔久克来到了外头。他感觉很糟糕，好像自己做了一件不可挽回的蠢事。不过他仰头看了看春日温润的星空，便平静了下来。过了一会儿，他的目光又落在如光束般散开的窗栅上，于是他忧伤地想到，其实俄罗斯就像这轮正在升起的太阳，可太阳从未真正升起在俄罗斯的天空上。他打算跟川端分享这个发现，可是当川端腋下夹着一个细长的纸包从亭子里出来的时候，他却把这个念头抛到脑后，反而对饮酒生出一股强烈的渴望来。

川端立刻就察觉了一切。他走到离门口几米远的地方，把包裹放在路边一棵湿漉漉的黑色大树底下，说道："您想必清楚，在日本我们喝清酒是要加热的。所以从来没人直接对着瓶子喝，这不符合礼节。而在大街上喝酒简直就是耻辱。不过有一种古老的方式可以在这样做的同时保留脸面。那就是'休憩的骑手'。也可以翻译成'骑手的休憩'。"

川端目不转睛地盯着谢尔久克，从口袋里掏出酒瓶。

"根据传说,"他继续道,"大诗人在原业平①曾作为狩猎敕使被派往伊势国。前往那里的路途十分遥远,而且那时人们只能骑马,于是路上花费了许多时日。正值炎炎夏日。业平与友人结伴而行,他那高贵的心灵充满了忧伤与爱意。每当这群骑手感到疲倦,他们便停下脚步,随便吃点东西、喝几口清酒来补充体力。为了不引来强盗,他们不能生火,便只能喝冷酒。每到这时,他们就相互念诵美妙的诗篇,或是赞美四周的景致,或是抒发自己内心的感受。然后再次踏上旅途……"

川端拧开了瓶塞。

"这种传统就是这么来的。当您这样喝清酒的时候,要在心里想着这些古代的男子汉。这时,您一面意识到这个世界的脆弱,一面又被它的美深深吸引,于是这些思绪渐渐在您心中融汇成一股淡淡的忧伤。让我们一起……"

"乐意之至。"谢尔久克说道,伸手去拿酒瓶。

"等一下,"川端把酒收了回去,"您头一回参加这个仪式,所以请允许我向您说明一下仪式中动作的顺序和它们的含义。请您跟着我做,我会告诉您这象征着什么。"

川端把酒瓶放在包裹旁边。

"首先要把马拴好。"他说。

他对着低处的一根树杈拉了几下,确认它是否结实,然后两

---

① 日本平安时代初期的贵族、歌人,擅作和歌。《伊势物语》便是以在原业平为主人公创作的文学作品。

只手围着树杈绕了几圈,好像在把绳子缠上去似的。谢尔久克知道自己也要这样做。他把手伸向高一些的树杈,在川端的注视下大致重复了一遍他的动作。

"不对,"川端说,"它不方便。"

"谁?"谢尔久克问道。

"您的马呀。您把它拴得太高了。它还怎么吃草?要休息的可不是只有您,还有您这位忠诚的旅伴呢。"

谢尔久克脸上显出疑惑的神色,川端叹了口气。

"您要明白,"他耐着性子说道,"在举行这个仪式的时候,我们仿佛回到了平安时代。如今我们正骑马前往伊势国,而且正值夏日。求您把缰绳再系一遍。"

谢尔久克明白,反驳不是明智的选择。他把手在高处的树杈上绕了几圈,然后又在低一些的树杈上摆弄几下。

"这样好多了,"川端说,"现在该为周围的景致作诗了。"

他闭起眼睛,沉默片刻,然后用喉音念了一个很长的句子,可谢尔久克既没听懂节奏,也没听出韵脚。

"大概讲的就是我们刚才说过的东西,"他解释道,"是说无形的马儿正啃着无形的青草,这一切比这条马路真实得多,况且这条马路实际上并不存在。不过,总的来说全是文字游戏。现在轮到您了。"

谢尔久克感到有些难堪。

"我真不知道该说什么,"他抱歉地说道,"我不写诗,也不喜欢诗。当星星挂在天上，何必还要语言？"

"噢，"川端感叹道，"精彩！精彩！您太对了！只有三十二个音节①，却抵得上整整一本书！"

他后撤一步，鞠了两个躬。

"幸好是我先念的！"他说，"若是在您后面，我可不敢献丑！您是从哪儿学会写短歌的？"

"就是那样。"谢尔久克含糊其词地说道。

川端把酒递给他。谢尔久克使劲喝了几口，又还给了他。川端也就着瓶口啜饮起来，同时把空闲的那只手放在背后。显然，这个动作也具有某种仪式性的含义，但谢尔久克忍住没有提问。就在川端喝酒的时候，他点上了一根烟。使劲抽了几口以后，他又恢复了自信，甚至开始为自己刚才的怯懦感到些许羞愧。

"对了，说到那匹马，"他说，"我其实没有把它拴得太高。因为我最近很容易疲倦，每次都要连着休息三天。所以它的缰绳才这么长。不然头一天它就会把草吃光的……"

川端脸色大变。他又鞠了一躬，走到一边，开始脱起夹克来。

"您要干什么？"谢尔久克问。

"我感到无地自容，"川端说，"遭受如此奇耻大辱，我绝对无法苟活了。"

---

① 在俄语中，"我不写诗，也不喜欢诗。当星星挂在天上，何必还要语言？"一共有三十二个音节，正好构成一首日本的短歌。

他在马路上坐下，打开包裹，拔出剑来。在霓虹灯的映照下，剑刃上闪过一道紫色的寒光。谢尔久克终于明白川端想做什么，赶忙抓住他的双手。

"求您停下来，"他吃惊地说道，"何必在意这种小事呢？"

"您能原谅我吗？"川端站起身来，诚恳地问道。

"求您忘掉这个愚蠢的误会。况且爱护动物是一种高尚的情感。何必为此而羞愧呢？"

川端思考了一下，紧皱的额头舒展开来。

"您说得对，"他说，"其实我不是为了证明自己比您懂得多，而是出于对可怜动物的同情。这确实没什么可羞愧的，即使我偶然说了些蠢话，也不算丢脸。"

他把剑收回剑鞘，晃了晃身子，又把嘴贴在了酒瓶上。

"两个高尚的男人之间产生了小小的误会，可若是他们一起运用智慧的锋芒，这个误会难道还不烟消云散吗？"他把瓶子递给谢尔久克，问道。

谢尔久克喝光了剩下的酒。

"那是自然，"他说，"显而易见。"

川端仰起头，向往地看着天空。

"当星星挂在天上，何必还要语言？"他吟诵起来，"啊，太好了。您知道吗，我真想做点什么来纪念这美妙的时刻。不如把我们的马放归吧？让它们在这片美丽的平原上尽情驰骋，每到夜里就隐入山林。毕竟它们值得这份自由，对吧？"

"您是个善良的人。"谢尔久克说。

川端摇摇晃晃地走到树下,拔出剑来,用快得几乎看不见的动作把树杈砍落在地。川端挥舞着两只手,含糊地大喊着什么。谢尔久克知道他在驱赶马儿。过了一会儿,川端走回来,拿起酒瓶,失望地把仅剩的几滴酒倒在马路上。

"越来越冷了。"谢尔久克说道。他环顾四周,本能地感觉到,再过一会儿莫斯科潮湿的空气里就会冒出一支巡警队,"我们是不是该回办事处了?"

"当然,"川端说道,"当然。回去吃点东西。"

谢尔久克完全不记得回去的路。直到置身于出发前的那个房间,他才回过神来。他和川端坐在地板上,用大碗吃着面条。尽管第二瓶酒也已经空了一半,谢尔久克却发现自己十分清醒,精神还有些兴奋。看得出来,川端情绪颇佳,因为他正轻声吟唱着:

"他们抬着年轻的中纳言①,弹片把他的头射穿……"②

他随着节拍挥舞着手中的筷子,把细长的面条甩得到处都是,有些还落在了谢尔久克身上,不过他并未感到不快。

川端吃完后就把碗推到一边,朝谢尔久克转过身来。

"您说,"他开口道,"如果一个人结束了危险的旅途回到家

---

① 日本古代的一种官职。
② 这句歌词引自苏联歌曲《田野上坦克轰鸣》,原歌词为"他们抬着年轻的指挥官,弹片把他的头射穿"。

中，酒足饭饱之后，他会想要做些什么呢?"

"不知道，"谢尔久克说，"我们一般会打开电视。"

"不不，"川端说，"尽管我们日本制造了世界上最好的电视，但这并不影响我们对电视的认识——电视不过是精神排污管上的一扇透明小窗。我说的才不是这些可怜人，他们整天着迷地盯着源源不断的污水，只有看见自己熟悉的罐头瓶时才能感到自己还活着。我说的是那些值得被我们提及的人。"

谢尔久克耸了耸肩。

"我什么也想不起来。"他说。

川端眯起眼睛，朝谢尔久克挪近一些，笑了笑，此刻他的确像是一个狡猾的日本人。

"不久之前我们放归了马儿，然后渡过天神川①，步履蹒跚地向罗生门②走去，那时您提到躺在身边的另一个温暖的躯体，还记得吗？这不就是您的内心在那一刻所向往的吗？"

谢尔久克打了个哆嗦。

"他是同性恋，"他心想，"之前我怎么没发现呢？"

川端又挪近了一些。

"要知道，这是迄今为止人们所剩无几的自然情感之一。况且我们都认为，俄罗斯需要与东方结成炼金术式的婚姻，难道不是吗？啊？"

---

①日本京都附近的河流。
②日本京都的南门，也作罗城门。

"是的,"谢尔久克盘起腿,说道,"当然了。昨天我刚好也想过这件事。"

"很好,"川端说,"不过要知道,任何一个民族或国家所经历的事情,都会象征性地体现在这个国家的每一个国民或这个民族的每一个个体的生活中。俄罗斯其实就是您。所以,如果您的话是真诚的——当然,我也不认为有别的可能——那我们现在就来完成这个仪式吧。为了肯定我们说过的话,让我们实现两种元素象征性的融合吧……"

川端俯下身子,使了个眼色。

"何况我们还要一起工作,如果想要拉近两个男人的距离,还有什么比得过……"

他又使了个眼色,露出微笑。谢尔久克也呆呆地咧嘴一笑。他发现川端的嘴里少了一颗牙。不过还有一些更重要的事情:首先,谢尔久克想到了得艾滋病的风险,其次,他觉得川端的内衣可能不太干净。川端站起身来,走到柜子前翻找一阵,扔给谢尔久克一块破布。这是一顶蓝色小帽,跟清酒杯上画着的男人头上戴的一模一样。川端自己也戴上一顶小帽,招手示意谢尔久克效仿他的做法,然后拍了拍手。

一扇护墙板立刻打开了,谢尔久克听见了异常美妙的乐声。护墙板后面的小房间就像一间储藏室,里面站着四五个身穿各色和服、手持乐器的姑娘。一开始,谢尔久克以为她们穿的不是和服,而是某种剪裁不佳的长袍,腰间的毛巾缠成了和服的样式。

不过后来他才断定，这种长袍就是和服。姑娘们演奏时面带微笑，轻轻摇晃着脑袋。一个正在弹奏巴拉莱卡琴①，还有一个敲打着带有帕列赫彩绘②的勺形响板，另外两个则抱着小小的塑料手风琴。手风琴的声音极其刺耳，这再正常不过了，因为这种手风琴并不是用来演奏的，而是为了给儿童早场戏③增添一种幸福感。

姑娘们的笑容仿佛有些勉强，脸颊上的胭脂似乎也过于厚重。她们的长相也没有任何日本人的特征，都是普普通通的俄罗斯人，甚至算不上漂亮。有一个姑娘很像谢尔久克从前的大学同学玛莎。

"女人呀，谢苗，"川端若有所思地说，"她们的使命根本不是为我们去死。被女人用身子紧紧贴着的美妙瞬间，我们仿佛回到了存在于生前身后的那个幸福天国。我爱女人，而且并不羞于承认这一点。每当与她们中的一个交合在一起，我仿佛……"

话音未落，他又拍了拍手。姑娘们排成一行，眼睛望着前方，迈着轻盈的舞步径直向谢尔久克走来。

"六条街，五条街，四条街，马儿向左一拐，期盼已久的朱雀宫从雾中浮现出来。"川端一边系裤子，一边盯着谢尔久克说道。

---

①俄罗斯传统乐器。
②以漆器和彩绘著称的俄罗斯小镇。
③在节日或纪念日的上午为幼儿园或中小学儿童进行的表演活动。

谢尔久克从垫子上抬起头来。他好像短暂地进入了梦乡。川端显然还在讲故事,可故事的开头谢尔久克已经不记得了。他打量了一下自己,身上只有一件印着奥运五环的破旧背心,其他衣服都散落在一旁。姑娘们正围着角落那只烧开的电水壶忙活,她们鬓发散乱、衣衫不整,表情十分冷漠。谢尔久克飞快地穿起衣服来。

"继续往前走,来到宫殿的左侧,"川端继续说道,"我们向右一拐,迎面而来的便是承明门①⋯⋯而接下来,一切都取决于哪一种诗歌的韵律与您的心灵最为契合。如果您内心的音律简洁而欢快,那便策马向前。如果您的思绪并不青睐转瞬即逝的东西,那就转向左边,在您面前的便是永安门。最后,如果您年轻气盛且内心渴望享乐,那就转向右边,进入长乐门。"

谢尔久克被川端盯得很不自在,赶忙穿上裤子、衬衣和夹克。他开始往脖子上系领带,可怎么也系不好,于是啐了一口,把领带塞进口袋里去了。

"但是接下来,"川端激动地举起一根手指(他正沉浸在自己的讲述中,这免去了谢尔久克的尴尬和着急),继续说道,"接下来,不论您从哪一道门进入御所,都会进入同一座院落中!您想一想,对于那些习惯打比方的人来说,这是一个怎样的启示啊!不论您的心走的是哪一条路,不论您的灵魂沿着哪一条路线前行,始终是殊途同归!您还记得那句话吗?万法归一,一归何

---

①日本古代京都御所的正南门,两侧分别为永安门和长乐门。

处①？啊？"

谢尔久克抬起头来。

"到底一归何处？"川端又问了一遍，眼睛眯成了两条缝。

"此处，此处。"谢尔久克疲倦地答道。

"噢，"川端说，"您还是那么深刻和精辟。正是为了少数能够理解这个真理的骑士们，御府前庭的闲田里才种着一棵酸橙树和一棵……如果是您，您会在闲田的酸橙树旁种上什么呢？"

谢尔久克叹了口气。他只认识一种日本植物。

"好像是叫……樱花，"他说，"盛开的樱花。"

川端后撤一步，天晓得这是他今晚第几次鞠躬了。他的眼中似乎又泛起了泪花。

"对对，"川端说，"正是如此。前庭种着酸橙树和樱树，而远处的飞香舍种着紫藤，凝花舍种着李树，昭阳舍种着梨树。哎呀，真是惭愧，我竟然问了这么愚蠢的问题！不过请您相信，这不是我的错。而是……"

他看了一眼围坐在电水壶旁的姑娘们，拍了两下手。她们拿起水壶和散落在地板上的衣裳，快步走回那个储藏室般的房间，关上了隔门。也许，除了传真机上那几滴白色液体，再没有什么能够使他想起，几分钟以前这里还燃烧着情欲的火焰。

"这是我们公司的规矩，"川端继续说道，"我说过，当我说'公司'这个词的时候，其实并不准确。实际上，'会社'一词更

---

①宋代禅宗的偈子。

为恰当。可如果一上来就用这个术语,也许会引起怀疑和恐慌。所以我们宁愿先搞清楚眼前是个什么样的人,然后再深入到细枝末节。不过就您的情况来说,当您念出那首奇妙诗篇的时候,答案就已经显而易见了……"

川端停了下来,双眼微闭,嘴唇翕动着。谢尔久克猜测,川端正在默诵那首他自己都忘了的关于星空的短歌。

"多么美妙的语言。是的,从那一刻开始,我就彻底明白了。不过我们有规矩,而且相当严格,我必须对您提一些问题。现在我有些话必须告诉您,"川端继续说道,"我已经说过,我们公司实际上是一个会社,所以,我们的员工与其说是员工,倒不如说是社员。他们的职责也不同于普通的雇员。简单来说,作为日本最古老的会社之一,我们愿意接收您为社员。您将要担任的职位是'北方蛮夷业务部经理助理'。这个名称可能会冒犯到您,但这是比莫斯科还要古老的传统。当然,莫斯科是个美丽的城市,尤其是夏天。这个职位属于武士阶层,平民百姓是做不了的。所以,如果您愿意接受这个职位,我将授予您武士的头衔。"

"这份工作要做些什么呢?"

"噢,一点儿也不难。"川端说,"文件啦,顾客啦。表面上跟其他公司一样,只有一点例外,那就是您对一切事物的内心态度不能有碍于宇宙的和谐。"

"能发多少钱?"谢尔久克问。

"您的年薪是二百五十石稻米。"川端眯起眼睛,在心里估算着,"换算成你们的美元大概是四万。"

"美元?"

"看您方便。"川端耸了耸肩膀,说道。

"可以。"谢尔久克说。

"果然如我所料。那请您告诉我,您是否愿意成为平氏会社的武士?"

"那还用说。"

"您愿意与我们的会社同生死、共存亡?"

"他们的仪式这么多,"谢尔久克心想,"究竟哪来的时间造电视?"

"愿意。"他说。

"您是否愿意做一个真正的男子汉,在义理召唤您的时候,将转瞬即逝的生命之花丢进悬崖下的深渊?"川端朝版画点点头,问道。

谢尔久克又看了它一眼。

"愿意。"他说,"当然。把花扔下悬崖可太容易了。"

"您发誓?"

"发誓。"

"很好,"川端说,"很好。现在只差一道小小的手续就完成了。我们需要获得日本方面的批准。不过只需要几分钟。"

他坐在传真机旁边,抽出一张白纸,又不知从哪弄来一支毛笔。

谢尔久克换了个姿势,他的腿在地上坐麻了。他心想,应该问问川端,能不能带一把小凳子来上班。他开始用目光四处搜寻那瓶没喝完的清酒,可酒瓶不知去了哪里。川端正在纸上写写画画,谢尔久克不敢去问他,担心扰乱了仪式。他想起自己刚刚发下的那个矫揉造作的誓言。"上帝啊,"他心想,"我这辈子发过多少誓了?发过誓要为共产主义事业而奋斗吧?从小时候开始算起的话,大概得有五回了。发过誓要和玛莎结婚吧?确实发过。还有昨天离开清塘以后,跟那些白痴一起喝酒的时候,还发誓要自己掏钱买酒呢。结果现在怎么样?竟然发誓要把花从悬崖上扔下去。"

这时川端也写完了,他朝纸上吹了吹,拿给了谢尔久克。纸上用墨汁画了一朵巨大的菊花。

"这是什么?"谢尔久克问。

"噢,"川端说道,"这是菊花。您知道吗,每当我们家族要添新成员的时候,这对整个平氏会社来说都是一件极大的喜事,而这种喜悦是无法诉诸文字的。所以,为了向领导报告这件喜讯,我们就会在纸上画一朵花。而且这就是我们刚才提到的那朵花。它象征着您的生命,如今它已经属于平氏会社。这朵花也意味着,您已经彻底意识到生命如花朵般转瞬即逝……"

"明白了。"谢尔久克说道。

川端又朝纸上吹了吹,把它塞进传真机里,按下了一长串号码。

他拨了三次才成功。传真机嗡嗡地响了起来,机器一角的绿灯不停闪烁,纸张缓缓地钻进了黑色缝隙之中。

川端专心致志、一动不动地盯着传真机。熬过了难挨的几分钟,传真机又嗡嗡作响,从黑缝里钻出另一张纸来。谢尔久克立刻明白了,这是回信。

等到纸张彻底钻出来,川端把它从传真机里扯下来,扫了一眼,然后将目光缓缓转向谢尔久克。

"祝贺您,"他说,"衷心地祝贺您!这是一份赞成的回信。"

他把纸递给谢尔久克。谢尔久克接了过来,看见了另一幅图画。上面有一根微微弯曲的长棍子,棍子上绘有花纹,一端还有些凸起物。

"这是什么?"他问。

"是一把剑,"川端激动地说,"象征着您生命的新状态。既然我对沟通的结果已经没有任何疑问,现在请允许我向您颁发证件。"

川端一边说着,一边把他在铁皮亭子里买的那把短剑递给谢尔久克。

不知是因为川端目不转睛的注视,还是大量酒精在体内产生的化学反应,谢尔久克突然感觉此刻颇为庄重。他本想跪下,却又突然想起,会这么做的不是日本人,而是中世纪欧洲的骑士。仔细一想,也不是真正的骑士,而是在一部令人难以忍受的苏联电影里,由敖德萨电影制片厂的演员们扮演的骑士。于是,他只是向前伸出双手，小心翼翼地接过这件冰冷的杀人工具。刀鞘上有一幅他先前并未发现的图画。这是三只飞翔的仙鹤，一根金线在剑鞘的黑色清漆上描绘出它们轻盈而又敏捷的美丽轮廓。

"这把剑鞘里是您的灵魂。"川端继续直视着谢尔久克的眼睛说道。

"这幅画真美，"谢尔久克说，"您知道吗，我甚至想起了一首关于白鹤的歌曲。怎么唱来着……'在那队列中有个小小空间，也许是为我留的地方……'①"

"对对，"川端附和道，"可是人真的需要多大的空间吗？释迦牟尼佛啊，这个世界连同它的种种烦恼都能轻松容纳在两只仙鹤之间的缝隙里，甚至被某只仙鹤翅膀上的羽毛所淹没……这是一个多么富有诗意的夜晚！咱们再喝点？祝贺您终于在鹤群中找到了位置？"

川端的话在谢尔久克心中唤起了一丝忧伤，但他并未十分在意，因为他想到，川端应该不知道这首歌唱的是那些阵亡将士的灵魂。

"乐意之至，"谢尔久克说，"只是要等一会儿。我……"

突然传来了响亮的敲门声。川端转过头，用日语喊了几句话。护墙板移开了，门洞外面露出一张男人的脸，也是一副南方人的长相。这人说了些什么，川端点了点头。

"我不得不失陪一会儿，"他对谢尔久克说道，"好像有些重

---

①苏联歌曲《鹤群》。

要消息。如果您愿意的话，可以先翻翻这些画册。"他朝书架点了点头，"随便待一会儿也行。"

谢尔久克点了点头。川端匆忙走了出去，随手把门关上。谢尔久克走到书架旁，对着一大排五颜六色的书脊看了一眼，然后回到角落的竹席上坐下，把头靠在墙上。他对这些版画已经没有丝毫兴趣。

大楼里一片寂静。可以听见楼上某个地方凿墙的声音，一定是有人正在安装铁门。护墙板后面的姑娘们正悄声地相互咒骂，尽管近在咫尺，却根本听不懂她们在骂什么。这些压低的噪音叠在一起，融汇成一种令人放松的声音，仿佛墙外是一座花园，园中正值花期的樱树在风中沙沙作响。

谢尔久克被一阵轻微而又含混不清的声音吵醒了。他不知道自己睡了多久，不过想必有一段时间了，因为坐在房间中央的川端已经换过衣服，还刮了脸。如今他身穿白色衬衫，不久前还披散着的头发仔细向后梳了起来。把谢尔久克吵醒的那个含糊的声音就是他发出来的，这是一种忧伤的音调，更像是一声幽长的叹息。川端双手握着一把用白布擦过的长剑。谢尔久克发现，川端的衬衫敞开着，露出光滑的胸膛和小腹。

川端发现谢尔久克已经醒了过来，转过脸对他咧嘴一笑。

"睡得如何？"他问。

"我并不是在睡觉，"谢尔久克说，"我是在……"

"打盹,"川端说,"明白。我们一生都在打盹。直到生命终结时才醒来。我们回办事处的时候穿过了一条小溪,还记得吗?"

"记得,"谢尔久克说,"这条小溪是从管子里流出来的。"

"什么管子并不重要。您还记得小溪里的气泡吗?"

"记得。很大的气泡。"

"其实,"川端把剑刃举到眼前,仔细端详着,"其实这个世界就像水里的气泡。不是吗?"

谢尔久克觉得川端是对的,他真想对这个日本人说些什么,好让他知道,有人对他的体会感同身受。

"也不是,"谢尔久克撑起一只胳膊肘,说道,"世界就像……我想想……它就像一张掉在斗柜后边、被老鼠啃过的气泡的照片。"

川端又笑了一下。"您是个真正的诗人,"他说,"对此我毫不怀疑。"

"而且,"谢尔久克兴奋地继续说道,"完全有可能,照片洗出来之前就被老鼠咬过了。"

"好极了,"川端说道,"好极了。不过这只是语言的诗歌,还有一种行为的诗歌。希望您这首无字的绝笔诗能像您的其他诗歌一样令人欣喜。"

"您在说什么?"谢尔久克问。

川端小心翼翼地把剑放在竹席上。

"人生无常,"他若有所思地说道,"没人能一早知道,晚上等待他的会是什么。"

"发生什么事了吗?"

"是啊。您也知道,商场如战场。平氏会社也有一个敌人,一个强大的敌人。那就是源氏家族。"

"源氏?"谢尔久克感到浑身发冷,"所以呢?"

"今天我得到消息,由于阴险的叛变行为,'源氏集团'在东京证券交易所大量收购'平氏公司'的股票,并且已经达到了控股额。一家英国银行和新加坡黑帮牵涉其中,但这不重要了。我们一败涂地。敌人却在庆祝胜利。"

谢尔久克沉默片刻,在想这意味着什么。他只知道这绝不是什么好事。

"然而我们两人,"川端说,"作为平氏会社的两名武士,决不允许自己被这些微不足道、变化无常的梦幻泡影所迷惑,对吧?"

"对。"谢尔久克说道。

川端恶狠狠地狂笑起来,双目炯炯有神。

"对。"他说,"绝不允许源氏家族羞辱和耻笑我们。我们要像白鹤消失在云端那样死去。在这美好的时刻,愿我们内心没有丝毫畏缩。"

他连带着身下的竹席一起猛地转过身来,向谢尔久克鞠了一躬。

"拜托您,"他说,"等我切腹以后,就把我的头砍下来!"

"什么?"

"头,砍头。我们把这叫做介错。武士不能拒绝这种请求,否则会被视为耻辱。"

"可我从来……就是说以前……"

"这简单得很。一下就行。唰!"

川端将两只手飞快地挥了一下。

"可我害怕自己做不到,"谢尔久克说,"我完全没有这方面的经验。"

川端陷入了沉思。他突然脸色一暗,仿佛想到了什么沉重的念头。他拍了一下榻榻米。

"幸好我不久于人世了,"他愧疚地看着谢尔久克,说道,"我竟然如此粗鲁无礼!"

他双手掩面,左右摇晃着身子。

谢尔久克默默站起身来,踮着脚尖来到门前,悄悄把门推开,来到了走廊。赤脚踩在冰冷的混凝土地面上时,他才慌张地想起,他和川端经过那些可疑的暗巷去买清酒的时候,鞋袜还在门口的走廊里,就是白天他放下的地方。后来他脚上穿的是什么却怎么也想不起来。他也记不起他和川端是怎么出的门,又是怎么回来的。

"快跑,赶紧从这里跑掉,"经过拐角的时候他想道,"先跑掉再说,别的事以后再想。"

保安迎着谢尔久克从座位上站起来。

"这个时候了要去哪呀?"他打着哈欠问道,"现在可是凌晨三点半。"

"已经待得够久了,"谢尔久克说,"聊过了头。"

"好吧,"保安说,"通行证。"

"什么通行证?"

"出门用的。"

"可您放我进来的时候没要通行证呀。"

"没错,"保安说,"但是出去需要通行证。"

桌上的台灯朦胧地映照着谢尔久克摆在墙角的皮鞋。大门就在距离皮鞋一米远的地方,而门外就是自由。谢尔久克往皮鞋挪了一小步。然后又挪了一小步。保安淡淡地瞥了一眼他的赤脚。

"再说了,"他摆弄着手里的警棍说道,"我们有规定。还有报警器。八点以前门都要上锁。要是开了门,条子立马就来。又是审问,又是做笔录的。所以除非着火或是发大水,否则我不能开门。"

"可毕竟这里面的世界,"谢尔久克讨好地说,"就像水里的气泡一样。"

保安冷冷一笑,摇了摇头。

"那又怎么样,"他说,"我知道自己工作的地方是个什么样。可你得理解我。你想想,和这些气泡一起漂在水上的还有一本工作手册。现在它就倒映在气泡上呢,上面写着十一点关门,八点开门。就这样。"

谢尔久克感到保安的语气有些犹豫，于是又稍稍挪动了一点儿。

"川端先生一定会对您的行为大感惊讶，"他说，"看起来像个正经保安似的，结果却连这么简单的事情也要跟你解释。多明显呀，如果周围全是幻影……"

"幻影，幻影，"保安似乎看了看墙外，若有所思地说道，"我明白。又不是第一天上班了。我们每周都要培训。不过，我可没说这扇门是真实的。该跟您说说我对它的看法吗？"

"说吧。"

"我是这样认为的，根本就没有任何实体的门，它不过是各种知觉的总和，而这些知觉从本质上来说都是空无。"

"没错！"谢尔久克开心地说道，又朝自己的皮鞋挪了一小步。

"但是八点以前我不会打开这扇'总和'。"保安把警棍在掌心敲了两下，说道。

"为什么？"谢尔久克问。

保安耸了耸肩膀。

"对你来说是因果报应，"他说，"对我来说是为了万法①，这实际上是一回事。都是空。就连空其实也不存在。"

"好吧，"谢尔久克说，"你们的规矩可真严。"

"你以为呢？这可是日本安全局制定的。"

---

①佛教术语，也译作达摩，可以理解为与宇宙和谐有关的规则。

"那我该怎么办呢?"谢尔久克问。

"什么怎么办?等到八点钟,再让他们开张通行证。"

谢尔久克又看了一眼保安那魁梧的肩膀和手中的警棍,缓缓转过身,步履沉重地往回走去。他无法忍受的是,明明有些话能说服保安把门打开,可他却怎么也想不到。"要是读些佛经,就知道底牌了。"①他郁闷地想道。

"听着,"保安在他背后说道,"别光着脚走路。这里是混凝土地面。会得肾炎的。"

谢尔久克回到川端的办公室,悄悄移开门板,发现里面散发着难闻的酒气和女人的香汗味儿。川端仍旧双手掩面地坐在地板上,身子左右摇晃。他似乎没有察觉谢尔久克的离开。

"川端先生。"谢尔久克轻声呼唤道。

川端把手放了下来。

"您不舒服吗?"

"我难受极了,"川端说,"难受得要命。要是我有一百个肚子的话,我非要立刻把它们都切了不可。我这辈子从没受过现在这种耻辱。"

"到底是怎么回事?"谢尔久克关切地蹲在他面前,问道。

"我斗胆请您为我介错,却完全没有想到,如果我先切腹的话,就没人给您效劳了。真是奇耻大辱。"

---

①作者化用了一句俄罗斯谚语:"要是知道底牌,就能住在索契了。"苏联时期的索契十分流行一种纸牌游戏,有人可以通过作弊的方式获知底牌,从而赢得大量金钱,生活在索契这个消费高昂的疗养胜地。这句话后来多形容马后炮。

"给我？"谢尔久克猛地站起来问道，"给我效劳？"

"对呀。"川端也站起身来，用热烈的目光直勾勾地盯着谢尔久克，"谁来砍您的头呢？难不成是格里沙吗？"

"哪个格里沙？"

"就是保安。您刚刚才跟他说过话。他只会用警棍把脑袋敲碎。可照规矩必须得砍头，还不能直接砍掉，得留一小块皮连着它。您想想看，如果脑袋滚了下去，那多不雅观？您坐下，坐呀。"

川端的眼神里有一种催眠的力量，谢尔久克不由自主地坐在了竹席上。他用仅剩的一点力气把目光从川端脸上移开。

"好吧，您似乎并不知道，对于切腹这件事，那种宣扬勇往直前地去死的学说①都谈过些什么。"川端说道。

"什么？"

"就是如何剖开肚子，知道吗？"

"不知道。"谢尔久克呆呆地盯着墙壁说道。

"方法有很多。最简单的就是一文字切，不过也最普通。我们有句话叫，五分钟耻辱一过，就能见阿弥陀佛。简直就是开着'扎波罗热人'牌轿车去西方净土。纵向的一文字切稍好些，但属于lower-middle class②风格，还有些土气。还有一种更加优雅的方法。那就是十文字切。十文字切又分两种，正十文字和斜十

---

①"宣扬勇往直前地去死的学说"是指《叶隐》一书中描述的武士道精神。
②英语：中低阶层、下层中产阶级。

文字。这种我并不推荐，如果切正十文字，看起来就像是在隐喻基督教，如果切斜十文字，就像圣安德烈旗①。别人还以为你是黑海舰队的呢。可您又不是海军军官，对吧？"

"是的。"谢尔久克面无表情地赞同道。

"所以我说嘛，这毫无意义。前两年一度很流行二文字切，但是难度太高。所以我建议从左下斜着往右上长长地切一刀，最后再往中间稍稍转个弯。单纯从审美的角度来说，这是无懈可击的，我也极有可能在您之后如法炮制。"

谢尔久克想要站起来，可川端用手按住他的肩膀，把他摁了回去。

"可惜一切只能仓促进行。"他叹着气说道，"既没有白色的屏风，也没有合适的熏香。更没有战士拔剑出鞘，守护在旁……虽然有格里沙，可他算哪门子战士。不过也用不着。只有当武士违背誓言，拒绝切腹的时候，战士们才会把他像狗一样打死。在我记忆中没有发生过这样的事。我只记得一幅美丽的画面：手握宝剑的战士守在屏风外，钢刃在阳光下闪闪发亮。总而言之……您想让我把格里沙叫来吗？还有二楼的谢苗？好让我们更接近原始的仪式？"

"不必了。"谢尔久克说。

"对，"川端说，"对。您当然明白，对任何一种仪式来说，

---

①俄罗斯海军的军旗，上面有一个蓝色斜十字标志，象征着基督教的殉教圣徒安德烈。

最重要的不是表面形式，而是它的内涵。"

"明白，明白。我全都明白。"谢尔久克憎恨地望着川端说道。

"所以我相信，一切都会很顺利的。"

川端从地板上拿起在小商店买的那把短剑，拔出剑来，对着空气劈了几下。

"还算过得去。"他说，"现在听我说。一般要注意两个问题，切腹以后不能仰面躺下，这样太不雅观，不过我会帮您的。第二，不能切到脊柱。所以剑刃不能切得太深。我们可以这样……"

他拿起几张用过的纸——谢尔久克发现那张画着菊花的纸也在其中——把它们叠起来对折一下，小心翼翼地包住剑刃，只露出七到十厘米的剑尖。

"就像这样。右手握住剑柄，左手握住这里。不能刺得太用力，不然卡住就……然后朝着右上方。现在您大概需要冷静一下吧。我们时间不多，但这点工夫还是有的。"

谢尔久克两眼盯着墙壁，呆呆地坐着。他的脑中闪过一些徒劳的念头：推开川端，跑到走廊去……可大门上了锁，还有个手握警棍的格里沙。据说二楼还有个谢苗。原本可以打电话报警，可川端手里有剑……何况这个时间警察也不会来。最讨厌的是，不管采取什么行动，川端脸上最终都会露出讶异的表情，随后则变成轻蔑的神色。在今晚发生的一切之中，有他绝对不愿背叛的东西。谢尔久克知道,那就是他们把马拴在树杈上以后,给彼此朗诵诗歌的那个时刻。仔细想来,其实既没有马儿,也没有诗歌。即便如此,这个时刻仍然是真实的。还有预示着夏天即将到来的南风,以及挂在天上的星星,这一切无疑也是原原本本的真实存在。而那个八点以后才能进入的门外世界……

谢尔久克的思绪短暂地停顿了一下,他立刻听见四面传来轻微的响动。坐在传真机旁的川端双目紧闭,肚子咕噜咕噜地响。谢尔久克心想,川端一定能够从容而又出色地完成所有步骤。跟每天早上伴着菲利普·基尔科罗夫①的歌声向谢尔久克扑面而来的莫斯科臭气熏天的街道相比,即将被这个日本人抛弃的世界——如果将世界理解为人在生活中的全部感受与体验的话——确实要迷人多了。

谢尔久克知道自己为何突然想起了基尔科罗夫,因为从姑娘们所在的房间里传来了一首他的歌曲。接着是短暂的争吵声和压抑的哭泣声,然后是换台的咔嚓声。电视开始播报新闻,可谢尔久克感觉还是同一个频道,只是基尔科罗夫不再唱歌,而是小声说起话来。过了一会儿,只听一个姑娘用激动的语气小声说道:"真的,你看!又喝醉了!你看他爬楼梯的样子!我没说错吧,醉得一塌糊涂!"

谢尔久克又思索了片刻。

"去它的吧,"他义无反顾地说道,"把剑给我。"

---

①俄罗斯的流行音乐歌手。

川端快步走到他跟前,单膝跪地,把剑柄递给他。

"等等,"谢尔久克解开夹克里面的衬衫,说道,"可以穿着背心切吗?"

川端陷入了思考。

"倒是有过这种情况。一四五四年,武田胜赖在桶狭间战败后,就是穿着狩衣直接切腹的。这没什么。"

谢尔久克接过剑。

"不对,"川端说,"我说过,要用右手握住剑柄,左手握住包起来的地方。就是这样。"

"直接切就行了?"

"稍等,稍等。马上就好。"

川端跑到房间那头,取下自己的长剑,然后站在谢尔久克身后。

"您不用切得太深。可我必须给自己切得深一些,毕竟我没有助手。但您很走运。您这辈子一定过得不错吧。"

谢尔久克微微一笑。

"马马虎虎,"他说,"跟别人没什么分别。"

"可是您能像战士一样死去,"川端说道,"怎么样,我都准备好了。我们数到'三'。"

"好吧。"谢尔久克说。

"深呼吸,"川端说,"来吧。一……二……"

谢尔久克突然想起,他还没来得及看一眼,进来时拿的那个灯笼里是不是真的火光,可惜为时已晚。

"二点五……三!"

谢尔久克把剑刺入腹中。

纸碰到了背心。并不是很疼,但能明显感觉到剑刃的凉意。

地上的传真机响了起来。

"对,"川端说,"现在往右上方切。使劲儿,使劲儿……就是这样,对。"

谢尔久克的双腿开始颤抖起来。

"现在赶紧朝中间转个弯,用两只手。就这样,就这样……对……还差两厘米……"

"我不行了,"谢尔久克几乎说不出话来,"就跟火烧一样!"

"不然你以为呢?"川端说道,"稍等一下。"

他跑到传真机旁,拿起听筒。

"喂!是我!对,是这里。对,九型[①],跑了两千公里。"

谢尔久克把剑扔在地上,双手捂住血流不止的肚子。

"快!"他嘶哑地说道,"快!"

川端皱起眉头,挥手示意谢尔久克等一会儿。

"什么?"他对着话筒大喊,"三千五还嫌贵?一年前我可是花了五千买的!"

就像即将开演的电影院一样,谢尔久克眼中的光芒渐渐暗了下去。他先是在地板上坐了一会儿,接着就缓缓歪向右边,在肩

[①]拉达2109轿车的通俗叫法。

膀碰到地面以前,他的身体就已经没有任何感觉了,只剩下吞噬一切的疼痛。

"怎么就是破车了?怎么破了?"话音从一片闪着红光的黑暗中传来,"只是保险杠上划了两道,你就管这叫破车?什么?什么?你才是混蛋!臭狗屎!蠢货!什么?滚你妈的!"

话筒叮当一声挂了回去,传真机立刻又响了起来。

谢尔久克发现,自己离那个传出电话铃声和川端咒骂声的地方很远。它只是现实世界的一小块碎片,只有竭力保持专注才能看见这块碎片里正在发生什么。但这种痛苦的专注毫无意义,谢尔久克明白了,这种专注就是生命。原来,他那充满忧伤、希望与恐惧的漫长人生不过是一个曾短暂吸引过他的转瞬即逝的念头罢了。谢尔久克(其实没有什么谢尔久克)正飘浮在无形的虚空之中,他感觉自己正朝着一个令人炽热难耐的庞然大物移动。最可怕的是,这个熊熊燃烧的庞然大物正从背后向他逼近,所以他看不见它到底是什么。这种感觉难熬极了,谢尔久克开始疯狂寻找他所熟悉的那个渺小的世界。他奇迹般地成功了,于是川端的声音像钟声一般响彻他的脑海:"岛上的人起初都不相信您能撑住。但我知道您可以。现在请允许我为您介错。哦斯!①"

此后的很长一段时间里什么都不存在,甚至很难说是"很长一段时间",因为时间也不存在了。过了一会儿,响起了咳嗽声,

---

① 押忍是日本空手道、剑道等武道相关人士之间使用的问候语,读作"哦斯"。

地板的嘎吱声,还有铁木尔·铁木罗维奇的说话声:"是的,谢尼亚①。他们在取暖器旁边找到了你,你手里还拿着一枝玫瑰花。到底跟谁一起喝的酒,还记得吗?"

没人应答。

"塔季扬娜·帕夫洛夫娜,"铁木尔·铁木罗维奇说道,"给我两毫升。是的。"

"铁木尔·铁木罗维奇,"角落里的沃洛金突然开口道,"这些其实都是鬼魂。"

"是吗?"铁木尔·铁木罗维奇礼貌地问道,"什么鬼魂?"

"是平氏家族的鬼魂。我发誓。他在他们面前表现出一心求死的样子。或许他真的是在寻死呢?"

"那他怎么还活着呢?"铁木尔·铁木罗维奇问。

"因为他背心上有奥运五环。还记得吗,莫斯科奥运会,对吧?有好多好多个小五环,对吧?他可是隔着背心切腹的。"

"所以呢?"

"这是一种有魔力的画符。我在书上读到过,古时候有这样一件事,一个和尚全身画满护身符,只有耳朵上忘了画。平氏家族的鬼魂来找他的时候,只拿走了他的耳朵,因为身体的其余部分他们看不见。"

"可他们为什么要来找他呢?我是说,找这个和尚。"

"因为他长笛吹得不错。"

---

①谢苗的小名。

"咳，吹长笛，"铁木尔·铁木罗维奇说道，"挺合理。可这些幽灵竟然是'迪纳莫'队的球迷，您不觉得惊讶吗？"

"这有什么好惊讶的，"沃洛金说，"有的幽灵支持'斯巴达克'队。有的支持'莫斯科中央陆军'队。怎么不能有支持'迪纳莫'队的呢？"

7

  当足够多的人看见了这片原野、草地和夏夜，我们才有可能和他们一起看见这一切。然而，无论从前既定的景象是什么样子，每个人一生中看见的都只是自己精神的投影。

"迪纳玛！迪纳玛！①你他妈的跑哪儿去！"

我猛地从床上爬起来。一个光溜溜的小伙子披着一件破旧的燕尾服，正满院子追一匹马，他大骂道："迪纳玛！站住，傻瓜！往哪儿跑！"

窗外的几匹马打着响鼻，还有一大群聚在一起的赤卫军战士，昨天还没见过他们的身影呢。说实话，仅凭衣冠不整的样子就能看出他们是赤卫队。他们打扮得十分随意，大都身着便服，可见他们的大部分装备都是抢来的。人群中央站着一个戴布琼尼帽的人，帽子上的红五星贴歪了。这人正挥舞着胳膊，好像在下什么命令似的。他的长相酷似伊万诺沃纺织工人的政委富尔马诺夫，就是我在亚罗斯拉夫尔火车站的集会上见过的那位，不过眼前这人的脸颊上多了一道长长的深红色刀疤。

看了一会儿形形色色的人群，我的注意力就被停在院子中间的马车吸引了。车上套着四匹黑马。这是一辆加长的敞篷四座马车，配有充气轮胎、弹簧底座和软皮座椅，名贵木材制成的车身上还保留着镀金的痕迹。这辆豪华马车透出一股难以言喻的怀旧气息，它是那个已经永远湮灭的世界留下的一块碎片，生活在那个世界的人们曾天真地期盼着乘坐这种交通工具驶向未来。结果呢，成功驶进未来的却只有这些交通工具而已，而且代价是变得像匈奴战车一样。我之所以产生这样的联想，是因为马车的车尾用铁棒架起了三把"刘易斯"机枪。

---

①迪纳玛(динама)和迪纳莫(динамо)只相差一个字母。

我从窗边走开,坐回到床上,突然想起战士们把这种马车叫做"塔昌卡"①,真是个莫名其妙的词儿。这个专有名词的来历扑朔迷离。我一边穿靴子,一边在脑子里搜寻所有可能的词源,但一个合适的都没找到。不过我倒是想起一个有趣的双关语:"塔昌卡"听起来就像"touch Anka"②。不过,一想起昨天和安娜的谈话我就面红耳赤、愁眉不展,这个笑话自然也就无处分享了。

我一边胡思乱想,一边跑下楼梯,来到院子里。有人告诉我,科托夫斯基请我去一趟司令部仓库,于是我立刻动身前往。两个身穿黑色制服的战士在门口站岗,一看到我就立正敬礼。从他们紧张的表情看得出来,他们对我很熟悉,可惜脑震荡将他们的名字从我的记忆中抹去了。

科托夫斯基端端正正地穿着一件弗伦奇式军上衣,正坐在一张桌子旁。房间里只有他一个人。我发现他脸色煞白,仿佛涂了一层厚厚的粉。显然,他一大早就吸了不少药。桌子上放着一个透明的玻璃圆筒,里面有些熔化的白色物质,正散发着缕缕轻烟。这是一盏用酒精灯和长颈烧瓶做成的灯,里面盛着有色甘油,甘油里漂着一些蜡块。这种灯在五年前的彼得堡相当流行。

科托夫斯基向我伸出手来。我发现他的手在微微颤抖。

"不知为什么,"他抬起亮晶晶的眼睛看着我,"我一大早就

---

①四轮双套带弹簧座的轻载马车,内战时常用来运载机枪。
②英文:摸摸安卡。

在想，棺材里会有什么等着我们。"

"您真的认为那里会有东西等着我们？"我问道。

"可能我表达得不准确，"科托夫斯基说，"简而言之，我在思考死亡和永生。"

"您哪来的这种兴致？"

"噢，"科托夫斯基冷笑道，"说实话，自从在敖德萨发生了一件难忘的事情以后，这种兴致就没消失过……不过这不重要。"

他双手抱胸，朝那盏灯点了点头。

"您看这个蜡块，"他说，"请观察它的变化。用酒精灯加热以后，它就会变成一些奇形怪状的蜡滴，这些蜡滴会向上浮动。它们在浮动的过程中会逐渐冷却下来，所以越往上运动就越慢。通常还没浮到甘油表面，它们就在某个地方停下来，开始往原来的位置回落。"

"这里面有一种柏拉图式的悲剧性。"我沉思着说道。

"也许吧。但我想说的不是这个。请您想象一下，假如这些沿着灯管向上浮动的蜡滴具有了意识。那么，它们立刻就会产生身份认同的问题。"

"毫无疑问。"

"从这里开始才是最有趣的。假如某个蜡块认为它所具有的形态就意味着它本身，那么它就必有一死，因为它的形态一定会遭到破坏。可如果它认为蜡才是它本身，那它会怎么样呢？"

"那它什么都不会发生。"我答道。

"正是，"科托夫斯基说道，"那么它就是永生的。可问题在于，蜡很难明白自己是蜡。实际上，想要认识自己原初的本质是不可能的。你怎么可能发现太初之时就存在的事物呢？何况那时连眼睛都还没有呢？所以，蜡只能意识到自己暂时的形态，并且以为这个形态就意味着它本身，明白吗？可形态变幻无常，它总是被纷繁复杂的环境所影响。"

"真是绝妙的比喻。可是从中能得出什么结论呢？"我问道。我不禁想起昨天我们如何谈论俄罗斯的命运，他又是如何随意地提起药的。说不定他是想得到剩下的药，所以正一步一步地引导话题呢。

"结论就是，对蜡滴来说，获得永生的唯一途径就是不再把自己看成蜡滴，而是明白自己就是蜡。可蜡滴只能意识到它自己的形态，因此它短暂的一生都在祈求蜡神拯救它的形态。尽管仔细想来，这个形态跟它毫无关系。而且，任何蜡滴都具有作为整体的蜡的普遍特征。明白吗？假如存在是一片汪洋，那么一颗水珠就是浓缩成一滴的汪洋。可是该如何向那些正为转瞬即逝的形态担忧不已的小蜡块解释这一切？如何使它们的意识中萌发出这种思想呢？要知道，载着它们驶向救赎或毁灭的恰恰是思想。因为不论救赎还是毁灭本质上都是思想。《奥义书》里好像说过，意识就是套在身体这辆马车上的一匹马……"

这时他打了个响指，仿佛突然想到了什么似的，然后冷冷地看着我："对了，既然说到了马和马车，您不觉得用半罐药换两匹奥尔洛夫走马①……"

耳边传来的一声巨响把我吓了一跳。科托夫斯基身边的那盏灯爆炸了，甘油像瀑布一般洒在桌子和地图上。科托夫斯基一跃而起，变戏法似的不知从哪儿掏出一把纳甘枪。

夏伯阳手握一把镀镍的毛瑟枪站在门口。他穿着一件灰色制服，用武装带勒得紧紧的，黑色马裤包着皮边，还有三条红色的镶边，头上戴着一顶羊皮高帽，上面斜斜地系着一条波纹绸带。他胸前的银质五角星闪闪发光（我记得他说过，这是"十月之星勋章"），旁边还挂着一只小巧的黑色双筒望远镜。

"格里沙，你倒是挺会对蜡滴夸夸其谈嘛，"他用高亢但略带沙哑的嗓音说道，"不过我看你还能说什么？你那片存在的大海哪去了？"

科托夫斯基困惑地看向刚才还摆着那盏灯的地方。地图上洇出了一大块油渍。感谢上帝，酒精灯的灯芯在爆炸时熄灭了，否则房间里非起火不可。

"形态呀，蜡呀，这些都是谁创造的？"夏伯阳厉声问道，"回话！"

"意识。"科托夫斯基答道。

"它在哪儿呢？给我看看。"

"意识是一盏灯，"科托夫斯基说，"至少曾经是。"

"假如意识是灯，要是它碎了，你该怎么办？"

---

①俄罗斯最著名的马种，18世纪由奥尔洛夫家族培育而成。

"那意识究竟是什么?"科托夫斯基失魂落魄地问道。

夏伯阳又开了一枪,子弹击碎了桌上的墨水瓶,溅起一片蓝色的水花。

不知为何我感到一阵眩晕。

科托夫斯基苍白的脸上浮现出两抹鲜艳的红晕。

"是的,"他说,"这会儿我明白了。您纠正了我,瓦西里·伊万诺维奇。纠正得很彻底。"

"唉,格里沙,"夏伯阳忧郁地说道,"你是怎么了?你应该知道,你现在绝不能犯错。绝不。因为再这样下去就没人能纠正你了。那时无论你说些什么,全都会变成事实。"

科托夫斯基垂下眼睛,转身跑出了仓库。

"就要讲话了,"夏伯阳把冒着烟的毛瑟枪收进枪套,"不如我们坐着你昨天从格里沙那里弄来的马车一起去?还能顺路聊一聊。"

"那太好了。"我说。

"我已经叫人套车了,"夏伯阳说,"格里沙和安卡坐塔昌卡去。"

我的脸上大概闪过一丝阴霾,因为夏伯阳大笑起来,还用手使劲拍了一下我的后背。

我们走进院子,穿过一群赤卫队员,来到了马厩。这里充斥着一种紧张而又活泼的忙碌氛围,想必任何一个骑兵都会打心眼里熟悉这种感觉。这种气氛总是出现在队伍准备奔赴战场的时刻。战士们正在系马鞍，检查马掌，还愉快地扯闲篇，不过，愉快背后能够感觉到他们清醒的专注和绷紧的心弦。马儿似乎也被人类的情绪所感染，不停地踢蹬着腿，偶尔发出几声嘶鸣。它们瞪着透着狂喜的迷人的黑眼睛，似乎一心想把嘴里的嚼子甩掉。

我似乎也感受到了即将到来的危险。夏伯阳对两名士兵说着什么，而我则走到最近的一匹拴在墙环上的马跟前，用手抚摸它的鬃毛。这一刻我记得清清楚楚——指腹下浓密的毛发，崭新的皮马鞍微酸的气味，墙壁上的光斑，还有无与伦比的惊人的充实感，以及这个瞬间的彻底的真实感。"深呼吸"和"充实地生活"这种字眼想要传达的大概就是这种感觉。尽管它只持续了短短的一瞬间，却足以使我意识到，这种饱满而又真实的生活不可能持续得更长，这是它的本质所决定的。

"彼得卡！"夏伯阳从后面喊道，"该走了！"

我拍了拍马的脖颈，一边朝马车走去，一边斜眼瞟向坐在塔昌卡上的安娜和科托夫斯基。安娜头戴一顶镶着红边的白色制帽，身穿一件普通的军便服，腰上系着一根挂着麂皮枪套的皮带。她的蓝色窄腿裤上装饰着细细的红色镶条，裤腿掖在系带高筒靴里。这身打扮使她看上去特别年轻，像个中学生一样。她察觉到我的目光，立刻转过脸去。

夏伯阳已经上了车。车头坐着那个沉默寡言、绰号"拔都"①的巴什基尔人。是他在火车上给我们倒香槟，也是他莫名

---

① 铁木真的孙子，金帐汗国的开创者。

其妙地在干草垛旁站岗,还差点用刺刀把我捅死。我刚在夏伯阳身边坐下,巴什基尔人就拉紧了缰绳。他吧嗒一下嘴,我们便驶出了大门。

我们身后是科托夫斯基和安娜乘坐的塔昌卡,再往后就是骑兵队。我们往右一转,沿着街道向上驶去。其实算不上什么街道,只有一条小路,因为我们的庄园就在街道的尽头。小路沿着陡峭的山坡蜿蜒而上,向右转了个弯,来到一座树叶围成的绿色屏障前。

我们仿佛驶入了一条由高高的枝丫编织而成的隧道。这些树木的模样相当古怪,就像长得过于茂盛的灌木丛似的。隧道似乎很长,也可能是因为我们走得太慢。阳光透过树枝照在即将消失的晨露上,树叶绿意盎然,苍翠欲滴,有一会儿我甚至迷失了方向。我们仿佛正缓缓落进一口绿色的无底之井。可当我眯起眼睛,这种感觉便消失了。

周围的树丛来得突然,去得也突然。我们驶入了一条通往山顶的土路。路左边是平缓的山崖,右边矗立着风化的石壁。淡紫色的石壁异常美丽,有的石缝里还长着小树。我们沿着这条路又向上走了一刻钟。

夏伯阳双手拄着军刀,闭着眼睛坐在自己的位置上。他似乎正在沉思,又或许是在打盹。他突然睁开眼睛,把脸转向我。

"你抱怨过的那些噩梦还在折磨你吗?"

"还是老样子,瓦西里·伊万诺维奇。"我答道。

"怎么,又梦见那个医院了?"

"唉,如果只是医院就好了。"我说,"您知道,跟任何梦境里一样,我梦里的一切总是变幻莫测。比方说,今天我梦见的是日本。可昨天我确实梦见了医院,您猜怎么着?管理医院的那个刽子手让我把这里经历的一切详细地写在纸上。他说这是为了他的工作。您能想象吗?"

"当然,"夏伯阳说,"您干吗不听他的呢?"

我惊讶地看着他。

"您真的建议我这样做吗?"

他点了点头。

"可为什么呢?"

"你自己也说过,噩梦里的一切总是变幻莫测。你在梦里反复进行任何一项活动,都会在梦里创造出类似于固定中心的东西。这样一来,梦境就会变得更加真实。再也没有比在梦里做记录更好的事了。"

我陷入了沉思。

"可我想摆脱噩梦呀,噩梦的固定中心对我有什么用呢?"

"这正是为了摆脱它们。因为你只能摆脱真实的东西。"

"姑且这么说吧。那么,这里发生的所有事情我都可以写下来吗?"

"当然。"

"在这些笔记里该怎么称呼您呢?"

夏伯阳笑了起来。

"彼得卡,难怪你会梦见疯人院。这是你在梦里做的笔记,如何称呼我有什么分别吗?"

"确实有,"我说道,感觉自己像个十足的白痴,"我只是担心……不,我的脑子确实出了点问题。"

"随便你怎么称呼,"夏伯阳说,"就算叫夏伯阳也行。"

"夏伯阳?"我问道。

"有什么不行的,"他得意地笑了,"你还可以写我留着胡子,然后再写我把胡子捋了捋呢。"

他小心翼翼地用手捋了捋胡子。

"不过我认为,那人给你的建议更有可能是针对现实的。"他说,"你应该开始记录自己的梦,而且要趁你还记得清楚的时候。"

"我可忘不了。"我说,"醒来的时候我当然明白这只是个噩梦,可是在梦里……我甚至不明白到底什么才是真实。是我们现在乘坐的马车,还是那个每晚都有白衣恶魔来折磨我的贴满瓷砖的地狱呢?"

"到底什么才是真的?"夏伯阳问道,他又闭上了眼睛,"这个问题你大概找不到答案。因为其实根本就没有什么'到底'。"

"什么意思?"我问。

"唉,彼得卡呀,彼得卡,"夏伯阳说,"我认识一个名叫庄杰的革命者。他常常做同一个梦,梦见自己是一只在草丛中飞舞的红色蝴蝶。醒来时他总是弄不清楚,究竟是蝴蝶梦见自己在干革命呢,还是人梦见自己在花丛中翩翩飞舞。后来这个庄杰因为搞破坏被捕,接受审讯时他始终声称自己是一只蝴蝶,这一切都是他的梦。于是荣格恩男爵①便亲自审问他。男爵是个很聪明的人,所以下一个问题就是,这只蝴蝶为何要干革命。可他却说,蝴蝶根本就不拥护革命。于是男爵便问,既然如此,蝴蝶为何还要从事破坏活动。他却回答,人们的所有活动都是胡作非为,所以站在哪一边没有任何区别。"

"他们是怎么处置他的?"

"就那样。把他枪毙了,也叫醒了。"

"那他呢?"

"应该还在翩翩飞舞吧。"

"我明白了,瓦西里·伊万诺维奇,明白了。"我若有所思地说道。

我们又拐了个弯,左手边展现出城市的开阔景象。我看见了庄园的黄色屋顶,还有那条我们穿行许久的绿油油的小道。平缓的山坡从四面围拢起来,形成了一个状若酒杯的盆地,阿尔泰-维德尼扬斯克就在这个盆地的底部。

最令人印象深刻的并非城市的景致,而是山坡围成的盆地的

---

①该人物的原型为俄国男爵、白军将领罗曼·冯·恩琴(1886—1921),他是外蒙古的统治者,外号"血腥男爵""黑男爵"。他的姓读作温格恩,汉语一般译为恩琴。本书作者将心理学家荣格(Юнг)与男爵的真名温格恩(Унгерн)结合在一起,虚构出了荣格恩(Юнгерн)这个姓氏。

全景。这座城市乱糟糟的,像极了一堆被雨水冲进坑里的垃圾。城里一个人影都没有,房屋在尚未散尽的晨雾中若隐若现。我突然惊讶地发现,我也是这个坐落在巨大废水沟底部的世界的一部分,这里正进行着一场莫名其妙的内战,人们贪婪地瓜分着那些丑陋的小屋、歪歪斜斜的菜地、挂满花花绿绿的内衣的晾衣绳,只是为了在这个存在的底层站稳脚跟。我想起了夏伯阳提到的那个做梦的人,然后看了看山下。眼前是一个岿然不动的世界,天空平静地审视着大地,我无比清晰地意识到,坑底的这座小城和世界上的其他城市并无二致。它们都坐落在盆地的底部,即便这些盆地是肉眼看不见的。它们都在一口地狱般的大锅里,被传说中熊熊的地心火焰炙烤着。它们不过是同一个噩梦的不同版本,这个噩梦无论如何也改变不了,只有醒来才能摆脱。

"彼得卡,如果用叫醒那个人的办法把你从噩梦中唤醒,"夏伯阳闭着眼睛说道,"你充其量就是从一个梦落入另一个梦里。不过是瞎忙活罢了。可若是你能明白,你所经历的一切全都不过是一场梦,那你梦见的是什么就一点也不重要了。这样一来,你再次醒来的时候,就是真正地醒来了。而且是永远地醒过来。当然,除非你愿意的。"

"为什么我所经历的一切都是一场梦呢?"

"那是因为,彼得卡,"夏伯阳说,"除此之外什么都不存在。"

我们爬到山顶,来到一个开阔的台地上。在一片低矮的山丘背后,耸立着一座座苍蓝色、雪青色、浅紫色的山峰,向远处的地平线绵延而去。山丘前面则是一片开满鲜花的草原。花朵虽然有些枯萎暗淡,可数量却很多。远远看去,这片草地不再是一片绿意,而是呈现出浅黄的颜色。这幅画面是如此美丽,有那么一刻,我甚至忘记了夏伯阳所说的话,也忘记了世间的一切。

奇怪的是,我始终忘不了那个做梦的人。

望着马车外掠过的枯萎花朵,我想象着他在花丛中飞舞的样子。由于保留着旧时的回忆,他总是忍不住往细嫩的麻黄枝芽上贴反政府传单。每到这时他就会立马打个哆嗦,想起自己早就没有什么传单了。即便有,又有谁会去读它呢?

不过,很快我就没工夫欣赏花朵了。

夏伯阳给我们的马车夫发了信号。于是我们疾驰起来,马车旁的一切开始汇成一条条彩带。巴什基尔人从车架上欠起身,使劲抽打着马儿,喉咙里还喊着一些叫人听不懂的话。

我们走的这条路几乎不能称之为路。虽然路上的花比田野上少一些,路中间还能看见从前留下的车辙,但很难说这是一条真正的路。尽管如此,我们却几乎感觉不到颠簸,因为这片田野平坦极了。为我们小队殿后的黑衣骑兵们拐到路的两边,追上我们的马车,在两侧各自排成一队。他们蜿蜒成一个长长的弧形,仿佛马车生出的两条狭长黑翼,在草地上与我们并驾齐驱。

安娜和科托夫斯基那辆挂着机枪的马车也加快了速度,几乎快要追上我们。我发现科托夫斯基用手杖捅了捅马车夫,又朝我们的马车点点头,显然是要跟我们比一比。他们离我们只有几米远,甚至一度快要超过我们。我看见塔昌卡的车身上有个标记。一条波浪线把一个圆分成黑白两半,每一半里都有一个相反颜色的小圆。这好像是一种东方的符号。旁边胡乱涂抹着两行白色的大字:

黑夜的力量,白昼的力量

都是故弄玄虚

巴什基尔人对着马儿抽了一鞭,塔昌卡立刻落在了后面。安娜竟然愿意坐在写着污言秽语的马车里,这让我感到不可思议。不一会儿我就想到,并且十分确信,正是她在马车上写下了那些话。我对这个女人的了解实在太少了!

伴着骑手们狂野的口哨声和吆喝声,我们的队伍在草原上奔驰着。就这样走了五六俄里,远处的山丘已经离得很近,甚至能看清凸起的岩石和山上的树木。车身下飞驰而过的田野也远不如一开始那样平坦,有时我们会被连人带车甩到空中,我甚至担心有人会扭断脖子。这时,夏伯阳终于从枪套里拔出毛瑟枪,朝天上开了一枪。

"够了!"他吼道,"慢步走!"

我们的马车开始刹车。骑手们仿佛生怕越过后车轮的轴线似的,猛地放慢速度,逐个消失在我们身后。安娜和科托夫斯基的马车也落在了后面,不一会儿我们就像刚出发的时候一样,远远地走在前面了。

我发现山后面升起了一条垂直的烟柱,又白又浓,就像往火里扔了好几抱青草和新鲜树叶似的。最奇怪的是,烟柱几乎没有扩散,看起来就像一座支撑着天空的白色高塔。我们距离烟柱还有不到一俄里,但篝火被山丘遮住了。我们又往前走了几分钟,然后停了下来。

道路在两座低矮但却陡峭的山岗前突然中断,山岗中间有一条狭窄的通道,形成了一道天然的大门。这两座山岗十分对称,简直就像矗立了几百年的古塔一样。它们就像一条标记地形变化的分界线,从这里往后便是山丘,并且一路绵延至远处的山峰。在分界线之外,发生变化的似乎不只是地形,我分明感到有风扑面而来,便疑惑地看了看那道笔直的烟柱,它的源头就在山岗背后。

"我们在这儿干吗?"我问夏伯阳。

"我们在等。"他说。

"等谁?敌人吗?"我问。

夏伯阳没有作声。我突然发现自己忘了带上军刀,身上只有一把勃朗宁手枪,如果要跟骑兵队交锋的话,情况对我非常不利。不过,从夏伯阳安稳地坐在马车里的样子来看,我们不会遇到什么危险。我回头看了一眼。科托夫斯基和安娜的马车就停在旁边。我看见了科托夫斯基苍白的脸,他把胳膊抱在胸前,一动不动地坐在后头,看起来有点儿像即将登台的歌剧演员。安娜背对着我，正在摆弄机枪，我感觉她并不是为开火做准备，而是因为旁边过于严肃的科托夫斯基令她感到难受。护送我们的骑手仿佛不敢接近这扇土门似的，全都待在远处，只能看见他们模糊的轮廓。

"我们到底在等谁？"我又问了一遍。

"我们要见黑男爵，"夏伯阳答道，"彼得，我认为您一定会记住这次会面。"

"这是个什么奇怪的绰号？我想他应该有名字吧？"

"是的，"夏伯阳说，"他真正的姓氏是荣格恩·冯·施登伯格。"

"荣格恩？"我问道，"荣格-恩……我好像听说过……他是不是跟精神病学有什么联系？是搞符号解析的吧？"

夏伯阳惊讶地打量了我一眼。

"不是，"他说，"据我所知，他鄙视一切符号，不管是哪一种。"

"啊，"我说，"现在我想起来了。就是他枪毙了您说的那个做梦的人。"

"是的，"夏伯阳说，"人们说他是战神的化身。他曾经指挥过亚洲骑兵师，现在指挥哥萨克特种兵团。"

"从来没听说过，"我说，"为什么叫他黑男爵呢？"

夏伯阳思索片刻。

"其实我也不知道。"他说道，"您何不问问他本人呢？他已经到了。"

我打了个哆嗦,转过头去。

两座山岗之间的狭窄通道上出现了一个古怪的东西。仔细端详后我才明白,这是一顶古老而又奇特的轿子,由一个圆顶的轿厢和四根长长的抬杠组成。轿顶和抬杠由年久发绿的青铜制成,上面饰有许多小巧的玉牌,犹如黑暗中的猫眼一般,闪耀着神秘的光芒。轿子周围一个人都没有,不知是谁悄无声息地把轿子抬到了这里。我猜,那些用手掌把长长的抬杠磨得发光的轿夫们应该已经藏到土门后面去了。

轿子底下有四条弯曲的支脚,看上去有点儿像祭祀用的鼎,还有点儿像立在四根木桩上的茅屋。不过还是更像茅屋一些,因为上面挂着一片轻薄的绸布轿帘。绿色的帘子后面隐约透出一个纹丝不动的身影。

夏伯阳跳下马车,朝轿子走去。

"您好,男爵。"他说。

"您好。"帘子后面一个低沉的声音答道。

"我又有一个请求。"夏伯阳说道。

"我想您这次也不是为了自己的事吧。"

"是的,"夏伯阳说,"您还记得格里戈里·科托夫斯基吗?"

"记得,"帘子后的声音说道,"他怎么了?"

"我没法跟他说清楚什么是意识。今天早上他甚至逼得我开了火。能说的我都已经跟他说过很多遍了,所以他需要的是一次演示,男爵,要让他再也不能视而不见。"

"亲爱的夏伯阳,您的问题都太单调了。您要庇护的人在哪里?"

夏伯阳转向科托夫斯基的马车,招了招手。

轿帘被掀开了,出现在眼前的是一个四十岁上下的男人,他留着淡黄色的头发,额头很高,双眼冷漠无神。尽管他留着两撇鞑靼人的八字胡,脸也好几天没刮了,看起来却很儒雅。他穿着一件古怪的黑色衣服,既像教袍又像军大衣,样式像一件半圆领的蒙古长袍。说实话,如果不是因为他肩膀上"之"字纹的将军肩章,我绝不会想到这是件军大衣。他腰间挂着一把军刀,跟夏伯阳的那把一模一样,只不过刀柄上的穗子不是浅紫色,而是黑色的。他胸前并排挂着整整三颗银质五角星。他从轿子里敏捷地钻了出来(原来他几乎比我高一头),然后打量了我一眼。

"这位是谁?"

"这是我的政委彼得·虚空,"夏伯阳答道,"他在洛佐瓦亚站的战斗中表现出众。"

"听说过,"男爵说,"他是为同一件事而来的?"

夏伯阳点点头。荣格恩向我伸出一只手。

"很高兴认识您,彼得。"

"彼此彼此,将军先生。"我握着他干燥而有力的手答道。

"就叫我男爵吧。"荣格恩说道,然后转向正走过来的科托夫斯基,"格里戈里,好久不见……"

"您好，男爵，"科托夫斯基答道，"见到您我由衷地感到高兴。"

"从您苍白的脸色来看，您见到我高兴得全身血液都流到心脏里去了。"

"才不是呢，男爵。是因为我在思考俄罗斯的命运。"

"噢，您又开始老生常谈了。这可不成。不过还是别浪费时间了。咱们去走走好吗？"

荣格恩用手指了指土门的方向。科托夫斯基咽了一口唾沫。

"这是我的荣幸。"他答道。

荣格恩朝夏伯阳探询地转过身来。夏伯阳递给他一个纸包。

"是两个？"男爵问。

"是的。"

荣格恩把纸包塞进衣服的大口袋里，搂着科托夫斯基的肩膀，连拉带拽地带他进了土门。等他们消失在门洞后，我朝夏伯阳转过身，问道："门后是什么？"

夏伯阳笑了一下。

"我不想破坏您的印象。"

门后传来一声低沉的枪响。过了一会儿，只有男爵的身影出现在门外。

"现在轮到您了，彼得。"他说。

我疑惑地看了一眼夏伯阳。他眯着眼睛，肯定地点点头。他的动作异常用力，好像要用下巴将一根钉子钉进胸口似的。

我缓缓朝着男爵走去。

我承认我很害怕。但不是因为感到大祸临头。准确地说，我的确感觉到了危险，但不是决斗或战斗开始前的那种感觉。毕竟那时你知道，如果真要发生什么可怕的事情，那它一定会落在你的头上。现在我却感到，面临威胁的不是我自己，而是我对自己的认知。我没有预料到什么可怕的事情，可我突然觉得，这个没有预料到什么可怕事情的我犹如在深渊上走钢丝却突然发现风越刮越大的杂技演员。

"带您看看我的营地。"等我走近一些，男爵说道。

"听我说，男爵，如果您打算用对付那个做梦的人的办法来叫醒我……"

"您这是干什么，"男爵笑着说道，"夏伯阳大概跟您说了不少可怕的事。我不是那种人。"

他抓住我的胳膊肘，朝土门走去。

"我们在篝火间走走，"他说，"看看咱们的小伙子们。"

"我可没看见什么篝火。"我说。

"没看见？"他说，"您再仔细看看。"

我又往那两座有些塌陷的山岗之间看去。男爵猛地在背后推了我一下。我向前一扑，跌倒在地上。他的动作粗暴极了，我感觉自己像是被他从合页上一脚踹掉的小门。很快，我的视线不知为何抖动起来。我眯起眼睛，面前的黑暗中闪烁着一些明亮的光斑，就像用手按住眼睛或是剧烈晃动脑袋时的感觉一样。可当我睁开眼睛,站起身来,这些光点却没有消失。

我不知道这是什么地方。连绵的山丘,还有夏日的傍晚,一切都已消失无踪。四周一片漆黑,在目之所及的黑暗中闪耀着点点篝火。它们以一种刻意而又严格的顺序排列着,仿佛一个无形的格栅,将世界分成无数个方块。篝火之间隔着五十步左右的距离,所以在一堆篝火旁看不清另一堆篝火旁的人,只能分辨出一些模糊的人影,但是那里有多少人,究竟是不是人,这些都无法确定。可最奇怪的是,这片田野也发生了翻天覆地的变化。如今我们脚下是一片极其平坦的地面,上面似乎覆盖着一层低矮的枯草。从周围火光组成的匀称图形显然可以看出,这里没有任何凹凸不平的地方。

"这到底是什么?"我惊慌失措地问道。

"嘿,"男爵说道,"看来,您能看见了。"

"是的。"我说。

"这是死后世界的一部分,"荣格恩说,"这里由我管辖。来到这里的人生前大都是军人。您大概听说过瓦尔哈拉神殿[①]吧?"

"听说过。"我答道,我的心中生出一股荒唐而幼稚的渴望,忍不住想要抓住男爵的衣角。

"这里就是。可惜来到这儿的不只是军人,还有那些杀人无数的人渣。有强盗,有杀手,还有各种各样的败类。所以我必须经常巡视检查。有时我甚至觉得自己好像是在这里做护林员

[①]北欧神话中位于神之国的宏伟殿堂,是战士英灵的归宿。

似的。"

男爵叹了口气。

"不过我记得，"他用略带忧伤的语调说道，"小时候我确实曾经想做护林员……听我说，彼得，请您抓紧我的衣袖。在这里可不能随意走动。"

"我听不明白，"我松了口气，"不过就照您说的办吧。"

我抓住他的呢绒衣袖，和他一起向前走去。我立刻察觉到一件怪事，男爵走得并不快，至少不比这些变化发生之前更快，可我们身边的火光却以惊人的速度向后退去。我们仿佛正从容地走在一座站台上，一辆无形的列车飞快地拖着站台前行，男爵朝哪边拐弯，列车就向哪个方向行驶。前方有一点篝火朝我们飞奔而来，当男爵驻足的时候，它也在我们脚边停了下来。

篝火旁坐着两个人。他们浑身湿透，半裸着身子，很像古罗马人，因为他们身上只披着一条短短的床单。两人都带着枪，一个带着纳甘枪，另一个则是双筒猎枪。他们身上遍布着惨不忍睹的枪伤。一看见男爵，他们就瘫倒在地，害怕得抖个不停。

"你们是什么人？"男爵低声问道。

"我们是谢廖扎·蒙戈洛伊德①的士兵。"其中一个弓着身子说道。

"怎么到这儿来的？"男爵问道。

"我们是被错杀的，长官。"

---

①在俄语中，"蒙戈洛伊德"的意思是蒙古人种的人。

"我不是你们的长官,"男爵说,"而且没有人会被错杀。"

"真的是搞错了,"另一个人抱怨道,"是在洗桑拿的时候。他们以为蒙戈洛伊德在那里签合同。"

"什么合同?"荣格恩疑惑地挑起眉毛,问道。

"我们欠了一笔贷款。'石化'公司给一笔款子开了不可撤销信用证,可单据没有通过。于是'终极远境'公司派来了两个打手……"

"不可撤销信用证?"男爵打断了他,"终极远境?我明白了。"

他弯下腰,对着火焰吹了口气,它立刻缩小了好多,从一团熊熊燃烧的火焰变成了只有几厘米高的火舌。这使两个半裸着身子的男人发生了惊人的变化,他们一动不动地僵住了,后背瞬间蒙上了一层霜。

"士兵?"男爵说道,"哪门子的士兵?现在什么人都能来瓦尔哈拉。谢廖扎·蒙戈洛伊德……都怪那个关于持剑的愚蠢规定。[①]"

"他们怎么了?"我问。

"遭报应去了,"男爵说,"我也不知道是什么。不过可以看一看。"

他对着微弱的浅蓝色火苗吹了口气,火苗猛地燃烧起来,恢复了原来的模样。男爵眯起眼睛,盯着它看了一会儿。

[①] 根据传说,只有持剑而死的战士才能进入瓦尔哈拉神殿。

"看来他们要变成肉联厂的公牛了①。如今常常这样从宽发落。一方面是因为佛祖大发慈悲,另一方面是因为俄罗斯的肉类一直短缺。"

我这才看清楚这堆篝火,立刻感到十分震惊。其实很难说这是篝火。火里既没有木柴,也没有树枝,它是从地上一个熔化的小洞里冒出来的,洞的形状像一颗匀称而修长的五角星。

"男爵,请问为什么这团火焰要在五角星上面燃烧?"

"什么为什么,"男爵说道,"这是佛祖永不熄灭的慈悲之火。你说的那个五角星其实是十月之星勋章的标志。除了这个标志之外,永不熄灭的慈悲之火还能在什么地方燃烧呢?"

"十月之星勋章到底是什么?"我朝他胸前瞥了一眼,问道,"我在很多地方听到过这个说法,可没人肯告诉我它的意思。"

"十月之星?"荣格恩问道,"很简单。就跟圣诞节差不多。天主教的圣诞在十二月,东正教的圣诞在一月,可他们庆祝的都是同一个人的生日②。这里也是一样。是因为历法改革和抄写错误,简单地说,尽管人们认为这件事发生在一月,实际上却是在十月。"

"到底是什么事呢?"

"彼得,您真令我吃惊。这可是人世间最著名的事件之一③。从前有个人,他没法像别人一样生活。他想弄明白,日复一日发

---

① 在俄语中,"公牛"也可以指代打手。
② 俄罗斯过去实行儒略历,比公历晚十三天,因此俄罗斯在1月7日庆祝圣诞。
③ 指释迦牟尼成佛日。

生在他身上的究竟是什么,那个经历着一切的自己究竟是谁。终于,在十月里的一个夜晚,他坐在树下仰望天空,看见一颗璀璨的星星。在这一刻他顿悟了一切,而且悟得如此透彻,以至这一久远瞬间的回声至今……"

男爵停了下来,寻找着合适的词语,但他显然没有找到。

"您最好还是跟夏伯阳聊聊,"他总结道,"他喜欢聊这些东西。最重要的是,正是从那一刻起,这团慈悲之火开始为众生而燃烧,即便是出于职责需要,我也无法将它彻底吹灭。"

我四下打量了一番。周围的景象的确壮观极了。我突然感到,眼前仿佛是一幅十分古老的图画:在野外过夜的鞑靼大军点起了篝火,每堆篝火旁都坐着士兵,他们怀着热切的期盼望着火焰。透过跳动的火焰,他们仿佛看见面前的土地上冒出了金子、牲畜和女人。只是不知道,我和荣格恩穿行其间的鞑靼军队将要去往何方?坐在篝火旁的人们又在幻想些什么?我朝荣格恩转过身去问道:"男爵,请问为什么所有人都分开坐着,也不相互走动呢?"

"您可以走过去试试。"荣格恩说道。

最近的篝火离我不超过五十步。旁边好像有五六个人正在烤火。我用探询的眼光看了看荣格恩。

"去吧。"他说。

我耸耸肩膀,向前走去,没有感觉到任何异样。一两分钟以后我突然发现,在这段时间里,我和那团火光之间的距离完全没有缩小。我回过头去。荣格恩站在离我三四步远的篝火旁，正嘲弄地看着我。

"这个地方很像您熟悉的那个世界，"他说，"但决不能由此断定，这里就是那个世界。"

我发现篝火旁那两个冻僵的人已经不见了，地上只剩下两个椭圆形的深色斑点。

"我们走吧，"荣格恩说道，"最后去看看我的小伙子们。"

我抓住他的衣袖，火光又开始从我们身边掠过。我们移动的速度快极了，火光甚至被拉成了一条条折线。不过我几乎可以确定，这是一种幻觉，因为这样的速度下我却没有感觉到扑面而来的风，仿佛男爵开始动身的时候，移动的不是我们，而是周围的世界。我彻底迷失了方向，也不清楚我们正向何处飞驰。我们偶尔会停顿片刻，这时我便得以观察坐在附近篝火旁的人们。他们大都是些留着胡子、拿着步枪的男人，样子都差不多。我们一出现，他们就瘫倒在黑漆漆的地上。有一回，他们手里拿的好像不是步枪，而是长矛，但我不太确定，因为我们停留的时间太短了。我终于明白这种移动方式使我想到了什么，蝙蝠就是沿着这种疯狂而又令人费解的曲线在黑夜中飞行的。

"彼得，我希望您能明白，"男爵震耳欲聋的声音在我耳边响起，"我们如今所在的地方是不可以说谎的，不能有丝毫的不诚实。"

"我明白。"我说，身旁掠过的黄白色条纹和一根根折线令我头晕眼花。

"请回答我的一个问题，"男爵说道，"您今生最渴望的是什么？"

"我？"我陷入了沉思。

如果不能撒谎的话，这个问题就很难回答了。我久久地思索着，自己究竟该说些什么，但却什么都想不起来。突然，一个答案自己蹦了出来。

"我想获得辉煌的成就。"我说。

男爵哈哈大笑起来。

"很好，"他说，"可对您来说，辉煌的成就是什么呢？"

"辉煌的成就，"我答道，"就是当灵思遄飞的时候，能够发现生活之美。我说得明白吗？"

"当然，"男爵说道，"如果所有人都能条理清晰、言之有物就好了。您是如何想到如此凝练的措辞的？"

"是从我的一个梦里，"我答道，"准确地说，是一个噩梦。我把这些古怪的词儿一字不差地记了下来。它们写在精神病院的一个大笔记本上，我在梦里翻看过，而我之所以要看，是因为里面有一些关于我的重要情况。"

"嗯，"男爵一边说着，一边向右拐了个弯（与此同时，周围一团团的火光仿佛做了个侧空翻似的），"很高兴您能主动谈起这件事。您之所以来到这里，是因为夏伯阳请求我向您解释一件事。其实他请我解释的事情没什么特别，他自己也能说清楚。他已经跟您说过很多次了,最后一次是在来这里的路上。可不知为何,您始终认为,和您与夏伯阳在浴室里痛饮时的那个空间相比,您梦里的世界并不那么真实。"

"您说得没错。"我说。

男爵骤然停下脚步,周围的火焰也立即停止了跳动。我发现篝火呈现出某种令人不安的浅红色。

"可您为什么会那样想呢?"他问道。

"大概是因为,我终归要回到现实世界中,"我说道,"在那里,正如您所说,我会在浴室中与夏伯阳痛饮。不,在理智层面上我很清楚您的意思。不仅如此,我还注意到,当我做噩梦的时候,梦境是如此真实,我甚至察觉不到这只是一场梦。我同样可以触摸物品,或者把自己捏得发疼……"

"那您如何分辨是做梦还是醒着呢?"男爵问道。

"是这样,当我醒着的时候,我对发生的事情有一种清晰而明确的真实感。就像现在这样。"

"也就是说,现在您有这种感觉?"男爵问道。

"差不多吧,"我略带慌张地说道,"不过应该承认,现在的情况非同寻常。"

"夏伯阳请求我把您带在身边,让您看看这个跟那些关于疯人院或夏伯阳的噩梦毫无关系的地方,哪怕只有一次也好。"男爵说道,"您仔细看看周围。在这里,那两个无法摆脱的梦境都是幻觉。我只要将您扔到一堆篝火旁,您就会明白我的意思了。"

男爵沉默片刻,仿佛是在给我时间认真想象那个可怕的场景。我缓缓打量着黑暗中无数颗难以企及的火光。他是对的。夏伯阳和安娜在哪儿?那个墙面贴着瓷砖、亚里士多德雕像摔得粉碎的夜色中的脆弱世界在哪儿?如今他们不在任何地方,而且我还知道,确切地知道,也没有任何地方可供他们存在,因为正是我,跟这个莫名其妙的人(他究竟是不是人?)站在一起的我,才是这些精神病院和内战进入世界的唯一可能与途径。对这个阴森的地狱边境、这些惶惶不安的人们以及这位高高在上的严酷守卫者来说也是一样,只是因为我存在,他们才会存在。

"我觉得,"我说,"我明白了。"

荣格恩用怀疑的目光看了看我。

"您究竟明白了什么?"

突然身后传来一声疯狂的叫喊:

"我!我!我!我!"

我们一起回过头去。

离我们不远的地方——大概有三四十米——燃烧着一堆篝火。但它看上去跟其他篝火完全不同。首先,火焰的颜色不一样,它较为暗淡,而且还冒着烟。其次,篝火里有什么东西劈啪作响,火星四溅。最后,这堆篝火不像其他火光那样严格地连成线条,它显然出现在了一个不该出现的地方。

"我们一起去看看吧。"荣格恩嘟囔道,猛地扯住我的衣袖。

坐在篝火旁的人跟受到男爵庇护的人完全不同。他们共有四人：其中最激动的是个粗胖的小伙子，他穿着一件刺眼的粉红色上衣，留着平头，深棕色的脑袋看起来就像一颗小炮弹。他坐在地上，双手抱着自己，仿佛被自己的身体唤起了淫欲似的，嘴里不停地喊道：

"我！我！我！"

他的音调在不断变化，我和男爵刚听见的时候，里面还有一种野兽般的得意，可当我们走到近旁，这个"我"又好像变成了询问。喊叫的人身边坐着一个瘦子，他留着鸡冠头，身上穿的好像是一件海军大衣，正麻木地望着篝火。他一动也不动，如果不是他的嘴唇偶然翕动几下，我可能会以为他失去了知觉。似乎只有那个剃着光头、留着整齐胡须的胖子还保持着清醒，他正拼命推搡两个同伴，好像要把他们叫醒似的。他的努力有了些成效，那个留着浅黄色鸡冠头的瘦子开始哭诉，像祷告似的摇晃起来。剃着光头的胖子本想推醒第二个同伴，却突然抬头看见了我们。他的脸瞬间吓得变了形，对同伴们喊了句什么，霍地站起身来。

男爵低声骂了一句。一只柠檬手榴弹出现在他的手里。他拔掉拉环，朝着距离我们五米远的篝火扔了过去。我条件反射地卧倒在地，双手抱头。可过了好几秒钟，却没有听见爆炸声。

"站起来吧。"男爵说道。

我睁开眼睛，看见他正朝我俯过身来。我眼前的男爵仿佛产生了畸变，他向我伸出的手几乎贴着我的脸，而他那双注视着我的眼睛里映着点点火光，仿佛天空中仅有的两颗星星。

"谢谢,"我站起身来,"我自己来。没爆炸吗?"

"怎么可能,"男爵说,"一切顺利。"

我看了看刚才还燃着篝火的地方,却吃惊地发现,不管是篝火,还是围坐在篝火旁的那些人全都不见了,我面前的地上甚至没有烧焦的痕迹。

"刚才那是什么?"我问道。

"没什么,"男爵说道,"一群流氓。迷幻蘑菇吃多了。自己都不知道来了什么地方。"

"您把他们……"

"怎么会呢?"男爵说道,"瞧您说的。我不过是帮他们清醒一下罢了。"

"我几乎可以确定,"我说,"我在什么地方见过那个留胡子的胖子。不是几乎,而是绝对确定。"

"也许您梦见过他呢?"

"也许吧。"我答道。我心想,的确是这样。这位剃着光头的先生使我联想到贴着瓷砖的白色墙面以及针刺在皮肤上的冰凉触感,这些都是我的噩梦里最常见的。有那么一会儿,我感觉自己甚至能想起他的名字,但很快我就被另一些念头吸引了注意。与此同时,荣格恩默默地站在一边,似乎正在斟酌要说些什么。

"请问,彼得,"他终于开口说道,"您的政治立场是什么?我猜是保皇党吧?"

"那还用说,"我答道,"怎么,我看起来不像吗?"

"哪里，"男爵打断了我，"我只是想举一个您能理解的例子。请您想象一个密不透风的房间，里面挤满了大量的人。他们身下是一些奇形怪状的凳子、晃晃悠悠的椅子还有乱七八糟的包袱，总之有什么就坐什么。那些动作快的一心想占住两把椅子，要么把别人挤走，把他的座位据为己有。您所生活的世界就是这样。然而与此同时，这里的每个人都有属于自己的王座，它气派非凡，光彩夺目，高踞于这个世界以及其他所有世界之上。这是真正属于君王的宝座，谁能登上去，谁就能统治一切。最重要的是，这个王座是绝对正统的，任何人都有资格拥有它。可想要登上去却几乎是不可能的。因为它坐落在一个不存在的地方。明白吗？它在空无之中。"

"明白，"我若有所思地说道，"昨天我刚好也在想这件事，男爵先生。我知道'空无'是什么意思。"

"您再想想，"男爵说，"我说过，您无法摆脱的两种处境——一种与夏伯阳有关，一种与他无关——在这里都是幻觉。要想进入空无，登上这个无上自由与幸福的王座，只要把唯一剩下的空间去掉就够了，也就是我和您所在的这个空间。这正是那些被我庇护的人们想要实现的。然而他们的机会非常渺茫，一段时间以后，他们就不得不重复令人沮丧的轮回。您何不在生前就进入'空无'呢？我向您发誓，这是您活着的时候能做的最好的一件事。您应该很喜欢打比方吧，那么，这就像是从疯人院里出院一样。"

"请您相信，男爵。"我把一只手按在胸前，动情地说道，可他没让我继续说下去。

"而且这件事要赶在夏伯阳用上他的黏土机枪之前。否则一切都将荡然无存，就连'空无'也不复存在。"

"黏土机枪？"我问道，"这是什么东西？"

"夏伯阳没跟您说过？"

"没有。"

荣格恩皱了皱眉。

"那我们就不深究了。就让您只记得从疯人院里出院并且获得自由的这个隐喻吧。如此一来，说不定您会在某个噩梦里想起我们的谈话。我们该走了。小伙子们要等得不耐烦了。"

男爵抓住我的衣袖，许多不规则的光带又开始在我们周围时隐时现。我已经习惯了这种奇幻的场景，不再感到头晕目眩了。男爵走在前面，他聚精会神地盯着眼前的黑暗。我看了看他那后缩的下巴、棕黄色的胡子和嘴角边深深的皱纹，感觉他的外表似乎并不吓人。

"请问，男爵，为什么周围的人都那么惧怕您呢？"我还是忍不住问道，"我无意冒犯，但在我看来，您的模样没什么可怕的。"

"不是所有人眼中的我都跟您看见的一样，"男爵答道，"在朋友面前我通常以从前那副彼得堡知识分子的形象出现。但这并不意味着我始终如此。"

"那其他人看见的是什么样子?"

"我就不细说了,以免惹您厌烦,"男爵说道,"就说一句,我的六只手里都握着锋利的军刀。"

"哪一个才是您真正的样子呢?"

"很遗憾,我没有真正的样子。"男爵答道。

应该承认,男爵的话给我留下了些许印象。不过,我只要稍加思考也能猜得出来。

"就快到了。"男爵用一种轻快的语气说道。

"请问,"我瞥了他一眼,说道,"为什么别人都叫您黑男爵呢?"

"啊,"荣格恩笑了一下,"大概是因为我在蒙古征战的时候,君主曾恩准我乘坐黑色的轿子。"

"可您刚才坐的是绿色轿子呀?"

"因为我也被恩准可以乘坐绿色的轿子。"

"好吧,那别人怎么不叫您绿男爵呢?"

荣格恩脸色一沉。

"您不觉得您的问题有点多吗?"他说,"您最好还是四处看看,好好记住这个地方。因为您再也见不到它了。准确地说,您当然还可以再见到它,但我衷心希望这件事不会发生在您的身上。"

我听从了男爵的忠告。

前面很远的地方出现了一团火光,看起来比别处的更大。它不像其他篝火那样向我们飞奔而来,而是缓缓地靠近,我们仿佛跟平时一样,正迈步朝它走去。我猜,这应该就是我们旅程的最后一站。

"您的朋友们就在这一大堆篝火旁吗?"我问道。

"是的,"男爵答道,"我可不会把他们叫做朋友。准确地说,他们是我过去的战友。我曾经是他们的长官。"

"怎么,你们并肩战斗过?"

"没错,"男爵说,"这是一个原因。不过还有更重要的一点。那时我们一起在伊尔库茨克被枪决了,我不能说是由于我的过错,但毕竟……正因如此,我觉得我对他们有种特殊的责任。"

"明白,"我说,"如果让我突然来到这样一个黑暗而荒凉的地方,大概也会盼望着有人来帮我一把。"

"听着,"男爵说道,"不要忘了您现在还活着。您周围的黑暗和虚空其实是世界上最耀眼的光辉。来,请您站住。"

我下意识地停住了脚步,我还没想到他打算做些什么,就被男爵从背后使劲推了一下。

可这次他没有令我措手不及。当我的身体倒在地上的时候,我似乎捕捉到了回归正常世界的那个短暂而微妙的瞬间。或者说,由于实际上没什么可捕捉的,所以我只是明白自己是怎么回来的了。我不知该如何描述它。仿佛从前的布景已经撤下,另一个却还没来得及换上,在这整整一秒钟里,我看见了它们之间的空隙。这一秒钟足以使我看清,我始终信以为真的东西背后其实是一个谎言。我发现宇宙的构造是如此简单而拙劣，认识到这一点只令我感到惊慌、懊恼和些许羞愧。

男爵的力气很大，我刚把胳膊护在身前，就一头栽到了地上。

等我抬起头来，眼前又出现了那个正常的世界。草原，暮色苍茫的夜空，以及近处连绵不绝的山丘。男爵的背影在前方微微晃动，他正走向整片草原上唯一的篝火，一根垂直的白色烟柱从篝火中冉冉升起。

我赶紧站了起来，拍一拍脏兮兮的裤子，但却没有跟着他一起走去。男爵来到篝火旁，一群大胡子的男人迎着他站起身来，他们身穿草绿色的制服，头戴毛绒绒的黄色羊皮高帽。

"嘿，小伙子们！"荣格恩一副豪迈的长官派头，用低沉的声音高声喊道，"怎么样了？"

"我们正全力以赴，长官！没什么，我们还活着！感谢上帝！"众人纷纷应声道。男爵被他们围了起来，消失在我的视野之外。能看得出来，战士们非常爱戴他。

我发现，一个头戴黄色羊皮高帽的哥萨克从篝火旁向我走来。他的模样凶恶极了，我感到有些害怕。可当我发现他手里拿着一个蓝绿色的玻璃杯，便立刻放松下来。

"怎么啦，老爷，"他龇着牙走了过来，"恐怕是打怵了吧？"

"是的，"我说，"是有点儿。"

"喝一口缓缓。"哥萨克把玻璃杯递给我，说道。

我一饮而尽。原来是伏特加。我立马放松下来。

"谢谢。您真是雪中送炭。"

"那么,"哥萨克接过空酒杯,问道,"您和男爵先生是朋友?"

"差不多,"我含糊其词地说道,"我们认识。"

"他很严厉,"哥萨克说道,"一切都照规矩来。这会儿他们要唱歌了,然后再回答问题。我说的是他们。而我已经把事办完了。今天就走。永远离开这里。"

我看了他一眼,从近处观察,他的脸并不凶狠,只不过在山里风吹日晒变得粗糙罢了。尽管这张脸很粗糙,却显出一种若有所思、甚至耽于幻想的独特表情。

"你叫什么?"我问哥萨克。

"伊格纳特,"他答道,"你是叫彼得吧?"

"是的,"我说,"你是怎么知道的?"

伊格纳特微微一笑:"我来自顿河地区。你八成是首都来的吧?"

"没错,"我答道,"我是彼得堡人。"

"好吧,彼得,你先别到篝火那边去。男爵先生不喜欢唱歌时被人打扰。我们在这里坐一会儿,听听歌。如果有什么不明白的,我来跟你解释。"

我耸耸肩膀,像土耳其人那样盘腿坐在地上。

果然,篝火旁发生了一件怪事。头戴黄色羊皮高帽的哥萨克们分散成半圆形,而男爵站在他们前面,抬起双手,俨然是这个合唱团的指挥。

"啊,天还没有黑,没有黑,"男人们齐声唱道,"我难以入睡……"

"我很喜欢这首歌。"我说。

"可是你从没听过这首歌,老爷,又怎么会喜欢它呢?"伊格纳特坐到我身边,问道。

"怎么没听过?这可是一首古老的哥萨克民歌①。"

"不是,"伊格纳特说道,"你搞错了。这首歌是男爵先生特意为我们写的,他想让我们边唱歌边思考。为了便于记忆,这首歌的歌词和旋律都跟你说的那首一模一样。"

"那他究竟做了什么呢?"我问,"我是说,既然歌词和旋律全都一样,那么原来那首和男爵先生写的这首有什么区别呢?"

"男爵先生的歌词含义完全不同。你听,我来解释。听见没,他们唱的是:'我难以入睡,却做了一个梦。'知道是什么意思吗?尽管没有睡着,却还是像做梦一样,明白吗?也就是说没有任何区别,不管你是睡着,还是醒着,都一样,都是一场梦。"

"明白了,"我说,"接下来呢?"

伊格纳特等他们唱完一段。

"喏,"他说,"你听。'我做了一个梦,我的黑马在我身下,欢腾跳跃,纵情玩耍。'这里蕴含着一种智慧。你是文化人,应

①《啊,天还没有黑》,歌词描写的是斯捷潘·拉辛的一个梦境。

该知道印度有一本古籍叫《奥义书》吧?"

"知道。"我说道,立刻想起不久前与科托夫斯基的谈话。

"书里说,人的意识就像哥萨克人的马。它总是驮着我们前行。不过男爵先生说,这年头的人大不一样了。没人能够驾驭自己的马,所以马的性子野了。现在不是骑手控制马,而是马把骑手带到它想去的地方。马走哪条道,人就往哪儿去。男爵先生还答应给我们带一本叫《无头骑士》[①]的书,好像是专门写这件事的。可他总是不记得。他太忙了。即便如此,还是很感谢……"

"接下来呢?"我打断了他。

"接下来?接下来唱的是'我们的大尉很聪明,他能解开我的梦……你那乱糟糟的脑袋啊,他对我说,也要消失无踪'。这里的大尉不难理解,男爵先生是在说他自己,他的确是个聪明人。脑袋显然跟《奥义书》有关。既然意识欢腾跳跃,横冲直撞,那它一定会消失无踪。这里还有一层意思。不久前男爵先生才悄悄告诉了我。我们必须把人类的意识彻底抛弃。但男爵先生说用不着可惜,因为它根本无关紧要。所以歌里才说,消失无踪的只是你那乱糟糟的脑袋,而不是你自己。反正它早晚也要完蛋。"

伊格纳特若有所思地用手托着下巴,默默不语地听起歌来:

啊,凛冽的狂风

[①]英国作家马因·里德的小说。

从东方呼啸而来

从我乱糟糟的脑袋上

把黄色的皮帽卷走……

我等了一会儿,可他没有给我解释。于是我决定自己打破沉默。

"风来自东方,这我还能听懂,"我说道,"常言道,ex orienta lux①。可为什么要把帽子卷走呢?"

"为了无牵无挂。"

"为什么帽子是黄色的呢?"

"因为我们教派要求的呀。我们都戴黄帽。有的教派戴的是红帽。如果是像顿河地区那些人那样,头上缠的就是黑巾。可它们从本质上来说都是一样的。既然脑袋都要消失了,戴什么颜色的帽子还有区别吗?从另一个角度来说,当你的意志获得自由时,任何颜色都是毫无意义的。"

"是的,"我说,"男爵先生把你们教得很好。可是,当乱糟糟的脑袋消失无踪的时候,究竟会发生什么重要的事呢?"

伊格纳特重重地叹了口气。

"关键就在这里,"他说,"男爵先生每晚都会问这个问题。可谁都答不出来,尽管大家都很努力。如果有人答上来了,你知道会怎样吗?"

---

①拉丁语:光从东方来。

"我怎么知道。"我说。

"男爵先生会立刻把他调到哥萨克特种兵团。这是一支非常特殊的部队。可以说是整个亚洲骑兵师的荣耀。虽然仔细想想,这支部队不应该出现在骑兵师里,因为他们骑的不是马,而是大象。"

我想,眼前这人多半是个天生的牛皮大王,无论多么离奇的故事他都可以不假思索地编出来,而且还要加上大量真实的细节,使人不得不相信,哪怕只信一瞬间。

"骑在大象上怎么用军刀呢?"我问道,"那多不方便啊。"

"确实不方便,不过这就是服役嘛。"伊格纳特嘲讽地说道,然后抬眼望着我,"不相信吗,老爷?不信就算了。在答出男爵先生的问题之前我也不信。不过现在用不着相信了,因为我无所不知。"

"这么说,你答出了那个问题?"

伊格纳特骄傲地点点头。

"所以现在我才能像人一样在田野上活动。而不是蜷缩在篝火旁。"

"你到底跟男爵说了什么?"

"我的话对你没用,"伊格纳特答道,"你不能用嘴回答。用头脑也不行。"

我们沉默了一会儿。伊格纳特沉思了一会儿。突然他抬起头来。

"男爵先生过来了。我们也该告别了。"

我转过头去,看见男爵修长的身影朝我们走来。伊格纳特站起身,我也跟着站了起来。

"怎么样,"男爵走到伊格纳特身边问道,"准备好了吗?"

"是的,"伊格纳特答道,"准备好了。"

男爵把两根手指放进嘴里,像土匪似的吹了个呼哨。接着便发生了一件出人意料、不可思议的事情。

我们背后出现了一排低矮而又狭窄的灌木丛,里面突然出现了一头巨大的白象。它确实是从灌木丛里冒出来的,可却比灌木丛高出十倍,我完全无法解释这是怎么发生的。不是因为它出现的时候体形很小,靠近我们的时候才变大了好几倍。也并非因为它是从一堵与灌木丛齐平的墙后走出来的。出现在灌木丛里的时候,大象的块头就已经是这么大,可它的确是从这排低矮得恐怕连一只羊也藏不住的灌木丛里冒出来的。

我又体会到了几分钟之前的感觉,似乎马上就要捕捉到一个至关重要的东西。掩藏在现实的外衣之下、能使周围的一切运动起来的拉杆眼看就要显露出来。可这种感觉却消失了,我们眼前只剩下那只巨大的白象。

它长着六根象牙,两边各有三根。我以为自己产生了幻觉。不一会儿我又想到,如果我看见的是幻觉,那从本质上来说,它跟别的东西恐怕也没有多大区别。

伊格纳特走到大象跟前,身手利落地攀着象牙排列成的梯子爬了上去。从他的身手来看，他生前好像就一直骑着六牙白象①驰骋在某个幻想出的高原上似的。他朝篝火转过身去，穿着草绿色制服、戴着黄色皮帽的人们默默地坐在那里。他朝他们挥挥手，然后转过身来，用脚后跟踢了一下大象。大象向前挪动了几步，我的眼前突然出现了一道耀眼的闪光，他们便消失在了光芒之中。这道闪光太过炫目，有那么一会儿，除了视网膜上黄紫相间的光斑，我什么都看不见了。

"我忘了提醒您会有闪光，"荣格恩说道，"这肯定对视力没好处。我们亚洲骑兵师在这种时候都会用黑布护住眼睛。"

"怎么，这种事很常见吗？"

"以前是这样，"男爵说，"有时一天会有好几次。这种频率是有可能导致失明的。现在不知为何变少了。怎么样，好了吗？看得见吗？"

我已经能够看清周围的东西了。

"看得见。"我说。

"您想不想看看过去是什么样子？"

"可您要怎么做呢？"

男爵没有应声，而是从刀鞘里拔出军刀。

"请您看着刀刃。"他说。

我看了一眼，雪亮的刀刃就像银幕似的，开始浮现出活动的画面。这是一座新月形的沙丘，一群军官站在上面。他们有十来

---

①据说释迦牟尼某一世曾投胎为六牙白象。

个人。有的穿着普通的军装,还有两三个人头戴羊皮高帽、身穿沙色的哥萨克宽松上衣,胸前口袋的位置挂着一个弹夹一样的东西。他们都用黑布蒙住眼睛,而且都朝着同一个方向。突然,我从沙丘上的人群中认出了夏伯阳,尽管他的眼睛也蒙着布条。他看起来年轻了许多,两鬓还没有斑白。他一手把小巧的野战望远镜紧贴在布条上,另一只手用马鞭不时拍打着靴子。我觉得,离夏伯阳不远的那个穿着哥萨克服装的人是荣格恩男爵。我还没来得及仔细端详,刀刃就转了个面,沙丘上的身影也消失了。我眼前出现了一片广阔无垠的平坦荒漠。远处明亮的天幕下有两个身影在移动。仔细一看才知道,那是两头大象的轮廓。它们离我很远,所以看不清骑手的样子,只能看见大象背上两个凸起的小点。突然,地平线上迸射出一道耀眼的光芒,等到光芒消失的时候,大象就只剩下了一头。沙丘上响起一阵掌声。紧接着我又看见了一道闪光。

"男爵,我的眼睛快不行了。"我将视线从刀刃上移开,说道。

荣格恩将军刀收进刀鞘。

"那边草地上黄色的东西是什么?"我问,"或许只是我眼前的斑点?"

"不,不是斑点,"男爵说,"这是伊格纳特的帽子。"

"噢,难道是狂风给吹掉的?从东方吹来的风?"

"和您聊天的确非常愉快,彼得,"男爵说道,"您无所不知。

想留着做个纪念吗?"

我弯腰把它从地上捡起来。这顶帽子我戴正合适。我不知该拿自己的帽子怎么办,始终没想出什么好法子,只好把它扔在地上。

"我才不是无所不知呢。"我说,"比方说,我完全不知道您怎么能在这么荒凉的地方弄来一头大象。"

"亲爱的彼得,"男爵说道,"数不清的大象正在我们周围踱步,只是您看不见罢了,请您一定相信我。俄罗斯的大象比乌鸦还多。但现在我想换个话题。瞧,您已经该回去了,所以请允许我最后对您说一件事。可能也是最重要的事。"

"什么事?"

"人们登上位于空无中的那个宝座以后,都会去到一个地方。我们把这个地方叫做'内世界'。"

"'我们'是谁?"

"您就权当是我和夏伯阳吧,"男爵微笑着说道,"不过我希望,日后您也能成为'我们'的一员。"

"可这个地方在哪儿呢?"

"问题就在于,它哪里也不在。无法从地理意义上说它在某个地方。它之所以叫内世界,并不是因为它在世界的内部。它在那些能够看见虚空的人体内,尽管'体内'这个词用在这里并不恰当。总之它根本不是世界,人们只是这样称呼它罢了。要是我想向您描述它究竟是什么,那才是愚蠢至极。请您一定相信我,哪怕只相信这一件——那是一个值得您毕生追求的地方。一生之中再没有比置身于那个地方更美好的事了。"

"可怎样才能看见虚空呢？"

"只要您能看见您自己，"男爵说道，"请原谅我忍不住说了俏皮话。"

我思索片刻。

"我可以跟您坦诚相待吗？"

"当然。"荣格恩答道。

"我们刚才去过的那个地方——我是说那片散落着点点篝火的黑暗原野——让我感觉阴森森的。如果您说的内蒙古也是这副样子，那我可未必愿意去。"

"要知道，彼得，"荣格恩嘲讽地说道，"打个比方，当您在'音乐鼻烟壶'这种小酒馆里闹事的时候，您跟其他人看见的东西相差无几。尽管对此也存在争议。然而，在我们刚才去过的那个地方，一切都是独一无二的。那里没有任何东西是真正存在的。一切都取决于观看者。比如，对我来说周围的一切都闪耀着炫目的光芒。可对我的战友们来说，"荣格恩朝篝火旁那些戴黄帽的身影点了点头，"周围的一切就跟您看见的一样。准确地说，应该是对您来说，周围的一切就跟他们看见的一样。"

"为什么？"

"您知道什么是显现吗？"男爵说道，"当众多信徒向某个神灵祷告的时候，神灵就会显现出来，而且恰恰是以人们想象的模样。"

"我知道。"我说。

"别的东西也是一样。我们生活的世界不过是一种集体的显现，我们从生下来就学会了这件事。说实话，这是唯一能够代代相传的东西。当足够多的人看见了这片原野、草地和夏夜，我们才有可能和他们一起看见这一切。然而，无论从前既定的景象是什么样子，每个人一生中看见的都只是自己精神的投影。如果您发现周围一片漆黑，这只能说明您的内心世界就像黑夜一般。幸好您是个不可知论者。不然您就会知道，究竟有多少鬼神在这片黑暗中游荡。"

"男爵先生……"

我刚想说话，荣格恩就打断了我：

"请您不要认为这是对您的羞辱。很少有人愿意承认自己跟别人没什么两样。坐在黑暗中被慈悲点燃的篝火旁等待援助，这难道不是人的常态吗？"

"也许您是对的，"我说，"可这个内世界到底是什么地方？"

"内世界正是这援助的来处。"

"这么说，"我问道，"您去过那里？"

"是的。"男爵说道。

"可您为什么又回来了呢？"

男爵一语不发地朝篝火点点头，那些哥萨克们正默默地蜷缩在那里。

"实际上,"他说道,"我并没有从那里回来。我现在还在那里。不过您,彼得,确实该回去了。"

我环顾四周。

"可我该到哪里去呢?"

"我来告诉您。"男爵说道。

我看见他手里握着一把沉甸甸的蓝钢手枪,不禁打了个哆嗦。男爵大笑起来。

"真是的,彼得,您这是怎么了?这么不信任别人可不行呀。"

他把另一只手伸进大衣口袋,掏出夏伯阳给他的那个纸包。他把纸包打开给我看,里面是一只普普通通的墨水瓶,瓶塞是黑色的。

"请您仔细看着它,"他说,"不要移开目光。"

说完这句话,他把墨水瓶抛向空中,等它离我们大约两米远的时候,便朝它开了一枪。

墨水瓶飞溅出一团伴着玻璃碎片的蓝色水雾,它们在空中停留了一秒,接着全都洒在了桌子上。

我打了个趔趄,突然间头晕目眩,为了避免摔倒,我赶忙用一只手扶住墙。眼前是一张桌子,上面摊着染得一塌糊涂的地图,而科托夫斯基张口结舌地站在一旁。甘油从破碎的灯盏里流了出来,从桌面滴落在地板上。

"怎么样,"夏伯阳摆弄着还在冒烟的毛瑟枪,说道,"明白什么是意识了吧,格里沙?"

科托夫斯基双手掩面,转身跑了出去。他显然受到了极为强烈的震撼。不过我也是一样。

夏伯阳朝我转过身,仔细打量着我。突然他眉头一皱,说道:"吹口气!"

我乖乖听话。

"好家伙,"夏伯阳说,"不到一分钟就喝高了。帽子怎么是黄色的?帽子怎么是黄色的,啊?你这个狗杂种,是想上军事法庭吗?"

"可我只喝了一杯……"

"闭嘴!我让你闭嘴!纺织工人团已经到了,得去安顿一下,你却醉成这个样子?想在富尔马诺夫面前给我丢人吗?快去睡觉!再让我发现一次,立马送上法庭!你是想见识见识我的军事法庭吗?"

夏伯阳举起了镀镍手枪。

"不,瓦西里·伊万诺维奇,"我说道,"我不想。"

"去睡觉!"夏伯阳又一次命令道,"回到床上以前别让人闻出酒气。"

我转身朝门口走去,却在门口转过身来。夏伯阳站在桌旁,用严厉的目光看着我。

"我只有一个问题。"我说。

"哦?"

"我想说……我早就知道,唯一真实的瞬间就是'现在'。可我不明白,一个瞬间怎么能够包含如此千变万化的感受?这是否意味着,如果严格地停留在某个瞬间,既不陷入过去,也不滑向未来,此刻就能被拉得很长,足以使我经历刚才的种种现象?"

"你想把它拉到哪里?"

"我表达得不准确。这是否意味着,这个处于过去与未来之间的此刻就是通往永恒的入口?"

夏伯阳晃了晃毛瑟枪,我赶紧住了口。他用一种近乎怀疑的态度看着我。

"彼得卡,此刻就是永恒。而不是什么入口,"他说道,"所以怎么能说此刻发生在什么时候呢?你究竟什么时候才能醒过来……"

"永远也不会。"我答道。

夏伯阳瞪大了眼睛。

"瞧瞧,彼得卡,"他惊讶地说道,"难道你真的领悟了?"

回到房间以后,我想做些什么好让自己平静下来。我想起,夏伯阳曾建议我把噩梦记下来,于是便想到不久前那个关于日本的梦。梦里有很多令人费解、杂乱无章的事情,但我几乎还记得所有的细节。起初是在一辆古怪的地铁上,当时正在播报下一站的站名。我记得这个站名,甚至知道它是怎么来的。显然,我的意识遵循着梦境的复杂规则,在苏醒前的一瞬间借用了窗外那个士兵口中的马的名字。而且这声喊叫同时映照在两面镜子上,除了这个站名之外,它还变成了一支足球队的名字,而我的梦就是在关于这支足球队的谈话中结束的。这说明,这个在我看来十分冗长的梦其实只持续了不到一秒钟,不过,今天经历了与荣格恩男爵的会面以及与夏伯阳的谈话以后,再也没有什么能够使我感到惊奇了。我在桌旁坐下,把一沓纸摆在面前,用笔尖在墨水瓶里蘸了蘸,在纸上写下了一行大字:"请注意,车门即将关闭,下一站——'迪纳莫'!"

我写了很久,大概有好几个小时,可却连回忆的一半都没有写完。在我笔尖所及之处浮现出无数细节,它们流露出浓厚的颓废派气息,最后我甚至无法确定,我是当真在记录自己的梦呢,还是在借题即兴创作。我很想抽根烟,于是拿起桌上的香烟,下楼来到了院子里。

楼下正乱作一团。有些抵达的士兵已经排成了纵队,能闻见一股焦油味和马的汗臭味。我发现纵队后面有一支小型军乐队,他们有几支压扁的小号,还有一个高个小伙腰间挂着一只大鼓,他长得很像没留胡子的彼得一世。不知为何,一看见这支乐队,我就感到一股难言的忧伤。

组织队列的那个人脸上有一道刀疤,我曾隔着窗户见过他。我眼前立刻浮现出落满白雪的站前广场和盖着红布的演讲台,夏伯阳用戴着黄色手套的手在空中挥舞,向落满雪花的士兵方阵呼喊着一些毫无意义的话。这个人就站在栏杆旁,仿佛回应一般,不时若有所思地点点头。毫无疑问，他就是富尔马诺夫。他朝我这边转过头来，趁他还没认出我，我赶紧钻进了庄园的大门。

我回到自己的房间，躺在床上，目不转睛地盯着天花板。我想起彼岸世界的篝火旁那个剃着光头、留着胡子的胖子，我还想起他姓沃洛金。从我记忆深处浮现出一个贴满瓷砖、地上摆着浴缸的宽敞房间，还有这位赤身裸体、浑身湿透、像蛤蟆一样蹲在浴缸边的沃洛金。我感觉自己马上就能再记起些什么，可这时院子里响起了号角声和低沉的军鼓声，纺织工人突然开始高声合唱，就像我久远的记忆中在铁路上度过的那个夜晚一样：

白匪军和黑男爵

要让沙皇来复辟。

从泰加林到不列颠海岸

咱们红军最强大！！！①

"一群白痴，"我低声说道，翻身对着墙壁。对这个世界的徒劳憎恨使我泛起了泪花，"我的上帝啊，真是一群白痴……连白痴都不如，不过是白痴的影子……黑暗中的影子……"

---

①苏联歌曲《红军最强大》。

8

假如几个小时以前,林中空地上燃烧的篝火是一个小宇宙,那么如今这个宇宙已然不复存在,里面所有生物的痛苦也随之烟消云散了。

"不过说实在的,您为什么觉得他们是影子呢?"铁木尔·铁木罗维奇问道。

沃洛金不安地抽搐了一下,但他的手脚被皮带固定在绞刑椅上动弹不得。他的额头上浮现出大颗大颗的汗珠。

"我不知道,"他说,"是您问我当时在想什么。我想,如果有个旁观者在场,他大概也会觉得我们并不真实,只是一些摇曳的影子和火焰的反光。我说过那里有一堆篝火。不过,铁木尔·铁木罗维奇,一切都取决于这个旁观者……"

林中空地上刚刚点燃了一堆篝火,还不足以驱散黑暗,照亮篝火旁的人。他们看起来就像篝火里的木块和土块映在某个隐形屏幕上的模糊影子。也许,从某个更高的意义上来说的确如此。不过,由于当地最后一位新柏拉图主义者①早在苏共二十大之前就不再为自己拥有肉体而羞愧了,所以方圆一百公里以内没有人会得出这种结论。

因此最好说得简单些——在半明半暗的篝火旁坐着三个壮小伙。看他们的样子,若是这位新柏拉图主义者凭借自己的远见活过了二十大,并且从林中走到篝火旁,同这些外来者谈论新柏拉图主义,那么在"新柏拉图主义"这个词打破深夜寂静的那一刻,他恐怕立刻就会遭到一顿毒打。还有许多迹象可以证明这

---

①古希腊末期的哲学流派,认为肉体会禁锢灵魂,应当使灵魂摆脱肉体,上升到理智的世界。

一点。

最明显的迹象就是停在篝火不远处的那辆昂贵的水陆两用吉普车，车型是日本产的"珍珠港"。另一个迹象则是吉普车车头上的巨大绞盘。这东西在日常生活中毫无用处，但在匪徒的车上却很常见。(研究"新俄罗斯人"的人类学家认为，这种绞盘在斗殴的时候可以当做撞角①来使用，另一些学者甚至认为，这种绞盘的流行能够间接证明人们期盼已久的民族精神的复兴。他们指出，绞盘就像过去斯拉夫人装在船头上的艏饰一样，具有某种神秘的功能)。总之，这几个开吉普车的人显然不太好惹，在他们面前最好不要多嘴。他们正低声说些什么。

"沃洛金，应该吃几颗啊？"其中一个问道。

"因人而异。"沃洛金一边回答，一边摊开膝盖上的纸包。"比如我，每次都要吃一百颗。不过我建议你先吃三十颗。"

"这够吗？"

"够了，舒里克，"沃洛金把纸包里那堆又干又脆的黑东西分成不均等的三份，"你会在森林里跑来跑去，寻找藏身之所。还有你，科利扬，你也会跑的。"

"我？"篝火边的第三个人低声问道，"是要逃避什么人吗？"

"逃避你自己，科利扬。逃避的是你自己。"沃洛金答道。

"我这辈子从没逃避过任何人。"科利扬伸出像玩具车车斗一样的手掌，接过了自己那一份，"你说话注意点。我干吗要逃避

---

①通常是指安装在军舰上的武器，可以对敌舰实施撞击战术。

自己？这怎么可能呢？"

"只有举例子才能说得清楚。"沃洛金说道。

"那就举个例子。"

沃洛金想了想。

"想象一下，有个混蛋跑到我们办事处，比了个威胁的手势①，说要分点好处。你会怎么做？"

"我会弄死这个混蛋。"

"你说什么？直接在办事处弄死？"舒里克问道。

"我不在乎。他要为这个手势付出代价。"

舒里克拍了拍科利扬的肩膀，转向沃洛金，用安抚的语气说道："当然不是在办事处。我们会约个时间碰头。"

"好，"沃洛金说道，"那就碰头，对吧？然后呢？让科利扬说。"

"还能怎么样，"科利扬答道，"然后我们开车过去。等这个混蛋一出现，我就说：'兄弟，你是哪条道上的？'他开始叨叨起来，我听上一会儿，还不时点点头，然后就一枪毙了他……再把剩下的人干掉。"

他看了一眼手心那撮黑色的颗粒，问道："就这样吞下去吗？"

"先嚼一嚼。"沃洛金说道。

---

①将拇指、食指和小指伸直，剩下的手指握起，这是新俄罗斯人常用的手势，一般表示威胁。

科利扬把手里的东西塞进嘴里。

"吃起来像蘑菇汤。"他说。

"吞了吧,"舒里克说,"我都吃完了,没事儿。"

"这么说,你要开枪是吧?"沃洛金若有所思地说道,"可要是他们先拿枪指着你们呢?"

科利扬一边思索着,一边嚼了嚼,然后一口吞下,自信地说道:"不,不会的。"

"好吧,"沃洛金说道,"那你要怎么办呢?是趁他没下车,直接远远地毙了他,还是等他下了车再动手?"

"等他下车,"科利扬说道,"傻子才不等他下车就开枪呢。七穿八烂,血肉横飞的。干吗要把车毁了。最好的办法就是等他走到我们车子跟前。"

"好吧。就按这个最好的办法。假如他下了车,来到你们的车子跟前,你正要开枪,却看见……"

沃洛金意味深长地停顿了一下。

"你却看见,来人不是他,而是你自己。可你又必须开枪。现在请你告诉我,你会不会因此而发疯?"

"会发疯的。"

"当你发疯的时候,逃跑不丢人吧?"

"不丢人。"

"这么说,如果不丢人,你就会逃跑?"

"当然,如果不丢人的话。"

"这样一来,你就是在逃避自己。明白吗?"

"不,"科利扬顿了一下说道,"我不明白。如果这人不是他,而是我,那我在哪儿呢?"

"你就是他。"

"那他呢?"

"他就是你。"

"我怎么都搞不懂。"科利扬说道。

"你瞧,"沃洛金说道,"你能不能想象周围什么都没有,只有你自己?"

"能,"科利扬说道,"我有过几次这样的感觉,是因为吸了大麻,要么就是鸦片,我记不清了。"

"如果周围只有你自己,你又怎么能毙了他呢?无论如何子弹都要打在你身上。这下你该疯了吧?既然你疯了,那你就不会开枪,而是拔腿就跑。现在你想想,结论是什么?结论就是,你在逃避自己。"

科利扬思索良久。

"让舒里克开枪。"他最后说道。

"那他打中的就是你。毕竟周围只有你。"

"为什么?"舒里克插嘴道,"我又没疯。我可不会打错人。"

这回是沃洛金思索良久。

"不对,"他说,"不能这么解释。这个例子举得不好。快感要来了,到时候我们再聊。"

接下来的几分钟里一片寂静,他们在篝火旁开了几个罐头,切了些香肠,喝起伏特加来。他们始终一声不响,仿佛有一种晦暗不明的东西将在场的人们都联合了起来,于是任何话语都变得无关紧要而又不合时宜。

他们喝完了酒,仍旧一语不发地抽着烟。

"我们究竟为什么要聊这些?"舒里克突然问道,"我是说碰头和发疯什么的。"

"是沃洛金说,等快感来了,我们就会在森林里跑来跑去,逃避自己。"

"啊。明白了。对了,为什么要说'来'呢?它到底从哪里来?"

"你是在问我吗?"沃洛金问道。

"问你也行。"舒里克答道。

"要我说,是从身体里面来的。"沃洛金答道。

"这么说,它一直待在那儿?"

"似乎是的。可以这么说。而且不止如此。我们身体里面有世界上所有的快感。当你吸食或者注射那玩意儿的时候,只释放了一部分快感。药物里并没有快感,它们不过是一些粉末和小蘑菇之类的……就像是保险箱的钥匙。明白吗?"

"有劲儿。"舒里克不知为何顺时针地晃了晃脑袋,若有所思地说道。

"确实有劲儿。"科利扬赞同道,紧接着他们安静了几分钟。

"对了。"舒里克又开口道,"身体里面这样的快感很多吗?"

"多得无穷无尽,"沃洛金坚定地说道,"多得无穷无尽、难以想象,甚至还有那种你在这里永远也体会不到的快感。"

"操……这么说,身体里面就像保险箱,而这个保险箱里装着快感?"

"大致是这样。"

"可不可以把这个保险箱拿走?好体验一下这种快感?"

"可以。"

"怎么才能办到呢?"

"必须为此付出一生。你觉得人们为何要在修道院里过一辈子?你以为他们是在那里顶礼膜拜吗?他们是在那儿飘飘欲仙呢!你就是用一千张绿票子①也换不来。而且他们一直都有快感,明白吗?早上、白天、晚上。有的人甚至连睡觉的时候也这样。"

"是什么让他们飘飘欲仙?那玩意叫什么?"科利扬问道。

"各有各的叫法。总的来说,叫慈悲。或者是爱。"

"是谁的爱?"

"就是爱。等你感觉到它,就不会再去思考这爱是谁的,又是为了什么。你连想都不会想。"

"这么说,你体会过?"

"是的,"沃洛金说道,"体会过。"

---

① 一美元的纸币。

"那是什么感觉？像什么？"

"不好说。"

"说个大概也行啊。像大麻吗？"

"说什么呢！"沃洛金皱着眉头说道，"跟它比起来大麻就是一坨屎。"

"那是什么，像吗啡？还是柏飞丁？"

"都不是，舒里克。不是。根本没法比。想象一下，你嗑了不少柏飞丁，嗨得不行，而且嗨了一整天。你想要个娘们，干点那事儿，对吧？"

舒里克嘿嘿一笑。

"过了一天，等你清醒过来，八成就会开始想，我干吗要这样呢？"

"有时候是的。"舒里克说道。

"可在他们那儿，一旦兴奋起来，就再也不会消退。而且用不着什么娘们，也不用饿肚子。既不用戒断，也不会发毒瘾。你只要祈祷，就能一直嗨下去。明白了吗？"

"这比大麻还爽？"

"爽多了。"

沃洛金弯下腰去，拨了拨篝火里的树枝。篝火立刻熊熊燃烧起来，就像往里面倒了汽油似的。火焰的样子有些奇怪，里面迸射出异常美丽的五颜六色的火星。映在众人脸上的火光也非同一般，既绚丽柔和，又格外深邃。

如今可以看清楚坐在篝火旁的人了。沃洛金四十岁上下，胖乎乎的，剃着光头，留着整齐的小胡子。整个人就像一个颇有教养的巴斯马奇分子[①]。舒里克留着金色头发，身材瘦削，活泼好动，总是做一些毫无意义的小动作。他看上去没什么力气，但那时常发作的神经性痉挛却有些可怕，把坐在旁边的科利扬吓得像一只小猎狗似的。总之，如果舒里克看起来活像一个彼得堡的土匪，那么科利扬就是典型的莫斯科流氓，世纪初的那些未来主义者早已天才般地预言了这种人的出现。他整个人仿佛是由球体、立方体和角锥体这类简单的几何体交织而成，而他那圆滑的小脑袋使人想起福音书里被匠人所弃的石头，最后却成了俄罗斯这座新大厦的房角石[②]。

"瞧，"沃洛金说道，"快感来了。"

"嘿，"科利扬赞同道，"还真是。简直要爽翻了。"

"是的，"舒里克说道，"劲儿确实不小。听着，沃洛金，你说的是真的吗？"

"你是指什么？"

"就是一辈子都能这么嗨。时时刻刻都有快感。"

"我没说一辈子。我说的是别的意思。"

"是你亲口说时时刻刻都能嗨的。"

"这话我也没说过。"

[①]苏联时期曾在中亚一带活动的反革命匪徒，多为突厥人。

[②]犹太人在为重要建筑物举行奠基典礼时，要将第一块石头安放在挖好的房基上，称为"房角石"，意为最重要的基础。

"科尔①,是他说的吧?"

"不记得了。"科利扬嘟囔道。他似乎已经游离在谈话之外,正忙着别的事儿。

"那你说的是什么?"舒里克问。

"我没说时时刻刻,"沃洛金说道,"我说的是'始终'。你要听得认真些。"

"这有什么区别?"

"区别在于,在快感开始的地方,时间是不存在的。"

"那里有什么呢?"

"慈悲。"

"还有呢?"

"什么都没有了。"

"我不是很明白,"舒里克说道,"那这个慈悲是悬在一片虚空之中喽?"

"那里也没有虚空。"

"那到底有什么?"

"我说了呀,有慈悲。"

"我又糊涂了。"

"别灰心,"沃洛金说道,"如果这么容易就能搞明白,那现在半个莫斯科都能免费嗨起来。你想想,一克药原本要两百块,可突然一分钱都不用花了。"

---

①科利扬的小名。

"是二百五十块，"舒里克说道，"不，不太对头。就算再难理解，人们还是会去搞明白并且享受快感的。毕竟他们能用咳嗽药水做出柏飞丁呢。"

"动动脑子吧，舒里克，"沃洛金说道，"假如你是卖药的，好吧？一克卖二百五十美金，每克你能赚十张绿票子。假如每个月能卖五百克。那你能赚多少钱？"

"五千块。"舒里克说。

"你再想象一下，如果有个贱人害你卖不了那么多，只能卖出五克。你又能赚多少？"

舒里克动了动嘴，嘟囔了一串数字。

"赚个鸟。"他答道。

"就是嘛。也就够带着婊子吃一回麦当劳，自己吸可就不够了。你会怎么对付那个害你的贱人呢？"

"干掉她，"舒里克说道，"那还用说。"

"现在你明白，为什么没人知道这事儿了吧？"

"你是说，商贩们会盯着？"

"问题不在于货品，"沃洛金说道，"损失的钞票可不止这些。要知道，一旦你获得了永恒的快感，什么小轿车、汽油、广告、黄片儿、新闻就都用不着了。别人也是一样。那时会发生什么呢？"

"那一切都完了，"舒里克四下打量着说道，"所有文化和整个文明都要完犊子。这是明摆着的。"

"正因如此才没人知道这种永恒的快感。"

"那是谁在监控这一切呢?"舒里克稍加思索便问道。

"自动的。是市场。"

"别跟我扯什么市场,"舒里克皱起了眉头,"我们知道。自动嘛。该自动就自动,该单发就单发。还得给枪打开保险。总之,有人在掌握全局。也许将来我们会知道这个人是谁,得过上四十年吧,不会更早。"

"我们永远也不会知道的,"科利扬闭着眼睛说道,"你怎么回事?你自己想想。假如有个人腰缠万贯,那他肯定不会到处张扬。若是有人对他阴阳怪气,立马就会被人干掉。那些掌握全局或者有权有势的人可比这厉害多了!可我们呢,我们顶多把哪个笨蛋毒打一顿,或者烧了谁的办事处。我们不过是些小喽啰。可那些人为了达到目的,甚至能动用坦克。有时还会用上飞机呢,哪怕是原子弹也不在话下。你瞧,杜达耶夫[①]不愿再上交好处,立马就遭到了猛烈的攻击,不是吗?最后一刻他们才醒悟过来,再打下去以后可就没地儿捞好处了。你再想想白宫。难道我们会攻击'石化'公司吗?"

"你干吗老扯上白宫呀?"舒里克说道,"清醒点儿。我们不提政治,只谈永恒的快感……话说……不过确实……电视上说,

[①]苏联解体后,杜达耶夫成为车臣总统。据说他不愿再将出售石油的收益分给俄罗斯政府,因此导致了车臣战争。

哈斯布拉托夫①总是一副嗑嗨了的样子。也许他和鲁茨科伊已经获得了永恒的快感?他们想通过电视把这件事告诉所有人,所以才去冲击奥斯坦金诺电视塔,可商贩团伙不允许……不,这简直太疯狂了。"

舒里克双手抱头,一语不发。

周围的树林里均匀地闪烁着霓虹般的神秘火光,头顶的天空中突然出现了点点繁星,就像马赛克拼成的美丽画卷一样,全然不似人们在繁重的日常生活中见到的景象。周围的世界变了,变得更加意蕴悠长而又富有活力,仿佛它终于明白,为何这片空地上绿草如茵,微风阵阵,为何天空中群星闪烁。不过,改变的不只是这个世界,还有坐在篝火旁的人们。

科利扬双目紧闭,似乎沉浸在自己的内心世界中。他那小小的方圆脸上常常挂着阴郁的表情,如今却看不出一丝情绪,就像一块不太新鲜的肥肉似的。他那标准的深棕色平头上也有了压痕,就像一顶古怪小帽上的皮滚边。在跳动的火光下,那件双排扣粉色上衣就像古代鞑靼人的军装,上面的金色扣子则像是古墓里出土的扣饰一样。

舒里克变得更加瘦削、好动和可怕。他就像一个用破木板搭起来的架子,上面挂着几年前晾上就一直忘了取下的破衣烂衫,而就在这件破衣烂衫里却神奇地孕育出了一条生命,并且这生命

---

①苏俄政治家,曾联合鲁茨科伊发动"炮打白宫"事件。事件中的示威者曾试图攻占奥斯坦金诺电视塔。

有力地站稳了脚跟，把周围的许多东西挤到一旁。总之他不像个活人，那件羊绒海军大衣使他看上去更像是一个电动的水兵假人。

沃洛金的变化不大。仿佛有一把无形的刀子削去了他样貌中所有的棱角和凹凸之处，只留下交织在一起的柔和而平滑的线条。他的脸变得稍稍有些苍白，眼镜片里映出的火花比篝火里飞出来的还要多，他的动作也变得流畅而从容。总之，从许多特征都能看出，这人绝不是第一回吃蘑菇了。

"哟，够劲儿，"舒里克打破了宁静，"真够劲儿！科尔，你怎么样？"

"没什么，"科利扬闭着眼睛说道，"只是有些火光。"

舒里克朝沃洛金转过身去，剧烈的动作使他感到天旋地转，平静下来以后他便说道："我说，沃洛金，你知道怎么才能获得这种永恒的快感吧？"

沃洛金没有作声。

"别呀，我都明白了，"舒里克说道，"我明白为什么没人知道，也明白为什么不能谈论这件事。但是你可以告诉我，对吗？我可不是笨蛋。我会在郊外的小屋里悄悄享受的。"

"得了吧你。"沃洛金说道。

"别呀，难道你不相信我？你觉得会惹麻烦？"

"怎么会呢，"沃洛金说道，"我没这么想。只不过，这不会有什么好结果的。"

"快点儿吧，"舒里克说道，"别拖拖拉拉的。"

沃洛金摘下眼镜，用衣角仔细擦了擦又戴上。

"你要明白一件最重要的事情，"他说，"我不知道该怎么解释……还记得我们曾经提到的内心的检察官吗？"

"记得。他可以逮捕胡作非为的人。比如杀死老太婆的拉斯柯尔尼科夫，他以为内心的律师会为他洗脱罪名，但却没有成功。"

"没错。你觉得这个内心的检察官是谁呢？"

舒里克陷入了沉思。

"不知道……也许就是我自己。是我的一部分。不然还能是谁呢？"

"那这个为你申辩的内心的律师又是谁？"

"大概也是我自己。不过结论有些奇怪，我亲自起诉自己，又亲自为自己辩护。"

"一点儿也不奇怪。一直都是这样。现在你想象一下，内心的检察官把你逮捕了，可内心的律师全都一败涂地，于是你进了自己内心的局子。现在假设还有第四个人，没人会把他逮起来，他既不是检察官，也不是被告，更不是律师。他不会牵涉到任何案件之中，不是刑事犯，不是民事犯，也不是警察。"

"想象好了。"

"这第四个人就是享受永恒快感的人。而且用不着跟他解释什么是永恒快感，明白吗？"

"可这第四个人是谁呢?"

"谁也不是。"

"那总该看得见他吧?"

"看不见。"

"就算看不见,起码能感觉到吧?"

"也不行。"

"这么说,他其实不存在?"

"其实,如果你想知道的话,"沃洛金说道,"检察官和律师不存在。就连你也不存在。如果真的有什么人存在的话,那这个人也一定是别人。"

"我听不懂你的话。你还是说说,怎样才能获得永恒的快感吧。"

"什么都不用做,"沃洛金说道,"关键就在于什么都不用做。一旦你开始做些什么,就会陷入案子里,对吧?"

"按理来说似乎是这样。"

"你瞧。只要有案子,立马就会出现检察官、律师和一系列的事情。"

舒里克突然沉默了,并且一动也不动。科利扬却突然清醒过来,仿佛舒里克的活力瞬间转移到了他的身上。他睁开眼睛,聚精会神而又充满敌意地看了看沃洛金,接着咧嘴一笑,露出一颗闪亮的金牙。

"你呀,沃洛金,用这个内心的检察官把我们搞糊涂了。"他说道。

"怎么会呢?"沃洛金惊讶地问。

"是这么回事。沃夫奇克·马洛伊给了我一本书,书里写的就是这事儿,写得真不赖。是尼采写的。写得他妈的文绉绉的,正常人都看不懂,但又挺有智慧。沃夫奇克特地雇了一个吃不上饭的教授,让他跟一个懂黑话的男孩待在一起,他俩花了一个月的工夫,把这本书变成了兄弟们都能读懂的程度,其实就是把书翻译成了人话。总之,把内心的条子弄死就行了。这样就没人再来抓你了,明白吗?"

"科利扬,你这是什么话?"沃洛金的语调很温柔,甚至有些怜悯,"你想过自己在说什么吗?你知道弄死条子会怎么样吗?"

科利扬哈哈大笑起来。

"谁会来抓我?其他内心的条子吗?那就把他们都弄死。"

"那好吧,"沃洛金说道,"就算你把内心的条子都弄死了,内心的特警队也会来对付你的。"

"我早就料到你会这么说,"科利扬说道,"过一会儿你还会说内心的国安局,内心的阿尔法小组①之类的。可我告诉你,就得把他们都弄死,然后成为自己内心的总统。"

"好吧,"沃洛金说道,"假如你成了自己内心的总统,那当你有疑问的时候该怎么办呢?"

"没关系,"科利扬说道,"那就镇压它们,然后继续前进。"

---

①苏联时期克格勃下属的特种部队。

"这么说，为了镇压这些疑问，你还是需要内心的条子喽？假如疑问很多的话，还是需要内心的国安局？"

"如今他们是在为我效力，"科利扬说道，"我可是自己的总统。你说不过我的。"

"没错，沃夫奇克·马洛伊把你教得很好。那好，假设你成了自己内心的总统，而且有属于你的内心的条子，还有庞大的安全局和各种占星师供你差遣。"

"正是如此，"科利扬说道，"这样就没有任何人能接近我了。"

"这时你会怎么做呢？"

"想做什么做什么。"科利扬说道。

"比如呢？"

"比如，带上个娘们去加那利群岛。"

"去那里干什么？"

"我说了呀，我想做什么就做什么。我想游泳就去游泳，想操娘们就操娘们，想嗑药就嗑药。"

"是嘛，"沃洛金说道，红色的火舌在他的镜片上一闪而过，"你想嗑药。嗑药难道不会让你忍不住思考吗？"

"会的。"

"既然你是总统，那你的思想就应该是国家的思想喽？"

"是吧。"

"那我告诉你接下来会怎么样。你一旦嗑了药，就会产生国家的思想，而你内心的总统就会遭到内心的弹劾。①"

"那我们就冲进去，"科利扬说道，"我可以发动内心的坦克。"

"你打算怎么发动？要知道，这些国家思想是谁的？是你的。也就是说，是你自己在弹劾自己内心的总统。谁会发动这些坦克呢？"

科利扬没有应声。

"立马就会有新的总统，"沃洛金说道，"到那时，这个国安局为了巴结新总统，会拿前总统怎么办呢，想想都觉得可怕。"

科利扬陷入了沉思。

"那又怎样，"他犹疑地说道，"新总统就新总统呗。"

"那你就是前总统了，对吧？如此说来，在内心的卢比扬卡大楼②里被人打死的会是谁呢？怎么不说话了？是你。现在你想想哪种情况更好，是让内心的条子把你当做杀死老太婆的凶手逮捕呢，还是把你当做内心的前总统送到内心的国安局去？"

科利扬皱起眉头，伸出手想要说些什么，却突然低下头去，变得沮丧起来。显然，他的脑子里突然冒出了一个令人不快的想法。

"唉，对……"他说道，"还是别瞎掺和的好。太复杂了……"

---

① 在俄语中，"国家的思想"和"国家杜马"（即国家议会）是同一个词，此处作者使用了双关语。
② 克格勃总部的代称。

"现在内心的条子把你逮住了吧,"沃洛金肯定地说,"你却说什么尼采,尼采……知道你那位尼采后来怎么样了吗?"

科利扬清了清嗓子。往篝火里吐了一大口痰。

"你是个畜生,沃洛金,"他说道,"你这个狗杂种又把我弄得稀里糊涂。前阵子我在录像厅里看了个电影,叫《低俗小说》,是讲美国黑帮的。看完电影我觉得畅快极了!好像明白了以后该怎么活。可跟你不管怎么聊,我都感觉前途一片黑暗……这么跟你说吧,我从没见过自己内心的条子。就算见到了,要么把他们弄死,要么就装精神病来脱罪。"

"干吗把内心的条子弄死呢?"舒里克插嘴道,"既然能贿赂他们,还费这个劲干吗?"

"怎么,内心的条子也受贿?"科利扬问道。

"当然受贿啦,"舒里克说,"你没看过《教父》的第三部吗?记不记得柯里昂先生?他为了摆脱自己内心的条子,向梵蒂冈汇了六亿美金。即便杀人无数,他仍然获得了内心的假释。"

他朝沃洛金转过身去。

"怎么,你大概要说内心的条子不受贿吧?"

"受不受贿有什么分别。"

"没错,"舒里克说道,"我们说的不是这个。是科利扬先说要弄死条子的。现在我们来回忆一下。我跟你聊的是永恒的快感。是的。我们谈到,当你应付内心的检察官和律师的时候,第四个人却在享受永恒快感。"

"没错。问题不在于你打算怎么对付这些内心的条子——不管是弄死,还是贿赂,或是悔罪。要知道,不管是这个条子,还是那个向他行贿或忏悔的人,实际上都不存在。是你自己挨个装成了他们。这件事你应该是明白的。"

"其实我不太明白。"

"你想想,在实行民主制以前,你跟科利扬在古姆①外头干的是什么活儿。趁他快要把外币卖掉的时候,你就带着警察证过去,假装把他和买家一起逮捕。记得吗?你可是说过的,假如你不相信自己是条子,买家也不可能相信,更不会跟你走了。这么说,当时你觉得自己是个条子喽?"

"嗯,没错。"

"说不定你真的成了条子?"

"沃洛金,"舒里克说道,"我当你是朋友,但我真心劝你说话注意点儿。"

"我会为自己说过的话负责,你继续听下去。明白我们在说什么吗?你可以暂时相信自己是警察。现在想象一下,假如你一辈子都在这么做,只不过你糊弄的不是买家,而是你自己,而且你始终相信自己的谎言。你一会儿是条子,一会儿是被他逮捕的人。一会儿是检察官,一会儿又是律师。我为什么说他们其实都不存在呢?因为当你是检察官的时候,律师去了哪里?而当你是律师的时候,检察官又在哪儿呢?他们哪里也不在。这么说来,

---

①位于莫斯科红场的国营百货公司。

你就像是梦见了他们一样,懂吗?"

"就算懂了吧。"

"除了这些条子之外,还有各式各样的工人、公子哥和狗杂种在你心里挨个等着呢,你还没来得及把他们都做一遍,这辈子就过去了。排队等你的人可比共产党那会儿排队买香肠的人多了去了。要是你想获得永恒的快感,就得把这条长队抹掉,明白吗?什么人也不做就行了。既不做检察官,也不做律师。"

"怎么才能做到呢?"

"我说过呀,什么也不做。只要你做什么,你就一直是检察官或者律师。其实什么事儿也不用做,明白吗?"

舒里克思索了一会儿。

"他妈的,"他最后说道,"我宁愿吸五克药粉,也不想变成个疯子。兴许这个永恒快感对我没用呢,大麻就不能让我兴奋嘛。"

"所以没有人知道这永恒的快感,"沃洛金说道,"原因就在这里。"

他们安静下来,这一次沉默了许久。沃洛金开始把树枝掰断扔进火里。舒里克从口袋里掏出一个扁扁的、刻着自由女神像的金属水壶,喝了几大口,然后递给科利扬。科利扬也喝了几口,又把水壶还给舒里克,接着每隔一会儿他就往火里啐一口。

火堆里的树枝噼啪作响,有时只响一下,有时则发出一连串的声音。篝火犹如一个小小的宇宙,一些微小生物的身影在火舌中忽隐忽现,不停蠕动着。为了暂时摆脱难以忍受的炽热,它们在落入炭火的口水旁争夺着地盘。这些生物的命运是悲惨的,即便有人察觉到它们幽灵般的存在,难道他能使它们明白,它们其实并非生活在这个火堆之中,而是生活在夜凉如水的森林里,只要它们不再靠近炭火中冒着气泡的口水,它们的一切痛苦都将永远终结?也许有人可以。说不定曾住在附近的那个新柏拉图主义者能办到。可不幸的是,他死了,这个可怜人到底没能活到苏共二十大。

"其实,"沃洛金忧伤地说道,"这个世界就像一座起火的房子。"

"什么起火的房子,"舒里克不服气地说,"是发大水时又起了火的窑子。"

"还能怎么办?总得活着吧,"科利扬说,"你说,沃洛金,你相信世界末日吗?"

"这是个很主观的问题,"沃洛金说道,"要是有个车臣人给你一枪,那就是你的世界末日了。"

"还不知谁给谁一枪呢。"科利扬说,"你觉得东正教徒能被大赦[①]吗?"

"什么时候?"

"末日审判的时候。"科利扬压低声音急促地说道。

"怎么,你竟然相信这些胡说八道?"舒里克难以置信地问。

---

① 天主教教会可以对信徒进行大赦,使其免于炼狱之苦。

"我也不知道自己信不信，"科利扬说道，"有一回我杀了人，离开时心里堵得慌，充满了困惑，总之精神很脆弱。路上有个售货亭摆满了各式各样的圣像和小册子。我就买了一本叫《死后生活》的书。我读了读死后的生活是什么样。我立马就发现了，原来都是一些我熟悉的东西。就是拘留、审判、大赦、坐牢、律法那一套。死亡就像从监狱去了劳改营。灵魂被押解到天上的羁押站，这叫死后考验①。一切都按规矩来，有两个押送员，还有各种手续。下面是禁闭室，上面才是好地方。他们会在这个羁押站里给你罗织罪名，既有你犯的罪，也有别人的，而你要对每一项罪名进行辩护。重要的是，你得了解法典。不过，只要老大愿意，他总能把你丢到禁闭室里去。因为从出生以来，你起码会触犯他那部法典中一半的律法。比方说，有个律法就是——你要为自己的话负责。不仅仅是你说错的话，而是你在世时说过的每一个字。明白吗？不论你如何小心翼翼，他们总有理由把你关起来。只要有灵魂，就一定要经受死后考验。不过，老大也许会给你减刑，尤其是当你说自己是最烂的臭狗屎的时候。他喜欢听人这样讲。他还喜欢别人怕他。你最好又怕他，又觉得自己是一坨臭狗屎。他身上散发着光芒，两只翅膀伸展开来，还有护卫之类的。他居高临下地看着你说：'怎么样，臭狗屎？明白了吗？'我读着读着就想起，很久以前我还在练举重，那时正值改革时期，

---

①东正教认为，人死后灵魂会在两位天使的陪同下去接受上帝的最终审判。灵魂一路上会遇到二十次考验，分别对应着二十种罪过。如果生前犯过相应的罪行，灵魂就会被魔鬼拖入地狱。

《星火》杂志上也发表过一篇类似的文章。我想起来了，可这使我冷汗直冒。这么说来，斯大林时代的生活就跟死后的情形一样！"

"我不太明白。"舒里克说。

"你瞧，在斯大林时代，关于死后的情况只有无神论，可如今宗教又卷土重来。但是按照宗教的说法，死后的一切就跟斯大林时代一样。你想想那时是什么样子。大家都知道，每到夜里克里姆林宫都会亮起一扇小窗，而他就在窗子里面。他像大哥一样爱着你，尽管你对他畏惧到了极点，却似乎也应该全心全意地爱他。这就跟宗教一样。我之所以想起斯大林，是因为我在思考，怎么能对一个人既畏惧到了极点，又爱得全心全意呢？"

"可要是你不害怕呢？"舒里克说道。

"这就意味着你对上帝没有畏惧。你会为此被关进禁闭室的。"

"什么禁闭室？"

"书里只是稍微提了一下。那里很黑，还能听见人们咬牙切齿的声音①。读到这里我想了整整半个小时，灵魂的牙齿究竟是什么样。我差点想得发了疯。然后我继续读了下去。我明白了，如果你及时自称是臭狗屎，甚至用不着说出来，只要你真正意识到自己始终是一坨十足的臭狗屎，你就能获得大赦，进入天堂，

---

①"把这无用的仆人丢在外面黑暗里；在那里必要哀哭切齿了。"(《圣经·马太福音》)

来到他的身边。根据我的理解，那里最大的快感就是能一直望着在观礼台上进行检阅的老大哥，除此之外他们什么也不需要。因为在这个地方，要么是享受这种快感，要么就是在禁闭室里咬牙切齿，没有其他的选择。要命的是，狗杂种，要命的是没有别的可能，要么在上面睡板床，要么在下面关禁闭。总之我把这个制度给看透了。只是我不明白，是谁想出这么残酷的坑意儿？沃洛金，你觉得呢？"

"还记得格洛布斯吗？"沃洛金问道。

"成了银行家的那个？记得。"科利扬答道。

"我也记得，"舒里克一边喝着雕花水壶里令人放松的汁液，一边说道，"临死前发达了。开上了保时捷，戴的链子每根都值五千美金。还整天上电视，是个什么该死的赞助商。"

"没错，"沃洛金说道，"知道他去巴黎贷款的时候干了什么吗？他和那里的银行家一起去吃饭，想在饭桌上跟人家谈谈心。最后却喝得酩酊大醉，就跟参加'斯拉夫集市'①似的。他还嚷嚷：'服务员，叫两个兔爷，再来一壶最带劲的浓茶②！'他原来不是同性恋，不过蹲牢子的时候……"

"用不着跟我解释。后来怎么样了？"

"没怎么样。茶给上了。人也给弄来了。那里毕竟有人做这种生意。"

---

① 从1992年开始在白俄罗斯维捷布斯克举办的艺术节。
② 浓茶是苏联集中营里的囚犯发明的饮料，具有提神和兴奋的功效，可能产生依赖性。

"那贷款批了吗?"

"批不批都不重要。你想想,既然他到死都怀着那种念头,说明他根本没从牢里出来过。就算他发达了,开上了保时捷,到处接受采访,也不过是一直在牢里罢了。他甚至在这个牢里找到了自己的巴黎。要是这个喝着浓茶、搂着兔爷的格洛布斯想到了死后的生活,他脑子里会蹦出什么念头呢?"

"他这辈子可从来没想过这种事儿。"

"可要是他想了呢?要是他只知道牢子里的事儿,但却像别人一样向往着上面的世界,他会想到些什么呢?"

"真搞不懂你,"科利扬说道,"你说到哪儿去了。什么上流社会①?普加乔娃和基尔科罗夫②?他从来也不向往什么上流社会,可好运气不还是落在了他头上。"

"我明白你的意思,"舒里克对沃洛金说,"假如格洛布斯开始思考死后的生活,他保准儿也会想起你那本小册子。不光是格洛布斯。科尔,你想想,从我们生下来开始,这个国家就一直是个牢,将来也是一样。所以上帝才是这副满身警灯的模样。在这里,谁能相信别人呢?"

"你怎么回事,不喜欢咱们的国家吗?"科利扬严厉地问道。

"谁说的,我喜欢。有的地方喜欢。"

科利扬把脸转向沃洛金。

---

①在俄语中,"上面的世界"和"上流社会"是同一个词。
②普加乔娃和基尔科罗夫都是俄罗斯著名的流行音乐歌手,他们曾经有过一段婚姻。

"我说,格洛布斯在巴黎拿到贷款了吗?"

"好像拿到了,"沃洛金说道,"那个银行家对一切都很满意。他们经常招兔爷,但却没喝过浓茶。浓茶甚至在那儿流行起来,人们都叫它俄式新茶。"

"话说,"舒里克突然说道,"我有个想法……哎呀……该死……"

"怎么了?"科利扬问道。

"也许实际上并非如此。说不定,不是因为我们活在牢里,我们的上帝才像一个带着警灯的老大哥。恰恰相反,是因为我们给自己选了一个带着警笛的老大,所以我们才活在牢里。要知道,灵魂的牙齿、焚烧革命者的熔炉、天上的押送队都是一派胡言,是人们在几百年以前臆想出来的!我们只是想在人间建造一个天堂。竟然建成了!而且它完全符合我们的想象!可建成以后才知道,天堂是离不开地狱的,毕竟没有地狱哪来的天堂呢?这不是天堂,而是瞎扯淡。也就是说……不,我甚至不敢往下想。"

"也许人们干的坏事越少,上帝就会越慈爱。比如在美国或日本那样的地方。"科利扬说道。

"沃洛金,你怎么说?"舒里克问道。

"我怎么说?上面什么样,下面就什么样。而下面什么样,上面就什么样。当一切都上下颠倒的时候,怎么才能说清楚,既没有上面,也没有下面呢?所以古罗斯人才说——天黑以后屁股就是老大①。"

"这家伙进入状态了,"科利扬说道,"真叫人羡慕。你吃了多少?"

"难道你没进入状态?"舒里克问道,"刚才你可是在死后世界里转了一大圈,还把我们也带上了。我看你心里不光有条子和律师,还有一个主教公会②呢。"

科利扬伸出一只手,对着它仔细端详了一会儿。

"嗒,"他说道,"又变蓝了。为什么我一吃这种蘑菇就会变蓝呢?"

"你变得可够快的,"舒里克说道,然后朝沃洛金转过身去。"喂,我说。又跑题了。我们一开始谈的不是永恒快感吗?你看扯到哪里去了。"

"哪里胡扯了?"沃洛金问道,"我瞧着,咱们刚才怎么坐着,现在还怎么坐着。篝火在燃烧,公鸡在啼叫。"

"什么公鸡?那是科利扬的传呼机。"

"啊……没关系,它们早晚会叫的。"

舒里克冷笑一声,拿出水壶喝起酒来。

"沃洛金,"他说道,"我还是想知道这第四个人是谁。"

"谁?"

"第四个人。你难道不记得了?一开始我们谈到内心的检察

---

①这句谚语的原意是到了晚上就可以随心所欲地放屁,后来引申为畅所欲言、为所欲为的意思。
②东正教会的最高权力机构。

官和内心的律师,还有一个享受内心快感的人。只是我不明白,为什么他是第四个人?他应该是第三个呀。"

"你把被告忘了吗?"沃洛金问道,"就是他们审判的那个人?你又不能从检察官一下子变成律师。起码要做一会儿被告才行。这就是第三个人。而第四个人一点儿也不在乎这些分工。除了永恒快感之外,他什么也不需要。"

"那他是怎么知道永恒快感的呢?"

"谁告诉你他知道?"

"是你亲口说的。"

"我没这么说过。我说的是,用不着跟他解释永恒快感。但这并不意味着他对此有所了解。如果他知道些什么,"沃洛金加重了"知道"这个词的语气,"他就会成为你内心这场官司的证人。"

"这么说,我心里还有证人喽?你再说说看。"

"想象一下,你干了件坏事。内心的检察官指责你是个坏蛋,被告会去面壁,而内心的律师则会编造关于童年不幸的谎话。"

"好吧。"

"为了能够开庭,你是不是应该回忆一下自己干的坏事?"

"那是自然。"

"当你回忆的时候,你就成了证人。"

"听你这么说,"舒里克说道,"我心里有一整个法庭喽。"

"你以为呢。"

舒里克沉默片刻，突然一拍大腿。

"啊！"他猛地喊道。"全明白了！我知道怎么获得永恒快感了！要变成第四个人才行，对吧？类似检察官或律师。"

"没错。不过你怎么能变成他呢？"

"我不知道。得先有这个愿望才行吧。"

"假如你想变成第四个人，那你就没有变成他，而是变成了一个想要变成他的人。这区别可大了。要知道，你想变成检察官并不意味着你真的变成了他，只有当你在心里对自己说'舒里克，你是臭狗屎'的时候，你才能成为检察官。在这之后，你内心的律师才会发现刚才的你是检察官。"

"好吧，"舒里克说道，"那你说说，假如你压根不想成为第四个人，你又怎么可能变成他呢？"

"关键不是你想或者不想。问题在于，只要你想要些什么，你就肯定不是这第四个人，而是别的什么人。因为第四个人什么都不想要。当他沉浸在永恒快感之中，怎么还会想要些什么呢？"

"我说，你怎么总是支支吾吾的？能不能直接告诉我，这第四个人究竟是谁？"

"你让我说什么都行。但是没有意义。"

"那你试试嘛。"

"比如，可以说他是上帝之子。"

话音未落，坐在篝火旁的人们突然听见四面八方传来鸡鸣声。仔细想来这可古怪得很，因为自从苏共二十大以后，这一带就没人养鸡了。而且鸡鸣声响了一遍又一遍,这古老的声音使人不禁生出可怕的猜测——不知这是妖术和魔法,还是带着"毒刺"导弹在草原上策马奔向莫斯科的杜达耶夫部下正用鸡鸣来迷惑敌人的侦查。鸡鸣总是连响三下,然后出现短暂的停顿,这说明后一种猜测更有可能。这叫声神秘极了。有那么一会儿,他们都着迷地倾听这失传已久的旋律。过了一会儿,叫声不知是止息了,还是融入了环境之中,人们也对此失去了兴趣。围坐在篝火旁的人们一定在想,在蘑菇的作用下什么事儿不可能发生呢?于是他们又聊了起来。

"你把我搞得越来越糊涂了,"舒里克说道,"难道你就不能直接告诉我,怎么才能成为他吗?"

"我都跟你解释过了,要是有办法变成他,大家早就嗨起来了。关键在于,成为这第四个人的唯一方式就是不再成为任何其他的人。"

"就是说,不能做任何人?"

"也不能刻意不去做任何人。既不能做任何人,也不能刻意不去做任何人,明白吗?这样你立马就会爽翻了天,嗨得不行!你只要'哎呀'一声,就能一劳永逸。"

科利扬轻轻地"哎呀"了一声。舒里克瞥了他一眼。科利扬一动也不动,好像石化了一样。他张开的嘴就像一个三角形的洞,双眼似乎也陷了进去。

"你搞得太复杂了,真的,"舒里克说道,"我也快疯了。"

"那就发疯呗,"沃洛金柔声说道,"你这么理智干吗呢?"

"不,不能那样,"舒里克说道,"要是我疯了,你也会发疯的。"

"怎么会呢?"沃洛金问道。

"你想想,是谁在掩护你。是我和科利扬。对吧,科利扬?"

科利扬没有应声。

"喂,科利扬!"舒里克喊道。

科利扬还是没有反应。他直挺挺地坐在篝火旁,目视前方。尽管舒里克就坐在他对面,往左一点就是沃洛金,可他显然不是在望着他们,而是望向了虚空。不过,最有意思的不是这个,而是他头顶上出现的那条直通天际的光柱。

起初这条光柱只是一条细线,可当舒里克和沃洛金看见它的时候,它突然变得更粗更亮了。奇怪的是,尽管它发着光,却没有照亮这片林中空地和篝火旁的人们。一开始它只有科利扬的脑袋那么宽。后来,篝火和它旁边的四个人都被光柱所笼罩。又过了一会儿,周围突然什么都没有了,只剩下这道光。

"当心。"舒里克的声音从四面八方传来。

其实已经没有什么四面八方了,更没有什么声音。取而代之的是某种存在,它以这种方式表明自己就是舒里克。用"当心"这个词来表明身份是最合适不过的了[①]。

"千万当心。沃洛金,你能听见我说话吗?"

[①] "当心"是俄语中的黑话,罪犯放风时用来提醒同伙。

8　353

"能听见。"沃洛金也从四面八方回应道。

"这就是永恒快感吗?"

"你问我做什么?亲自去看看吧。你马上就能明白一切、见证一切了。"

"好吧……周围这是什么东西?啊,对了……当然。别的东西都去哪了?"

"哪儿也没去。都在原处呢。你好好看看。"

"啊,果真如此。科利扬,你在哪儿?你怎么样?"

"我!"在光明的虚空之中响起了一个声音,"我!"

"喂,科利扬!快回话!"

"我!!!我!!!"

"原来一切是这个样子,嗯?谁能想到呢?"舒里克激动而又幸福地说道,"我从没想到过。听着,沃洛金,你什么都不用说了,我自己就能明白……没人能想得到……我告诉你。因为这是无法想象的!无论如何都无法想象!无论如何都无法想象!"

"我!!!"科利扬回应道。

"原来世界上没有什么可怕的东西,"舒里克继续说道,"一点儿都没有。我都知道了,也都看见了。我还知道你想看见的是什么。哪怕是……好吧……听着,科利扬,那时我们不该把科索伊干掉。他确实没拿钱。这是……原来是你拿的,科利扬!"

"我!!!我!!!我!!!我!!!"

"别说了,"沃洛金插嘴道,"不然他会把我们都扔出去的。"

"可他是个狗杂种,"舒里克喊道,"他骗了所有人!"

"我让你别说了。现在不是时候。你还是看看自己吧。"

"看什么自己?"

"现在说话的是谁,你就看谁。"

"看自己?噢……对……哎呀……"

"没错吧。你还说世界上没有可怕的东西呢。"

"是的……没错……哎呀,我操!我说,沃洛金,真的很可怕。非常可怕。确实可怕。沃洛金,听见没有,光都去哪了?沃洛金?这太可怕了!"

"你还说世界上没有可怕的东西呢!"沃洛金说道。他抬起头来,瞪大眼睛望着虚空,仿佛在里面看见了什么似的。

"快,"他吓得变了声,用力推搡着舒里克和科利扬,"我们起来吧。快点!"

"沃洛金!我几乎听不见你说话!"舒里克摇摇晃晃地喊道,"沃洛金,这太可怕了!喂,科利扬!科利扬,回话!"

"我。我。我。"

"喂,科利扬!你看得见我吗?千万别看你自己,否则周围就会一片漆黑。你看得见我吗,科利扬?"

"我?我?"

"往林子里跑,快!"沃洛金又说了一遍,然后一跃而起。

"什么林子?林子根本就不存在!"

"你只要跑起来,林子会自己出现的。跑吧!还有你,科利扬,站起来。我们在篝火旁集合。"

"我?!我?!我?!"

"我操。我让你们都往林子里跑!有危险!"

假如几个小时以前,林中空地上燃烧的篝火是一个小宇宙,那么如今这个宇宙已然不复存在,里面所有生物的痛苦也随之烟消云散了。空地变得黑漆漆、空荡荡的,只有一缕轻烟从熄灭的炭火上缓缓升起。

车里的无线电突然响了起来,吓跑了灌木丛里的一只小动物,传来一阵窸窣声。无线电响了很久,大概到第二十声的时候,对方的坚持终于得到了回报。林子里传来树枝的嘎吱声和迅速走近的脚步声,一个模糊的身影穿过空地,奔向汽车,接着有人说道:

"喂!这里是'终极远境'股份公司!当然听出来了,当然。是!是!不对!你告诉谢廖扎·蒙戈洛伊德,别来惹我。不能转账。现金不含税,否则合同作废。明天十点在办事处……不,十点不行,还是十二点吧。就这样。"

这人是沃洛金。他放下话筒,打开后备箱,从里面摸出一个油桶,把油倒在残存的火堆上。可火堆没有任何变化,显然炭火已经熄灭了。于是沃洛金划亮了一根火柴,扔在地上,一团红黄色的明亮火焰随即腾空而起。

他将油桶藏进后备箱,在空地上捡了一会儿树枝,把它们都扔进火里。舒里克和科利扬从林子里慢悠悠地走出来时,篝火已经在原来的地方熊熊燃烧了。

他俩是依次出现的。先到的是科利扬。走出林子之前,他不知为何在空地边的灌木丛里坐了很久,透过指缝凝视着火焰。后来他终于鼓起勇气来到篝火旁,默默地坐在之前的位置上。十分钟以后舒里克才出现,手里拿着一把装着消音器的"TT"手枪。他晃悠着走到空地上,看了一眼科利扬和沃洛金,然后把手枪藏进自己的羊绒大衣里。

"这辈子我再也不吃这种毒蘑菇了,"他哑着嗓子说道,"给我多少钱也不干。我打光了两梭子弹,却压根不知道在打谁。"

"不喜欢吗?"沃洛金问道。

"一开始还没什么,"舒里克答道,"可后来……话说,爆炸前我们在聊什么来着?"

"什么爆炸?"沃洛金惊讶地问道。

"就是这个……该怎么说呢……"

舒里克抬头望着沃洛金,好像希望他能帮自己找到合适的词似的,可沃洛金却保持着沉默。

"好吧,"舒里克说道,"一开始我们在聊永恒快感,这我记得。后来就不知扯到哪里去了,东一句西一句的,然后好像有火光照进眼睛里……你还大喊大叫,让我们往林子里跑呢。清醒过来以后,我一开始以为是汽车爆炸了,是'石化'公司的那群畜生偷偷放了炸弹。后来我又想到,好像不是这么回事。确实有火光,但没有汽油味。这么说,都是心理作用。"

"是的,"沃洛金说道,"一点儿也不错。是心理作用。"

"这就是你说的永恒快感?"舒里克问道。

"你可以这么认为。"沃洛金答道。

"可你是怎么让我们都看见它的呢?"舒里克问道。

"不是我让你们看见的,"沃洛金答道,"是科利扬。是他把咱们弄进去的。"

舒里克看了一眼科利扬。科利扬疑惑地耸了耸肩膀。

"没错,"沃洛金一边收拾散落在篝火旁的东西,把它们扔进敞开的车门里,一边说道,"就是这么回事。舒里克,你看看你这个好伙计。按理说他绝不可能搞明白的,可他就是有这个福气。虚心的人有福了①,这话说得没错。"

"你在干吗?准备走吗?"舒里克问道。

"嗯,"沃洛金说道,"该走了。十二点我们要和'石化'公司的人碰头。等咱们到了,还有好多事儿呢……"

"总之我什么都记不清楚了,"舒里克总结道,"只是觉得很奇怪。有生以来我头一回想做点好事。比如帮助别人。或者救人于苦难。真想一下子拯救所有人啊……"

他的脸上流露出向往而又庄严的表情。他抬头看了一眼星空,然后轻轻叹了口气。接着他显然恢复了理智,于是走到篝火旁,背对着两个同伴,双手在腰间鼓捣了一会儿。火苗一下子就

---

①这句话引自《圣经·马太福音》。

被一大泡尿给浇灭了。

几分钟以后,汽车已经行驶在林中的乡间小道上。这条小道就像一条浅浅的战壕似的。科利扬在后座上打着呼噜,沃洛金开着车,盯着被车灯划破的黑暗,而舒里克若有所思地咬着下嘴唇。

"听着,"他终于说道,"我还是有些不明白。你可是说过的,一旦享受到永恒快感,就永远不会结束。"

"确实永远不会结束,"沃洛金皱着眉头,猛地打了一下方向盘,"但你必须用正常的方法,从大门进去。而我们是从通风口爬进去的。所以报警器才响了嘛。"

"这报警器可真酷,"舒里克说道,"酷毙了。"

"这算什么,"沃洛金说道,"他们还能把人逮起来呢。发生过这种事儿。科利扬说的那个尼采就遇见过。"

"要是在那儿被逮住了,会被送去什么地方?"舒里克的语气里透着一股奇怪的敬意。

"身体会被送进疯人院,别的我就不清楚了。这是个秘密。"

"我说,"舒里克问道,"你是不是可以到那里去?而且随时都可以?"

"不是的,"沃洛金说,"我……怎么跟你说呢……我钻不进去。我这辈子积攒了很多精神财富。可要扔掉它们比从鞋底的缝隙里擦掉狗屎还难。所以我通常会派虚心的人打前站,让他从针眼①里钻过去,再从里面把门打开。就像今天这样。可谁能想到,两个虚心的人凑在一起,他们的虚心会闹出这种乱子。"

"什么乱子?"

沃洛金没有答话,他正专心应付复杂的路况。车子颠了一下,然后又颠了一下。马达发出一阵闷响,车子便爬上了一个陡坡,拐到一条柏油马路上,加速行驶起来。迎面开来一辆破旧的"日古利"轿车,随后是一排军用卡车。沃洛金打开收音机,不一会儿,坐在车里的四个人就又回到了从前那个万事万物都熟悉而又分明的世界。

"你说的乱子是什么?"舒里克又问了一遍。

"好啦,"沃洛金说道,"一会儿再说。回去以后有你的功课做呢。现在先想想,咱们给'石化'公司提什么条件?"

"这得由你来想,"舒里克说道,"我们算什么呀,我们只是打掩护的。你才是军师。"

他又沉默片刻。

"我还是怎么都弄不明白,"他说道,"这第四个人到底是谁?"

---

① "骆驼穿过针的眼,比财主进神的国还容易呢。"(《圣经·马可福音》)

9

不管是碟子、杯子还是瓶子都是不存在的，存在的只有酒本身。所以，在被酒所接受以前，一切有生有灭的东西都不过是一些空洞的形态。

的确,这第四个人究竟是谁?谁知道呢。也许是从永暗中爬出来的魔鬼,想要再诱惑几个堕落的灵魂。也许是上帝,据说在那些人尽皆知的事情发生以后,上帝喜欢用化名降临人间,尽量不让周围的人认出他。而且他和从前一样,主要结交税吏和罪人。又或许,而且极有可能,他完全是另一个人。他比坐在篝火边的所有人要真实得多,因为,即使不能保证沃洛金、科利扬、舒里克、这些公鸡、神灵、魔鬼、新柏拉图主义者曾经存在过,可你,刚刚还坐在篝火边的你可是真实存在的,在如今存在和曾经存在的东西中,这难道不是最重要的吗?

夏伯阳把手稿放在写字台上,朝着自己办公室那扇半圆形的窗户看了一会儿。

"我觉得,彼得卡,你的文人气太重了。"他终于说道,"跟实际上并不存在的读者进行交流,这种写法太俗气。就算除了我之外,还有人能读到这个不清不楚的故事,我敢说,他绝不会去反思自己的存在这一显而易见的事实。他多半会去想象写下这些话的你是什么样子。所以我担心……"

"我没什么可担心的,"我点上一根烟,焦躁地打断他,"我早就不在乎了。我只是尽我所能把最近的噩梦记下来。写下这一段的时候……怎么说呢……是由于惯性。在我和男爵先生的对话结束以后,它自己就冒了出来。"

"对了,男爵跟你说了什么?"夏伯阳问道,"从你回来时戴着黄色皮帽看来,你们的谈话想必相当热烈吧?"

"没错,"我说道,"总之,他建议我出院。他把这个充满忧虑和欲望、没有思想和出路的世界比作一家精神病院。接下来,如果我没有理解错的话,他说不管是精神病院,他自己本人,还是您,我亲爱的夏伯阳,其实都不存在。只有我自己是存在的。"

夏伯阳哼了一声。

"这么说,你就是这样理解他的。有意思。我们回头再聊这件事,我保证。至于他建议你从疯人院里出院,我觉得这再好不过了。我怎么没有想到呢。确实,这样你就不用再害怕自己的狂热意识带来的夜复一夜的噩梦了……"

"对不起,我不明白,"我说道,"是我的狂热意识产生了噩梦,还是意识本身就是噩梦的产物?"

"这是一回事,"夏伯阳摆了摆手,"这些说法之所以存在,就是为了让人们永远摆脱它们。不论你置身何处,都要按照你所在的那个世界的规则去生活,而且你要利用这些规则,以便使自己摆脱它们。出院吧,彼得卡。"

"我觉得我明白这个隐喻了,"我说道,"可接下来会怎么样呢?我还能再见到您吗?"

夏伯阳微微一笑,双手交叉抱在胸前。

"我保证。"他说道。

突然传来"铛"的一声,窗户上半边的玻璃掉在了地板上。打碎玻璃的石头砸在了墙上,接着落在写字台旁边。夏伯阳来到窗边，小心地向院子里看了一眼。

"是纺织工人？"我问道。

夏伯阳点点头。

"他们都喝得烂醉。"

"您怎么不跟富尔马诺夫说一声呢？"我问道。

"我不觉得他能管得住他们，"夏伯阳答道，"他之所以能当他们的指挥官，是因为他总是按照他们的心意去下命令。只要他犯一次大错，他们很快就会换个新领导的。"

"说实话，他们使我感到非常不安。"我说道，"我觉得局面已经完全失控了。您别觉得我在危言耸听，有朝一日我们可能全都要……您想想最近发生的事情吧。"

"今天晚上一切都会结束的。"夏伯阳盯着我说，"对了，既然你对这个令人苦恼的问题感到不安，那你干吗不做些什么呢？比如给大家解解闷。假装我们也在纵酒狂欢。要让他们觉得，这里的所有人都是一条心。"

"该怎么做呢？"

"今天会有一场特别的晚会，你知道，战士们要表演各式各样的，呢……他们拿手的小把戏。你能不能给他们演个节目，朗诵一首革命诗？就像你在'音乐鼻烟壶'里念的那首一样。"

我感觉自己受到了侮辱。

"您看，我不确定自己适不适合晚会的风格。我担心……"

"你刚才还说自己没什么可担心的呢。"夏伯阳打断了我，

"况且，你看问题的眼界要开阔些。归根到底，你也是我手底下的一个兵，而我只是要你给他们表演一下拿手的把戏而已。"

起初我感觉夏伯阳的话充满了嘲讽，我脑子里甚至闪过一个念头，他这是在回应刚刚读过的那篇文章。但后来我明白了，可能有另一种解释。也许他只是想告诉我，从现实的前景来看，人们的工作不会再有高低之分，彼得堡享有盛名的诗人和那些颇有才干的团长没有太大的差别。

"那好吧，"我说道，"我试试。"

"太好了，"夏伯阳说道，"那晚上见。"

他转向写字台，开始认真研究铺在桌上的地图。地图上压着一摞纸，其中有几张电报和两三封盖着红色火漆的公文。我把脚后跟相互一碰（夏伯阳丝毫没有注意到我赋予这个动作的讽刺意味），走出了他的办公室。我跑下楼梯，却在门口撞见了刚从院子里回来的安娜。她穿着一条几乎垂地的黑色丝绒连衣裙，胸脯和脖颈遮得严严实实。这是所有衣服里最适合她的一件。

我的的确确"撞"见了安娜，我本能地向前伸出手，一下子搂住了她。尽管我不是有意的，而且还有些难为情，但我也同样感到激动不安。我立刻如遭电击一般往回一跳，却又被台阶绊了一下，仰面倒在地上。这一切看起来一定很滑稽，可安娜没有笑，恰恰相反，她的脸上露出惊恐的表情。

"您没撞到头吧？"她关切地俯下身，向我伸出一只手。

"没有，"我抓着她的手站起身来说道，"谢谢您。"

可等我站起来以后,她却没有立刻把手抽回去,于是出现了令人尴尬的沉默。就在这时,我出人意料地开口说道:"难道您不明白吗?其实我不是这副样子,是您,安娜,是您把我变成了世界上最可笑的人。"

"我?为什么?"

"看来您没发现……您是上帝或者魔鬼派来惩罚我的,虽然我不知道究竟是他们中的哪一个。遇见您之前,我根本不知道自己是多么丑陋。不,不是说我真的丑陋,而是和您所象征的那种难以企及的高贵之美相比而言……您就像一面镜子,使我突然看见,我同这个世界上我所热爱和珍视的一切、对我有意义的一切之间隔着一道难以逾越的鸿沟。听我说,从我在火车上见到您的那一刻起,我的生活就失去了光明和意义。只有您,安娜,只有您能重新把它们还给我!只有您能拯救我。"我一口气都说了出来。

当然,我撒谎了。安娜的出现并未使我的生活失去任何光明和意义,因为我的生活本就如此。可当我说出这些话的时候,从我嘴里蹦出的每一个词似乎都是神圣的真理。安娜默默地听着,她的脸上逐渐显出怀疑的神色,其中还掺杂着困惑。似乎她从没想过会从我嘴里听到这样一番话。

"可我怎么才能拯救您呢?"她皱着眉头问道,"请您相信,我很乐意这样做,可到底需要我做什么呢?"

她的手还被我握着,我突然感到胸口涌起一股热浪,充满了

9　367

疯狂的希望。

"听我说,安娜,"我迅速地说道,"您不是喜欢坐马车吗?我把科托夫斯基的走马弄来了。在庄园里不太方便,所以咱们今晚天黑以后驾车去郊外吧!"

"什么?"她问道,"去干什么呀?"

"什么'干什么'?我以为……"

她的脸上露出疲倦而又厌烦的神情。

"我的上帝啊,"她把手抽了回去,"太下流了!您还不如像上次那样满身洋葱味呢。"

她绕过我,飞快地跑上楼梯,连门都没敲就进了夏伯阳的办公室。我在原地站了一会儿,等到能够控制自己脸上的表情,才来到院子里。不一会儿我就找到了富尔马诺夫,他正待在司令部的木屋里。看来他在这里住得很习惯。桌上有一大摊墨迹,旁边摆着一只茶炊,茶炊的烟道上有一只喜剧演员穿的靴子。显然这只靴子被他们当做扇火用的风箱了。茶炊旁的破布上放着一条切开的鲱鱼。我告诉富尔马诺夫,我要在今天的晚会上朗诵革命诗,然后便留他和两个纺织工人继续喝茶(我保证桌子底下肯定藏着伏特加)。走出大门以后,我便朝着树林的方向踱步而去。

奇怪的是,我几乎没有去想刚才对安娜的表白。甚至也没有自怨自艾。没错,我的确想到过,似乎她每一次都在用和解的机会撩拨我,可每当我上了钩,她又使我陷入狼狈不堪的境地。可就连这个念头也悄无声息地消失了。

我沿着道路向上走去，一路四下打量着。柏油路很快就到了尽头。我又往前走了一会儿，离开土路，顺着路边的斜坡走下去，背靠着一棵树坐了下来。

我把一张纸对折放在膝盖上，很快就写好了一首适合念给纺织工人的诗。根据夏伯阳的要求，就是我在"音乐鼻烟壶"里读的那种。这是一首十四行诗，诗的节律参差不齐，就像被军刀劈开了似的，韵脚也乱七八糟。写完以后我才发现，诗里没有一丁点儿象征革命的内容，于是只好重写了最后几行。终于写完以后，我把纸条装进制服口袋里。正要回去时我却突然感到，为纺织工人写一首小诗这种微不足道的事情竟然唤起了我那沉睡已久的创造力。一只无形的羽翼笼罩在我的头顶，其余的一切都变得无关紧要了。我想起了沙皇之死（这个噩耗是富尔马诺夫带来的），于是，一首精致的、反复押韵的抑抑扬格①在纸页的空白处自然流淌出来，就像是往昔那徒劳的回声：

> 两个水兵在树林中
> 迎着暮色，迎着风，
> 晃动着黝黑的宽肩膀
> 不停地劈开那树丛。
> 沉重的皮带和弹夹下，
> 他们的心灵冷漠无情，

---

① 即诗歌的音步为"轻音节-轻音节-重音节"。

他们的双腿像树桩，

扎在淙淙的流水中。

皇帝精疲又力竭。

从树林一路到城市

他挨了一记左勾拳

膝盖也青一块紫一块，

灌木丛中露出几张脸，

是胡子脏兮兮的卫生员，

俄国的大厦倾塌后

牛鬼蛇神都涌现。

他不理会别人的誓言，

和让他闭眼的伪善规劝，

或是人们粗鲁的骂娘声，

以及枪托在地上砰砰砰——

向着树林、晚霞和街道

皇帝一一做诀别，

他根本不屑一顾

关于自己的种种传言。

站在树桩上，他向人们大喊：

"In the midst of this stillness and sorrow,

In these days of distrust

Maybe all can be changed – who can tell?

Who can tell what will come

To replace our visions tomorrow

And to judge our past?" ①

这就是我要说的一切。

　　皇帝说的是英语，可我一点儿也不惊讶。面对死亡（或许还有些别的什么——可我始终搞不明白），他怎么会用那种已经被苏联人民委员会的法令玷污的语言呢。令我惊讶的是这些卫生员，我根本搞不懂他们意味着什么。不过，我向来不太读得懂自己的诗。而且我早就觉得，所谓的作者是一件可疑的事情。那些拿着笔杆子伏案写作的人唯一要做的就是，把心中无数个杂乱无章的锁孔排成一条线，让一缕阳光透过它们落在纸上。

　　当我回到庄园时，演出已经进入了高潮。纺织工人用栅栏上拆下的木板在院子一角仓促地拼凑起一座临时舞台。战士们坐在从四处拖来的长凳和椅子上，聚精会神地看演出。当我走近的时候，一匹马正在观众的哄笑声中被拽下舞台。看来他们也让这只可怜的畜生展示了一下绝活。接着，舞台边上出现了一个瘦削的男人。他腰间配着一把军刀，长得就像一个信仰无神论的农民。

---

① 在一片寂静与悲痛之中，
　　在这充满猜疑的日子里
　　或许一切都会改变——谁知道呢？
　　谁知道究竟是什么
　　将代替我们对未来的期许
　　并且审判我们的过去？

我猜他是报幕员。等到喧闹声安静下来，他便激昂地说道：

"长着两根鸡巴的马没什么了不起。接下来出场的是列兵斯特拉明斯基，他会用屁股说话，解放前曾经干过马戏演员。他的声音很小，所以请大家保持安静，不要哄笑。"

一个戴眼镜的光头小伙子出现在舞台上。我惊讶地发现，他不像富尔马诺夫的大多数部下那样。他长得文绉绉的，没有一点凶狠的模样。他是那种常见的乐天派，他的脸由于常常挤眉弄眼而皱巴巴的。他挥手让别人递来一张小凳，用手撑在上面，然后侧着身子，把脸对着观众。

"伟大的诺查丹玛斯①啊，"他问道，"告诉我，敌人那杀人如麻的九头蛇②还能在红军面前抵抗多久？"

在他口中，诺查丹玛斯的名字仿佛是无产阶级神话中历经劫难的英雄，他的幽灵似乎随时都会出现似的。这位看不见的诺查丹玛斯答道："不会太久了。"

"可敌人那杀人如麻的九头蛇为何还要负隅顽抗呢？"他张口问道。

"因为有协约国呀。"这个隐形人说道。

回答声响起的时候，舞台上的人压根没动过嘴，不过他撅起的屁股却在快速扭动着。他们谈到了政治和领导人的健康（有传言说，列宁又一次中风后被送到了哥尔克③，只有卫队长能见到

---

①法国占星家，曾做出过许多神秘的预言。
②希腊神话中的怪兽。
③位于莫斯科东南的小村庄。

他),观众们听得入了迷,都安静了下来。

我立马明白了这是怎么回事。很久以前,我在佛罗伦萨的街头见过一个腹语者,他能召唤出但丁的灵魂。台上的小伙子也在玩类似的把戏,只不过"幽灵"的回答让人觉得,诺查丹玛斯仿佛是欧洲最早的马克思主义者。低沉的答话声像鸽子咕咕叫似的,而且含糊不清,这说明他在用腹语表演。只是我不明白,他干吗要让纺织工人相信他是用屁股发出声音呢?

这个问题确实很有意思。起初我还以为,纺织工人组成的红军不相信有鬼魂,所以不能在他们面前表演招魂呢。可接下来的猜测却使我震惊不已,我突然明白问题不在这里。关键是,这个叫斯拉明斯基还是什么名字的表演者敏锐地发现,只有下流的东西才能引起这些观众的兴趣。从这个意义上来说,他的本事平平无奇(据我所知,腹语者根本不是用腹部说话,他们只是能在不张嘴的情况下发出声音罢了),所以得给它加上一点猥琐的伪装。

噢,此刻我多么遗憾身边没有一个象征主义者,比如索洛古布[1]!如果是梅列日科夫斯基[2]就更好了。难道还有比这更深刻的象征吗?或者应该说,还有比这更宏大的象征吗?我痛苦地想到,在历史的火车头载着我们驶向的那个死胡同里,这大概就是一切艺术的命运吧。如果就连逗乐子的腹语者都不得不耍这种花招来吸引注意,诗歌又会如何呢?新世界里根本没有诗歌的位

---

[1]俄罗斯象征主义诗人。
[2]俄罗斯象征主义文学家。

置。更准确地说，位置是有的，但要让人们对诗歌感兴趣，除非人们知道或者有文件能够证明，写诗的人有两根鸡巴，再不济，他也必须会用屁股朗诵诗歌。为什么，我心想，为什么这个世界上任何巨大的社会动乱都会使阴险狡诈的小人飞黄腾达，而其他人则不得不按照这些小人暗中拟定的卑鄙规则去生活？

这时，腹语者开始预言资产阶级国家即将覆灭，接着又讲了一个没人听得懂的老套笑话。下台时他放了几个长长的屁，引来哄堂大笑。

报幕员走了出来，宣布下一个出场的是我。我踩着摇摇欲坠的台阶爬了上去，在舞台边站住，默默地看了一眼底下的观众。说实话，眼前的画面并不令人愉快。有时候，野猪或野鹿标本的玻璃眼球里会流露出某种神情，观察者似乎感觉到，如果这些动物的眼睛不是玻璃球，而是活生生的，那它露出的也一定就是这样的神情。眼前的情形有些相似，只不过恰好相反。虽然望着我的那些眼睛都是活生生的，从中流露出的情感似乎也明明白白，可我知道它们所表达的内容与我想象中不同。实际上，我这辈子永远也猜不透这些目光中隐含的意义。不过，这意义也未必值得一猜。

并非所有人都在望着我。富尔马诺夫醉醺醺的，正和自己的两名副官（对他们来说，"副官"这个词的词根无疑跟地狱有关[①]）聊着什么。我看见坐在后排的安娜，她脸上挂着嘲弄的微

[①]在俄语中，"副官"（адъютант）中包含着"地狱"（ад）一词。

笑,正在咬一根麦秆。我不觉得她的笑容与我有关,因为她压根没往舞台上看。她还穿着那件黑色丝绒长裙,和几个小时前一样。

我向前伸出一只脚,双手交叉抱在胸前,但仍然一语不发,盯着过道。观众席上很快便窃窃私语起来,转瞬间就变成了响亮的喧哗,其中还夹杂着清晰的口哨声和哄闹声。这时,我故意低声说道:"先生们,请原谅我只能用嘴跟你们说话,但我既没有时间、也没有机会学会这里常用的交流方式……"

我说的前几个字没人听见,但这句话快说完的时候,喧嚣已经逐渐归于平静,甚至能听见观众头上无数只苍蝇在嗡嗡叫。

"富尔马诺夫同志让我给你们朗诵一首革命诗,"我继续说道,"作为政委,我想顺便说两句。列宁同志曾告诫我们,不要过分沉迷于形式上的各种实验。但愿在我之前表演的那位同志不要见怪,对,对,就是您,能用屁股说话的同志。列宁教导我们,艺术的革命性不在于表面的标新立异,而在于无产阶级思想的深刻内涵。我将以一首诗为例,虽然诗里写的是王公贵族的生活,但它仍旧是无产阶级诗歌的光辉典范。"

观众席彻底安静下来。我将一只手举过头顶,仿佛在向一个无形的皇帝敬礼似的。接着我朗诵起来,仍旧按我往常的习惯,不带任何的语调,只是每隔四句就稍作停顿:

梅谢尔斯基公爵夫人有件精致的衣裳

一条黑丝绒的连衣裙，犹如西班牙的夜色。
她穿着这条裙子，拜访从首都归来的友人，
那人一见到她，便浑身颤抖着躲到一旁。

"噢，多么痛苦啊，"公爵夫人心想，"多么疲惫！"
让我来弹奏一曲勃拉姆斯，何乐而不为？
而她那一丝不挂的友人正躲在帷幔后面，
狂热地爱抚着涂成黑色的面包圈。

孩子们才不会相信这个故事，
因为他们不知道，那时
我们之中除了农民和工人阶级，
还生活着以人民血肉为生的剥削者。

好在，如今随便哪个工人都有权利
像过去的王公贵族一样，给自己套上面包圈！

  观众先是沉默片刻，接着爆发出雷鸣般的掌声，就连我朗诵《流浪狗》的时候都没博得过这样的待遇。我用眼角的余光瞥见，安娜从座位上站起来，沿着过道走了出去，但我没有感到丝毫不安。老实说，我的确得意极了，甚至忘了这些观众曾给我带来的不快念头。我对着一个看不见的人挥了挥拳头，然后从口袋里掏出勃朗宁，往天上放了两枪。作为回应，台下的观众们一边把枪托砸得砰砰响，一边欢呼雀跃。我微微鞠了个躬，然后走下舞台，穿过一群鼓着掌的纺织工人，向庄园走去。

刚才的成功使我有些飘飘然。我想，真正的艺术和赝品的区别就在于，再冷漠的心也能被它打动。即便所有人都陷入了地狱般的疯狂，它也能使最绝望的受害者瞬间置身天堂，置身于一个自由欢畅的世界。不过我很快便清醒过来，一个极伤自尊的猜测刺痛了我，他们之所以为我鼓掌，只是因为我的诗在他们看来就像一张委任状，给他们又添了几分为所欲为的权力：在准许他们"抢那些抢来的东西"以后，又加了一条不清不楚的可以"给自己套上面包圈"的权力。

回到房间以后，我枕着胳膊躺在沙发上，盯着天花板。我想，我在过去这两三个小时里的遭遇生动地反映了俄罗斯知识分子那一成不变的永恒命运。他们暗中写诗赞美红旗，却又为了混口饭吃在警察局长的命名日①歌功颂德，要么正好相反，他们心里想的是沙皇的最后一次露面，嘴里说的却是要给无产阶级那长满老茧的生殖器挂上贵族用的面包圈。永远，我心想，永远都会是这样。在这个恐怖的国家里，即便政权没有被某个凶狠的匪帮夺走，而是落到了"音乐鼻烟壶"里那群骗子和小偷手里，到那时，俄罗斯的知识分子还是会像下贱的理发师一样求他们光顾的。

---

①东正教徒会为与自己同名的圣徒庆祝纪念日。

我一边想着，一边感到昏昏欲睡，突然响起的敲门声将我拉回了现实。

"在呢在呢，"我喊道，甚至懒得爬起来，"请进！"

门开了，但没人进来。我等了一会儿，然后忍不住抬起了头。站在门口的是安娜，她穿的还是那条黑裙子。

"我能进来吗？"她问道。

"当然，"我赶忙坐起来说，"请进。坐吧。"

安娜朝着扶手椅走去。趁她背对我的瞬间，我小心地把地板上破了洞的包脚布一脚踢到床底。

安娜坐了下来，把手放在膝盖上，若有所思地看了我一会儿。她似乎正被一个模糊的念头弄得心神不定。

"抽烟吗？"我问道。

她点了点头。我拿出香烟，放在她面前的桌子上，又把我当烟灰缸用的小碟子摆在旁边，然后划了一根火柴。

"谢谢。"她向空中吐出一缕烟雾，接着又默不作声了。看来她内心还在挣扎。我本想随便说点什么，但一想起我们的谈话往往都是什么样的结局，我又打消了这个念头。不过，安娜却突然开了口。

"对于您那首关于公爵夫人的诗，我倒说不上十分喜欢，"她说道，"但是跟晚会的其他演出相比，您还是很不错的。"

"谢谢。"我说道。

"其实今天我读了一整晚您的诗。我在卫戍部队的图书室里找到了一本书……"

"什么书?"

"不知道。头几页不见了,可能被人撕下来做了烟卷。"

"那您怎么知道是我的书呢?"

"这不重要。我问了图书管理员。总之,里面有一首诗,是对普希金的仿写。诗里写到,当你睁开眼睛,周围只有白雪、荒原和迷雾,再往后,后面写得非常好。写的什么来着……别,我自己能想起来。对了。'但我们仍怀着希望,一列列火车向它驶去,而意识化作蝴蝶,从无中来,向无中去'。"

"啊,我想起来了,"我说道,"这本书叫《'我'王国之歌》。"

"这名字真奇怪。听起来有点儿自满。"

"不,"我说道,"不是这个意思。在中国曾经有一个国家,它的名字只有一个字,就是'吴'。我至今都觉得很稀奇。您知道,人们常说,挨着林子,挨着房子。可说到'吴'国的时候,仿佛所有的词儿一到这儿就消失了。人们只能说出'挨着',可却说不出究竟挨着什么。①"

"要是换了夏伯阳,他肯定会马上问您,您说的'我'究竟是什么意思。"

"他已经问过了。至于这本书我倒是可以解释一下,其实这

---

① 在俄语中,"挨着"(y)的发音和"吴"相同。所以"挨着吴国"听起来好像只有"挨着"一个词似的。

是我最差的作品之一，回头我再送您另外几本。以前我常常四处游历，有一天我突然意识到，不管我去往何处，其实都只是在同一个空间里移动，而这个空间就是我自己。那时我把它叫做'我'，不过，现在也许我会把它叫做'吴'。不过这无关紧要。"

"那别人呢？"安娜问道。

"别人？"我反问道。

"是的。您也写了很多别人的事情。比方说，"她眉头微蹙，显然是在回忆，"这一首：'他们齐聚在破旧的浴室里，戴上袖扣和鞋套，一边数着日子和距离，一边把头往墙上撞……我是如此厌恶他们的嘴脸，以至不能缺少他们的陪伴——当周围散发着尸体的腐臭，征兆越发明显，于是我……'"

"好了，"我说道，"我记得。我不觉得这是我最好的一首诗。"

"可我喜欢。总的来说，彼得，我非常喜欢您的诗集。不过您还没回答我的问题——别人该怎么办呢？"

"我不太明白您的意思。"

"假如您所见、所感和所思的一切都在您自己的身上，在您这个'我'的王国之中，那这是否意味着，别人都是不真实的？比如说我？"

"请您相信，安娜，"我热切地说道，"假如对我来说这个世上还有什么东西是真实的，那只能是您。对于我们的……我不知道该怎么说，就算是小小的争执吧，我苦恼极了……"

"是我的错,"安娜说道,"我的脾气太差了。"

"您说什么呢,安娜!都是我的问题。您对我的荒唐行为百般忍耐……"

"我们不要让来让去了。您还是告诉我吧,我果真像您说的那样,对您如此重要吗?"

"对我来说您就是一切。"我真心实意地说道。

"那好,"安娜说,"我记得,您曾经邀请我坐马车去郊外兜风,对吧?那我们走吧。"

"现在就去?"

"不行吗?"

我来到她的身边。

"安娜,您能不能……"

"求您了,"她说道,"别在这儿。"

我驾着马车出了大门,然后向左一拐。安娜就坐在我身边,她的脸颊上泛起了红晕,刻意不去看我。我开始觉得,她在为刚才的事情感到懊悔。我们默默地驶进了树林,当茂密的绿叶将我们笼罩时,我知道那些窥探的目光都消失了,于是便将马车停了下来。

"听我说,安娜,"我把身子转向她,问道,"请您相信,我非常珍惜您的激情。可若是您觉得后悔了,那……"

没等我把话说完,她就用双臂搂住我的脖子,双唇覆在了我的嘴上。这一切发生得太快了，当她开始吻我的时候，我还在说着话呢。不过和她的吻相比，我要说的话显然无足轻重。

我始终觉得，接吻是人与人之间非常奇特的交流方式。据我所知，这是文明带来的新事物之一。要知道，南部岛屿上的野蛮人和非洲的土著人从来不接吻，他们尚未迈过那条界线，从而失去人类最初的天堂。他们的爱简单而纯粹。或许，他们之间的感情甚至不能用"爱"这个词来形容。就其实质来说，爱是在孤独中、在爱的对象缺席的情况下产生的。而且，爱的对象与其说是你爱的那个人，倒不如说是你想象中的形象，而这个形象和本人只有十分微弱的联系。为了产生爱情，你必须学会制造幻想。安娜亲吻的与其说是我，倒不如说是一个根本不存在的人，正是这个人写出了那些令她赞叹的诗歌。可她哪里知道，在创作这本诗集的时候，就连我自己也在苦苦追寻这个人。我每写一首新诗，就愈发确信自己不可能找得到他，因为他哪里也不存在。他留下的文字只是一个谎言，就像奴隶们在花岗岩上刻下的足印被巴比伦人用来证明某个远古神祇曾降临人间。不过话说回来，神灵不正是这样下凡的吗？

最后我的思绪又回到了安娜身上。我能感到她微微颤抖的舌头那温柔的爱抚。她那双掩映在睫毛下的半闭的眼睛近在咫尺，我似乎觉得自己可以潜进去，并且永远融化在它们湿润的光泽中。直到感觉无法呼吸，我们的初吻才终于结束了。她把脸转向一边，于是我便望着她的侧颜。她闭着双眼，用舌头舔了舔嘴唇，好像它们很干燥似的。若是换一种情形，这些细微的表情不会有丝毫含义，可如今却挑逗着我的心灵。我突然意识到，已经没有什么能将我们分开，也没有什么事情是不可能发生的了。一分钟以前，我还觉得对她的任何碰触都是一种亵渎。可如今，我的手不仅搂过她肩膀，还自然地落在了她的胸前。她微微闪躲了一下，可我立刻心领神会，这只是为了使我的手能够畅通无阻罢了。

"您在想什么呢？"她问道，"说实话。"

"我在想什么？"我一边摩挲她的脖颈，一边说道，"我在想，到达幸福顶峰的过程简直跟爬山一模一样……"

"不是这样。把挂钩解开。不对。我自己来吧。抱歉打断了您的话。"

"没错，这就像是一次危险而又复杂的登山运动。在抵达最终的目标之前，攀登过程本身就会吞没所有的感觉。下一步要踩在哪块石头上，要抓住哪一丛野草……您太美了，安娜……我说什么来着……对，目标使这一切具有了意义，但目标并不等于运动中的任何一个位置。实际上，接近目标的过程高于目标本身。好像有个叫伯尔斯塔的机会主义者说过，运动就是一切，而结果微不足道……"

"不是伯尔斯塔，是伯恩斯坦[①]。这个该怎么解开……您从哪弄的这种皮带呀？"

[①] 德国政治家，德国社会民主党中机会主义流派的代表人物。

"上帝啊，安娜，您简直令人疯狂……"

"您继续说吧，"她抬头看了看我，"要是我偶尔接不上话，您可别生气。"

"好吧，"我闭上眼睛，仰着头说道，"可最重要的是，一旦你登上山顶，实现了目标，目标便立刻消失了。事实上，它和意识想象出的所有对象一样，是可望而不可即的。您想想，安娜，假如我幻想着一位绝色佳人，她在我的想象中是完美无瑕的。可一旦她投入我的怀抱，她的完美就会化为乌有。这时我所体验到的一切，不过是一些极为简单的，甚至相当粗糙的感觉罢了，而且这些感觉通常是在黑暗中出现的……哦，哦，哦……虽然它们仍然令你血脉偾张，可刚刚还令你神魂颠倒的那种美却消散了，而取代它的东西再也无法激起你追求的欲望。这意味着，美是难以企及的。准确地说，美是可以企及的，但能够被企及的只是它本身。沉醉于情欲的理智试图在美的背后寻找另外的东西，可那个东西是不存在的。一开始就连美甚至也……不，我不行了。过来点……就这样。对。对。这样舒服吗？噢，我的上帝啊……您刚才说，那个谈论运动和目标的人叫什么来着？"

"伯恩斯坦。"安娜对我耳语道。

"您不觉得他的话完全适用于爱情吗？"

"对，"她轻咬着我的耳垂，呢喃着，"目标微不足道，运动才是一切。"

"那您动呀，动呀，求您了。"

"您也说呀，说呀……"

"说什么呢？"

"什么都行，只要一直说下去。我想一边听着您的声音，一边继续。"

"好吧。那就顺着刚才的话头……假如说，一个漂亮女人能给予的东西是百分之百。"

"您还会算账呢……"

"是的，百分之百。那么，当你看见她的时候，她已经给了你百分之九十。而千百年来，人们却为了剩下的那一点讨价还价。我们没法把最初的百分之九十分成好几份，因为美是不可测定、不可分割的，不管叔本华怎么胡诌八扯。而剩下的百分之十不过是一些神经信号罢了，如果没有想象和回忆的帮助，这些信号便一文不值……安娜，求求您，睁一下眼睛……就这样……对，就是想象和回忆。知道吗，若是让我描写一幅充满情欲的场景，我只会给出些许暗示，剩下的全是含糊不清的对话，就像……我的上帝啊，安娜……就像现在我们之间的对话一样。因为没什么可写的，应该靠想象来补足一切。女人的谎言，或许也是她最大的秘密就在于……啊，你这个来自古老庄园的小东西……美就像一个标签，背后仿佛隐藏着比它本身更宏大、更迷人的东西。尽管美暗示着它的存在，可实际上美的背后没什么特别的东西……不过是空瓶子上的一枚金色标签……商店的橱窗里琳琅满目，可橱窗背后那狭小、温存而又逼仄的房间里……求您了，亲爱的，别这么快……对，这个房间里空空如也。想想我给那些不幸的人朗诵的诗歌吧。想想公爵夫人和面包圈……啊，安娜……不管它如何诱人，总有一天你会明白，在这个黑色面包圈面包圈面包圈的中间是一片虚空虚空——空——空虚——虚——虚——空——空——空！！"

"怎么了？"我从枕头上抬起头来，喊道。

"虚空！"门外又有人拖着声音叫道，"可以进来吗？"

"该死！"我嘟囔着从床上爬起来，睡眼惺忪地环顾房间，窗外苍蓝的暮色愈发深沉了，"见鬼去吧！你想干吗？"

"可以进来吗？"

"进来吧。"

门开了。门口站着一个黄头发、罗圈腿的健壮小伙。名义上他是我的勤务兵（他好像叫谢苗，不过我不太确定），可是被红军腐蚀了几个星期以后，很难说他心里是怎么想的。为了以防万一，每天晚上我都自己脱靴子，而且尽量避免在院子里和他碰面。

"怎么，你在睡觉？"他四下打量着问道，"我把你吵醒了吗？真抱歉。你今天让我们大吃一惊。瞧瞧战士们送给你的礼物。"

一个用报纸包着的东西"啪"的一声落在我的枕头上，它的味道有些熟悉，但又说不清楚。我打开包裹。里面是一个面包圈，是从中央广场上的面包店里买来的，只不过通体都是黑色，有一股士兵们用来擦靴子的焦油味。

"怎么，不喜欢吗？"勤务兵问道。

我抬头瞪着他，他立马后撤了一步。我还没从口袋里摸到勃朗宁手枪，他就已经消失在门外了。我朝着敞开的大门连射三枪，子弹擦在走廊的石墙上，发出美妙的声响。

"都跟娘们似的。狗杂种。"我大喊一声，倒在床上。

接下来很久都没人再来搅扰我的平静。窗外响起醉醺醺的哄笑声，接着有人开了几枪，然后似乎有气无力地扭打了许久。从这些动静看来，晚会已经变得混乱不堪。我十分怀疑，是否有人能够控制这股彼得堡自由主义者口中的狂暴的民众力量。我甚至懒得把门关上，门外的走廊上传来微弱的脚步声。我脑子里瞬间闪过一丝希望。我想，毕竟有些梦是能够预示未来的。但这份希望本就如此渺茫，所以当科托夫斯基魁梧的身影出现在门口时，我并未感到格外失望。一想到他又想用走马来换药粉，我甚至感到有些滑稽。

科托夫斯基穿着一套棕色西装，头戴一顶时髦的宽檐礼帽，每只手上都拎着一个行李箱。他把箱子放在地上，然后把两只手指举到帽檐处向我致意。

"晚上好，彼得，"他说道，"其实我是来道别的。"

"您要走了？"我问。

"是的。而且我不明白您为什么要留下来，"科托夫斯基说，"用不了一两天这些纺织工人就得把这里烧了。不知道夏伯阳究竟在等什么。"

"他准备今天就解决这件事。"

科托夫斯基耸了耸肩膀。

"您知道，"他说，"要解决问题有很多法子。可以喝得酩酊大醉，暂时把问题抛到脑后。可我宁愿在问题出现之前先下手为强。火车今晚八点就出发。现在还不晚。五天以后我们就能到达巴黎。"

"我要留下来。"

科托夫斯基认真地看了我一眼。

"您知道您已经疯了吗？"他问道。

"当然。"

"到最后，他们会把你们三个都逮起来，而这个富尔马诺夫就会变成领头的。"

"这吓不到我。"我说道。

"这么说，您不怕被逮捕？当然了，对我们所有的俄罗斯知识分子来说，就算在疯人院里也要保有普希金式的秘密的自由，还可以……"

我笑了起来。

"科托夫斯基，您总是能够轻而易举地猜到我的心思。今天我刚好想到过这件事。我可以告诉您，俄罗斯知识分子那秘密的自由究竟是什么。"

"您说吧，不过别太久。"他答道。

"大概是一年前吧,我在彼得堡遇见过一件极为有趣的事情。从英国来了一些社会民主党人,他们自然对自己的所见所闻大感震撼。我们和他们在池塘街见了一面。是诗人协会牵的线。亚历山大·勃洛克也去了,他整晚都在跟他们谈论这个秘密的自由。据他所说,我们所有人都跟在普希金身后歌颂这种自由。那是我最后一次见到他,他身着黑衣,神情抑郁。等他离开以后,这些英国人自然摸不着头脑,四处打听什么是 secret freedom[①]。可没人说得清楚,最后有个陪同着英国人的罗马尼亚人说,他知道这是什么意思。"

"原来如此。"科托夫斯基看了看表。

"别着急,快讲完了。他说,在罗马尼亚语里有一个类似的成语,叫'哈兹-巴拉加兹'之类的。我也记不清怎么读了。是这么回事,中世纪的时候,罗马尼亚常常受到各种游牧民族的侵袭,所以农民们修建了巨大的土窑。地平线上一扬起尘烟,他们就把牲畜都赶到地下的屋子里去。他们自己也藏在那里,这些土窑伪装得很好,不会被游牧民族发现。待在地下的农民自然不敢出声,有时他们因为巧妙地骗过了敌人而满心欢喜,于是便用手捂着嘴偷笑。这个罗马尼亚人说,当你置身于臭烘烘的羊群之中,用手朝上比画着,压低声音嘿嘿地笑,这就是秘密的自由。你瞧,科托夫斯基,他描述得太生动了。于是从那晚开始,我就不再是俄罗斯的知识分子。在地底下哈哈笑,这不是我会做的

[①] 英语:秘密的自由。

事。自由不应该是秘密的。"

"有趣,"科托夫斯基说道,"真有趣。可我该走了。"

"我送您到门口吧,"我站起身说道,"谁知道院子里在搞什么鬼名堂。"

"说的也是。"

我把手枪装进口袋,拎起科托夫斯基的一只行李箱,正准备跟着他到走廊上去。这时我心中突然生出了一种奇怪的预感,似乎这将是我最后一次见到这间屋子。我在门口停下脚步,仔细把房间打量一番:两把扶手椅,一张床,一张小桌子,上面有一本一九一五年的《伊西斯》合订本。上帝啊,我几乎有些高兴地想到,事已至此,就算我一去不返又能怎样呢?就算我不知道自己将要去向何方又怎样呢?我一去不返的地方难道还少吗?

"您忘了什么吗?"科托夫斯基问道。

"没有,"我答道,"没什么。"

我们从门廊上看到的景象和布留洛夫那幅《庞贝城的末日》似乎有些相似。当然,这里没有倾颓的梁柱和遮天蔽日的尘烟,只有两堆篝火在黑暗中熊熊燃烧。喝得烂醉的纺织工人四处游荡着,他们拍打着彼此的肩膀,偶尔停下来当众小便或是对着瓶子灌酒。几个醉醺醺的娘们袒胸露背,在院子里嬉笑流连。耀眼的红色火光将这场纵饮狂欢照亮,这幅情景使人感到,人们即将迎来难以挽回的可怕结局。我们沉默地朝着大门走去。其中一堆篝火旁坐着一些带着步枪的人,他们朝我们挥着手,含糊不清地喊着什么。科托夫斯基紧张地把手揣进口袋里。感谢上帝,没人纠缠我们,可当我们转过身来,毫无防备地背对这些酒鬼时,距离大门的最后几米路程显得格外漫长。出了大门以后又走了二十来步,我便停了下来。蜿蜒而下的街道上空无一人,只有几盏路灯散发着柔和的光芒,照在湿漉漉的石子路上。

"我就送您到这儿了,"我说道,"祝您好运。"

"您也一样。谁知道呢,也许我们还会再见面。"他脸上露出古怪的微笑,"又或者听到彼此的消息。"

我们握了握手,他又一次向我举手致意,然后头也不回地沿着街道向下走去。我望着他宽阔的肩膀消失在拐角处,然后缓缓地走了回去。我在大门口停了下来,谨慎地朝里面打量了一眼。夏伯阳的办公室里黑着灯。我突然明白院子里的场景为何使我感到恐惧,它隐约使我想起荣格恩男爵的那个世界。我不想再经过篝火旁那群醉醺醺的纺织工人。

我知道夏伯阳在哪里。我沿着围墙走了大约四十米,然后环顾四周。这里一个人也没有。于是我向上一跳,两手抓住围墙的边缘,将身子攀了上去,然后翻过墙头,一跃而下。

周围一片漆黑,庄园的黑色轮廓默默地挡住了篝火的亮光。我在刚刚下过雨的潮湿树林中摸索着,来到了那条深沟的斜坡上。我跌了一跤,仰着身子滑了下去。右边不知何处传来潺潺的流水声。我向前摸索着,循着声音走去,没走几步就透过树干之间的缝隙看见了浴室窗户里的亮光。

"进来吧，彼得卡。"听见敲门声的夏伯阳喊道。

他坐在那张熟悉的木板桌前，上面放着一大瓶家酿酒、几只酒杯和小碟子，还有一盏煤油灯和一个厚厚的文件夹。他一副醉眼蒙眬的样子，穿着一件长长的白衬衫，下摆没有塞进裤子里，前襟一直敞到腰间。

"有什么事？"他问道。

"我以为，您打算解决纺织工人团的问题呢。"我说道。

"我正在解决。"夏伯阳倒了两杯家酿酒，说道。

"看来科托夫斯基很了解您。"我说道。

"没错，"夏伯阳回答，"我也很了解他。"

"他刚刚去赶通往巴黎的列车了。我觉得咱们没跟他一起走真是大错特错。"

夏伯阳眯起了眼睛。

"但我们仍怀着希望，"他曼声吟诵道，"一列列火车向它驶去，而意识化作蝴蝶，从无中来，向无中去……"

"您也读过？太荣幸了。"我说道。我立刻想到自己不该用"也"这个字，感到一阵苦闷，"听我说，要是我们现在立刻出发，还能赶得上火车。"

"我在巴黎什么没见过呀。"夏伯阳说。

"这里即将发生的事情您肯定没见过。"我说道。

夏伯阳嘲讽地笑了。

"彼得卡，你说得不错。"

"对了,"我忧心忡忡地问道,"安娜在哪儿呢?房子里很危险。"

"我给她派了任务,"夏伯阳说,"一会儿就来。她不会有事的。你快来坐吧。我一直把你盼呀,盼呀,都已经喝了半瓶酒。"

我在他对面坐了下来。

"这杯祝你健康。"

我无奈地耸了耸肩。

"也祝您健康,瓦西里·伊万诺维奇。"

我们一饮而尽,夏伯阳若有所思地凝视着煤油灯暗淡的火光。

"刚才我正在琢磨你的那些噩梦。"他把手覆在文件夹上说道,"你写的故事我都读完了。关于谢尔久克,关于那个叫玛利亚的男人,关于那些医生,还有那些土匪。你有没有注意到自己是如何从这些梦中醒来的?"

"没有。"我说道。

"那就试着回忆一下嘛。"

我陷入了沉思。

"在某个瞬间,我只是突然意识到这是一场梦,就是这样。"我犹疑地说道,"当我感觉特别不自在的时候,就会突然明白,其实没什么可怕的,因为……"

"因为什么?"

"我试着组织一下语言。这么说吧,因为我还可以在某个地方醒来。"

夏伯阳一拍桌子。

"究竟是什么地方?"

我答不出这个问题。

"我不知道。"我说。

夏伯阳抬头看着我,笑了笑。我突然觉得他没有醉。

"很好,"他说道,"就是那个地方。一旦被卷入梦的洪流,你自己也会成为它的一部分,因为这股洪流中的一切都是相对的、流动的,没有任何东西可供你依凭。你意识不到自己被卷入了漩涡,因为你也在随波逐流,所以你觉得水流是静止的。于是梦具有了真实感。然而有一个地方不是相对静止,而是绝对静止的,这个地方就是'我不知道'。当你在梦里来到这个地方,你就会醒过来。准确地说,你是先醒过来,才到了这个地方。然后又,"他用手指了一下房间,"到了这里。"

屋外传来机枪急促的射击声,然后是爆炸声,窗玻璃被震得哗哗作响。

"可生活中也有这样一个地方,"夏伯阳继续说道,"一个绝对静止的地方。和它相比,整个生活也是一场梦,就像你的故事一样。人间的一切不过是思想的漩涡,我们周围的世界之所以变得真实,正是因为你自己成了这个漩涡。正是因为你知道。"

他在"知道"这个词上加重了语气。

我起身走到窗前。

"喂,夏伯阳,他们好像把庄园点着了。"

"还能怎么办呢,彼得卡,"夏伯阳说道,"这个世界就是这样,你总是要在着火的房子里解决所有问题。"

"我同意,"我坐在了他的对面,"思想的漩涡什么的,您说得太好了。世界既真实又不真实,这些我都明白。不过,那些讨厌的人很快就要到了……您知道,我也不想说他们是真实的,可他们会让我们充分地感觉到他们的真实。"

"也包括我?"夏伯阳问道,"这绝不可能。你瞧着吧。"

他拿起瓶子,又把一只蓝色的小碟子拉到面前,往里面倒满酒。接着又把一只杯子斟满。

"彼得卡,你看。酒本身没有形态。这是杯子,这是碟子。哪一种形态是真实的呢?"

"都是,"我说道,"都是真的。"

夏伯阳把碟子和杯子里的酒喝得精光,然后把它们使劲往墙上一掷。碟子和杯子都摔得粉碎。

"彼得卡,"他说道,"你看好,而且要记住。假如你是真实的,那你就死定了。就连我也帮不了你。我再问你一遍。这是杯子,这是瓶子。哪种形态才是真实的?"

"我不明白您的意思。"

"需要我演示吗?"夏伯阳问道。

"请吧。"

他晃了晃身子,从桌子底下摸出那把镀镍的毛瑟枪。我赶忙抓住他的手腕。

"好啦，好啦。别把酒瓶打碎了。"

"没错，彼得卡。咱们还是喝酒吧。"

夏伯阳倒了两杯酒，接着沉思起来。他好像不知道该怎么说。

"事实上，"他终于开了口，"不管是碟子、杯子还是瓶子都是不存在的，存在的只有酒本身。所以，在被酒所接受以前，一切有生有灭的东西都不过是一些空洞的形态。把酒倒进碟子，这就是地狱，倒进碗里，这就是天堂。而我们用杯子喝酒。彼得卡，正是这一点使我们成了人。明白了吗？"

窗外轰隆一声巨响。用不着走到窗边也能看见玻璃上深红的火光。

"对了，提到地狱，"我说道，"不知道我有没有跟您说过。您知道这些纺织工人为何迟迟不对我们动手吗？"

"为什么？"

"因为他们深信，您已经把灵魂卖给了魔鬼。"

"是吗？"夏伯阳惊讶地问道，"有意思。那是谁出卖了灵魂呢？"

"什么意思？"

"人们都说，把灵魂卖给魔鬼啦，把灵魂卖给上帝啦。可出卖灵魂的人是谁呢？他得和被出卖的东西不是一回事，这样才有得卖嘛。"

"听着,夏伯阳,"我说,"我受过的天主教教育不允许我拿这种事情开玩笑。"

"明白了,"夏伯阳说道,"我知道这些传言是从哪儿来的。的确有人来找过我,他想知道如何将灵魂卖给魔鬼。就是那个奥韦奇金上尉。你认识他吗?"

"我们在餐馆里见过一面。"

"我把方法告诉了他。他一丝不苟地完成了整个仪式。"

"然后怎么样了?"

"没怎么样。既没有天降横财,也没有青春永驻。唯一的变化就是,在团部的所有档案里,他的姓都从'奥韦奇金'改成了'科兹洛夫'①。"

"为什么会这样呢?"

"撒谎可不好。人怎么能出卖自己没有的东西呢?"

"这么说来,"我问道,"奥韦奇金没有灵魂喽?"

"当然没有。"夏伯阳说。

"那您呢?"

夏伯阳仿佛审视了一下自己,接着摇了摇头。

"那我有吗?"我问道。

"没有。"夏伯阳说。

想必我的脸上露出了惊慌的神色,因为夏伯阳笑了一下,然后拍了拍我的胳膊。

---

① 在俄语中,"科兹洛夫"(Козлов)的词根"козел"有蠢货、畜生、恶棍的意思。

"是的,彼得卡,不论是你,或是我,还是奥韦奇金上尉,全都没有灵魂。是灵魂拥有奥韦奇金、夏伯阳和彼得卡。不能说每个人都有自己的灵魂,也不能说所有人共享一个灵魂。关于灵魂,我只能说它也不存在。"

"我已经彻底搞不明白了。"

"是这么回事,彼得卡……科托夫斯基也把这事儿搞错了。还记得那盏盛着蜡块的灯吗?"

"记得。"

"科托夫斯基知道形态是不存在的。可他不明白的是,就连蜡块也不存在。"

"蜡块为什么不存在?"

"因为呀,彼得卡,你仔细听我讲,因为蜡块和酒都能变成任意的形态,可它们本身也不过是形态而已。"

"那它们是谁的形态呢?"

"这就是关键所在。关于这些形态我们只知道,没有任何东西能够呈现出这种形态。明白吗?所以既不存在蜡块,也不存在酒。什么都不存在。就连这个'不存在'也是不存在的。"

有一瞬间,我觉得自己好像站在门槛上似的,接着便感到醉醺醺的,反应也迟钝了许多。思绪突然沉甸甸地压在我身上。

"蜡块是不存在的,"我说,"可酒还有半瓶呢。"

夏伯阳迷迷糊糊地往桌上看了一眼。

"没错,"他说道,"可要是你能搞明白,酒也是不存在的,我就把胸前的勋章摘下来给你。等我把它送给你以后,我们就离开这里。"

我们又干了一杯,接着我听了一会儿屋外的枪声。夏伯阳却毫不在意。

"您真的不害怕吗?"我问道。

"怎么,彼得卡,你害怕了?"

"有点儿。"我说。

"怕什么?"

"怕死,"我说道,"准确地说,不是死亡本身,而是……我不知道。我想拯救自己的意识。"

夏伯阳笑着摇摇头。

"我说了什么可笑的话吗?"

"彼得卡,真有你的。没想到你会这么说。难道你每次冲锋的时候都是怀着这样的念头吗?这就像是一张摊在灯下的报纸想要拯救将自己笼罩的那束光。况且你想把意识从哪里拯救出来呢?"

我耸了耸肩膀。

"从空无中。"

"空无难道不是意识的对象吗?"

"又开始诡辩了,"我说,"即便我真的是一张报纸,想要拯救照在自己身上的灯光,可只要这是我的真实想法,并且使我感到痛苦,那对我来说又有什么分别呢?"

"报纸可不会思考。上面最多印着一行斜体字:'我想拯救灯光'。旁边还写着:'噢,多么痛苦啊,多么疲惫!'唉,彼得卡……怎么跟你说呢……这个世界是上帝给自己讲的一个笑话。就连上帝本身也是个笑话。"

屋外传来了爆炸声,这次更近了些,玻璃窗被震得哐哐作响。我能清楚地听见弹片穿透树叶的声音。

"听我说,瓦西里·伊万诺维奇,"我说道,"理论就说到这儿。您还是想点实在的吧。"

"说实在的,彼得卡,我告诉你,你要是害怕的话,咱俩立马就会完蛋。因为恐惧总是引来你所害怕的东西。若是你无所畏惧,就不会引起他们的注意。最好的伪装就是无动于衷。假如你真的能够漠不关心,那些能伤害到你的人就不会想起你来。可要是你像现在这样坐立不安,那过不了多久这里就会挤满纺织工人。"

我突然明白他是对的,不禁为自己的急躁不安感到羞愧。和他的从容镇定相比,我的慌张显得可怜透顶。我不是刚刚才拒绝和科托夫斯基一起离开吗?来到这里是我自己的选择,这也许是我生命中最后的时光,把它用来担惊受怕简直太愚蠢了。我看了一眼夏伯阳,意识到我对此人其实一无所知。

"夏伯阳,请问您究竟是什么人?"

"彼得卡,你先回答你到底是谁的问题,自然就会明白关于我的一切。否则你就会像你噩梦里的那个匪徒一样,只会一直说着'我，我，我'。可'我'究竟是什么？'我'是谁？你自己看看吧。"

"我也想看，可是……"

"既然你想看，那你干吗不去盯着自己，而是盯着这个'我'，这个'也想'，这个'看'和这个'可是'呢？"

"好吧，"我说，"那请您回答我的问题。您就不能直截了当地回答我吗？"

"可以，"他说，"但没什么意义。"

"您是谁，夏伯阳？"

"我不知道。"他回答。

子弹"砰砰砰"地打在浴室的板墙上，几片木屑飞了起来，我本能地低下头去。门外有人窃窃私语，他们似乎在商量着什么。夏伯阳倒了两杯酒，我们没有碰杯就一饮而尽。我犹豫片刻便拿起了桌上的葱头。

"我明白您的意思，"我咬了一口葱头说道，"可您能不能换一种方式来回答我？"

"可以。"夏伯阳说。

"那您究竟是谁，瓦西里·伊万诺维奇？"

"我？"他看着我反问道，"我是映在这个瓶子上的灯光。"

他眼中的光芒仿佛在我的脸上抽了一下。突然之间我恍然大悟。

这份冲击太过强烈，起初我还以为有炮弹在屋子里爆炸了。

但我很快就镇定下来。我原本并不想说些什么，可言语的惯性将我的思绪变成了语言。

"最有趣的是，"我嘟囔着，"我也一样。"

"那这是谁呢？"他指着我问道。

"虚空。"我回答。

"那这是？"他又指着自己。

"夏伯阳。"

"很好！那这是什么？"他用手指了指房间。

"不知道。"我说。

就在这时，一枚子弹"啪"的一声穿透窗户。摆在我们之间的瓶子应声碎裂，剩下的酒溅了我们一身。我们沉默地对视片刻，然后夏伯阳站起身来，走到放制服的长凳边上，摘下上面的银质五角星，远远地扔给了我。

他的动作干脆利落，很难相信这人刚刚还醉眼惺忪地盯着酒瓶，在板凳上摇晃着。他拿起桌上的煤油灯迅速拆开，把煤油泼在地板上，然后将燃烧的灯芯往上一扔。洒在地上的酒也和煤油一同燃烧起来，起初尚有些暗淡的火光照亮了整个房间。火光在夏伯阳的脸上映出深深的阴影，我突然感到这张脸是那样古老而又熟悉。他一把掀翻桌子，弯腰抬起一扇装有铁环的木板，里面是一条狭窄的地道。

"我们从这儿走，"他说，"留在这儿也没什么可做的了。"

我开始沿着梯子向冰冷而又潮湿的黑暗中爬去。地洞底部离地面大约有两米远。起初我不明白我们到这里来干什么,可当我伸出一只脚想踩一下墙壁,却踩了个空。这时夏伯阳也跟着我爬了下来,他的脚碰到了我的头。

"往前走!"他命令道,"快!"

梯子旁边有一条用木桩加固过的狭窄低矮的地道。我一边匍匐前进,一边徒劳地想要看清眼前的黑暗。从明显的穿堂风来看,出口应该就在不远处。

"停下,"夏伯阳小声说,"等一会儿。"

他在我身后两米远的地方。我靠着一根木桩坐在地上。上面传来含糊不清的叫嚷。有一回我清楚地听见富尔马诺夫吼道:"别进去,他妈的!你会烧死的!我说了,他们不在里面,都跑了!那个光头抓住了吗?"这群人稀里糊涂地共同创造出这些丑陋的幻想,并且在幻想的浓烟中奔忙着。一想到这里,我不禁感到可笑至极。

"喂,瓦西里·伊万诺维奇!"我小声喊道。

"怎么了?"夏伯阳回答。

"我明白了一件事,"我说,"自由只有一种,那就是从理智创造的一切当中解脱出来。这种自由就叫'我不知道'。您说得太对了。您知道吗,有这样一种说法——'思想说出来就成了谎言'①。夏伯阳,我告诉您,没说出来的思想也是谎言,因为任何思想都是可以被言说的。"

---

①俄罗斯诗人丘特切夫的诗句。

"彼得卡,这回你说得不错。"夏伯阳答道。

"只要我知道什么,"我继续说着,"我就不自由。可当我什么都不知道的时候,我就是绝对自由的。自由是最大的秘密。他们,"我用手指了指头顶那低矮的土层,"压根不知道自己是多么自由。他们不知道自己究竟是谁。他们……"我忍不住笑出了声,"他们还以为自己是纺织工人呢……"

"小点声,"夏伯阳说,"别笑得那么放肆。他们会听见的。"

"不对,他们,"我笑得喘不过气来,"他们甚至不会想到自己是纺织工人……他们知道这一点……"

夏伯阳猛地踹了我一脚。

"往前走。"他说。

我深深吸了几口气,让自己平静下来,然后继续向前爬去。我们一言不发地爬完了剩下的路程。大概是由于这地道狭窄逼仄,我感觉它长得不可思议。地下散发着一股潮气,还有不知哪里来的干草味,而且越来越明显。我的双手终于碰到了一面土墙。我站了起来,想直起身子,头却重重地撞在一个硬邦邦的东西上。我在黑暗中摸索了一番,发现自己正站在一个浅浅的坑洞里,头上是一块铁板。铁板和土层之间隔着半米左右的缝隙。我钻了进去,一边爬一边扒开里面的干草。爬了大约一两米的距离,便撞见一个宽大结实的橡胶轮胎。我立刻想起那个沉默寡言的巴什基尔人持枪守卫的干草垛,这才明白夏伯阳的装甲车去了哪里。不多时我便站在了草垛旁,草垛一侧已经散开了,露出一扇半掩着的用铆钉固定的小门。

  庄园里火光冲天。和所有的大火一样，这幅景象壮观而又迷人。在大概五十米开外的树丛中燃烧着另一团略小一些的火焰，我和夏伯阳刚刚还身处其中的浴室正熊熊燃烧着。我仿佛看见了浴室周围的人，但这很可能只是婆娑的树影。每当风吹动火焰的时候，树枝也随之轻轻颤动。不管我有没有看见，那里无疑是有人的。从失火的地方传来疯狂的叫喊和枪声。要不是我知道那里的真实情况，兴许还以为是两支队伍正在夜里打得不可开交呢。

  旁边响起了沙沙声，我立刻掏出手枪。

  "是我。"安娜说。

  她穿着军便服和马裤，脚踩皮靴，手上拿着一根弯曲的金属棍，像是摇发动机用的。

  "感谢上帝，"我说道，"您不知道，您不在我有多担心。我就怕这些醉汉……"

  "别让我闻这股洋葱味，"她打断了我，"夏伯阳呢？"

  "我在这儿。"夏伯阳从装甲车底下钻了出来。

  "怎么这么久？"她问，"我都开始担心了。"

  "彼得怎么也搞不明白，"他回答，"有一会儿我还以为我们要留在那儿了。"

  "那他现在明白了？"安娜问道。

  夏伯阳看了我一眼。

  "他什么也没搞明白。"他说，"不过已经有人朝我们开枪了……"

"听我说，夏伯阳。"我刚想说些什么，可他用手势命令我闭嘴。

"一切顺利吗？"他向安娜问道。

"是的。"她把棍子递给了他。

我突然意识到，夏伯阳自始至终都是对的：我什么都没有搞明白过。

夏伯阳迅速拨开盖住装甲车车头的干草，将棍子插进散热孔里，打了几次火。发动机响起了轻微而又有力的"突突"声。

安娜打开车门钻了进去。我和夏伯阳紧随其后。夏伯阳关上车门，打开了电源。由于在漆黑的地下待了很久，灯光显得有些耀眼。我又一次见到了熟悉的陈设——窄窄的皮沙发，那幅用螺栓钉在墙上的风景画，还有一张桌子，上面随意摆放着一本孟德斯鸠的书和一包"伊拉"牌香烟。安娜立刻沿着旋梯爬了上去，在机枪手的转椅上坐下，她的上半身隐没在机枪塔中。

"我准备好了，"她说，"可干草遮住了视线。"

夏伯阳拿起连接着驾驶室（我猜司机就是那个站岗的巴什基尔人，战士们私下都叫他拔都）的话筒说道："扒开草垛。别让轮子陷进坑里。"

装甲车的发动机轰鸣着。沉重的车身抖动一下，然后便开动起来，向前走了几米远。从上面传来机械的响声，我抬起头，看见安娜正在转动一根像是咖啡磨把手似的东西，机枪塔和她的座椅都开始水平旋转起来。

"现在好多了。"她说。

"打开车灯。"夏伯阳对着话筒说道。

我趴在车门的瞭望孔上向外看去,原来装甲车上装了一整圈车灯。灯光亮起的时候,仿佛一个昏暗的花园被路灯照亮了似的。

这个花园很是古怪。雪亮的灯光照在树上,比火焰的反光还要耀眼。那些看上去像人一样在黑暗中跳跃的影子消失了,原来我们周围空无一人。

然而我们并没有孤单很久。手握步枪的纺织工人开始出现在光圈的边缘。他们用手挡住刺眼的灯光,一言不发地望着我们。很快装甲车就被端着步枪的人群围住了。甚至能听见他们断断续续的谈话声:"他们在这儿呢……不,他们走不了……已经跑过一回了……把手榴弹收起来,笨蛋,别把自己人炸了……"

他们朝装甲车开了几枪,子弹都被钢板弹到一边。一只车灯被打碎了,人群齐声欢呼起来。

"好吧,"夏伯阳说道,"该做个了断了。安娜,准备……"

安娜小心翼翼地摘下枪套。一枚子弹正打在瞭望孔旁边,安全起见,我往边上挪了挪。安娜趴在机枪上,眼睛紧贴着瞄准镜,她的脸上流露出冷酷的怒意。

"地!水!风!火!空![1]"夏伯阳喊道。

---

[1] 印度教、佛教中的五大元素。

安娜开始快速地旋转摇杆，机枪塔伴着轻微的嘎吱声转动起来。枪声却没有响起，我疑惑地看了一眼夏伯阳。他摆了摆手让我放心。机枪塔转了一圈便停了下来。

"怎么，卡住了吗？"我问道。

"不是，"夏伯阳说，"已经完事了。"

我突然发现，枪声和说话声都不见了。外面的所有声音都消失了。只有发动机的动静再次浮现出来。

安娜从机枪塔上爬了下来，坐在我身边开始抽烟。我发现她的手指在微微颤动。

"这是黏土机枪，"夏伯阳说，"现在我可以告诉你这是什么了。其实它压根就不是机枪。几千年以前，比燃灯佛和释迦牟尼佛降世还要早上许多，当时有位阿那伽玛佛。他从不解释什么，只要用左手的小指一指，事物的真正本质就会显露出来。当他指山，山就消失了，当他指河，河也消失了。这个故事很长，我们长话短说，在故事的最后，他用小指对着自己指了一下，然后便消失了。只有这根左手的小指留了下来，被他的弟子们藏在一块黏土里。黏土机枪就是这块包着佛的小指的黏土。很久以前，有个印度人想把这块黏土变成世界上最可怕的武器。可他刚在黏土上钻出一个小孔，这根小指就指向了他，于是他就消失了。从那以后，这根小指就被放进一只上了锁的箱子，几经辗转，最终遗失在蒙古的一座寺院中。而现在机缘巧合落在了我的手里。我给它装了一个枪托，叫它黏土机枪。它刚刚就派上了用场。"

夏伯阳站起身来,打开车门跳了出去。我听见他的靴子落在地上的声音。安娜也跟着爬了出去,而我仍旧坐在沙发上,望着墙上的英国风景画。河流,桥梁,阴云密布的天空,还有模糊不清的废墟——这是真的吗?我想,是真的吗?

"彼得卡,"夏伯阳喊道,"你怎么还坐着呢?"

我起身向门外走去。

我们脚下是一块撒满干草的正圆形土地,直径大约有七米。土地之外空无一物,只有一片难以形容的、均匀而又暗淡的光芒。圆形地面的边缘扔着半截带刺刀的步枪。我突然想起勃洛克的《滑稽草台戏》里有个片断,阿尔列金从画着"远方"的纸窗户上一跃而出,纸板的裂口处出现了一片灰色的虚空。我四下打量一番。装甲车的发动机还在运转着。

"为什么这个岛没有消失?"我问。

"这是盲区,"夏伯阳说道,"小指能够指到这块地方之外的一切。这里就像是灯柱的影子一样。"

我向旁边迈了一步,夏伯阳立刻抓住我的肩膀。

"上哪儿去……别站到枪口前头去了。"

他向安娜转过身。

"安娜,来吧……离罪恶远一点。"

安娜点点头,小心翼翼地绕到喇叭形的消焰器底下。

"注意看,彼得卡。"夏伯阳说道。

安娜叼住烟卷,拿出一面圆形的小镜子,把它举得跟枪口一样高。还没等我明白过来，装甲车就消失了。这一切是在一瞬间发生的，而且出奇地轻松，仿佛有人关上了魔灯，纸上的画面就不见了。只剩下四个浅浅的车轮印子，被压倒的青草缓缓地伸展开来。周围一片寂静。

"好了，"夏伯阳说，"这个世界再也不存在了。"

"见鬼，"我说道，"车上还有包烟呢……对了！司机呢？"

夏伯阳打了个哆嗦，惊恐地看了看我，又看了看安娜。

"真见鬼，"他说，"我竟然把他给忘了……安娜，你怎么也不说一声？"

安娜摊了摊手。她的手势里没有一丁点儿情感。我想，尽管她相貌很美，却未必能做演员呢。

"不，"我说，"哪里不太对劲。司机去哪了？"

"夏伯阳，"安娜说，"我受不了了。你们自己想办法吧。"

夏伯阳叹了口气，然后捻了捻胡子。

"别担心，彼得卡。其实根本就没有什么司机。你也知道，有种印着特殊标记的纸，把它贴在木头上，就能……"

"啊，"我说道，"原来他是个木偶。明白了。别把我想得那么蠢好吗？我早就发现他不对劲了。不过，夏伯阳，您凭着这种本事满可以在彼得堡做出一番事业。"

"我在你的彼得堡什么都见识过了。"夏伯阳说。

"等等，科托夫斯基呢？"我不安地问道，"难道他也消失了？"

"这个问题很难回答,"夏伯阳说,"因为他从来就没有存在过。如果你是出于同情而担心他的命运,那么不必惊慌。我保证,科托夫斯基跟你我一样,能够创造属于自己的宇宙。"

"那里会有我们吗?"

夏伯阳陷入了沉思。

"这个问题有意思,"他说,"我怎么就想不到呢?我们也许会在,但是以什么身份我可说不好。我怎么知道科托夫斯基在他那个巴黎会创造一个什么样的世界呢?或者更准确地说,科托夫斯基在他的世界里会创造一个什么样的巴黎。"

"好吧,"我说,"您又开始诡辩了。"

我转身朝这块平地的边缘走去。但我没能走到最外面,离边缘还有几米远时,我就感到头晕目眩,一下子瘫坐在地上。

"您不舒服吗?"安娜问。

"我很好,"我回答,"可我们该怎么办呢?三个人一起生活吗?"

"唉,彼得卡,"夏伯阳说,"我跟你说过多少遍了。任何形态都是虚空。而这意味着什么呢?"

"意味着什么?"

"这意味着,虚空就是任何形态。你把眼睛闭上。现在睁开。"

我不知道如何用文字来形容这个瞬间。

我的眼前仿佛是一条无边无际的河流,它闪着七色霓虹,从无穷中来，又流向无穷。小岛四周目之所及之处都被它所包围，可它不是海洋，而是河流，因为它的流向清晰可辨。它映在我们三人身上的光芒格外明亮，但却并不刺眼，也不令人害怕，因为它同时也是充满无限力量的仁慈、幸福和爱。说实话，这三个词被文学和艺术变得滥俗，已经无法表达什么了。只要望着这川流不息的七彩光华就足够了，因为我所思所盼的一切都是这条七彩河流的一部分。准确地说，这条缤纷的河流就是我所思所感的一切，就是存在或不存在的一切。而且我确信它和我并无分别。它就是我，而我就是它。我始终是它，而不是别的什么。

"这是什么？"我问。

"什么也不是。"夏伯阳答道。

"不，我不是这个意思，"我说，"这叫什么？"

"叫法不一，"夏伯阳回答，"我叫它绝对之爱的相对之河。可以简称为乌拉尔①。我们一会儿变成它的样子，一会儿又拥有具体的形态，可事实上，既不存在形态，也不存在我们，就连乌拉尔也不存在。所以人们才说——我们，形态，乌拉尔。"

"可我们为什么要这样做呢？"

夏伯阳耸了耸肩。

"我不知道。"

"要是用正常的话来解释呢？"我问。

---

① "绝对之爱的相对之河"（условная река абсолютной любви）的首字母连起来就是"乌拉尔"（урал）。

"总得在这永恒中给自己找点事做，"他说道，"所以我们要试着游过这条实际上并不存在的乌拉尔。别怕，彼得卡，潜下去吧！"

"那我还能浮起来吗？"

夏伯阳把我从头到脚打量了一番。

"你应该办到过，"他说，"不然你怎么能站在这儿呢。"

"那我还是我自己吗？"

"彼得卡，"夏伯阳说，"等你变成了一切，你又怎么会不是你自己呢？"

他还想说些什么，可安娜这时已经吸完了烟，她把烟头扔在地上，用脚使劲踩灭，看都没看我们一眼就跑了起来，一头扎进河里。

"就是这样，"夏伯阳说，"没错。别废话了。"

他脸上挂着狡黠的微笑，一边望着我，一边朝着地面的边缘退去。

"夏伯阳，"我惊恐地说道，"等等。您不能这样丢下我。您起码要解释一下……"

然而为时已晚。他脚底的地面开始塌陷，他失去了平衡，接着张开双臂，仰面落入水一般的七彩光华中。光芒瞬间四散开来，然后将他包围，只留下我孤身一人。

我愣怔地对着夏伯阳消失的地方看了好一会儿。然后才发觉自己已经筋疲力尽。我把地上散落的干草拢成一堆，躺在上面，注视着高高的灰色天空。

我突然想起，一开始我就是这样躺在乌拉尔的河岸边，做着一个又一个梦，在这里反反复复地醒来。可若果真如此，我想，那我的生命又耗费在了哪里？文学，艺术，这一切不过是在宇宙的最后一抱干草上横冲直撞的蚊蚋。是谁，我心想，是谁将会读到我写下的梦境呢？我看了看乌拉尔那平静的水面，它正朝着四面八方流向永恒。钢笔、记事本和所有能读到留在纸上的字迹的人们，如今都变成了生生灭灭的七彩光华。难不成，我想，我又要在这条河岸上睡去？

我毫不迟疑地站起身来，奔跑着跳进了乌拉尔河。

我几乎什么也感觉不到，如今它从四面八方包围了我，所以也就不存在什么方向了。我看见了这条河流的源头，立刻便意识到，这就是我真正的家园。我就像一片随风飞舞的雪花，朝着那里飞去。起初我的动作还很轻盈，可过了一会儿就发生了怪事，我开始感到，有一股莫名的摩擦力向后拉扯着我的小腿和臂弯，于是我的动作慢了下来。等我一慢下来，周围的光芒也渐渐暗淡了，当我完全停下来的时候，亮光也变得昏暗极了。我突然意识到，它来自天花板上的一盏电灯。

我枕着一只小小的漆皮枕头，手脚被人用绳套绑在扶手椅上。

半明半暗中浮现出铁木尔·铁木罗维奇那肥厚的嘴唇，它凑近了我的额头，在上面留下一个湿漉漉的长吻。

"一次彻底的宣泄，"他说道，"祝贺你。"

10

如果历史能教会我们什么的话,那就是,所有试图整治俄罗斯的人最后都被俄罗斯给整治了。

"八千二百俄里的虚空,"收音机里的男人用动情到颤抖的声音唱着,"可我和你却无处留宿……如果不是你,我该有多么快活,如果不是你,我那家乡的母亲……"①

沃洛金起身关掉了收音机。音乐消失了。

"你怎么给关了?"谢尔久克抬头问道。

"我听不了格列比翁希科夫的歌,"沃洛金说,"当然,这人很有才华,但太爱故弄玄虚了。他总是不厌其烦地谈论佛教。就不会正常说话。现在又唱什么家乡的母亲。知道这是从哪儿来的吗?中国的白莲教有这么一句真言:'真空家乡,无生老母。'而且他隐藏得那么深,想搞明白他的意思,你非得发疯不可。"

谢尔久克耸了耸肩膀,继续忙活起来。我揉捏着橡皮泥,不时瞥一眼他那上下翻飞折纸鹤的手指。他的动作异常麻利,甚至连看都不用看。审美治疗实践课的教室里到处都是这种纸鹤。尽管热尔布诺夫和巴尔博林今早刚扫了一大堆到走廊里,可现在地板上又堆了不少。不过,谢尔久克丝毫也不在意自己这些千篇一律的作品的命运。他用铅笔在仙鹤的翅膀上写下编号,就随意地扔到一边,然后又从本子上撕下一张纸来。

"还剩多少?"沃洛金问。

"开春之前应该来得及,"谢尔久克说道,然后将目光转向我,"听着,我又想起来一个故事。"

"说吧。"我回答。

---

① 俄罗斯摇滚乐队"水族馆"的歌曲《8200》。乐队主唱是格列比翁希科夫。

"总之是这样,彼得卡和瓦西里·伊万诺维奇坐在一起喝酒。突然有个士兵跑来大喊:'白军来了!'彼得卡说:'瓦西里·伊万诺维奇,咱们快跑吧。'可夏伯阳又倒了两杯酒,说:'喝吧,彼得卡。'于是他们一饮而尽。士兵又跑来说:'白军来了!'可夏伯阳又倒了两杯酒:'喝吧,彼得卡!'士兵再一次跑来说,白军就快赶到这里了。夏伯阳却问:'彼得卡,你能看见我吗?'彼得卡说:'看不见。'于是夏伯阳说:'我也看不见你。我们隐蔽得太好了。'"

我嗤之以鼻地叹了口气,从桌上拿起一块新的橡皮泥。

"这个故事我知道,只是结尾不一样。"沃洛金说,"白军冲进了屋子里,四下打量一番说:'真见鬼,他们又跑了。'"

"这个故事还算沾点儿边,"我说,"不过也是胡说八道。什么白军……我想不明白,怎么什么事儿都能被歪曲成这样。还有什么故事吗?"

"我还记得一个,"谢尔久克说,"总之就是,彼得卡和瓦西里·伊万诺维奇正在横渡乌拉尔,夏伯阳嘴里叼着一个小箱子……"

"哎哟,"我哼了一声,"究竟是谁编出这种无稽之谈……"

"总之,他都快要沉底了,却还叼着箱子不放。彼得卡对他喊:'瓦西里·伊万诺维奇,把箱子扔了,不然你会淹死的!'可夏伯阳说:'说什么呢,彼得卡!绝对不行。里面是作战地图。'他们好不容易游到了对岸。彼得卡说:'来吧,瓦西里·伊万诺维奇,给我看看那张差点害我们淹死的地图。'夏伯阳打开了箱子。彼得卡看见里面全是土豆。'瓦西里·伊万诺维奇,这是哪门子的地图?'夏伯阳拿出两个土豆放在地上说:'瞧,彼得卡。这是我们,这是白军。'"

沃洛金笑了起来。

"这太荒谬了,"我说道,"首先,谢尔久克,假如您已经活了一万次,最后能淹死在乌拉尔河里,那可是撞了大运。其次,我真的不明白,怎么总是不知从哪冒出些白军来。我猜这里八成还有捷尔任斯基和他的契卡呢。最后,这是意识的隐喻图,而不是部队的分布图。况且也不是土豆,而是洋葱。"

"洋葱?"

"是的,洋葱。虽然由于一些纯粹个人的原因,我愿意花大价钱换成土豆。"

沃洛金和谢尔久克交换了一个意味深长的眼神。

"这人还想出院呢!"沃洛金说,"啊,这会儿我想起来了。夏伯阳的日记里写着:'六月六日。我们击退了白军……'"

"他从没写过日记。"我脱口而出。

"六月七日。白军逼退了我们。六月八日。来了个护林员,把所有人都赶走了。"

"明白了,"我说道,"这应该是指荣格恩男爵。可惜他没来过。而且他也不是护林员,他只是说自己一直想做护林员。各位,我觉得这一切都很奇怪。你们的消息都挺灵通,可我总是觉得，似乎有个了解所有真实情况的人总想把真相歪曲得荒谬绝伦。我不知道他是出于什么目的。"

有那么一会儿，所有人都默不作声。我埋头干起活来，一边思索着即将和铁木尔·铁木罗维奇进行的谈话。直到现在我都搞不明白他的行为逻辑。玛利亚用亚里士多德的雕像砸了我的头，一个星期之后却被批准出院了，可再正常不过的沃洛金不久前却被安排了一个新的药物疗程。无论如何，我心想，我都用不着提前想好答案，因为我准备的问题他也许一个都不会问，我反而会因此答非所问。只能全凭侥幸和运气了。

"那好，"沃洛金终于开口道，"您能举例说说，究竟是什么被歪曲了吗？真相又是什么？"

"您对哪一段感兴趣？"我问，"是您刚才提到的哪件事吗？"

"随便。或者我们再说点新的。比如这个故事，我完全想不出这里有什么好歪曲的。科托夫斯基从巴黎给夏伯阳寄来了红色鱼子酱和白兰地。夏伯阳回信说：'谢谢，家酿酒我跟彼得卡都喝了，虽然有股臭虫味，可蔓越橘①我们没吃，鱼腥味太重了。'"

我忍不住笑了起来。

"科托夫斯基没从巴黎寄过什么东西。不过的确有件类似的事儿。当时我们坐在餐馆里，而且真的在喝白兰地，吃着红色鱼子酱。我知道听起来很寒酸，可那里没有黑色鱼子酱。我们正在

---

①蔓越橘是一种红色的小颗粒果实，和红色鱼子酱有些相似。

谈论基督教的体系,所以用的都是基督教的字眼。夏伯阳在评论斯维登堡①书里的一段话:一束天光照进地狱的深渊中,却被那里的灵魂当做了臭水洼。我是这样理解的,那束光自行改变了模样。夏伯阳却说,光的本质是不会改变的,一切都取决于接受者。他说,并没有任何力量阻止罪恶的灵魂升入天堂,其实是灵魂自己不想去。我不明白这是为什么,于是他解释说,我吃的鱼子酱对富尔马诺夫的纺织工人来说就像散发着鱼腥味的蔓越橘一样。"

"明白了。"不知为何,沃洛金的脸色变得煞白。

我脑中突然冒出一个出人意料的念头。

"等一下,等一下,"我说,"您说白兰地是从哪儿寄来的?"

沃洛金没有应声。

"有什么分别吗?"谢尔久克问道。

"没什么,"我若有所思地说,"我只是觉得,我好像有点猜到这一切都是谁创造的了。当然,这很奇怪,一点儿也不像是他,可别的解释又太荒谬了……"

"听着,我又想起来一段,"谢尔久克说,"总之就是,夏伯阳来到安娜身边,而她一丝不挂地坐着……"

"拜托,"我打断了他,"您不觉得自己有些过分吗?"

"这可不是我想出来的,"谢尔久克把一只纸鹤扔到一边,蛮不讲理地说,"总之,他问:'你怎么一丝不挂,安卡?'而她回

---

①瑞典的神秘主义神智学家。

答：'我没有裙子穿。'于是他打开衣柜说：'怎么没有？一条裙子。两条裙子。你好，彼得卡。三条裙子。四条裙子。'"

"一般来说，"我说道，"冲这话应该扇您一个嘴巴才对。可不知为何，我却感到难过。其实完全是另一回事。那天是安娜的生日，我们一起去野餐。科托夫斯基很快就醉得呼呼大睡，夏伯阳则开始对安娜解释，人的个性就像从柜子里拿出来的一条条连衣裙，人越是不真实，柜子里的连衣裙就越多。这是他送给安娜的生日礼物，我不是说这些连衣裙，而是这个解释。安娜却不赞同这个说法。她想证明，也许原则上的确如此，但这和她毫无关系，因为她始终是她自己，不戴任何面具。可对于她所说的话，夏伯阳却只是继续说着：'一条裙子。两条裙子……'。明白吗？安娜接着问，是谁在穿这些裙子，夏伯阳回答，穿裙子的人是不存在的。安娜恍然大悟。她沉默片刻，然后点点头，抬眼望着他，夏伯阳笑着说：'你好，安娜！'这是我最宝贵的回忆之一……我干吗要讲给你们听呢？"

我的头脑中突然冒出了一连串的念头。我想起科托夫斯基同我告别时的古怪笑容。我不明白，我心想。他也许听说过意识的地图，可他是从哪儿知道了面具的事儿？他可是在这之前就走了呀……突然我想起，当我问起科托夫斯基的命运时，夏伯阳是怎么回答的。

我瞬间恍然大悟。然而有件事科托夫斯基没有想到——我一面想着，一面感到心中生起一股怒意——他没想到，他能做的事情我也办得到。假如就是这个喜欢走马和秘密自由的瘾君子给我准备了这座疯人院，那么……

"那我也来讲个笑话吧。"我说。

我的情绪显然都写在了脸上，因为谢尔久克和沃洛金害怕地看着我，沃洛金甚至连人带椅子往后挪了挪。

谢尔久克说："别激动好吗？"

"你们到底听不听？"我问道，"好吧。我这就讲……嗯，听着。巴布亚人抓住了科托夫斯基，对他说：'我们要吃了你，把你光秃秃的头皮做成一面鼓。不过你可以最后许一个愿望。'科托夫斯基想了想说：'给我一把锥子。'他们给了他锥子，他却直接扎进了自己的脑袋！他吼道：'王八蛋，让你们的鼓见鬼去吧！'"

我狂笑起来，这时门开了。热尔布诺夫那张留着胡子的脸冒了出来。他忐忑不安地环顾房间，最后把目光落在了我身上。我清了清嗓子，整理了一下衣领。

"铁木尔·铁木罗维奇要见你。"

"走吧。"我起身说道，将我用黑色橡皮泥捏了一半的面包圈小心翼翼地摆在满是纸鹤的工作台上。

铁木尔·铁木罗维奇精神十分振奋。

"彼得，我希望您已经明白了，我为何要把您的最后一次治疗叫做彻底的宣泄。"

我不置可否地耸了耸肩膀。

"您瞧,"他说道,"我跟您解释过,失去方向的心理能量会以狂躁症或恐惧症的形式表现出来。我的疗法就是,我们一起来审视这种狂躁症和恐惧症的内在逻辑。比如,您说您是拿破仑。"

"我没这么说过。"

"我们假设您说过。那么,我不会去证明您是错的,或对您使用胰岛素休克疗法。我会这样回答:'很好。您是拿破仑。那您会怎么做呢?登陆埃及?实施大陆封锁?或是放弃王位,悄然回到科西嘉岛上的小巷里去?'我会根据您的回答进行后续的治疗。比方说您的室友谢尔久克吧。这些强迫他切腹的日本人是他内心世界最活跃的部分。谢尔久克本人正在经历象征性的死亡时,这些日本人却毫无变化。而且在他的幻觉里,即便他已经死了,这些日本人却仍然活着。谢尔久克醒过来以后就只会折纸鹤了。我相信,这是那些日本人在某些新的幻觉里给他的建议。也就是说,疾病会给人的心理带来很大范围的损害,有时我甚至会开始考虑进行手术干预。"

"您这是什么意思?"

"没什么。我只是用谢尔久克打个比方。现在来说说您吧。我发现,这是我的疗法取得的一次真正的胜利。您混沌的意识创造了一个复杂的病态世界,这整个世界自动消失了,而且不是迫于医生的压力,却像是由于它自身的规律。您的精神疾病自愈了。迷失方向的心理能量同心理的其余部分融为了一体。假如我的理论是正确的——我也希望是这样——您现在已经完全康复了。"

"我相信您的理论是正确的,"我说,"当然,我对它的理解还不够深刻……"

"您用不着理解它,"铁木尔·铁木罗维奇说道,"如今的您就是它最有力的证明,这就足够了。非常感谢您,彼得,谢谢您巨细无遗地描述了您的幻想。能做到这一点的病人可不多。您不介意我在自己的论文里引用您的笔记吧?"

"这将是我莫大的荣幸。"

铁木尔·铁木罗维奇亲切地拍了拍我的肩膀。

"好啦,别这么一本正经的。您跟我可以随意些。我是您的朋友。"

他从桌上拿起厚厚一沓用曲别针固定在一起的纸页。

"不过还是请您认真填写一下调查表。"

"调查表?"

"例行公事而已,"铁木尔·铁木罗维奇说道,"卫生部总能想出这种把戏,他们人员庞杂,却都无所事事。这就是所谓的社会适应性测试。里面有许多各式各样的问题,每个问题都附上了好几个答案。只有一个是对的,剩下的都很可笑。正常人一下子就能看出来。"

他翻了翻调查表。里面大概有二三十页。

"当然了,这是官僚主义。可我们毕竟接到了通知,要出院就得填。我认为没有必要让您继续留在这里了,给您这支笔,请吧。"

我从他手中接过调查表,在桌子旁坐下。出于礼貌,铁木尔·铁木罗维奇转向书架,从里面抽出一本厚厚的书来。

调查表分成了好几栏,有"文化""历史""政治"等等。我随意翻到"文化"一栏,读了起来:

32. 下列哪一部电影的最后,主人公在头顶挥舞着沉重的十字架赶走了坏人?

 a)《亚历山大·涅夫斯基》

 b)《拿撒勒的耶稣》

 c)《纳粹狂魔》

33. 下列哪一个名字象征着战无不克的善?

 a)阿诺德·施瓦辛格

 b)西尔维斯特·史泰龙

 c)尚格·云顿

我极力掩饰着自己的慌乱,赶紧往后翻了几页,停在了"历史"一栏:

74. "阿芙乐尔号"巡洋舰射击的目标是?

a) 国会大厦

b) "波将金号"战舰

c) 白宫

d) 是白宫先开的火

我突然想起那年十月的可怕夜晚,"阿芙乐尔号"驶入了涅瓦河的河口。我竖起衣领,站在桥边,一面紧张地抽着烟,一面望着远处巡洋舰的黑影。除了细细的钢制桅杆顶端有一团模糊的灯光之外,船上看不见一丝光亮。两个走夜路的人在我身边停了下来,一个是美貌异常的女学生,另一个是与她同行的家庭女教师,丰满的身躯像根广告柱子一样。

"Look at it, missis Brown![1]"小女孩用手指着可怕的黑色轮船喊道,"This is St Elmo's fires![2]"

"You are mistaken, Katya,[3]"家庭教师低声说,"There is nothing saintly about this ship.[4]"

她瞥了我一眼。

"Let's go,[5]"她说,"Standing here could be dangerous.[6]"

为了驱散回忆,我晃了晃脑袋,又往后翻了几页。

---
[1] 看哪,布朗夫人!
[2] 这是圣艾尔摩之火!
[3] 你搞错了,卡佳。
[4] 这艘船可没什么神圣的地方。
[5] 我们走吧。
[6] 站在这儿可能会有危险。

102.是谁创造了宇宙？

a）上帝

b）士兵母亲委员会

c）我

d）科托夫斯基

我小心地合上调查表，望向窗外。白杨树的树冠上落满了雪，一只乌鸦停在上面，正摇摇摆摆地挪动着步子，树枝上的雪扑扑簌簌地落下。过了一会儿，树下响起发动机的轰鸣声。乌鸦受了惊，笨重地扇动着翅膀，从树上飞走了。我看着它变成了一个渺小的黑点。随后我缓缓地看向铁木尔·铁木罗维奇，他正专注地看着我。

"我说，这个调查表到底有什么用？干吗要制订这么个东西？"

"我也不知道，"他回答，"不过自然有它的理由。有的病人很狡猾，甚至能把经验丰富的医生都骗得团团转。所以，这是为了避免哪个'拿破仑'装疯卖傻来获得出院的机会，从而发动什么百日政变……"

他的眼中突然闪过一丝惊慌，但他立刻眨了眨眼，这抹神色便消失了。

"不过，"他快步走到我跟前说，"您说得没错。我刚刚才明白,过去我一直把您当做病人看待。原来是我不相信我自己。太愚蠢了,但这是我的职业病。"

他从我手中夺走调查表,撕成两半,扔进了垃圾桶。

"去准备一下吧,"他面朝窗户说道,"文件都准备好了。热尔布诺夫会送您去车站的。万一有什么事就给我打电话。"

热尔布诺夫还给我的蓝色棉布裤子和黑毛衣散发着一股尘土和储藏室的味道。最令我厌恶的是,裤子皱巴巴的,还有很多污渍,热尔布诺夫说后勤处没有熨斗。

"我们这里不是洗衣店,"他恶狠狠地说,"也不是文化部。"

我穿上防滑高筒靴,戴上圆形皮帽,披上灰色的羊毛大衣。如果不是后背上烧了个洞,这件大衣也算得上雅致。

"大概是你的哪个哥们喝得烂醉,用烟头给你烫的吧。"热尔布诺夫一边解释,一边穿上一件绿得刺眼的连帽上衣。

有趣的是,这种调侃的话他在病房里从没说过,可我并不觉得这是侮辱。恰恰相反,我感到如闻仙乐,因为这意味着自由。其实他并没有刻意调侃,他平时就这么跟人讲话。他用不着再对我遵守职业道德,因为我不再是病人,他也不再是护工。我们从前的一切联系都跟他的白大褂一起挂在墙上那颗歪斜的钉子上了。

"手提箱呢?"我问道。

他故作疑惑地瞪大眼睛。

"哪有什么手提箱,"他说,"你去问铁木尔·铁木罗维奇吧。这是你的钱包,里面还是原来的两万卢布。"

"明白了,"我说道,"在这儿是没法讲理的。"

"你以为呢?"

我不打算继续争论下去。压根就不该提。我悄悄偷走了他上衣侧兜里的自来水笔,便感到心满意足了。

那扇通往自由的门打开的时候却是如此平平无奇,我甚至感到有些失望。门外是落满雪的空院子,四周耸立着混凝土的围墙。正对面有一扇绿色的大铁门,上面不知为何装饰着红色五角星。旁边传达室的烟囱里冒着一股轻烟。其实,这一切我已经隔着窗户见过很多次了。我走下台阶,回头看了一眼医院那毫无特点的白色大楼。

"热尔布诺夫,请问我的病房是哪扇窗户?"

"三楼从边上数第二个,"热尔布诺夫答道,"那儿,你瞧,他们正向你招手呢。"

我看见窗边有两个黑影。其中一个举起手掌贴在玻璃上。我向他们挥手致意。热尔布诺夫十分粗鲁地拽了一下我的袖子。

"走吧。要赶不上电气火车了。"

我转身跟着他朝大门走去。

传达室里拥挤而又闷热。值班的人戴着一顶绿色的大檐帽,帽徽上是两把交叉的步枪。他靠窗坐着,面前是一截用刷了油漆的铁管做成的拦路杆。他盯着热尔布诺夫递给他的文件看了很久，在照片和我的脸之间来回打量，又跟热尔布诺夫低声交谈了几句，这才把拦路杆抬了起来。

"瞧他多认真，"我们从传达室里出来的时候，热尔布诺夫说道，"他以前被保密机构关押过。"

"原来如此，"我回答，"真有意思。怎么，铁木尔·铁木罗维奇把他也治好了？"

热尔布诺夫瞥了我一眼，什么也没说。

医院的大门外有一条落满积雪的羊肠小道。我们先是拐进一片稀疏的白桦林，然后沿着林子的边缘走了十来分钟，接着又钻进了树林里。除了耷拉在金属杆子之间的粗电线，周围看不到任何文明的痕迹。这些千篇一律的电线杆就像头戴布琼尼帽的红军战士那高大的骸骨一样。我们不知不觉走到了树林的尽头，身边就是火车站台和一条木制台阶。

站台上只有一座很像医院传达室的小砖房，它的烟囱正无精打采地冒着烟。我甚至在想，这个陌生世界里的建筑大概都是这种类型吧。当然，这点经验还不足以说明一切。热尔布诺夫走到小屋的窗口前，给我买了一张票。

"好了，"他说，"电车就要来了。十五分钟就能到亚罗斯拉夫尔火车站。"

"太好了。"我回答。

"你肯定等不及去找女人了吧？"

他的问题有些令人讨厌。根据和大兵们长期打交道的经验，我知道社会底层的人厚颜无耻地谈论私生活就像上层人谈论天气一样自然。但热尔布诺夫显然是想探听更多的细节。

我耸了耸肩膀。

"热尔布诺夫，其实我并不怎么惦记您的那些女同胞。"

"这是为什么？"他问。

"这是因为，"我回答，"所有的娘们都是母狗。"

"这倒也是，"他叹了口气说，"那你总该做点儿什么吧？找份工作？"

"不知道，"我回答，"我能写诗，能指挥骑兵连。走一步看一步吧。"

电气火车停了下来，车门吱呀一声开了。

"好啦，"热尔布诺夫向我伸出硬邦邦的手，说道，"再会。"

"再见了，"我说，"请您向我的室友们转达最诚挚的祝愿。"

我同他握了握手，却意外瞥见了他手上的文身，以前我从没注意过。这是一只不太清晰的蓝色船锚，勉强可以看出"波罗的海舰队"的字样。这几个字有些发白和模糊了，仿佛有人曾试图把它抹掉似的。

我走进车厢，坐在坚硬的木头长椅上。火车开动了，热尔布诺夫粗短的身影从窗外掠过，永远消失在虚无之中。当我所在的车厢开到站台尽头的时候，我看见了挂在围栏上的站牌，上面写着："洛佐瓦亚站"。

特维尔林荫道几乎还是我最后一次见到它的样子。如今又是二月,到处都是积雪,就连日光也透着一股古怪的阴霾。那些老太婆一动不动地坐在长椅上,看着那些穿得花花绿绿、打着雪仗的孩子们。头顶那纵横交错的黑色电线上面是垂向地面的低矮天空。

不过,当我走到林荫道的尽头,就发现了一些变化。普希金的铜像不见了,它原来的位置上出现了一块空地,奇怪的是,这空地却像一座最好的纪念碑。

受难修道院的旧址如今也成了一片空地,上面只有几棵枯树和几盏难看的路灯。

我在这座无形纪念碑对面的长椅上坐了下来,旁边有个穿着随意的军官,他殷勤地递给我一根有着短短的黄色滤嘴的香烟,于是我抽了起来。香烟很快就烧光了,就像导火线似的,在我嘴里留下一股淡淡的硝石味。

我的口袋里还有几张皱巴巴的票子。看起来跟我记忆里花花绿绿的杜马百元大钞差不多,不过尺寸小了不少。在车站的时候我就搞明白了,这点儿钱只够在便宜的餐馆里吃顿午饭。我在长椅上坐了很久,思索着该怎么办。天开始黑了,那些熟悉的楼顶(周围可有不少呢)亮起了巨大的电子广告牌,上面写着一些莫名其妙的东西:"SAMSUNG""OCA-COA""OLBI"。我在这个城市里根本无处可去。我感觉自己就像一个从马拉松跑到雅典的波斯人。

"您明白吗,先生,走投无路究竟是什么滋味?[①]"我望着天空中闪亮的文字嘟囔着。当我想起在"音乐鼻烟壶"里饰演马尔梅拉多夫的那个女人,不禁笑了起来。

我突然明白自己接下来该怎么做了。

我从长椅上站起来,穿过马路,在人行道边上伸手拦车。很快就有一辆脏兮兮的流线形汽车丁零当啷地停了下来。开车的是个大胡子男人,有点像托尔斯泰伯爵,只是胡子稍短些。

"您去哪儿?"男人问。

"是这样,"我说,"我不记得确切地址了,但我要去一个叫'音乐鼻烟壶'的地方。是个咖啡馆。离这儿不远。沿着林荫道往下走,然后左转。就在尼基茨基广场附近。"

"是在赫尔岑大街吗?"

我耸了耸肩。

"没听说过这个咖啡馆,"大胡子男人说道,"大概是刚开的吧?"

"谁说的,"我回答,"开了很久了。"

"一万块,"男人说,"先给钱。"

我打开车门,坐在他旁边的位子上。车开了。我暗暗打量着他。他的衣服十分奇特,样式就像布尔什维克领袖们喜欢的那种弗伦奇式军上衣,但面料却是自由主义风格的格纹呢绒。

"您的车不错。"我说。

[①] 引自陀思妥耶夫斯基的小说《罪与罚》,是马尔梅拉多夫的原话。

我的话显然令他十分受用。

"已经老了,"他回答,"可战后再也没有比'胜利'更好的车了。"

"战后?"我问道。

"当然,战后也不是一直如此,"他说,"但起码有五年吧。可现在全都他妈的垮台了。"

"千万别谈政治,"我说,"我完全搞不懂,总是稀里糊涂的。"

他迅速瞥了我一眼。

"年轻人,正是因为您和您的同类不思考政治,才到处都是烂摊子。政治是什么?就是我们该如何活下去。要是每个人都能思考如何整治俄罗斯,那它也就没什么可整治的了。可以说,这是一种辩证法。"

"那您想把这个辩证法挂在哪里呢?"我问道。

"您说什么?"

"没事,"我说,"没什么。"

我们在林荫道的尽头停了下来。前面正在堵车,到处都是令人烦躁的鸣笛声,橙色和红色的车灯闪个不停。大胡子男人一言不发,我想他大概是觉得我的话不太友好。我想缓和一下尴尬的气氛。

"您知道,"我开了口,"如果历史能教会我们什么的话,那就是,所有试图整治俄罗斯的人最后都被俄罗斯给整治了。而且,怎么说呢,用的绝不是什么好法子。"

"没错,"男人说道,"所以我们才要考虑,究竟该怎么治理它,才能避免这种事发生。"

"如果是我,就没什么可考虑的,"我说,"我很清楚该怎么整治俄罗斯。"

"哦?那该怎么做呢?"

"简单得很。每当俄罗斯的概念和形象出现在意识里,就任凭它们还原到自己的本质之中。可由于俄罗斯的概念和形象并不具有任何本质,于是俄罗斯就这样彻底治理好了。"

他认真看了看我。

"明白了,"他说,"这就是美国犹太复国主义者想要的结果。所以他们才给你们这代人洗脑。"

汽车开动了,拐到了尼基茨基大街上。

"我不太理解您的意思,"我说,"不过既然如此,就该整治一下这些美国犹太复国主义者。"

"有意思,您要怎么整治他们呢?"

"以牙还牙,"我答道,"也得整治一下美国。而且要一块儿整治,没必要循序渐进。既然要整治,就把全世界都整治了。"

"那您怎么不去干呢?"

"今天我要干的就是这件事。"我说。

男人傲慢地点了点头。

"当然,我不该蠢到跟您聊正事。不过我想说,您不是第一个说这种胡话的人。假装自己怀疑世界的真实性,这种逃避现实的方式是最懦弱的。要我说,这是彻头彻尾的空虚。尽管这个世界看似荒谬、残酷、毫无意义,可它毕竟是真实存在的,不是吗?世界上的一切问题也都是真实存在的,不是吗?"

我没有应声。

"所以,否认世界的真实性并不能证明灵性的高度,而是恰恰相反。若是您不承认被造物,就同样不承认造物主。"

"我不太明白什么叫'灵性'。"我说,"说起这个世界的造物主,我倒是和他有过短暂的接触。"

"怎么说?"

"是这样。他叫格里戈里·科托夫斯基,住在巴黎。从您车窗外的景象看来,他还在滥用药物呢。"

"关于他的事情您就知道这些?"

"我还知道,他的头上现在正贴着膏药。"

"明白了。能不能问一下,您是从哪个精神病院逃出来的?"

我陷入了沉思。

"好像是十七院。对,没错,医院的大门旁有一块蓝色的门牌,上面写的数字就是十七。还写着模范医院呢。"

车子猛地刹住了。

我看了眼窗外。外面是音乐学院的教学楼。我们离"鼻烟壶"已经不远了。

"我说,"我开口道,"我们问问路吧。"

"我不载你了，"男人说，"快从车里滚出去。"

我耸耸肩膀，打开车门钻了出去。流线形的小汽车朝着克里姆林宫的方向绝尘而去。我本想开诚布公地聊一聊，没想到他是这种反应，真让人难过。不过，走到音乐学院拐角的时候，我已经把这个大胡子男人和他的无礼行径都抛诸脑后了。

我环顾四周。这条街我肯定认识。我沿街走了大约五十米，然后向右一拐，眼前立刻出现了那个熟悉的门洞。在那个难忘的冬夜里，冯·埃尔年的车就停在这儿。门洞和以前一模一样，只是房子的颜色好像变了。门洞前的马路上停着各式各样、五颜六色的汽车。

我快步走过极其压抑的院子，来到楼门前。门上的遮阳板是用玻璃和钢制成的，颇有未来主义风格。遮阳板上钉着一块小牌子：

公牛伊万

John Bull Pubis International[①]

靠门的几扇窗户亮着灯，挂着半遮半掩的粉色窗帘。透过窗户传来不知什么乐器那凄切而又呆板的声音。

我拉开了门。门后出现了一条短短的走廊，墙上挂满厚实的

[①]公牛约翰国际耻骨。俄语中的伊万和英语中的约翰是同一个希腊语名字的不同译法。英文中的"耻骨"（pubis）和"酒馆"（pub）十分相近，这里应该是想写成"国际酒馆"。

皮草和大衣，走廊尽头却是一扇笨重的铁门。一个模样颇似罪犯的人穿着饰有金扣子的亮黄色西装，从凳子上站起来迎接我。他手上握着一个奇形怪状的话筒，电话线却只有不到一英寸那么长。我敢发誓，就在起身迎接我之前，他正一边对着话筒说些什么，一边激动地晃着腿。而且他把听筒拿倒了，断掉的那截电话线是朝上的。能够完全沉浸在自己的幻想中是一种孩子般动人的能力，对这种恶棍来说是很不寻常的，我不禁对他生出了些许好感。

"只有俱乐部的会员才能进去。"他说。

"听着，"我说，"最近我才跟两个朋友来过，记得吗？他们还用枪托砸了你的小腹呢。"

穿亮黄色西装的男人那并不和善的脸上显出疲倦和厌恶的神情。

"记得吗？"我又问了一遍。

"记得，"他说，"可我们已经交过钱了。"

"我不是为了钱，"我答道，"我只是想进去坐一会儿。相信我，我待不了多久。"

穿亮黄色衣服的男人勉强笑了笑，打开铁门，掀开门后的天鹅绒帷幔，我便走进了昏暗的大厅。

这地方没什么变化，还和过去一样，就像一间平庸至极却追求时髦的二流餐厅。被烟雾笼罩的小方桌旁坐着形形色色的观众。好像有人在抽大麻。一盏造型奇特的灯球缓缓地旋转着，照亮了整个大厅。许多柔和的光点犹如月光一般四处流淌。没有人注意到我,于是我在离出口不远的空桌旁坐了下来。

大厅尽头是一个亮堂的舞台,一个高颧骨的中年男人留着一脸乱糟糟的黑胡子,正站在一台小型管风琴后面,用难听的声音唱道:

不可杀人——我没有杀人。
不可背叛——我没有背叛。
不可吝啬——我把最后一件衬衫送人。
不可偷盗——这就是我,这就是我栽跟头的地方……①

这是副歌。歌里唱的好像是基督教的戒律,可观察的角度却很奇特。我不太习惯这种演唱风格,但大厅里的其他观众显然很满意。每当那句令人费解的"这就是我栽跟头的地方"响起时,总是伴随着哗啦啦的掌声,而歌手一边用宽大的手掌抚弄着乐器,一边轻轻弯腰致意。

我感到有些忧伤。从前我总是很自豪,因为我能理解最新的艺术潮流,并且能察觉到别出心裁的形式背后隐藏着永恒不变的内涵。可这一回,我的惯常经验跟眼前的东西大相径庭。不过,原因也许很简单。有人对我说过,科托夫斯基在认识夏伯阳以前简直是个重刑犯。也许正因如此,我才无法理解这种奇怪的文

---

①俄罗斯民歌乐队"伐木工"的歌曲《戒律》。

化。在疯人院的时候,这种文化的各种表现就使我束手无策。

入口处的门帘晃了一下,穿亮黄色西装的人紧握着话筒钻了进来。他打了个响指,朝我的桌子点点头。一个身穿黑西装、戴着黑领结的伙计立刻出现在我面前。他双手捧着一本硬皮菜单。

"您想吃点什么?"他问。

"我没有食欲,"我回答,"不过倒是可以喝点伏特加。我冻坏了。"

"'斯米诺','首都',还是'绝对'?"

"'绝对'吧,"我答道,"我还想来点……怎么说呢……能让人放松的玩意儿。"

伙计怀疑地看了看我,转身看向穿亮黄色西装的男人,然后打了个手势。穿亮黄色西装的男人点点头。于是伙计俯在我耳边小声说:"迷幻蘑菇,巴比妥,还是神魂颠倒?"

我把这几个词儿暗自掂量了一番。

"这样吧。把'神魂颠倒'混进'绝对'里。这样正合适。"

伙计又一次看向穿亮黄色西装的男人,难以察觉地耸了耸肩,在太阳穴旁边晃了晃指头[1]。穿亮黄色西装的男人气得皱起了眉,然后点了点头。

我面前摆上了烟灰缸和一碟餐巾纸。餐巾纸来的正是时候。我掏出从热尔布诺夫那里顺走的笔,拿起一张餐巾纸,正准备写字,却突然发现本该是笔尖的地方却有一个小洞,就像枪管似

---

[1]俄罗斯人用这种手势表示某人精神不正常。

的。我把笔拧开，一枚小巧的弹壳和一颗光溜溜的黑色铅弹落在了桌上，就像"基督山"牌火枪配的那种一样。这个精巧的小玩意来得正好。裤兜里没有了勃朗宁手枪，我总感觉有些心虚。我小心翼翼地把子弹装好，把笔拧紧，然后招呼穿亮黄色西装、脸色苍白的男人给我拿个能写字的东西来。

伙计用托盘端着酒杯走了过来。

"您点的酒。"他说道。

我把伏特加一饮而尽，从穿着亮黄色西装的男人手里接过自来水笔，然后便忙活起来。起初我毫无头绪，可过了一会儿，管风琴那凄切的乐声感染和刺激了我，十分钟以后我就把诗写好了。

这时大胡子歌手已经消失了。我没注意到他是何时下台的，因为音乐始终没有停歇。这太奇怪了，仿佛有一支无形的乐队正在演奏，起码有十件乐器，但却看不见演奏者。可这显然不是我在医院里听惯了的收音机，也不是唱片的声音。乐声很纯正，而且无疑是真实演奏出来的。当我想到，也许是伙计端来的那杯东西起了作用，便镇静下来。我开始侧耳倾听，突然听见有个沙哑的声音在我耳边用英语唱道：

You had to stand beneath my window

With your bagel and your drum

While I was waiting for the miracle –

For the miracle to come ...①

我打了个哆嗦。

这就是我等待的信号。"奇迹""鼓"（这显然是指科托夫斯基）和"面包圈"（这就不用解释了吧）再清楚不过了。虽然歌手的英语不怎么样，他把"面包圈"念成了"小号"②，但这不重要。没必要继续坐在这个烟雾缭绕的大厅里了。我站起身来，摇摇晃晃、不紧不慢地穿过像鱼缸般涌动的大厅，朝着舞台漂去。

音乐停得正是时候。我登上舞台，把胳膊肘撑在管风琴上，它随即发出一阵并不悦耳的长音。我紧张地环顾着安静下来的大厅。观众中有各色人等，但正如人类历史上的一贯情形，大多都是肥头大耳的投机商人和衣饰华美的风尘女子。目之所及的所有面孔仿佛融汇成了同一张脸，一张既谄媚又无耻的脸，脸上凝滞着一副沾沾自喜、奴颜婢膝的怪相——毫无疑问，这张脸属于放高利贷的老太婆，是她的化身，却依然栩栩如生。入口的门帘后面冒出来几个脸颊冻得通红的小伙子，看起来像是换了便衣的水兵。穿亮黄色衣服的男人一边朝着我的方向频频点头，一边急切

---

①歌词引自莱昂纳德·科恩的歌曲《等待奇迹》，作者做了一些改动：
你只好站在我的窗下，
拿着你的面包圈和你的鼓
而我在等待奇迹——
等待奇迹的到来……
②正确的歌词应该是"小号"（bugle），而不是"面包圈"（bagel）。

地说着什么。

我从嗡鸣的管风琴上抬起胳膊,将写满字的餐巾纸拿到眼前,清了清嗓子,然后按照自己从前的习惯朗诵起来,不带任何语调,只是每隔四行稍稍停顿一下:

永恒的解脱

千变万化,生生灭灭,
将这牢笼磋磨了七百年,
一个名为虚空的疯子
要逃离模范的十七病院。
他明白没有逃跑的时间。
何况无处可逃,就连"无处"也是死路一条。
可这无关紧要,因为这个逃跑的人
无论如何都没人找得到。
或许他的确磋磨过牢笼,
又或许这一切并未发生。
疯子虚空手持雪青色念珠,
从不假装对答案成竹在胸。
因为在这个能够消失于无形的世界里,
最好含糊其词,而不是发誓赌咒。

与此同时，我举起热尔布诺夫的笔，朝着吊灯开了一枪。它就像圣诞树上的彩球一样炸裂开来。天花板上迸发出一阵刺眼的火光，大厅随即陷入一片黑暗。穿亮黄色衣服的男人和脸蛋红扑扑的小伙子们站着的门口响起了枪声。我卧倒在地，沿着舞台边缘缓缓地爬行，难以忍受的轰鸣声使我皱起了眉头。大厅另一边也有好几个人同时开火，子弹擦在铁门上，就像欢快的新年烟火一样。我意识到，不能沿着舞台边缘爬，得到后台去，于是便拐了个九十度的弯。

　　铁门处传来了呻吟声，仿佛一只受伤的狼在嚎叫似的。子弹刚好把管风琴打落在我旁边的地板上。终于，我一面往后台爬一面想着，我终于击中了吊灯。我的上帝啊，用自来水笔向这个灯球般的虚假世界射击——这不正是我一直以来唯一会做的事吗？这个象征是多么深刻啊，我心想。遗憾的是，大厅里没有一个人能理解眼前的一切。不过，我想，那也说不好。

　　后台和大厅里一样黑漆漆的，看来整层楼都停了电。有个人一看到我就往走廊跑，却绊了一跤摔倒了，他没有爬起来，而是躲在了暗处。我站起身来，一边摸索着，一边沿着走廊缓缓向前走去。我还清楚地记得通往后门的路。门上了锁。我没费多少工夫就撬开了门锁，走了出去。

　　我吸了几口冷风，逐渐清醒过来，但还是得靠在墙上，因为走廊里那段路已经令我筋疲力尽。

　　我离正门大约有五米远，隔着满是积雪的马路。门开了，里面冲出两个人来。他们跑到一辆长长的黑色汽车跟前,打开后备箱,拿出两把模样骇人的步枪。他们连车门都没关就跑了回去,仿佛唯恐错过这出场面似的。甚至连看都没看我一眼。

餐馆那黑漆漆的窗户上不断冒出新的弹孔,似乎大厅里有好几把机枪在同时开火似的。我心想,我们那时的人未必更善良,但绝对没有这么暴躁。不过我也该走了。

我跌跌撞撞地穿过院子,来到大街上。

正如我所预料的那样,夏伯阳的装甲车就停在那儿,机枪塔上的雪帽子也和从前一样。车打着了火,车身后面飘着一团灰蓝色的烟。我走到车门前,敲了几下。门开了,于是我钻了进去。

夏伯阳还是老样子,只是他的左臂被一条黑色麻布吊了起来。他的手上打着绷带,透过纱布看得出来,小指的位置是空的。

我一个字也说不出来,只能勉强瘫坐在长椅上。夏伯阳立刻明白我这是怎么了。他关上门,对着话筒说了些什么,装甲车便开动起来。

"最近如何?"他问道。

"不知道,"我说,"想要弄清充满矛盾的内心世界里那个声音与色彩的漩涡,实在太难了。"

"我明白,"夏伯阳说,"安娜向你问好。她请我把这个转交给你。"

他弯下腰,把那只健全的手伸到座位底下,掏出一个空瓶子放在桌上。瓶子上的标签是用一块方形金箔做成的，里面插着一枝黄玫瑰。

"她说你会明白的，"夏伯阳说道，"你好像还答应送她什么书来着。"

我点点头，转身把眼睛贴在车门的瞭望孔上。起初只能看见路灯投下的蓝色光点划破冰冷的空气，但我们越开越快，不一会儿周围便响起了我心仪已久的内蒙古那风沙漫漫与飞瀑流泉之声。

于卡夫卡-尤尔特[①]
1923—1925

---

①"卡夫卡"是指以描写精神分裂状态著称的德国作家弗朗茨·卡夫卡，"尤尔特"则是过去蒙古王公的领地。